모욕당한
자들을 위한
사유

모욕당한 자들을 위한 사유

2011년 3월 25일 1판 1쇄 찍음
2011년 3월 31일 1판 1쇄 펴냄

지은이   오창은
펴낸이   손택수
편집   김혜선, 이상현
디자인   풍영옥
관리 · 영업   김태일, 이용희

펴낸곳   (주)실천문학
등록   10-1221호(1995. 10. 26.)
주소   우121-820, 서울시 마포구 망원1동 377-1 601호
전화   322-2161~5
팩스   322-2166
홈페이지   www.silcheon.com

ISBN 978-89-392-0652-6 93810

모욕당한 자를을 위한 사유

오창은 평론집

실천문학사

약소자 문학론, 그리고 모욕당한 자들의 사회

우리는 너무 계몽되었고, 상상하는 능력은 퇴화되어가고 있다.

삶은 한 곳에 눈을 두지 못할 만큼 빠른 속도로 흐르고 있으며, 우리의 윤리 의식은 타인에게 진심으로 공감하기 어려울 정도로 복잡한 관계의 사슬에 연루되어 있다. 대부분의 보통 사람들은 공적 영역과 사적 영역을 단조롭게 순환한다. 그런데 모두에게 가해지는 신자유주의적 세계화와 미디어의 공습은 무차별적이다. CNN을 통해 안방에서 중동 지역의 포화가 날리고, 일본 대지진에 이은 원자력 공포는 미디어를 통해 확대재생산되어 한반도 상공을 배회한다. 외부 세계의 감각적 침공에 우리는 불가항력적이다. 모든 사건의 전말은 주체적 판단이 이뤄질 수 있는 여유를 주지 않고 우리에게 전달된다.

문제는 주체성이 괄호 속에 묶여 있음에도 우리는 여전히 계몽된 주체임을 자처한다는 데 있다. 우리 모두는 한정된 생활 세계와 넓게 펼쳐진 감각 세계의 간극으로 인해 비극적으로 계몽된 주체가 되어가고 있다. 이러한 상황을 일컬어 로버트 제이 리프튼은

'성신석 부감각'이라 했다.

공감 능력은 상상력과 긴밀히 연결되어 있다. 상상력은 제6의 감각이다. 그것은 오감의 영역 바깥에 있으면서 오감을 통합한다. 주체가 세계에 대해 열린 자세를 가질 때 상상력은 발현된다. 상상력이야말로 나로부터 뻗어 나가는 것이기에 온전한 주체성의 일부라고 할 수 있다. 계몽이 외부 세계를 자기화하는 것이라면, 상상은 자기를 발현시켜 외부 세계마저 관통하는 것이다. 따라서 상상은 개성적이기에 자유롭다.

이미 계몽되어버린 주체에게 진정으로 필요한 것이 바로 상상하는 능력이다. 그것은 현실을 비현실화하는 것이기에 변증법적이다. 상상력은 미디어가 보여주지 않으려고 하는 것을 볼 수 있는 능력이고, 권력이 말하지 않는 것을 들을 수 있는 역량이며, 체제의 원활한 작동을 위해 은폐되어 있는 것을 감각적으로 직관할 수 있는 힘이다. 이러한 상상력은 자기 밖의 타자와 공감하는 '윤리적 사유'와 더불어 있을 때 더 큰 파문으로 확산된다. 그래서 상상력은 능동태여야 한다.

문학의 영역에서 상상력은 본원적이다. 그것은 경험 세계에 갇히지 않는 적극적인 정신 작용이다. 작가는 상상력이라는 정신 작용에 구체적인 형상을 입혀 작품을 창조한다. 정신 작용이라는 측면에서 문학작품은 작가와 독자의 내면적 교류임이 분명하다. 애석하게도 상상하는 능력이 퇴화하는 시대이기에 문학은 점점 더 체제의 주변부로 밀려 나가고 있다. 역설적이게도 여기서 다시 문학의 새로운 희망을 발견한다. 제6의 감각으로서 상상력의 힘이 체제의 바깥을 향해 발현되고 있는 한에서 희망은 지속될 것이다. 나는 이를 신념처럼 갈무리하고 있다.

나는 '창작의 힘'과 '윤리적 사유'가 문학의 영역에서 결합하는 것에 지속적으로 관심을 가져왔다. 이 둘이 결합되면 '정신적 무감각'에 대응하는 '공감의 상상력'이 발현된다. '공감의 상상력'에 대한 문제 설정은 지난 2006년 '약소자 문학론'을 구상하면서부터 싹텄다.[소수자로 번역되는 마이너리티(minority)를 문학에 적용해 '약소자 문학론'이라는 개념을 설정했다.] 약소자는 '소수자와 사회적 약자'를 통합한 개념이다. 나는 약소자가 유력자의 권력에 단순히 저항하는 존재가 아니라고 본다. 내가 상상하는 약소자는 유력자들의 권력을 욕망하지 않으며, 능동적으로 체제 바깥을 상상하는 존재이다. 체제 바깥을 상상하는 능력은 윤리적 반성의 과정을 거쳐야 한다. 이러한 성찰을 통해 주체성을 획득할 수 있고, 더불어 새로운 연대의 틀을 구성할 수 있다. 이 '연대의 감수성'은 궁극적으로 현대 정치의 중요한 특징인 '상징조작'에 저항하는 정신적 교감 능력이기도 하다.

　약소자는 모욕당한 자들이기도 하다. 이들은 구체적으로 이주노동자, 결혼 이주여성, 비전향 장기수, 탈북자, 비정규직 노동자, 전문 시위꾼, 비체제적 예술가 등이다. 불행히도 한국 사회는 자본주의 체제 바깥을 도무지 상상할 수 없는 국면에 처해 있다. 경쟁이 삶의 원리가 되었고, 교감 능력은 패배자의 감각인 양 무시당하고 있다. 더불어 가혹한 체제의 폭력으로 인해 한국 사회의 다수를 차지하는 비정규직 노동자들은 상대적 지위로 인해 '치명적 모욕'을 감내하고 있다. 진정으로 무서운 모욕은 체제가 개인에게 가하는 폭력이다. 체제의 가면을 쓰고 가해지는 모욕은 실체가 없기에 무자비하다. 이러한 무책임성으로 인해 모욕당한 자들은 치명적 상처를 입게 된다.

약소자는 체제 바깥으로 배제된 자들이기에 다른 세상을 꿈꿀 수 있는 권리를 갖고 있다. 약소자 문학론은 현대사회에서 문학 자체를 약소자로 설정한다. 상상력이 퇴화하는 계몽된 주체들의 시대에 문학은 무엇으로 소통할 수 있을까? 나는 문학 또한 체제의 약소자임을 인식하고, 언어적 상상력으로 독자들과 인문학적 대화를 모색해야 한다고 본다. 또한 문학은 체제의 약소자들을 포용함으로써, 문학작품을 통해 상상적 연대를 형상화해야 한다. 이를 위해 나는 소설과 시를 넘나들며 텍스트를 탐험하고, 적극적인 비평 언어로 약소자 문학을 담론화하려 했다. 이런 의도에서 약소자의 상징어로 '모욕당한 자들'을 건져 올려, 평론집 제목을 '모욕당한 자들을 위한 사유'로 정했다.

이 평론집은 '체제 폭력과 약소자'라는 하나의 주제 아래 총 4부로 짜여 있다. 하나의 문제의식으로 한 권의 평론집을 묶을 수 있었다는 사실이 뿌듯하다. 이는 청탁 내용에 연연하지 않고 문제의식을 써나간 고집 덕분이기도 하지만, 내게 자유로운 글쓰기를 허용해준 분들의 후의에 힘입은 것이기도 하다. 이 자리를 빌어 『실천문학』, 『녹색평론』, 『고대문화』, 『작가들』, 『창작과비평』, 『오늘의 문예비평』에 감사드린다.

제1부 '국경을 넘는 자의 윤리'는 '연민과 윤리'의 관계를 사유의 주제로 정했다. 여행(travel), 매체(media), 이주(migration)로 대표되는 21세기 세계화의 양상에 대응하는 한국문학의 성과는 이채롭다. 최근 한국문학은 직접 국경을 넘는 감각을 선 굵은 서사의 언어로 형상화하는가 하면, 주저하는 몸짓을 담아 서정의 언어로 성찰하기도 했다. 특히, 이주 노동자로 대표되는 '내부로부터의 세계화'를 포착해낸 눈 맑은 작품들은 펄떡거리는 그대로 논쟁

의 도마 위에 올렸다. 이제까지 마주하지 못했던 낯선 윤리에도 몸의 한 곳을 내주는 작품이라야 의미화의 대상이 될 수 있다. 그런 의미에서 제1부에 다룬 작품은 우리 시대의 문제작이다. 제2부는 '국가와 문학'이라는 다소 거창한 제목을 달았다. 미학의 정치, 문학의 정치를 둘러싼 최근 논의를 역사적 맥락 속에서 살펴봄으로써, 국가와 문학의 관계를 어떻게 바라볼 것인가를 탐구했다. 거대 담론의 영역에서 이뤄지는 '국가와 문학'이라는 사유는 미시적인 영역과 접맥해야 성찰적 힘을 자극할 수 있다. 이를 위해 정부의 예술 지원 정책이 작가들에게 미치는 이데올로기적 영향에서부터, 신종 플루를 비롯한 전염병을 통치의 기술로 활용하는 정치 메커니즘까지 다채로운 영역에서 '국가주의'를 문제 삼았다. 제2부에서는 국가 체제의 폭력을 과녁 삼아 '애국주의에 대한 불온한 상상'이 펼쳐질 것이다.

제3부는 지극히 현실적인 문제인 '분단 시대의 재인식'을 주제로 했다. 더 이상 통일이 당위일 수 없는 시대에 우리는 살고 있다. 나는 이런 맥락에서 분명한 어조로 '북조선'이라는 용어를 사용했다. 그리고 탈북자와 비전향 장기수를 '분단 디아스포라'로 규정해 접근함으로써, 두개의 문화가 공존하는 '낮은 단계의 문화적 소통 방안'을 제안했다. 북조선에서는 비전향 장기수를 영웅화하는 '체제의 문학'이 운위되고, 남한에서는 분단 현실을 상업주의적 맥락에서 서사화하려는 스펙타클한 시도가 이뤄지고 있다. 남북 문학의 심오한 간극을 제3부에서 구체적으로 확인할 수 있을 것이다.

제4부는 '체제 바깥 다른 세상'이라는 제목으로 '비체제적 상상력'을 펼쳐 보이는 작가들을 호명했다. 아나키즘적 세계관으로 근대 체제와 대결한 신동엽, 대중운동의 폭발적 힘을 해방의 언어로

구현하고 있는 송경동, 근본주의적 세계관으로 시대와 불화했던 이문구 등이 그들이다. 이들의 문학 세계를 차분히 더듬으면서, 체제와 불화하는 문학적 상상력이 어떻게 새로운 대안 체제와 만나는가를 가늠해보았다. 약소자 문학이 체제 내의 권력 배분에 집착하지 않고 다른 세상을 꿈꾸는 데로 나아간다고 했을 때, 이들 작가들은 '문학적 상상력이라는 비수'를 품고 있음이 분명하다.

2005년에 첫 평론집 『비평의 모험』을 간행하면서, "문학과 모험은 정신과 행위의 자유를 갈구한다는 점에서 닮아 있다"고 쓴 바 있다. 두 번째 평론집을 간행하며 '안전으로부터 위험을 향해 나아가는 모험'을 지속하고 있는지 되돌아본다. 나를 둘러싼 환경은 점점 안온함, 낯익은 소속감, 일상적 권태로 채워지고 있는 듯해 위기감을 느낀다. 그렇기에 이 책은 나를 위태로운 모험으로 이끄는 선언문이 되어야 한다. 문학 안에서 나는 자유로운 탐험가이고자 하며, 현실에서 나는 행동주의 미학의 구현자이고자 한다. 문학은 나를 자유롭게 한다. 이것은 나의 다짐이다.

곳곳에 심고 다닌 빛들이 싹트고 열매 맺어 이 책이 나올 수 있었다. 이 책은 내 주변의 모든 이들에게 진 빚의 결실이다. 아내 영애와 아들 장훈의 이름을 부를 수 있어 너무 행복하다. 장강을 맨몸으로 건너는 듯한 아찔한 순간을 넘기고서야 겨우 두 생명을 지켜낼 수 있었다. 지행네트워크의 이명원·하승우는 나의 정신적 혈맹이다. 형제들이 있어 나의 옆자리가 훈훈하다. 민족문학연구소 연구원들(김재용, 박수연, 고영직, 고인환, 서영인, 이경재, 장성규, 정은경, 하상일, 홍기돈)은 '교감과 연대'의 감각을 체감하게 해주었다. 상허학회 670세미나팀과 예사인세미나팀은 나의 문제의식을 날카롭게 벼리는 단단한 숫돌이었다. 계간 『실천문학』과 함께

한 6년은 혹독한 나의 육체적·정신적 수련기였다. 실천문학사의 '조그만 별'을 다시 가슴에 새기며, 내 심장의 온기를 그대로 전달하는 마음으로 깊이 고개를 숙인다.

2011년 봄
오창은

국 경 을 넘 는 자 의 윤 리

한국시는 세계시민을 감각할 수 있을까

1. 임화가 추모한 '사코와 반제티'

잘 알려져 있지 않지만, 임화는 1927년 11월에 창간된 『예술운동』에 「曇(담)ーー九二七」이라는 시를 발표했다. 이 시에는 "'작코'·'반제ㅅ틱'의 命日에"라는 부제가 달려 있다. 「담」은 임화에게는 각별한 의미를 지닌 시였다. 이 시가 발표된 『예술운동』은 일제강점기 문예조직인 카프가 창간한 공식 기관지였다. 임화는 『예술운동』에 「담」을 발표함으로써, 시인으로서 자신의 역량을 처음으로 펼쳐 보인 셈이다. 후에 자신의 청년 시절을 회고하면서 임화는 "〈히로익〉한 감정이 가슴에 굽이치는 것 같았다"고 그때의 감격을 표현했다. 나는 처음 이 시를 읽었을 때, '작코'와 '반제ㅅ틱'가 미국의 노동운동가인 줄 알았다. 임화가 어떤 모종의 사건 때문에 희생당한 두 미국인 노동운동가를 추모하는 시편을 썼구나 정도로 생각하고 넘어갔다.

그런데 2009년에 번역 출간된 『사코와 반제티』(브루스 왓슨 지음,

이수현 옮김, 심산리, 2009)를 통해 임화의 시 「담」을 되새김질하게 되었다. '작코'·'반제ㅅ틔'가 '사코와 반제티'의 그때 당시 표기였음을 비로소 알게 된 것이다. 시의 말미에 창작일로 표기된 '一九二七.八.二八日'도 사코와 반제티의 장례식이 거행된 날이었다.

사코와 반제티 사건은 1920년 4월 25일, 미국 매사추세츠 주의 한 도시인 사우스 브레인트리에서 발생했다. 당시 제화공장의 경리와 급여 수송원이 살해되었고, 거액의 급여가 탈취당했다. 경찰은 사건 현장 주변에서 두 명의 혐의자를 긴급체포했다. 니콜라 사코(Nicola Sacco)와 바르톨로메오 반제티(Bartolome Vanzetti)가 그들이었다.

공교롭게도 사코와 반제티는 이탈리아 이주민이면서 아나키스트였고, 제1차 세계대전 참전을 거부한 양심적 병역거부자이면서 무신론자였다. 이 두 명의 약소자(minority)는 1920년대 미국의 주류 사회가 싫어할 만한 요소를 두루 갖추고 있었다. 재판이 진행되는 내내 사코와 반제티는 혐의사실을 부인했고, 범죄를 입증할 만한 증거도 부족했다. 하지만 매사추세츠 법정은 두 명의 가난한 이주민에게 우호적이지 않았다. 재판장 웹스터 세이어 판사는 '아나키스트에 대한 적대감'을 공공연하게 표현했다. 그는 애국주의를 강조하며 배심원들의 판단에 영향력을 행사하기도 했다. 또 말이 잘 통하지 않은 이 두 이주민에게 유도신문을 하여 법정에서 불리한 발언을 하게 했다. 1925년에는 한 범죄자가 자신이 속해 있는 모렐리 갱이 범죄를 저질렀다고 고백했지만, 대법원에서도 사건의 재심을 불허했다. 결국 사코와 반제티는 1927년 8월 23일에 매사추세츠 교도소의 전기의자에 앉혀졌다. 사코와 반제티 사건은 미국 시민사회는 물론 전 세계 양심적 지식인들에게 커다란 상처를 남겼다.

'사코와 반제티' 사건을 배경으로 씌어진 「담」을 통해 1927년 임화의 의식지향을 확인할 수 있다. 형식적 측면에서 이 시는 임화 시의 한 특징으로 꼽히는 '단편서사시'의 초기 형태를 보여준다. 내용적 측면에서는 '사코와 반제티' 사건을 통해 당시 임화가 '프롤레타리아 의식을 내면화'하고 있었으며, 선동적인 시어를 통해 행동주의를 강조했음을 알 수 있다. 더불어 80여 년이 훨씬 지난 지금 사코와 반제티 사건과 임화의 시가 겹쳐지는 지점 역시 흥미롭다. 미국 매사추세츠 법정의 판결에 대해 동시간적으로 식민지 경성의 젊은 시인이 예민하게 반응했다는 사실에 주목할 필요가 있다. 1920년대의 시대정신의 자장 내에서 임화는 사회주의적 이념을 갖고, 계급 연대의식 속에서 '사코와 반제티'에 대한 지지의사를 표명했다. 이러한 동시대적 감각은 '식민지인이면서 세계인'이고자 했던 '근대의 감각'을 살피는 단초가 될 수 있다.

임화의 시대 이후 1980년대 말까지는 '국경 너머를 자유롭게 상상할 수 없는 시대'였다. 냉전 이데올로기에 의한 양극화 시대에 한반도의 남쪽에서 생활하는 이들은 반쪽짜리 세상을 '우리들의 세계'로 간주하며 생활해야 했다. 잊혀질 만하면 '동백림 사건'과 같은 '국제 간첩단 사건'이 국가정보기관에 의해 조작되었고, 1988년 이전까지만 하더라도 일반인들이 해외로 나가는 것은 극도로 제한되었다. 심지어는 책을 외국에서 구입해 읽는 것도 서대문 국제우체국에서 검열하며 통제했다. 갇힌 세계에서 '제공되는 지식'만으로 사유되던 편견의 폐해는 지금도 이데올로기적 독소를 뿜어내고 있다. 보편적 인권에 대해 깊이 이해하기보다는 국가 이익을 더 중시하고, 더불어 사는 삶의 원리보다는 경쟁의 가치를 더 신뢰

한다.

이제 한국사회는 이주노동자와 결혼이주여성의 증가로 국민과 시민, 그리고 인권의 개념을 다시 사유해야 할 상황에 직면했다. 한국사회 내부에 사코와 반제티 같은 이방인들이 급격히 증가하고 있는 것이다. 이러한 상황에서 주권자로서 국민국가의 일원이면서, 인권의 가치를 옹호하는 세계시민의 일원이라는 감각은 어떻게 형성될 수 있을까?

한국사회는 일제강점기의 식민지 경험을 겪으면서 오히려 외국인에 대한 미움과 반감이 커지는 왜곡 현상을 겪었다. 이방인의 식민지 지배는 피지배자들의 집단무의식 속에 이방인에 대한 공포와 편견을 자리 잡게 한다. 때로는 그 공포와 편견이 전치되어 다른 이방인에 대한 공격적 성향으로 표출되곤 한다. 게다가 분단 상황으로 인해 '순혈주의적 민족주의'가 마치 통일의 기반인 것처럼 간주하는 경향도 있다. 한국 내에서 싹트고 있는 '바깥으로부터 온 정체성'은 여전히 감당하기 힘든 낯선 것인 듯하다. 나는 그 성찰의 계기를 2000년대 한국시를 통해서 살펴보고자 한다.

이를 위해 내가 선택한 텍스트는 김정환의 『하노이·서울 시편』(문학동네, 2003)과 이시영의 『우리의 죽은 자들을 위해』(창비, 2007), 그리고 하종오의 『국경 없는 공장』(삶이보이는창, 2007)과 『입국자들』(산지니, 2009)이다. 이 세 시인은 '한때' 시인이 아니라, '지금'도 시인이다. 왕성한 활동으로 1970~80년대 이후의 한국사회의 표정을 시적 언어로 점묘해왔으며, 2000년대 들어서도 의미 있는 시작활동을 지속하고 있다. 감각적인 측면에서 볼 때, 이 세 시인은 폐쇄적 분단국가뿐만 아니라, 국경을 넘는 '세계시민'의 길을 두루 경험했다. 이 세 시인의 작업을 통해 '국가와 세계시민'의

관계 속에서 변모하는 우리 시대의 심성이 어떻게 표현되었는가를
살필 수 있다.

2. 비애를 넘어, 성찰의 길로—다른 세계를 경험하는 여행

김정환의 『하노이·서울 시편』은 한국 작가들과 베트남 작가들
의 만남이라는 특이한 상황을 천착한 연작시편들을 담고 있다. 이
시집이 문제적인 것은 냉전의 시기에 '베트남 전쟁'으로 인해 적과
아로 만났던 두 국가의 구성원이 '세계시민적 가치' 속에서 화해하
고 성찰하는 과정을 담고 있기 때문이다.

시집은 곳곳에서 '박정희 시대'와 현재의 베트남 사회를 대비시
킨다. 표면적으로는 2000년대 베트남의 경제적 상황이 1960~70
년대 한국의 경제 상황과 흡사하기 때문에 이러한 대비가 이뤄지
는 것처럼 보인다. 하지만 그 이면에는 근대화 시기 한국사회에 대
한 '깊은 회고'의 감성이 자리하고 있다. 김정환 특유의 굵직한 언
어로 베트남의 풍경을 서사적으로 스케치한 『하노이·서울 시편』
은 서울의 근대화를 야유하는 '성찰의 언어'를 품고 있다.

서시(序詩)인 「대한(大寒): 하노이─서울 시편 序」는 시집의 전
체적 분위기를 제시한다.

진눈깨비 내리는 길을 걷는다
파사드는 화려하지만 70년대
박정희 없는 경제개발의
뒷골목을 걷는다

어름 강마 냄새 찌든 시하 생맥수집
삶은 계란 구멍가게와 노래방의
낙후한 네온사인이 신생(新生)하는
키 낮은 살림집과 서비스업종의
음습한 경계를 걷는다 진눈깨비 내리고
회고는 음탕하지.
김일성 없는 평양도 걷는다

_「대한(大寒): 하노이―서울 시편 序」 전문

   시의 분위기는 기묘하다. 시인은 실재인 듯 아닌 듯, 목적이 있는 듯 없는 듯 진눈깨비 내리는 길을 배회한다. "박정희 없는 경제개발"을 상상할 수 있을까, "김일성 없는 평양"을 상상할 수 있을까. 실재할 수 없는 것에 대한 상상 속에서 시인은 만보객처럼 '진눈깨비 내리는 길'을 배회한다. 여기서 진눈깨비는 화자의 내면을 드러내기 위한 이미지적 포석이다. 진눈깨비는 비와 눈이 섞인 "음습한 경계"이다. 그 경계에 베트남 하노이와 한국의 서울이 있다. 시인은 '하노이'라는 창을 통해 서울을 다시 낯설게 보겠다고 선언한다.

   김정환 시인은 2000년 1월에 민족문학작가회의 소속 작가의 일원으로 베트남을 방문했다. 하노이에서 민족문학작가회의 이사장 이문구와 베트남작가동맹 총서기 휴틴의 공동합의문 서명이 있었고, 이 자리에 김정환 시인이 배석했다. 합의문의 내용은 "식민 지배 체험을 공유한 한국과 베트남 양국 사이에 적대 행위가 있었던 점을 유감으로 생각한다. 향후 가능한 양국 사이의 어떠한 적대 행위에도 반대한다"는 것이었다. "적대 행위" 없는 화합과 공존에 합의한 것은 상투적인 듯하지만, 그것이 국가 간의 합의가 아니라 작가들의 자발적 결의에 의한 합의라는 측면에서 의미가 있다. 시인은 이러한 공식적 행위 가운데 하노이와 서울을 겹쳐 읽으며, 베트남의 현재에서 한국의 과거를 발견한다. 그 발견의 면면은 "박정희 없는 60년대 혹은/반공교육 없는 70년대 같"은 것이고(「첫 논과 밭 : 하노이―서울 시편 2」), 하노이 중심가가 "청계천 4가, 5가"를 연상시키는 데 대한 놀라움이며(「다운타운 : 하노이―서울 시편 3」), "가난하게 서울을 닮은/하노이 야경의 표정"(「Van Nghe 신문사 : 하노이―서울 시편 10」)에 대한 비애감으로 나타난다. 1960~70년대의 서울과 현재의 하노이가 시간적으로 중첩되는 상황 속에서 시인은 자주 길을 잃는다. 그 길 잃음은 "어제의 오늘을 보"기 위한 탐색이다(「편하게 길을 잃다―아침 : 하노이―서울 시편 17」). 그리고 "국적도 없는 슬픔"을 즐기기 위해 자기를 방치하는 것이기도 하다(「편하게 길을 잃다―밤 : 하노이―서울 시편 18」).

그렇다면 시인은 베트남 하노이에서 무엇을 발견하고, 어떤 진실에 가닿았을까? 압축적 근대를 통해 이룩한 경제성장에 대한 안도인가? 아니면 근대화를 위해 안간힘을 쓰고 있는 베트남 사회에 대한 연민인가? 시인이 하노이에서 쓰다듬고 있는 진실은 의외로 복잡한 맥락을 형성한다. 그 단면을 다음 시에서 음미할 수 있다.

하노이 가까울수록 간절하다
하노이에 도착해도 후줄근한 70년대 신촌
변두리까지밖에는 가지 못할 것이다
그것을 귀향이라고 할 수는 없을 것이다

그런데, 왜, 간질한가?
그것은 내가 30년 전에 못 가보았던 길이다
공포가 없는 길이다

전쟁이 끝나고 마침내 사람들의
마을이 밤을 식구처럼 포옹한다
아, 이, 안온과 경건

돌아오는 길은 하롱 Bay, 눈물 고인다
　　　　　　　　　_「다시, 하노이로 : 하노이─서울 시편 9」 부분

　　상대적 가난에도 불구하고 베트남인들이 갖고 있는 자부심은 견고하다. 19세기에 프랑스의 지배를 받는 식민지였다가, 일본의 일시적 지배를 경험했고, 2차 대전 이후에는 다시 프랑스의 통치 아래 놓이게 되었다. 계속되는 압제의 상황에서도 항불 독립전쟁과 항미 구국전쟁을 통해 1975년 4월 30일 해방을 맞이했다. 시인은 이에 대해 "이겼다는 말보다 끝내 물리쳤다는 말이 더 감격스럽다"면서(「인민위원회 : 하노이─서울 시편 13」), "제국주의에 이긴 100년 전쟁은/사과도 사양하는/온화한 권위다"(「공항 : 하노이─서울 시편 1」)라고 했다. 현재의 하노이가 비록 "후줄근한 70년대 신촌의 변두리"의 풍경과 닮아 있다 할지라도, "내가 30년 전에 못 가보았던 길"이기에 경건한 태도로 고개를 숙인다.
　　그렇다고 시인이 베트남과 하노이에 무조건적인 경외감만을 표현하고 있는 것은 아니다. 이는 시집 전체를 관통하는 정서가 '비애감'인 데서도 드러난다. 비애감의 실체는 이런 것들이다. 시인은 반 응에(Van Nghe) 신문사 편집장의 "베트남 국민들은 시를 좋아하지요" "정초에 작품이 실리면 대략 6개월 치 월급에 해당되는 고료가 지급됩니다"라는 말을 듣고 자신도 모르게 "김소월 시대군, 아직 멀었어"라고 생각하고 만다. 그러면서도 "남한에서 시를 쓰는" 내가 보기에 머지않아 "곧 영화와 TV 대중문화, 그리고 멀티미디어 시대가 온다, 아니 벌써 왔다"는 생각을 떨쳐버릴 수가 없다. 답이 없는 질문 속에서 시인은 "70년 넘게 패배주의적"인 남한 문학의 상황에 대해 반성한다. 하지만 "문학과 출판이 희망이었던 6·25 전후/50년대 정음사 편집부 분위기"가 다시 도래할 수 있으리라는 믿음을 가질 수는 없다. 그것이 현실이다. 단지 시인은 하노이에서 시인으로서 '비동시성 속의 동시성'을 확인하며 위안을 받을 뿐이다. 그래서 비애의 농도는 짙어갈 수밖에 없다.

시인은 공간과 시간이 겹쳐지는 현장에서 시의 성찰적 힘을 포기하지 않는다. 여행을 마무리하며 '사람냄새와 시의 관계'를 되뇌며, 하노이의 풍경과 서울의 풍경을 대비시킨다. 하노이의 상공에서 "정겨운 것은 얼마나 아픈 것인지 물씬한 것은 얼마나/슬픈 것인지"를 깨달았다면, 보석다발처럼 화려한 서울의 상공에서는 "화려한 것은/얼마나 죄 많은 것인지"에 관해 되뇌게 된다(「상공에서 : 하노이—서울 시편 20」). 만약 이 시집이 이러한 범상한 진실에만 머물렀다면, 미진한 뒷맛을 남기게 되었을 것이다. 하지만 시인은 여기서 한발 더 나아간다. 시집의 대미를 장식하는 마지막 시 「소리의 평화 : 하노이—서울 시편, 그 후」에서 미공군 사격장 인근인 '매향리의 풍경'을 시의 언어로 더듬으며, 절규하듯 분노한다. 시인은 "그러나 내 말은 나의 세계/내가 말한다/나의 세계는 나의 말/내가 말한다"면서 여전히 시에게 남겨진 몫에 관해 되뇐다. 그것은 "나의 말로 나의 세계"를 이야기하는 것이며, 그것이 결국 모두의 말이 되게 하는 것이다. 그는 베트남에서 겪었던 비애의 감성이 매향리에서 결의의 언어로 돋움하는 자리에서 베트남과 한국사회의 역사적 고통이 동일한 뿌리에서 연유하고 있음을 은유적으로 토로한다. 이 지점에서 '세계시민으로서 국경을 넘는 시인의 감각의 움'이 틀 수 있다고 보는 것은 지나친 비약일까?

해외여행은 세계화를 물리적 실재로 경험하게 한다. 여행은 멀리 떨어져 있는 지역들을 인간의 네트워크로 연결시킨다. 여행자들은 자신의 몸을 움직임으로써 세계화에 참여한다. 그 참여가 경제적 우월성에 대한 매혹이나 지역 문화에 대한 폄하로 나타난다면, 여행자는 세계화의 폭력을 스스로 생성시키는 권력자의 위치에 설 수밖에 없을 것이다. 여행의 진정한 의미는 '멀리 떠남으로써 자신을 객관화해 발견'할 수 있다는 데 있다. 김정환의 『하노이・서울 시편』은 '문학적으로 다른 세계를 경험하는 여행'의 한 전범을 보여준다. 이 시집은 2000년대 초반의 한국사회에 팽배한 '근대의 폭력'을 성찰하며, 타자(베트남)의 문화적 자긍심을 존중하는 조심스러운 태도를 내비친다.

조선중기의 문인인 유몽인(柳夢寅, 1559~1623)은 "시는 시속을 일깨우는 데 의의가 있다. 풍물이나 경치만 읊는 것이 아니다(詩關 風教 匪直哦咏物色)"라고 했다. 김정환의 연작시가 베트남 하노이의 이국 풍경과 경치만을 그렸다면, 범상한 시편들에 머물렀을 것이다. 하지만 그의 『하노이・서울 시편』은 시간과 공간의 충격을 견디며 성찰하는 힘을 포기하지 않았다. 김정환은 자신을 근대적 보편자로 동일시하지도 않고, 베트남의 자긍심에 쉽게 매혹되지도 않으면서, 매향리의 현실을 통해 한국사회에 내재해 있는 '제국의 힘'을 포착했다. 그런 의미에서 엑조티시즘을 넘는 '여행시로서의 면모'를 보여주고 있는 『하노이·서울 시편』은 2000년대의 기억할 만한 한국시의 한 풍경을 "시속을 일깨우"며 제시하고 있다.

3. 억압당한 자의 시선으로―미디어로 매개된 세계화

이시영 시인의 열한 번째 시집 『우리의 죽은 자들을 위해』는 '사실성에 대한 시적 헌사'이다. 시인은 의도적으로 『경향신문』·『한겨레신문』 기사, SBS 스페셜, KBS 수요기획, 『가디언』 외신기사의 원문으로 시편들을 구성했다. 마치 모자이크하듯 세계의 단면을 사실(fact)로 제시하고 있다. 이러한 시적 구성은 이시영 시인의 시적 경향에 비춰볼 때 의외다. 전통적 관점에서 보았을 때, 시란 사실의 정서적 변용이다. 이를 통해 사실보다 더 강한 내적 충격을 가하는 것이 시의 힘이다. 이시영 시인의 시는 짧게 응축된 서정이 특징적이었다. 그는 간결한 풍경 묘사에 이어 시의 마지막 부분의 반전으로 시적 언어를 응고시킬 줄 안다. 그래서 독자들은 이시영 시인의 간결함에 굵은 감동을 느끼곤 했다. 그런데 왜 『우리의 죽은 자들을 위해』에서는 '사실의 제시를 통한 시의 구성'이라는 변형적 시도를 했을까?

시인은 '다른 이의 글이나 기사를 인용'해 시를 구성한 이유에 대해 "한 줄의 기사가 그 숱한 '가공된 진실'보다 더 시다웠"기 때문이라고 했다. 이는 훼손되지 않은 상태로 전달될 필요가 있는 대상을 온전히 그리려다 보니 '다른 이의 글이나 기사'를 인용했다고 이해할 수 있다. 그 시적 대상은 무엇일까? 그것은 정보로 연결된

'국경 밖 사건들'이며, 시인이 대면하게 된 '세계화의 양상'이다. 이는 다른 말로 '미디어로 매개된 세계화'라고 할 수 있다.

　　11월 18일 밤 팔레스타인 가자지구 북부 자발랴에 사는 한 정치단체 간부 집에 이스라엘군의 전화가 걸려왔다. "곧 당신 집에 공습이 퍼부어질 테니 30분 안에 집을 비워라." 그러나 집주인 웨일 보루드는 집을 비우는 대신 근처 모스크로 달려가 구원을 요청했다. 순식간에 2,3백 명으로 불어난 사람들이 보루드의 옥상과 집 주변으로 몰려와 모닥불을 피워놓고 외쳤다. "쏠 테면 쏴라! 굴복이 아니면 순교다." 이날 밤 이스라엘군은 이 인간방패들의 함성에 놀라 결국은 공습을 취소했다.

_「쏠 테면 쏴라!」 전문

시인은 현대식 무기로 중무장한 이스라엘군과 맨몸으로 이에 저항하는 팔레스타인인을 대비시켰다. 공포심을 극대화하기 위해 사전 예고를 한 후, 공습을 퍼붓는 이스라엘의 전술은 그간 실패한 적이 없었다. 하지만 11월 18일 자발랴에서만은 예외였다. 죽음으로써 순교를 각오한 팔레스타인인들이 '인간방패'로 극한적 저항을 시도한 것이다. 이 비극적 장면은 가자지구에서 어떤 일이 벌어지고 있는가를 적나라하게 보여준다. 간결한 산문이면서도, 시적 감동을 자아내는 「쏠 테면 쏴라!」는 실제 사건이다. 시인은 2006년 11월 20일자 『한겨레신문』의 8면 국제면에 실린 기사를 간결하게 재구성했다.

　'미디어를 통해 매개된 세계화'는 지리적 관념을 변화시킨다. 예전처럼 거리는 더 이상 시간의 척도로서 기능하지 못한다. 지구 곳곳에서 일어난 사건이 동시간적으로 CNN과 같은 미디어로 중계되고, 개별적 사건 또한 개인 미디어인 블로그를 통해 그물망처럼 퍼져나간다. 현대의 커뮤니케이션 기술의 발전은 세계를 통합하는 데 결정적인 기여를 했고, 사람들은 점차 가치적 측면에서 동질화되어 가고 있다. 문제는 이러한 거리감의 상실이 개인의 무력감을 증대시키고 있다는 데 있다. 전 지구적 문제에 대한 정보는 끊임없이 제공되지만, 그 문제에 개입할 수 있는 권리는 거의 주어지지 않는다. 아이티 대지진으로 사망자가 23만 명에 이른다고 한다. 하지만 개인이 아이티 민중을 도울 수 있는 방법은 전화기를 들고 ARS 기부를 하는 정도가 전부일 뿐이다. 미디어에 의해 전 세계에서 발생하는 사건에 대한 정보는 증가하는 것에 비례해 매개된 세계의 사건들에 개입할 수 있는 여지는 줄어들고 있다. 여기에 '미디어로 매개된 세계화'의 비극이 있다. 그렇다고 세계화에 따른 전 지구적 운명의 변화가 나의 운명과 무관한 것은 아니다. 나의 운명과 세계의 운명을 일치시킬 수 없지만, 세계의 변화는 끊임없이 나의 미래에 개입한다. 이 분리된 세계 경험을 극복하기 위해 시인은 사건을 복기(復記)하며, '시다운 진실'을 향해 나아가려 한다. 그가 '미디어를 통해 매개된 세계화' 속에서 발견하려고 하는 '시다운 진실'은 고발이며 환기이다.

'가디언'에 따르면 이스라엘이 레바논 공습시에 사용한 폭탄은 'M483A1'이라는 대량살상무기인 정밀유도폭탄이라고 하는데, 이는 미국에서 생산된 것이고 세계의 분쟁지역마다 즉각적으로 아주 비싼 값에 공급되고 있다고 한다. 그리고 부시는 라이스 장관이 중동을 이륙한 직후 가진 주말별장 회견에서 산뜻한 와이셔츠 차림으로 서서

진닐 빔 님부 레미논 기니 미올에 밤새도록 퍼부어진 이 무차별 폭격
을 새로운 중동 탄생을 위한 산통이라고 했다.

_「전쟁범죄자들」 전문

　이 시가 겨냥하고 있는 사건은 이스라엘군이 자행한 레바논 카
나 마을 폭격이다. 2006년 11월 30일의 폭격으로 60여 명의 레바
논 민간인이 사망했는데, 더 비극적인 것은 이중 40여 명이 여성과
어린아이였다는 사실이다. 시인은 신문기사의 객관화된 문체로
레바논 카나 마을 폭격을 둘러싼 주변 정황만을 제시하고 있다. 그
러면서도 시의 제목을 '전쟁범죄자들'이라고 붙여 고발의 효과를
극대화했다. 시인은 카나 마을 사건에 제목을 얹음으로써, 이스라
엘과 미국의 군수산업, 부시 전 대통령과 라이스 장관을 '전쟁범죄
자들'로 규정하는 효과를 만들었다.
　비극은 시집의 곳곳에서 비수처럼 제시되어 있다. 64세의 팔레
스타인 할머니가 폭탄띠를 두르고 이스라엘 군부대를 향해 돌진하
는 비극적 상황을 제시하는가 하면(「누가 이 할머니를 전사로 내몰았
는가」), '테러와의 전쟁' 이후 난민으로 내몰린 이라크인의 비참한
생활상을 기술하기도 한다(「STOP THE WAR NOW!」). 사랑하는
남편을 위해 기꺼이 에이즈 환자가 될 수밖에 없는 스와질랜드 여
성이 얼굴을 내밀기도 하고(「아프리카 스와질랜드 사진전에서」), '테
러와의 전쟁'으로 비탄에 빠진 아프가니스탄 대통령이 눈물을 떨
구는 모습이 포착되기도 한다(「대통령의 눈물」). 중동·아프리카
지역에서 발생하고 있는 비극들은 대부분 신문과 방송에 보도된
내용을 재구성한 것이다. 시인은 적극적인 논평마저도 배제함으
로써 오히려 비극성을 배가하려 했다. 즉, 시적 형식에 맞게 가공

하기보다는 시적 감동을 중시해 사건의 전달에 치중하는 방법을 택한 것이다. 이는 적극적으로 해석할 때, 불편한 진실에 근접하려는 시인의 노력이 투영된 것으로 볼 수 있다.

시인의 관심은 전 세계 분쟁지역의 혼란 상황에만 머물러 있지 않다. 시인이 강렬한 언어로 재구성하고 있는 문제 중의 하나가 전 지구적 생태 위기이다. '시민발전'의 박승옥 대표의 글을 인용하며 석유문명의 붕괴에 따른 지구 대재앙을 경고하고(「석유문명의 붕괴」), 영국 정부의 '스턴 보고서'를 인용해 지구 표면 온도 상승에 따른 대재앙을 예고하기도 한다(「지구기온」). 더불어 「어른 곰」, 「빗방울 하나가」, 「탑동 마을의 아침」, 「서부두에서」 등에서는 자연의 서정을 담백하게 제시함으로써, 스스로 거리낌 없이 존재하는 우주의 한 부분을 포착해낸다. 이 중 「오후」와 「평화」는 대비해서 읽어볼 만하다. 「오후」는 "다람쥐가 포근한 낮잠을 자고 있다/바람이 간혹 그것의 꼬리를 건드려보지만/잠잠하다/머잖아 세상에 엄청난 큰일이 닥칠 것이라고 한다/그래도 다람쥐는 귀여운 통통한 앞발을 가슴에 꼬옥 끌어안고/잠잠할 뿐이다"가 전문이다. 「평화」는 더 짧다. 시집의 종시(終詩)이기도 한 「평화」는 "내가 만약 바람이라면/세상에서 가장 부드러운 미풍이 되어/저 아기다람쥐의 졸리운 낮잠을 깨우지 않으리"가 전문이다. 이 두 시는 시인이 바라보는 현재의 상황과 시인이 열망하는 미래가 대비되어 있다. "엄청난 큰일이 닥칠" 세상을 염려하면서도, 지금 시인이 할 수 있는 최선의 상황은 "부드러운 미풍"이 되어 아기다람쥐의 행복을 보존하는 것이다. 이러한 온화한 태도는 "마치 이 세상에 잘못 놀러 나온 사람처럼 부재(不在)로서 자신의 고독과 대면하며 살아온 사람, 그런 사람을 나는 비로소 시인이라고 부른다"(「시인」)

는 구설과도 일맥상통한다. 자신의 존재를 숨기는 듯하면서도, 누구보다도 세상을 아파하는 이가 시인이다. 그는 "아기다람쥐의 졸리운 낮잠"을 지키고자 하기에, 부끄러운 세상을 향해 폭풍의 언어를 쏟아 붓고 있는 것이다.

이렇듯 시인은 『우리의 죽은 자들을 위해』에서 '미디어를 통해 접한 세계적 사건'들을 재구성함으로써 비극적 상황을 그대로 전달하려 했다. 이 전달이 노리는 효과는 관심, 전유, 저항을 통한 '세계적 사건'의 재구성이다. 주목할 부분은 그 사건들이 어떤 방식으로 재구성되고 있는가이다. 다국적 미디어들은 때로는 국가의 이익을, 때로는 자본의 이익을 대변한다. 다국적 미디어들이 본질을 은폐하는 방식은 다양한 사건들을 보도함으로써 사건 자체가 객관적인 양 포즈를 취하는 것이다. 다국적 미디어에 의해 매개되는 다양한 사건들은 실제로는 더 많은 사건들 속에서 취사선택된 것이고, 지배 이데올로기에 의해 교묘하게 편집된 것이다. '선택과 편집'은 고도의 테크놀로지와 버무려져 '실재보다 더 실재'같이 가공된다. 이를 통해 지배 이데올로기가 지향하는 것은 '세계화에 대한 단일한 관념으로의 통합'이다. 시인은 '국제적 약소자 혹은 피해자의 입장'에서 사건을 재구성해 복기(復記)하는 방식으로 저항한다. 때로는 부분을 확대하기도 하고, 특정 사건을 압축적으로 제시하기도 한다. 무엇보다 사건 자체를 시적 형식에 갇히지 않은 날것의 산문으로 제시함으로써 사건의 실재성을 웅변한다. 이는 지배 이데올로기에 의해 재현되는 '미디어의 세계화'에 맞서, 시대에 대한 모자이크를 통해 진실을 발견하려는 시적 참여이다. 이시영 시인은 '세계화의 폭력'에 대응하기 위해 '매개된 것을 다시 매개하는 시'를 창조한 것이다.

4. 이주노동자와 연민의 윤리—내부로부터의 세계화

1994년 5월 31일에 외국인 산업연수생 제도 시행에 따라 네팔인 33명이 입국한 이래, 한국사회의 이주노동자수는 약 55만여 명에 이르고 있다. 이 중 5만여 명에 이르는 불법체류 이주노동자는 한국사회에서 가장 취약한 노동계층을 형성하고 있다. 존재하지만 스스로를 드러내지 않는 존재로서 불법체류 이주노동자는 한국사회의 문화적·인종적 상황을 드러내는 표식이 되고 있다. 더불어 이주노동자 문제는 '내부에서의 세계화'라는 도화선에 불을 붙이고 있다.

2000년대 한국의 사코와 반제티라고 할 수 있는 이주노동자를 문학적으로 형상화하는 데 앞장선 문인들을 꼽으라면, 단연 소설가 김재영과 시인 하종오일 것이다. 특히 하종오 시인은 『반대쪽 천국』(문학동네, 2004), 『국경 없는 공장』(삶이보이는창, 2007), 『아시아계 한국인들』(삶이보이는창, 2007), 『입국자들』(산지니, 2009)을 통해 지속적인 작업을 해왔다.

하종오 시인의 작업을 보다 면밀하게 따져보기 위해 우선 『국경 없는 공장』에 수록되어 있는 「외국인노동자병원 가는 길」을 살펴보자. 이 작품은 하종오 시인이 이주노동자를 바라보는 시선을 분석할 수 있는 한 사례가 될 수 있다.

가구공장에서 일하는 인도네시안 둘
논을 가로질러 도시로 향했다
산에서 나무들이 잎을 떨구는 게
나무들에 새들이 날아와 앉았다 가는 게

너무 잘 보이는 늦가을 일요일 오후

깁스한 손가락에 찬바람 들까 봐 겨드랑이에 넣었다

오래전에 코리아로 수출된다는 원목을 베던

아버지들이 밀림에서 병들어 죽고 나서

원목 켜서 수제 장롱을 만드는 코리아로

얼마 전에 취업해 온 인도네시안 둘

기계톱 다루다가 같이 손가락 잘려 봉합했다

봉급도 석 달치 못 받았다

도마뱀 꼬리처럼 툭 잘리던 검지 마디와

옷자락에 흩뿌려지던 핏방울을 떠올리며

물 마른 도랑을 건너가던 한 인도네시안이

어, 어, 멈춰 서서 깁스한 손가락으로 가리켰다

단풍잎들이 바람에 날려서 붉게 덮는 숲

새들이 흰 날개를 펴고 선회하고 있었다

고국에선 전혀 볼 수 없었던 늦가을 풍경에

외국인노동자병원에 진료 받으러 가야 한다는 걸 잊고는

두 인도네시안은 한참 동안 서 있었다 저렇게 아름다운

잎사귀들을 기꺼이 놓아버리는 나무들이 자라는 땅에서

자신들이 홀대받는다는 게 믿어지지 않는다는 듯이

_「외국인노동자병원 가는 길」 전문

시는 청명한 늦가을 일요일 오후의 풍경을 제시한다. 산을 배경
으로 논이 펼쳐져 있는 길을 두 명의 이주노동자가 가로지르고 있
다. 동남아시아에서 온 이들은 늦가을의 추위가 익숙지 않아 몸을
움츠린다. 게다가 손가락을 깁스한 두 사람은 심리적으로도 위축

되어 있다. 시인은 이 둘에 얽힌 아픈 사연을 한국의 늦가을 풍경과 함께 펼쳐 보인다. 자신의 의지에 따라 한국으로 유입해온 두 이주노동자의 현재 상황은 참담하다. 아버지는 밀림에서 원목을 베다 목숨을 잃었고, 두 사람은 불행한 유년 시절을 겪었을 것이다. 아이러니하게도 두 인도네시안은 예전에 아버지가 베었던 원목으로 수제 장롱을 가공하다 손가락이 잘리는 사고를 당하고 말았다. 게다가 석 달 치 봉급도 받지 못했다.

시인은 비극적 상황을 담담한 어조로 늦가을의 풍경과 대비시킴으로써, 독자들의 감성을 자극한다. 함께 논길을 걷던 중, 한 인도네시안이 "단풍잎들이 바람에 날려서 붉게 덮는 숲/새들이 흰 날개를 펴고 선회하고 있었다"라는 풍경에 감동하고 만다. 고국에서는 볼 수 없던 풍경에 자신의 처지도 잊고 무아의 지경에 빠져들고만 것이다. 이 상황을 일컬어 '숭고'라고 할 수 있을 것이다. 숭고는 개별자로서의 인간이 무목적성을 가진 자연과 맞닥뜨렸을 때, 그 광활함에 압도되어 순간적으로 몰아(沒我)의 경지에 빠져드는 것을 지칭한다. 두 인도네시안도 "고국에서는 전혀 볼 수 없었던 늦가을 풍경"에 압도되어 "외국인노동자병원에 진료 받으러 가야 한다는 걸 잊"고는 한참 동안 그 자리에 얼어붙고 만다. 아름다움의 비극성을 포착할 줄 아는 시인은 "붉게 덮은 숲"과 "흰 날개"를 대비시키고, 대자연의 아름다움과 두 이주노동자의 비극적 현실을 나란히 세워놓는다. 그리고는 나무들이 떨구어버리고 마는 아름다운 잎사귀들을 눈에 담아냄으로써 '서사와 서정'을 융합시킨 것이다. 이 시는 『국경 없는 공장』에 수록된 작품 중 절창으로 꼽을 수 있다.

늦가을의 아름다운 풍경과 마주하고 있는 두 인도네시안의 불행은 한국사회에서 예외적인 것일까? 시인은 『국경 없는 공장』 곳곳에서 이주노동자의 불행이 너무도 빈번하게 발생하는 보편적 상황이라고 이야기한다. 임금체불과 같은 경제적 차별(「체불」)뿐만 아니라, 불법체류자 단속반 때문에 삶은 불안(「단속」)하기만 하다. 공장장의 모욕과 폭행이 일상화되어 있고(「초복」, 「머리」), 산업재해에 속수무책으로 노출되어 있다(「세 청년」, 「성형」, 「손발가락」, 「귀환」 등). 작업현장뿐만 아니라 일상생활 속에서도 피부색이나 외모 때문에 낯선 시선을 감당해야 한다(「목욕」, 「골목길」, 「점심」, 「동승」 등). 시인은 이들의 상황을 '연민의 시선'으로 바라보며 한국사회의 반성을 촉구한다. 인용한 시의 마무리를 "저렇게 아름다운/잎사귀들을 기꺼이 놓아버리는 나무들이 자라는 땅에서/자신들이 홀대받는다는 게 믿어지지 않는다는 듯이"라고 함으로써 부조리성을 강화했다. 하지만 이주노동자의 불행은 과연 이 땅에 관용의 정신이 부족해서일까? 한국인들이 보다 선량해지면, 이주노동자의 고통은 사라질 수 있을까?

이주노동자에 대한 동정이나 연민의 시선이 온당한 것인지에 대해 질문할 필요가 있다. 『국경 없는 공장』에서 시인은 이주노동자를 가난과 배고픔 때문에 한국행을 택한 '불쌍한 존재'로 이미지화했다. 그들은 때로는 선량한 한국 사장을 속이고 자기 잇속을 채우는 경우도 있지만, 대부분은 피해자이면서 동정의 대상이다. 혹시 이러한 연민과 동정의 정서에 이주노동자를 '보호받아야 할 존재'로 생각하는 우월의식이 자리하고 있는 것은 아닐까? 약자에 대한 관용을 강조하는 태도는 한시적으로 의미가 있을 수 있다. 그러나 평등한 존재로서 서로를 확인하기 위해서는 '연민을 넘어선 윤리'가 요구된다. 그것은 다른 존재에 자신을 투영함으로써, 현재를 깊이 성찰할 수 있는 윤리의 발견이기도 하다. 「저녁 시간」은 그런 의미에서 되새김질해 음미해볼 만하다. 이 시는 "붐비는 저녁 시간에 지하철 타고" 귀가 중인 시인의 상황을 제시한다. 급하게 핸드폰 통화를 시도하던 중 문득 낯선 존재를 발견한다. "이목구비를 보니/귓바퀴는 몽골인의 그것/눈매는 베트남인의 그것/입술은 타이인의 그것/콧대는 캄보디아인의 그것/수수천년 전 수수만년 전/어디선가 헤어졌던 내가/오늘 돌아와서 한 소식을/나에게 전하려고" 전화에 계속 투덜거리고 있는 모습이다. 내 안에 '몽골인, 베트남인, 타이인, 캄보디아인'이 있다는 발견이 상투적으로 비춰질 수 있다. 하지만 시인에게는 이러한 갑작스러운 깨달음이 스스로를 '멍'한 상태로 빠져들게끔 하는 충격을 안겨준다. 그간 시인이 시적 대상으로 포착해왔던 이주노동자가 실제로는 자신의 일부분이었음을 깨달은 것이다. 일견 평이해 보이지만, 이주노동자의 불행한 상황을 이야기화해 제시한 여러 시편보다, 시인 자신의 내면을 형상화한 시편들이 잔잔한 울림을 준다.

2009년에 간행된 『입국자들』에서는 「저녁 시간」에서 내비친 인식이 '이주노동자'들에게로 확산되어 간다. 이즈음에 이르러서는 특별한 사건이나 사연을 제시하지 않는 방식으로 이주노동자의 일상을 인물 중심으로 형상화해낸다. 이러한 변화는 이주노동자를 보편적 개별자로 포착하려는 시인의 노력이 투영된 것이라고 할 수 있다. 시인은 종종 정주민 노동자와 이주노동자의 처지를 동일한 것으로 바라보기도 한다.

한국 청년 지한석 씨가 하는 몸짓손짓을
미얀마 처녀 파파윈한 씨는 가만히 바라본다

파파윈한 씨는 이주민이고
지한석 씨는 정주민이지만
같은 공장 같은 부서에
근무하는 노동자여서
손발도 맞고 호흡도 맞다

공장의 불문율에는
일하고 있는 동안엔
남녀 구분하지 않고
불법체류 합법체류 구분하지 않고
출신국가 구분하지 않는다는 걸
그도 알고 그녀도 안다
세계의 어떤 법령에도
노동하는 인간의 신분을 따질 수 있다고
씌어 있진 않을 것이다

한국 청년 지한석 씨가 내는 숨소리에
미얀마 처녀 파파윈한 씨는 가만히 귀 기울인다

_「신분」 전문

「신분」은 한국 청년 지한석 씨와 미얀마 처녀 파파윈한 씨를 동일한 인격체로 그리고 있다. 이는 시인이 인식적 측면에서 일대 전환을 맞았음을 의미한다. 『국경 없는 공장』에 수록되어 있는 작품들에서는 이주노동자가 동정 혹은 연민의 대상에 가까웠다. 하지만 「신분」에서는 이러한 이분법이 깨지고 있다. 지한석 씨와 파파윈한 씨는 '남/녀', '불법체류/합법체류', '한국/미얀마' 구분 없이 "노동하는 인간"으로서 동등하다. 이 동등함에 대한 인식 속에서 미얀마 처녀 파파윈한 씨가 지한석 씨의 숨소리에 교감할 수 있는 여지가 생긴다. 또 다른 시편인 「비정규직」에서도 노동자의 평등에 관해 이야기한다. 인도네시아인 하디링랏 씨는 이주노동자이고, 한국인 철진 씨는 비정규직 노동자다. 이 두 명의 노동자는 "언제 잘릴지 모르기는 마찬가지"이고, "노동자론 힘들기는 마찬가지"여서 "말이 잘 통하지 않아도/쉴 때는 옆에 주저앉고/일할 때는 물건을 맞잡고 옮"긴다. 오로지 국적 때문에 발생하는 문제처럼 보였던 차별적 상황이 『입국자들』에 이르러서는 한국 노동현실에 대한 성찰로 이어지고 있는 것이다.

푸코에 기대어 표현하자면, 이주노동자는 여전히 '자본의 규율권력이 작동하는 수용소에 갇힌 자들'이다. 그들은 자본의 흐름에 따라 신자유주의적 세계화 속에서 국경을 넘은 약소자들이며, 자본주의적 임금노동체제에서 민족국가의 경계를 넘어 노동력을 생산하는 하위주체들이다. 스스로 발화할 수 없는, 현대성의 폭력을 자발적으로 감내하는 수인(囚人)인 것이다. 이들은 '외부에서 내부로 진입해 들어온 이방인이 아니라, 실제로는 내부를 성찰하게 하는 거울'이다. 한 공동체 사회가 이방인에게 공격적 성향을 드러낸다면, 그 공격성은 그 이방인에게서 자신의 일부를 발견했기 때문이다. 바꿔 말하면, 한국사회가 외국인 노동자에게 분노와 혐오, 무시의 감정을 드러내는 것은 그들에 대해 무지해서가 아니라, 그들에게서 '개발독재의 흔적'을 발견하기 때문일 것이다. 자신의 고귀한 부분의 일부를 포기해야만 경제적 성공을 이룰 수 있다는 인식은 얼마나 비극적인가? 1960~70년대, 극한적 고통과 착취 상황을 건너면서 경제적 성장을 이뤄낸 한국사회는 '경제성장'을 폭력적으로 이해하고 있다. 그래서 이주노동자에게 가해지는 불합리한 노동 착취를 어쩔 수 없는 것으로 내면화하고 있다. 이주노동자에게 가해지는 경제적·문화적 폭력은 한국사회가 스스로에게 가하는 복수이며, 자해행위이다.

신자유주의적 세계질서 속에서 이주노동자의 불행은 어쩔 수 없는 것으로 간주되곤 한다. 어쩔 수 없는 것 속에는 인간의 윤리가 둥지를 틀 수 없다. 그 어떤 실천적 행위도 '어쩔 수 없는 것들' 사이에서는 이뤄질 수 없는 것이다. 이주노동자 문제는 한국사회에 관용의 정신이 부족해서 발생하는 것이 아니라, 세계 자본주의의 메커니즘이 '이주노동자의 계급적 상황'에 중첩되어 폭력적으로 표출되고 있는 것이다. 이에 대응하는 윤리는 스스로의 상황을 체제의 일부로 사고하지 않고, 체제 밖에 관한 상상력을 확장해 실천적 행위의 가능성을 모색하는 것이다. 내부는 외부를 통해 충만해질 수 있다. 더불어 내부와 외부의 경계를 견고한 것으로 사고할수록, 인간은 스스로를 가두는 우를 범하게 마련이다. 이 역설적 진리가 자본주의 체제 바깥을 상상하게 하는 힘이다.

5. 다문화와 정체성의 충돌

세계화를 강제하는 물리적 힘은 여행(travels), 매체(media), 이주(migrantion)이다. 공교롭게도 김정환은 여행을, 이시영은 매체를, 하종오는 이주를 포착한 시집을 각각 발표했다. 그 시적 대상은 다르지만, 세 시인들은 예민한 감각으로 세계시민과 한국인들이 어떻게 만나야 하며, 미디어로 재현되는 세계화에 어떻게 반응할 것이며, 내부의 세계화에 어떤 방식으로 대응할 것인가에 대해 진지하게 성찰했다.

　김정환, 이시영, 하종오의 문학적 탐색은 값지다. 김정환은 한국사회의 정체성의 뿌리로서 1960~70년대 개발독재의 기억을 베트남의 현재와 버무려 성찰했다. 기억이 바로 정체성의 중요한 원천이라는 측면에서 베트남의 현재와 한국의 과거를 대비시키는 작업은 오히려 한국의 현실을 통찰하게 하는 효과를 자아낸다. 이시영은 '미디어에 의해 매개된 세계화'가 오히려 무관심을 강화시키는 현실에 시로 맞섰다. 미국과 자본 위주로 이뤄지는 세계화의 폭력에 맞서 '사건의 판단'을 촉구하는 그의 시편들은 건강한 시민윤리가 '관심, 전유, 저항'을 통해 이뤄질 수 있음을 보여준다. 하종오의 경우는 더욱 직접적이다. 그는 '내부로부터의 세계화'를 이주노동자 문제로 천착함으로써, 동정·연민의 관점을 넘어선 평등한 시선 확보를 위해 고투했다.

　국민국가의 경계를 넘어 한국사회를 압도해오는 '여행·매체·이주의 세계화'는 여전히 유효한 윤리적 질문을 던진다. 새로운 정체성과의 만남, 혹은 뒤섞임을 어떤 윤리적 태도로 받아들일 것인가? 이방인들과의 차이를 인정하며 공존할 것인가, 아니면 포용하여 동화시킬 것인가? 언뜻 별다른 차이가 없는 듯이 보이는 이 두 길은 정체성을 고수하느냐, 아니면 문화다양성을 옹호하느냐라는 심오한 차이를 내장하고 있다. 국가기구의 입장은 명확하다. 국가 핵심정책 과제로 '세계중심국가 수준의 사회적 품격 고양'을 제시하고, 그 세부 의제로 '더불어 사는 다문화사회 구현'을 주창하고 있다. 문화체육관광부는 다문화정책팀을 따로 만들어 다문화감수성 증진을 위한 정책 사업을 꾸준히 추진 중이고, '다문화시민사회 조성'이라는 의제까지 제출했다. 국가기구는 경계를 넘어온 이들을 국가의 필요에 의해 관리가 가능한 '노동력'으로만 인정한다. 그리고 OECD 국가에 걸맞은 품위 유지를 위해 '문화다양성' 문제를 도구화하는 대응양상을 보이고 있다.

문화다양성은 여러 문화가 병렬적으로 존재하는 고정된 상태를 지칭하는 것이 아니다. 문화다양성은 갈등과 투쟁 속에서 '공존의 합의'에 도달하는 운동의 과정으로 이해되어야 한다. 국가기구가 '노동력'이나 '다문화 가정'을 더 잘 관리하고 통합한다고 해서 '문화다양성'이 형성되는 것은 아니다. 이제는 문화다양성을 역동적이면서도 새로운 문화가 생성되는 원천으로 사유할 필요가 있다. 어떤 의미에서 문화다양성은 '정체성의 위기'를 초래한 이후에야 가능해지는 치열한 갈등의 산물이다. 세계시민의 윤리도 '정체성과 문화다양성'의 갈등관계를 적극적으로 이해하는 가운데 생성될 수 있을 것이다.

국민국가의 주권자로서만 자신의 위치를 고정시키지 않는 시민사회를 상상해보자. 이 시민사회는 내부에서부터 인종·국가·젠더의 차이를 존중하는 투쟁을 전개할 수밖에 없다. 국가기구는 정체성 유지를 위해 '차이의 공존'을 도구화하려 할 것이고, 자국민의 권리 보호를 내세워 이주민의 인권을 억압하려 들 것이다. 물론 자본의 요구에 따라 생산과 교환의 영역에서 이뤄지는 세계화는 아무런 문제를 발생시키지 않을 수 있다. 하지만 전 지구적 자본주의화를 하부에서 감내해야 하는 하위주체들과 더불어 바라보는 세계화는 새로운 윤리의 형성을 요구한다.

그런 의미에서 문제는 국민국가의 민주화이다. 비록 세계화가 외부에서 강제된 것이라 할지라도 국민국가의 정체성을 재구성하지 않고는 '해방의 기획'에 다가설 수 없다. 이는 마치 일본사회가 '천황제의 금기'를 넘지 못하고서는 체제의 전환을 꿈꿀 수 없는 것과 같다. 수령제가 북한체제를 견디게 하는 힘이지만, 수령의 권능을 극복하지 않고서는 북한사회의 민주적 변화를 도모할 수 없는 것과 같다. 한국사회도 국가의 권능을 재구성해야만, 지역적이면서도 세계적인 시민윤리의 형성을 꿈꿀 수 있을 것이다.

언민을 넘어선 윤리

"외국인, 이주민, 이주노동자를 포함한 언어적, 민족적 소수자와 소수 집단은 이 땅 어디에서나 시민과 동등한 문화적 권리를 누릴 수 있어야 하며, 자신들의 고유문화를 향유하고 정체성을 유지하고자 할 때에도 그 권리를 누릴 수 있어야 한다."

_2005년 5월 21일 공포된 「문화헌장」 제5조 (라)항'에서

1. '마붑'의 항변

스리랑카 출신의 이주노동자인 마붑 알람(Mahbub Alam)은 한국에 들어온 지 10여 년을 훌쩍 넘기고 있다. 그는 이주노동자방송국(MWTV)의 공동대표이며, 다국어 이주노동자뉴스의 방글라데시어 진행자이기도 하다. 마붑은 '2006 이주노동자축제'를 평가하는 자리에서 날카롭고도 비판적인 문제제기로 청중을 놀라게 했다. '2006 이주노동자축제'는 5월 28일 올림픽 체조경기장에서 개

최되었고, 이 축제에 대한 평가 토론회는 한 달 후인 2006년 6월 27일 민예총 문예아카데미 회의실에서 열렸다. 토론회 참석자 중 마붑은 유일한 이주노동자 출신의 패널이었다.

"마이그런트 아리랑 축제가 이주노동자만의 축제가 아니라 한국인을 대상으로 하는 축제가 되었던 것 같습니다. 축제의 제목도 마이그런트 아리랑이잖아요. 사실 아리랑도 한국 문화의 심볼이잖아요. 마이그런트 아리랑이란 단어가 꼭 왜 붙어야 되는지 고민이 되더라고요."

2005년부터 시작된 '이주노동자축제'는 각 지역의 '외국인노동자센터'와 문화관광부, 법무부가 '차별과 편견'을 극복하기 위해 조직한 축제였다. 영문으로 '마이그런트 아리랑(Migrant Arirang)'이라고 표기했는데, 바로 이 부분에 대해 마붑이 강한 불만을 토로한 것이다. 그의 입장에서 볼 때, '2006 이주노동자축제'는 외국인 노동자를 대상화하고 있다. 예를 들면, 각국의 다양한 문화교류의 장을 만들겠다고 하면서 전통의상, 전통음악, 전통음식만이 그 나라 문화의 전부인 양 내비치게 했다. 각 국가의 전통문화가 스펙터클한 효과를 불러일으킬 수는 있지만, 현재 그 나라에서 향유하는 문화라고는 할 수 없다. 이주노동자를 전통문화와 연결시키려는 태도는 '원시성' 혹은 '근대 이전의 상태'로 이들을 시각화하려는 것과 같다. 흔히 말하는 '제국의 시선'이 투영되어 있는 것이다. 상상적으로 구성된 권력의 시선은 의식 있거나 의식화된 이주노동자들을 불편하게 했다. 그래서 마붑은 '2006 이주노동자축제'가 외국인 노동자를 아직도 "불쌍하다, 도와줘야 한다"는 관점에 젖어 있었다고 당당히 비판했다.

마붑의 이러한 비판은 일부 참석자들을 당황하게 했다. 토론회에 침묵한 문화관광부 관계자는 '이주노동자 축제'기 '소외계층 지원사업'의 일환이라고 방어적으로 이야기했고, '2006 이주노동자 축제'의 박인배 총감독은 "민요에 대한 여러 나라의 명칭 중 공용어로 쓸 수 있는 것"을 찾다가 '아리랑'이라는 용어를 사용하게 되었다고 해명했다.

이 짤막한 에피소드는 이주노동자 문제가 한국사회에서 새로운 국면으로 접어들고 있음을 촌철살인(寸鐵殺人)처럼 보여준다. 55만 명으로 추산되는 외국인 이주노동자들은 더 이상 자신을 은폐하려고만 하지 않는다. 이들은 노동현장 곳곳에서 자신의 목소리로 '권리'를 이야기하고 있으며, 한국 곳곳에 이국 문화의 싹을 돋우고 있다. 일부 한국인들은 그들이 '있는 듯, 없는 듯 묵묵히 일만 하다, 자신의 나라로 돌아가'기를 바란다. 하지만 전 지구적 자본주의의 폭력 아래서 이들은 '억압받은 약소자(minority)'의 정체성을 당당히 드러내고 있다. 이주노동자들은 한국사회에서 어떤 존재들인가? 스스로 말하기 시작한 이들의 존재를 어떤 태도로 대해야 하는 것일까? 신자유주의적 세계화의 최하층부에서 '자본의 폭력'을 감내하고 있는 이주노동자들은 과연 '뜨내기처럼 머물다 갈 타자'일 뿐인가?

이제 세계화의 물결 속에서 한국인들은 다양한 인종·문화와 섞여들기 위해 '새로운 윤리의 구성'이 필요하다. 주체와 분리된 '타자'는 성찰의 대상으로 의미화될 수 없다. '타자의 타자성'을 인정할 때, 오히려 '타자'는 주체의 내부로 스며든다. '타자에 대한 윤리'는 관계 속에서 형성이 가능한데, 이를 위해서는 정서적 공감뿐만 아니라 '이성적 실천'을 적극적으로 고려해야 한다. '윤리적 실천행위'는 스스로를 위안하는 '연민'으로부터 의도적으로 벗어날 때 가능한 것이기도 하다. 만약 시민 윤리가 연민에만 의존한다면, 그것은 '개별적이면서도 감성적인 행위'의 촉발에만 그치고 만다. 비판적 거리두기와 감성적 밀착이 융합되어야 새로운 '윤리적 실천'의 길은 열린다.

그런 의미에서 이주노동자를 문학작품 속에서 재현해낸 작품을 다시 주목할 필요가 있다. 이들 텍스트들은 우리 사회가 '이주노동자'에 대해 갖고 있는 공통감각을 반성적으로 살필 수 있는 계기를 마련해주고 있다. 다행히 세상을 향해 열려 있는 진지한 작가들의 노력이 이주노동자 문제를 적절히 포착했다. 대표적인 작품이 박범신의 『나마스테』(한겨레신문사, 2005)와 김재영의 「코끼리」(『코끼리』, 실천문학사, 2005)이다. 이들 텍스트들은 전 지구적 자본주의와 노동이주의 문제, 연민과 윤리의 문제, 그리고 문화다양성의 문제에 대한 풍부한 포자(胞子)들을 머금고 있다.

2. 비윤리적 서사의 윤리성

김재영의 단편 「코끼리」는 『창작과비평』 2004년 가을호에 발표되었다. 작가는 이 작품을 쓰기 위해 1년 동안 경기도 고양시 일산구 식사동 가구공단 등지에서 이주노동자를 취재했다. 집필 준비 기간까지 포함한다면, 김재영이 이주노동자를 중심에 둔 작품을 처음 구상한 시기는 2003년 가을 즈음이라고 할 수 있다. 박범신의 『나마스테』는 『한겨레신문』에 2004년 새해 벽두에 발표하기 시작해 2004년 12월 말 256회로 연재 완료했다. 박범신은 이 소설의 창작동기를 밝히면서 2003년 11월 11일을 "눈이 깊은, 아름다운 청년"이 세상을 떠난 날로 기억했다. 이날은 스리랑카에서 온 이주노동자 다르카 씨가 성남의 단대오거리역에서 전철에 뛰어들어 자살한 날이다. 다르카의 죽음 이후 불법체류 외국인 노동자 7인이 자살로, 사고로, 병으로 죽어갔다. 이주노동자들은 생명을 내던져 무언가를 이야기하고자 했다. (연이은 죽음의 시발점이었던 2003년 11월 11일은 공교롭게도 전태일 열사가 분신했던 1970년 11월 13일과 비슷한 시기였다. 두 사건이 30여 년의 시차를 두고 모두 11월 11일과 13일에 발생했다.) 이제 노동의 문제는 단위 국가에만 한정된 것이 아니라, 국경을 넘어서는 세계적인 문제로 확대되고 있다. 한국사회는 그 현장을 일부러 외면하며 멀찍이 떨어져 있으려 했고, 한국인들은 연민의 감정을 표명하기는 하지만 '자신의 문제'로 끌어안기는 주저했다. 김재영과 박범신의 소설이 돋보이는 이유는 바로 '이주노동자 문제'를 '우리 삶의 품'으로 끌어안았기 때문이다.

단편 「코끼리」는 열세 살 소년인 '나(아카스)'가 화자다. '나'는 한국에서 네팔 출신의 아버지와 중국 조선족 출신의 어머니 사이에서 태어났다. 여기서 '나'의 나이가 열세 살이라는 사실에 주목할 필요가 있다. 열세 살이면 대략 1992년경에 출생한 것으로 유추할 수 있다. 한국에 산업연수생 신분의 외국인 노동자가 처음 유입된 시기가 1991년이니, '아카스'의 나이는 이주노동자의 역사와 일치한다. (이혜경의 연구에 의하면, 한국사회에 아시아계 외국인 노동자가 들어왔고 시작한 시점은 1989년경이었다. 처음에는 중국 조선족이 들어왔고, 이후 필리핀, 방글라데시 등에서 노동자가 입국했다. 1991년은 '산업연수생 제도'를 통해 이주노동자가 한국사회에 공식적으로 정착한 때이다.) 아버지인 '어루준'은 스물여섯에 한국으로 건너와 마흔 번째 생일을 맞았다. 네팔에서 천문학을 공부했던 아버지는 전구 만드는 공장과 상자 만드는 공장에서 청춘을 바쳤다.

독자들은 열세 살밖에 되지 않은 '나'의 내면이 소설 속에서 어색하게 표현되었다고 느낄 수도 있다. 이는 '자아의 은유', '자아의 응축' 현상 때문이다. '나'는 수십만 명이 넘는 '이주노동자의 은유적 담지체'이다. '나'는 세상에 실재하면서도 서류상으로는 존재하지 않는다. "태어난 곳은 있지만 고향은 없"고, 아버지와 어머니는 있지만 "호적도 국적도 없"다. 다니는 초등학교에서도 '청강생'일 뿐, '나'에게는 학적도 없다. 한국사회에서 '노동 피라미드'의 최하층부를 차지했던 외국인 노동자들도 '있으면서 없는 존재'였다. 여행비자를 통해 입국했다가 장기체류 이주노동자가 되었든, 산업연수생 신분이었다가 사업장을 탈출해 노동현장에 스며들었든, 이들은 모두 합법의 영역에서는 존재하지 않는 불법체류자들이다. 이들에게는 그 어떤 사회보장제도도, 의료보험 혜택도, 심지어는 인간의 기본권인 인권도 보장되지 않았다. 마치 인도와 네팔의 최하층계급인 불가촉천민처럼, 그들은 한국에 있는 동안은 눈에 띄지 않는 투명인간처럼 살아야 했다. 불법체류자의 2세인 '나' 또한 한국사회에서 내쳐진 존재다. 그래서 '나'는 다른 존재가 되기를 열망한다. 탈색제로 세수하면서 피부색을 바꾸려는 이 장면은 뿌리 깊게 자리하고 있는 한국사회의 인종주의에 대한 신랄한 야유이다.

그 뒤로 나는 저녁마다 물에 탈색제 한 알을 풀어 세수했고 저녁이면 내가 얼마나 하얘졌나 보려고 거울 앞으로 달려갔다. 푸른 새벽 공기 속에서 하얗게 각질이 일어난 내 얼굴을 볼 때면 가슴이 설레었다. 내가 바라는 건 미국 사람처럼 되는 게 아니었다. 그냥 한국 사람만큼

민 하얗게, 아니 노릇게 되기를 바랐다. 여름 숲의 뱀처럼, 가을 낙엽 밑의 나방처럼 나에게도 보호색이 필요했다. 남의 눈에 띄지 않고 조용히 살아갈 수 있도록. 비비총을 새로 산 남자애들의 첫번째 표적이 되지 않고, 적이 필요한 아이들의 왕따가 되지 않고, 달리기를 할 때 뒤에서 밀치고 싶은 까만 방해물로 비치지 않도록. 나는 하루도 거르지 않고 탈색제를 썼다.

_김재영, 「코끼리」, 『코끼리』(실천문학사, 2005, 17~18쪽)

'나'는 가능하다면 보호색을 통해 한국인들 속에 스며들기를 열망한다. 한국에서 태어나 한국인처럼 사고하고, 한국어로 생활하지만, '나' 또한 강제추방의 위협으로부터 자유롭지 못하다. 오히려 더 취약하다. '나'는 한 번도 아버지의 고향 네팔에 가본 적이 없기에, 한국에서 살아남기를 간절히 열망한다. 하지만 아직까지 한국사회에서 이주노동자가 이방인이듯이, 혼혈아인 '나' 또한 배제된 주체일 뿐이다.

'나'는 경계인이기에 이주노동자의 역사가 응축된 '대자아'로 화하기도 한다. '나'는 개인의 기억을 통해 이주노동자의 '집단적 기억'을 재현해내는 인물이다. 이러한 과도한 짐 때문에 '나'의 목소리는 때때로 나이에 어울리지 않는 '대자아'의 형상을 취하곤 한다. 열세 살 소년은 알리, 비재 아저씨, 쿤, 토야 엄마, 마리나의 사연을 모두 이해하고 있으며, 유려한 언어로 그들을 대변하기까지 한다. '나'는 이들의 목소리를 매개하는 영매의 역할을 함으로써, 이들의 고통과 수난이 실재했음을 웅변한다. 불법체류 외국인 노동자들은 네팔 신화에 나오는 코끼리처럼 '세계(한국)를 떠받치는 기둥'이 되었다. 그들은 한국으로 이주하면서 "구름보다 높은 히말라야에서 태어나 이곳, 후미진 공장 지대에서 살아가"는 격이 낮아진 존재로 화하고 말았다.

「코끼리」에는 '내'가 노동현장에서 잘린 알리, 베트남 아저씨, 쿤의 손가락들을 넘겨받아 묻어주는 장면이 나온다. 소설 전체 분위기로 보아 과잉된 듯한 이 장면은 상징적 의미를 지니고 있다. 박노해는 「손무덤」(1984)에서 신체 절단을 노동자의 운명과 대비시켜 결연한 의지로 표현한 바 있다. 「코끼리」의 손가락 매장 장면은 「손무덤」을 연상시키기에 서늘한 아픔을 안겨준다. 하지만 이 손가락들을 모아 땅에 묻어주는 제의적 행위는 "일하는 손들이 기쁨의 손짓으로 살아날 때"(「손무덤」)를 기약하는 '노동자의 결연한 의지'로 이어지지 않는다. 단지 '나'는 '파괴의 신, 시바'에게 제물을 바치면서 간절한 목소리로 "이 정도면 충분해요. 더는 제물을 바라지 마세요"라고 외친다. '내'가 행하는 매개체·영매의 역할은 식사동 가구공단을 거쳐간 수많은 이주노동자의 삶에 대한 증언이며, 한국인에 대한 항변이기도 하다. '나'는 이주노동자들의 아린 과거를 기억하고, 고단한 현재를 증언하는 '어린 주술사' 역할을 하고 있는 것이다.

이주노동자들이 집단적으로 자신의 존재를 드러낸 시기는 '강제출국'으로 인해 한국을 떠나야 했던 때였다. '식사동 가구공단 밖'을 좀처럼 벗어나지 못하는 '나'는 TV 화면을 보며 그 폭력적 사건들을 증언한다. '나'는 경계인의 시선으로 한국인의 일상과 극렬하게 대비되는 이주노동자의 위기감을 포착한다. 이 장면은 몽타주적 기법으로 서술되고 있어 더욱 아려온다. 뉴스는 "내 고향 특산물 따위를 소개"하다가, "불법체류 외국인을 강제추방하겠다는 정부의 방침"을 발표한다. 때로는 "시트콤을 통해 폭소를 퍼붓"고 나서 "방글라데시 출신 노동자가 열차에 몸을 던진 소식"을 전하기도 하고, "드라마와 토크쇼"를 한 후, 남의 이야기처럼 "출국하는 외국인 노동자들로 붐비는 공항을 보여"준다. 바로 이때가 스리랑카인 다르카가 전철에 몸을 던진 때이고, '강제출국'에 저항하는 이주노동자의 집단행동이 조직될 즈음이었다. 그러니까 2003년 11월 즈음에 불법체류 중인 외국인 노동자들은 심하게 앓고 있었다. 앓고 있는 약소자들을 카메라 앵글은 차가운 듯 무심히 훑어내릴 뿐이다. 당시 이주노동자들은 한국인의 일상에 끼어들지 못한 존재들이었다. 그래서 마치 먼 외국의 이야기처럼 '외국인 노동자의 죽음'이 삽입되었고, '외국인 노동자 강제추방' 소식은 '수취인 불명의 편지'처럼 건조하게 전파를 탔다.

김재영은 「코끼리」를 통해 이주노동자의 현실을 사실적으로 그렸지만, 이주노동자의 자기부정에 의한 주체화 과정이라기보다는 한국인의 입장 변화를 촉구하는 것에 가까웠다. 김재영은 이주노동자의 내부로 진입하기 위해 '내파의 목소리'를 설정했다. 한국인 관찰자의 시선을 선택한 것이 아니라, 이주노동자를 아버지로 둔 어린이의 목소리를 선택한 것이 간혹 소설 전개를 위태롭게 한다. 하지만 「코끼리」는 소년 화자를 '응축과 은유'의 주체로 내세움으로써 이주노동자의 삶을 압축적으로 전면화시켰다는 데 의미가 있다. 이 소설에서 주목할 부분은 결말 부분이다. 「코끼리」는 마지막 부분에서 이주노동자들 사이에서 벌어지는 '약탈의 연쇄고리'를 제시한다. 파키스탄 청년 알리는 비재 아저씨가 아들 심장병 수술을 위해 마련한 돈을 훔쳐서 도망가고, 낙담한 비재 아저씨는 귀국을 앞둔 인도 아저씨 노랭이의 돈을 강탈한다. 극심한 절망 속에서 이뤄지는 비윤리적 행위는 소설 속에서 '리얼리티'를 강화한다. 더불어 이주노동자의 비윤리적 태도를 형상화하는 듯하면서도, 실제로는 그러한 환경을 이들에게 강요한 한국적 현실을 질타하고 있다. 「코끼리」는 비윤리적 사건을 통해 윤리적 충격을 가하고 있다. 그런 측면에서 「코끼리」는 '외국인 노동자에게 말걸기'를 시도함으로써, 오히려 한국인에게 성찰적 계기를 마련한 의미 있는 작품이라고 할 수 있다.

3. 운명과 윤리

불가촉천민(不可觸賤民)은 언터쳐블(Untouchables)이라고도 지칭한다. 이들은 그 어떤 신분적 질서에도 포함되지 못한 '버려진 계급'이다. 불가촉천민은 세상에서 가장 미천한 계급, 그래서 만지는 것마저도 죄악시하는 '저주받은 존재'이다. 심지어는 이들을 호칭하는 고유명사도 없을 정도다. 카스트제도가 온존하고 있는 인도, 네팔 등지에서 불가촉천민들은 배설물, 오물청소, 가축도살 등으로 생계를 유지한다. 이들은 길을 걸으면서도 불가촉천민이라는 사실을 다른 사람들에게 알려야 한다. 이들과 접촉하면 생의 순결성이 훼손된다는 일반인들의 믿음은 공포에 가깝다. 그 공포심이 이들에 대한 맹렬한 공격으로 이어지곤 한다. 이들은 관습적 멸시와 박해를 숙명인 양 감내하며, 살아 있으되 인간적으로 죽어 있는 삶을 살고 있다. 조선시대로 치면, 백정(白丁)이 불가촉천민과 유사한 삶을 살았을 것이다.

1990년대 내내 한국사회에서 거주했던 이주노동자들은 신자유주의적 세계화를 몸으로 감당해야 하는 세계체제의 희생양들이었다. 그들은 피부색이 다르다는 이유로 백안시당했고, 한국어가 서툴다는 이유로 구박받았으며, 강제추방의 위협 속에서 자신의 존재를 은폐했다. 이주노동자들은 마치 불가촉천민처럼 더럽고, 어렵고, 위험한 일을 감수하면서도, 노출되기를 꺼려했다. 박범신은 『나마스테』에서 '버림받은 계급의 존재증명'을 시도했다. 박범신은 사랑으로 시작해, 죽음을 감내하는 헌신으로 끝나는 장편서사 속에 이주노동자의 수난사를 능란하게 반죽해 넣었다. 이 소설은 "산벚꽃이 환하"던 2002년 4월에서, "수십 년 만에 찾아온 혹한"의 추위를 감내해야 했던 2004년 2월초에 이르렀다가, 2021년이라는 미래로까지 나아간다. 김재영의 「코끼리」가 이주노동자의 내부 생활세계로 침투해 이야기하는 방식이라면, 박범신의 『나마스테』는 정공법을 구사한다. 화자 또한 한국인 여성으로 설정되어 있고, '사랑'이라는 주제를 통해 주체의 밖에 있던 타자가 주체의 안으로 스며드는 과정을 자연스럽게 보여준다.

소설 속 화자인 '나(신우)'는 네팔 출신의 이주노동자 '카밀'을 사랑하게 되면서, 이주노동자들이 처해 있는 부당한 현실에 눈뜨기 시작한다. '나'는 국적과 인종에 대한 편견을 극복하고 '카밀'과 평범한 가정을 이루기를 열망한다. 하지만 '내'가 일상적 소망에 집착하면 집착할수록 현실은 견고한 성채처럼 위압적인 모습으로 다가온다. 지극히 평범하고 사적인 '나'의 욕망은 오히려 카밀의 '정치적 저항성'을 자극하게 되고, 현실에 대한 순응을 거부한 '카밀'은 급속도로 의식화된다. '카밀'의 선택은 지극히 사적인 것이 어떻게 급진적인 정치성과 맞닿는가를 상징적으로 보여준다.

『나마스테』에 형상화된 '나'는, 상처투성이 삶을 살아온 서른 살의 이혼녀다. 어린 시절 가족과 함께 미국 LA로 이민을 가 "미국학교에서 놀림"을 받으며 열등감을 키워왔으며, LA 흑인폭동으로 아버지와 막내 오빠를 잃고 다시 귀국했다. 미국에서 받은 상처는 한국에서도 치유받지 못했다. "술에 취해 곧잘 발길질"을 해대던 남편은 "미국에서 어떤 놈하고 잤어? 흰둥이? 깜둥이?"라고 윽박 지르곤 했다. 그래서 결혼 생활은 "불과 몇 개월의 악몽"으로만 기 억될 뿐이다. 남편과 이혼한 후 '나'는 "햇빛 밝은 날은 거리에 나 가기도 싫"어서 동대문 옷가게에서 밤 근무를 하며 "세상과 만나 는 것을 두려워"하는 삶을 살았다. 그런 '나'에게 운명처럼 카밀이 다가온다. '내 사랑 카밀'은 "황폐해졌을 뿐"인 '내' 가슴속 잿더미 에서 "불씨를 찾아내 지핀" 스물다섯의 네팔 청년이다.

『나마스테』에서 '나'의 사랑은 "카르마의 예술, 카르마의 춤"으 로 일컬어진다. 카르마(Karma)는 산스크리스트어인데, 번역하면 불교의 '업(業)'이다. 여기서 카르마는 '운명'으로 변환해 해석할 수 있다. 운명은 '표식'을 통해 유추할 수 있는 '관계의 총체'이다. '나'의 운명은 '나'의 과거 속에 각인되어 있다. 미국에서 받은 인종 적 편견이, LA 흑인폭동으로 파멸하고 만 가족관계가, '다중성격 장애자'였던 남편의 폭력이, '나'에게는 지울 수 없는 흉터로 남아 있다. 이 상처의 흔적들은 동질적 존재를 만나 공감의 영역에서 소 통되기 전까지는 사라질 수 없는 것이기도 하다. 상처를 안다는 것 과 상처를 깊이 공감한다는 것은 다르다. 의사는 상처를 알 수 있 지만, 상처의 고통을 공감해줄 수는 없다. '카밀'은 '내'가 미국에 서 겪었던 현실을, 한국에서 반복적으로 겪고 있기에 '나'의 상처 에 공감하는 인물이다. 그래서 '나'는 카르마에 사로잡힌 듯 카밀 에게 운명적으로 끌린다.

하지만 애석하게도 카밀의 카르마는 '내'가 아닌 '사비나'를 향해 있다. 카밀은 네팔에서 맏나니처럼 "반항적인 십대"를 보낸 문제아였다. 심지어는 중고등 과정에 다닐 때에 한 학년 아래인 여자애를 붙잡아놓고 "건달 깡패 같은 친구 두 명에게 강간을 하도록 명령"하는 극단적 행위를 한 적도 있다. 모성의 결핍에서 시작된 카밀의 반항은 '사비나'를 만나면서 종지부를 찍게 된다. 아버지가 경영하던 카펫 공장에서 일하고 있던 사비나는 카밀에게 당당히 "포허르 깨따(더러운 놈)"라고 외칠 정도로 강한 성격의 소유자다. 그 누구도 자신의 행위에 제동을 걸지 않던 상황에서 카밀은 사비나로부터 '강한 제지'를 당한 것이다. 이를 계기로 '카밀'은 '사비나'에게 스스로도 주체할 수 없는 '카르마'를 느낀다. 불가능한 것에 매혹된 인생은 슬픔을 자아낸다. 더구나 관계와 관계 사이에서 엇갈리는 매혹은 진부한 것이면서도 여전히 비극적일 수밖에 없다. 흔한 슬픔은 모두의 것이기에 공감을 불러일으키는 것 아니겠는가. '나'와 카밀과 사비나의 상이한 성격은 엇갈리는 운명으로 이어져 소설 전체의 기본 정조를 직조해낸다.

카르마, 혹은 '운명'은 그것을 생각하는 이들에게 비애감을 안겨준다. 운명은 주체의 바깥에서 주체를 엄습해오는 것이다. 주체의 의지로도 어쩔 수 없는 관계가 '운명'이다. 그것은 총체적 관계이기에 읽어낼 수는 있지만, 바꿀 수는 없다. 단지 다시금 관계의 배치를 바꿈으로써만 미래의 운명 작동방식에 변화를 가할 수 있을 뿐이다. 그렇다고 한 개인의 운명은 유일무이한 일관성을 지니는 것도 아니다. 그것은 타자가 갑자기 운명에 뛰어듦으로써 급격히 전환되기도 한다. 어떤 의미에서 운명은 관계의 배치라는 측면에서 역동성을 지닌다고 할 수도 있다. 운명은 고유한 것인 듯하면서도 주체와 타자의 관계 속에서 형성된다. 관계성을 중심에 놓고 본다면 '운명'과 '윤리'는 상동성을 지닌다. 운명이 '관계의 총체'가 현재에 작용하는 것이라면, 윤리는 '자기 안에서 이뤄진 가치관이 타인과 맺는 관계'이기 때문이다. 이렇게 보면 윤리는 자신의 운명을 포함한 상태에서 타인의 운명에 개입하는 것일 수도 있다.

그렇다면 '나'와 카밀, 그리고 사비나의 운명은 개별적일 뿐일까? 『나마스테』는 개별적 운명을 둘러싸고 있는 공통의 운명(윤리)에 대한 서사로 전진해나간다. 『나마스테』는 제6장 '가족'에서부터 급격하게 서사가 사회적 성격을 띠기 시작한다. 그 중요한 분기점은 앞에서도 중요하게 언급된 2003년의 '외국인 근로자 고용법' 통과다. '나'와 카밀 사이에 태어난 애린은 둘을 매개하는 강한 인연의 끈이 된다. 애린의 탄생으로 '나'는 단란한 가정생활의 꿈을 실현하는 듯했다. 하지만 4년 이상 체류해온 외국인 근로자는 무조건 강제출국시킨다는 한국정부의 방침이 발표된다. 임박한 카밀의 추방 앞에 '나'는 "어찌하여 조국과 가족이라는 말이 때로는 서로 배타적이어야 한단 말인가"라고 절규한다.

무엇보다 흥미로운 것은 카밀의 선택이다. 카밀은 "개인적인 삶으로부터 전체적인 공동체의 삶으로 나가는 길"에 접어든다. 그는 숱한 이주노동자의 죽음 앞에서 "의식화의 과정을 밟"게 되고, '나'는 이주노동자들을 대하는 정부의 태도로 인해 "내 조국에 대한 뼈저린 증오심"을 느낀다. '내'가 카밀의 분신 항거를 껴안으며, 함께 죽음을 선택한 것은 '속죄양 의식'과 무관한 것일 수 없다. 카밀과 '나'의 죽음은 야만적 과거에 마침표를 찍음으로써, 새로운 미래를 열어놓으려는 의지의 표현이다. 『나마스테』의 결말은 2021년에 딸 애린이 '네팔의 카일라스'를 방문하는 것으로 되어 있다. 결국 '나'와 카밀의 죽음이 만들어낸 '새로운 윤리적 관계' 속에서 딸 애린은 '역사를 반추하는 길'을 걸을 수 있게 된다.

한 사회공동체의 주변부에 위치해 있던 약소자가 '새로운 목소리'를 내면, 기존 체제 내에 있는 이들은 그 목소리를 '무마'하려고만 한다. 카밀의 의식화 과정은 바로 이 '새로운 목소리'의 등장을 상징한다. 그것은 1970~80년대에 전태일과 박노해가 걸었던 의식화 과정을 다시 걷는 것이기도 하다. 이제 연민에 기반한 시민윤리는 이전과는 다른 관용적 태도로 이주노동자를 포용하려 하는 듯하다. 하지만 연민은 상대방이 위협적이지 않다는 전제하에서만 표출된다. 혹은 그만큼의 여유를 가진 '소시민적 윤리'의 한계 내에서만 관용을 베풀 뿐이다. 현재 이주노동자에 대한 한국사회의 태도는 '무마'에 가깝다.

스스로 권력을 지녔다고 생각하면 카밀과 같은 '새롭고도 거친 목소리'를 안전하게 포용하려고만 한다. 기존의 사회질서에 속한 주체들은 '타자를 자기화시킴으로써 공격성을 거세'하는 데 급급할 뿐이다. 안전한 관람석에서만 마음껏 연민의 감정을 표시하고, 관용을 베풀고, 분노한다. 하지만 자신의 이해관계에 대치되는 상황에 직면하면 돌연 무자비하며, 비관용적인 적대감을 표출한다. 소시민적 윤리는 야누스적이며, 철저하게 자본주의적으로 훈육되어 있을 뿐이다. 자기 안에 닫힌 소시민적 윤리는 폭력적인, 심지어는 파시즘적 파괴의 속성을 지니고 있다.

외국인 이주노동자가 약소자라면, 그들은 불가촉천민으로 존재함으로써 한국사회의 부정성을 온몸으로 증언한다. 약소자에 대한 연민만으로는 부정적 현실에 대한 비판적 거리를 확보할 수 없다. 동정에서 출발해 정서적 공감에 도달할 수 있을지라도, 궁극적으로 그러한 상황을 유발한 환경을 문제 삼지 않는다면 그 공감은 고립적인 것일 뿐이다. 그래서 사회환경에 대한 비판까지 동반하는 감성의 연대가 중요하다. 이성과 감성이 아우러진 '시민적 연대'는 새로운 윤리를 요구한다. 이를 위해서는 이주노동자들을 대상화시키지 않고, 한국사회 곳곳에서 구조적 모순을 증언하고 있는 다양한 약소자들을 새롭게 위치 지을 필요가 있다. 한국사회에서 약소자는 소수가 아니라 다수이다. 약소자들은 불안정한 삶 때문에 몸을 혹사하고 있는 비정규직 노동자들, 강남계급에 대한 상대적 박탈감에 분노하는 세입자들이고, 공간적으로 배제되어 있는 도시빈민들이며, 그리고 전 지구적 자본주의 체제 아래서 새로운 주체로 부상하고 있는 이주노동자들인 것이다.

4. 인종주의적 폭력 바깥으로

불법체류 이주노동자들은 1990년대 내내 언터처블과 같은 존재였다. 이들이 2003년 강제출국을 앞두고 극단적인 방법으로 자신의 정체성을 드러냈을 때, 대부분의 한국인들은 침묵했다. 이 와중에서 마붑 알람 같은 이들이 한국인을 불편하게 하는 '새로운 목소리'를 토해냈다. 이 글의 서두에서 언급한 인물인 마붑은 당시 '강제추방저지 · 미등록이주노동자 전면합법화를 위한 농성투쟁단'의 선전국장이었다. 그리고 지금은 이주노동자 권익보호를 위해 일하는 활동가가 되어 있다. 마붑은 『나마스테』의 카밀이었고, 「코끼리」에 등장하는 아카스의 미래의 모습이기도 하다.

한국의 보통 사람들이 보기에 이주노동자들은 "돈벌이 욕심에 제 나라도 등지고 여기까지 떠밀려온" 존재로만 보일 수도 있다.

역사적으로 볼 때, 정주민들은 항상 떠돌이 이방인에게 '공포심'을 느껴왔다. 한국사회가 이주노동자들에게 느끼는 불안의식도 이러한 '공포심'과 무관하지 않다. 이방인들은 정주민이 상상하지 못한 세상의 소식을 물고 오기에, 정주민의 안정적 질서를 위협한다. 그렇다고 이방인의 유입을 차단한다고 해서 세상의 변화가 멈추는 것도 아니다. 한국인은 미래에 일상적으로 외국인과 대면해야 한다는 사실에 두려움을 느끼는 것은 아닐까. 그것은 부분적 진실이기도 하다.

세계화는 하층부에서 이주노동자를 양산하며 진행된다. 한국사회는 시나브로 '내부에서부터 세계화'를 경험하고 있다. 이주노동자들은 한국 안에서 움트고 있는 '바깥의 정체성'을 상징한다. 이들은 국민국가의 경계를 넘어온 새로운 주체들이며, 신자유주의적 세계화의 하중을 그대로 견뎌내고 있는 세계체제의 약소자들이기도 하다. 근대국가에서 국경에 대한 통제는 '주권을 가진 국민의 안전보장과 일자리 보호를 위해 취해진' 고유의 권한으로 이해되었다. 하지만 세계화의 물리적 힘은 곳곳에서 국민국가의 경계를 무너뜨리고 있다. 무엇보다 '내부에서의 세계화'는 시민사회에 '새로운 윤리적 실험'을 강제한다. 그것은 새로운 구성원으로 진입해 들어오는 이주노동자를 어떻게 사회체제의 일원으로 받아들일 것인가와 관련이 있다. 노동의 경우는 좀처럼 세계체제로 통합되기 힘든 영역이기는 하다. 따라서 노동자 간의 상호경쟁에 대한 국민국가의 규제는 앞으로도 지속될 수밖에 없다. 그럼에도 불구하고 세계화가 자본과 노동의 이동을 활성화시킬 것이라는 사실은 자명하다.

이주노동자에 대한 새로운 시민윤리를 구성하기 위해서는 한국사회의 역사적 경험을 성찰적으로 되돌아볼 필요가 있다. 그 작업을 『나마스테』가 수행하고 있기도 하다. 산업화와 도시화의 와중에 있었던 1960~70년대에도 수많은 월경자(越境者)들이 있었다. 지금의 월경이 국민국가의 경계를 넘는 것이었다면, 당시의 월경은 제1세계로의 이민이었으며, 농촌에서 도시로 경계를 넘는 것이기도 했다. 『나마스테』의 '나'는 한국에서 미국 LA로 이주하면서 다른 정체성을 경험했고, 카밀은 저 멀리 네팔의 카트만두에서 한국으로 진입하면서 '세계체제의 폭력'을 감내해야 했다. 이들 월경자들은 공돌이, 공순이었으며, 구크(gook)였고, 불가촉천민으로 취급되곤 하는 이주노동자였다. 돌이켜보면, 한국 현대사는 '착취를 통한 성장'을 어쩔 수 없는 것으로 숙명화한 궤적을 그려왔다. 이제는 이주노동자들에 대한 착취도 어쩔 수 없는 것으로 받아들이면서 한국 경제를 유지하고 있다. 착취를 지극히 정당한 것으로 간주하는 사회는, 그 자신이 착취당하고 있다는 사실을 애써 외면한다. 그런 의미에서 이주노동자들은 한국사회의 숙명적 인식에 대한 반성을 촉구한다. 운명의 배치를 바꿔내지 않는다면, 주체적 삶 · 실천적 윤리의 재구성은 불가능하다.

더불어 내부에서 세계화를 일궈내고 있는 이들 이주노동자들은 한국사회가 세계체제 속에서 어떤 역할을 해야 하는가에 대해 질문한다. 이제까지 한국사회는 내부의 빈곤 문제를 어떻게 해결할 것인가에 대해서만 생각해왔다. 하지만 이제는 전 지구적 빈곤과 한국사회가 깊이 연관되어 있다는 사실을 외면할 수 없는 상황에 이르렀다. 국민국가의 경계 안에서, 혹은 단일 공동체 내에서 부를 축적하고 유지하는 것은 더 이상 불가능하다. 현재의 한국사회는 세계체제의 일부로 깊이 개입되어 있고, 한국의 부를 제3세계에 대한 착취를 통해서 유지할 수 있는 상황도 아니다. 세계체제하에서의 국가 간 부의 불균등은 노동의 이동을 계속 부추길 것이다. 신자유주의적 세계화의 가장 하층부에 있는 이주노동자들은 생존의 갈망 속에서 세계를 부유할 것이고, 이들은 스스로 세계체제의 부정성을 증언하는 '몸으로 말하는 매체'가 될 것이다. 이제 한국사회는 세계적 윤리, 연대의 윤리를 구성할 수 있는 계기를 이들로부터 발견해야 한다.

무엇보다 한국사회가 놓치지 말아야 할 사실은 '선량한 외국인 노동자는 없다'는 점이다. 그냥, 한국사회로 이주한 다양한 이주노동자가 있을 뿐이다. 국적이나 피부색이 인간 정체성의 표식일 수는 없다. 그들은 단지 한국인과 같은 인간일 뿐이다. '이주노동자다움'에 대한 상징적 조작이 '착한 이주노동자, 불쌍한 이주노동자'로 이어지는 것은 대단히 위험하다. 권력의 시선이 투영된 이주노동자에 대한 상징조작은 항상 경계해야 한다. 전통문화만 향유하는 존재, 한국인과는 다른 존재로 이주노동자를 재현하려는 시도는 자기중심적 시각의 변형일 뿐이다. 그래서 '단지 있는 그대로의 모습'으로 이주노동자를 재현하려는 태도가 중요하다. 그런 의미에서, 김재영의 「코끼리」가 이미 한국사회의 일원이 되어 있는 이주노동자의 생활을 '상징조작 없이 재현'하고 있다는 사실에 주목할 필요가 있다. 이 사실주의적 태도를 놓치면, 이주노동자는 그저 연민을 유발하는 불쌍한 존재로 그려지면서 '편향된 이미지'로 고착화될 수도 있다. 인류의 역사는 '연민에 기반한 소시민적 윤리가 결국 통제 불가능한 집단적 폭력'으로 변질되곤 했다는 사실을 반복적으로 기록하고 있다. 만약 한국 자본주의가 위기 국면에 처하면, 가장 먼저 공격받을 수 있는 이들이 이주노동자들이다.

국가기구와 자본은 그들을 희생시킴으로써 '위기를 돌파'하려 할 것이다. 새로운 시민적 윤리가 '이주노동자'를 포용하는 적극적인 세계시민의 윤리로 전환되지 않으면, 이주노동자들이 스튜어트 홀이 이야기한 바 있는 '민중의 악마'로 규정될 수도 있다. 그 순간, 윤리적 공황상태 속에서 가해질 인종주의적 폭력은 통제 불가능한 지경에 이를 것이다. 사회경제적 위기 상황을 이주노동자를 향한 인종주의적 혐오로 극복하려는 권위주의 정치세력의 준동은, 정말 상상하는 것만으로도 끔찍하다.

아시아의 재발견

1. 성찰하지 않는 권력

채광석은 1980년대를 대표하는 평론가다. 그가 제창했던 '민중적 민족문학론'은 문학운동의 주체를 민중으로 설정함으로써, 1980년대 문학비평논쟁의 씨앗불 역할을 했다. 그는 '제3세계적 현실'과 '한국적 현실'을 밀착해 바라보면서, 반(反)신식민주의 문학운동을 제창했다.

그 대표적인 글이 「제3세계 속의 리얼리즘」이다. 이 글에서 그는 "가장 민중적인 것이 가장 민족적이고, 가장 민중·민족적인 것이 제3세계적인 것이며, 가장 제3세계 민중·민족적인 것이 세계적인 것이다"라고 주장했다. '민중의 현실'을 중심으로 세계관을 구축하려 했던 그의 입장이 뚜렷이 드러나는 대목이다. '가장 한국적인 것이 가장 세계적인 것'이라거나 '우리 것은 소중한 것' 이라는 담론이 1990년대 초에 유행했던 적이 있다. 주관적인 것을 보편의 영역으로 끌어올리려 했던 이러한 표현들은 채광석의 담화

구조와 친연성을 갖고 있는 듯하다. 하지만 채광석은 민중이라는 축을 형성해 민족과 세계를 엮어냄으로써, '전 세계적 민중연대의 가능성'을 확보하고자 했다.

온몸으로 제3세계 민중을 느낀다는 것은 어떤 것일까. 그것은 자신의 운명을 제3세계적인 것으로, 자신의 정체성을 민중으로 설정하는 것일 게다. 채광석의 비평에 드러나는 '비장미'는 몸을 던지는 신심(信心)에서 나오는 것이었다.

채광석은 불의의 사고로 1987년 7월 12일 세상을 떠났다. 그간 전 지구적 차원에서 상전벽해(桑田碧海)는 거듭되었다. 현실 사회주의가 붕괴했고, 영국의 대처리즘과 미국의 레이거노믹스의 영향 아래 형성된 '신자유주의'는 세계를 횡단하며 막강한 영향력을 행사하고 있다. 성찰하지 않는 권력은 마땅히 감당해야 할 의무나 책임을 회피하면서 전진한다. 세계체제를 주도하고 있는 미국은 '9·11 노이로제'에 휩싸여, '가상의 적'을 '악의 축'으로 규정해 공격하는 위험한 전쟁기계가 되어가고 있다. '정의로운 가치'는 '선한 의지'를 지닌 이만이 실현할 수 있다. '모욕당한 영혼들이 널브러져 있는 세상'에서 가해자가 오히려 인권을 이야기하고 권력을 휘두르고 있으니, 세상을 참담한 심경으로 바라보는 이들의 마음은 아리기만 하다. 미국은 지금 세계체제를 유지하겠다는 명분하에 스스로 세계체제를 파괴하는 아이러니한 상황에 처해 있는 것이다.

채광석이 강한 친연성을 표현했던 제3세계 민중은 지금 '빈곤과 전쟁'이라는 절대적 수난과 '신자유주의적 세계화'에 매혹되었기에 느낄 수밖에 없는 상대적 박탈감을 동시에 감당하고 있다. 신자유주의의 실체는 지난 1999년 11월 '시애틀 전투'에서 초국적 시민운동 진영이 '대안적 세계화'를 주창하면서 폭로되었다. 이제 신자유주의적 세계화에 반대하는 세계시민의 연대에 대한 한국 작가들의 주체적 인식도 빠른 속도로 심화되고 있다.

시국사건으로 2년 6개월간 수감생활을 했던 채광석은 해외여행 경험이 없다. 채광석이 살았던 시기는 '해외여행 자유화 조치'가 있기 이전이었고, 설혹 해외 방문의 기회가 있었다고 하더라도 시국사건 관련자에게는 여권 혹은 비자발급이 제한되어 있었다. 국가보안법으로 구속된 적이 있는 내가 아는 한 선배는 1997년까지도 검찰의 간섭으로 중국비자가 연거푸 거부되었다. 분노한 그 선배는 전화로 담당 검사에게 "이렇게 철저하게 권리를 박탈하려거든, 차라리 국적을 바꾸게 해달라"고 절규했었다. 1990년대 후반까지도 주변에 해외여행이 통제되던 사람이 있었는데, 채광석이 살았던 1980년대에는 세계민중과의 직접적인 대면은 꿈과 같은 일이었을 것이다.

채광석은 국민국가의 경계를 넘어설 수 없는 1980년대적 상황에서 '세계적 민중'으로 자신의 정체성을 형성했다. 반면 지금의 작가들은 인터넷을 통해 국민국가의 경계를 자유롭게 넘나들고 있을 뿐만 아니라, 자신이 직접 '세계시민'의 일원이 되어 레지던트 프로그램, 국제포럼 등을 통해 몸으로 세계를 경험하고 있다. 특히 2000년대에 들어 한국 작가들은 베트남, 캄보디아, 태국, 중국과 같은 아시아에서 소설의 언어를 캐내고 있다. 1970~80년대 채광석을 포함한 진보적 비평가들이 '제3세계 문학론'을 펼쳐 보였던 아시아적 세계가, 뒤늦게 도착한 편지처럼 2000년대에 이르러서야 소설 언어로 가공되고 있는 것이다.

새로운 세기를 맞아 한국문학의 주요 공간으로 아시아를 재발견한 화제작은 「존재의 형식」(『랍스터를 먹는 시간』, 창비, 2003)이다. 방현석은 이 작품에서 베트남을 문제적 공간으로 포착해, 세계화 시대에 보편적으로 통용될 수 있는 삶의 가치에 대해 중요한 질문을 던졌다. 단지 여행을 통해 접하는 엑조티시즘적 공간이 아니라, 역사와 생활이 어우러진 공간으로 베트남을 포착한 것이다. 이 소설에서 작가는 '경멸당하지 않는 삶'이 '상호 존중하며 공존하는 삶'으로 이어져, 세계화 시대에 각국 시민사회의 연대로 이어져야 한다는 중요한 화두를 제시했다. 「존재의 형식」은 베트남인이라는 타자의 입장을 적극적으로 끌어안음으로써, 한국소설이 아시아를 '재인식'해야 함을 역설했다.

'세계화'는 보편적 이념으로 존재하는 것이 아니라, 지역적인 것의 공존이다. 그런데도 세계화 담론은 민족적·국가적 귀속성에 중요한 문제제기를 하고 있다. 공존은 자기중심의 질서 재편이 아니라, 국민국가의 경계와 문화적 경계를 넘어 더불어 존재하는 것이다. 이와 관련해 지그문트 바우만은 "오늘날 우리의 의존성은 충분히 세계적이지만, 우리의 활동은 과거처럼 지역적이다"라고 했다. 세계를 호흡하는 현장에서 작가들이 '아시아'에 주목하고 있는 현상도 이러한 맥락에서 파악할 수 있다. 이 글에서는 세계화 시대에 작가들이 아시아를 재인식하는 방식에 주목하고자 한다. 이는 정체성에 관한 논의이기도 하고, 국민국가의 경계를 넘나드는 작가들의 인식론적 고투를 추려내는 작업이기도 하다. 소설을 통해 '아시아 공간'을 포착한 주요작가는 김윤영, 김인숙, 전성태 등이다.

2. '재식민화'를 거부하는 주술적 공간

어렸을 적에 한 번쯤은 아문센과 같은 탐험가나, 인디아나 존스와 같은 고고학자를 동경해본 적이 있을 것이다. 멋진 사파리 모자에 짐꾼들을 이끌고 대장정에 오르는 탐험가의 모습은 환상적이다. 다큐멘터리나 영화, 혹은 위인전을 통해 상상했을 이러한 모습은 대부분 낭만적으로 덧칠된 경우가 많았다. 하지만 탐험은 누군가의 세계를 침범하는 것이고, 고고학적 탐구는 '학문의 외투'를 쓴 약탈일 수도 있다. 모든 유적은 있던 자리에 그대로 보존될 때, 역사적 의미가 강렬하게 환기될 수 있다. 이동되어 박물관에 안장되면 수집가들의 괴벽으로 넘실대는 '악취미의 산물'로 전락하고 만다.

제국주의 시대를 지나온 21세기에, 더 이상 미답지(未踏地)는 남아 있지 않은 듯하다. 만약 아직도 미답지가 있다면, 그곳을 개척할 사람들은 탐험가가 아니라 자본가일 가능성이 높다. 지금은 관광산업 자본가가 저돌적인 투자로 관광상품 개발을 위해 세계를 주유한다. 이들은 희귀한 코스를 패키지로 규격화하고, 정해진 일정에 따라 숨 가쁘게 관광객들을 몰고 다닌다. 심지어 미국 우주여행사 '스페이스 어드밴처'는 210억 원에 이르는 '우주여행 상품'을 만들어 판매하고 있기까지 하다. 자본은 지구를 넘어 우주여행까지 탐욕스럽게 상품화하고 있다.

이러한 시대에 김윤영은 「타잔」(『타잔』, 실천문학사, 2006)을 통해 앙코르 '타프롬(Ta Prom)' 밀림 속으로 스며든 한 인간에 관해 이야기한다. 이 소설은 공간적 충격에 관한 서사다. 캄보디아를 배경으로 설정하고 있지만, 캄보디아인은 등장하지 않는다. 소설 속 주요인물은 '나'와 '마장동 김씨'이다. 이 두 인물은 '해외여행'을 매개로 전혀 다른 삶의 방식을 성격화하고 있다. 더불어 '세계화'가 '보통 사람'에게 가할 수 있는 충격의 일면을 포착한다.

소설 속 화자인 '나'는 "해외여행 자유화가 되자마자 배낭여행을 제일 먼저 갔다" 왔고, 태국어, 영어, 캄보디아어로 의사소통이 가능한 관광가이드다. '나'는 자유주의적 세계인의 한 표상으로 설정되어 있는데, 스스로를 합리주의적이고 현실주의적인 사람이라고 자처한다. '국제선 비즈니스 클래스 승객' 같은 캐릭터인 '나'의 꿈은 캄보디아 프놈펜에 괜찮은 '퓨전 바'를 운영하는 것이다. 이런 성격의 사람은 계산적이기에 위험에 빠지는 상황은 알아서 피해간다. 연민은 하되, 얽히는 것을 싫어하며, 자기만의 스타일을 추구한다고 강변하지만 내면은 공허하다. 스스로의 정체성을 희미하게 함으로써 자유롭고자 하는 인간의 삶은 가벼울 수밖에 없다. 그나마 소설 속 '나'는 내면의 공허함을 인지하고 있기 때문에 '마장동 김씨'에 대책 없이 끌리고 있는 것이다.

'마장동 김씨'는 어떤 인물인가. '마장동 김씨'는 세계화의 물결에 갑자기 몸을 맡긴 '국제선의 이코노미 클래스 승객' 같은 캐릭터의 인물이다. 그는 첫눈에 "넥타이 매는 회사원은 아니겠구나" 하는 인상을 주고, "싹둑 잘린 한가운데 중지" 때문에 험난했을 법한 인생의 이력을 부지불식간에 드러낸다. 2000년대 초까지만 해도 캄보디아는 문명에 순화된 지식인들이 호기심을 갖고 접근하는 곳이었다. 그런데 웬 영문인지 '전라도 사투리를 섞어' 말하는 '푸줏간 주인'이 잘못 끼워 맞춰진 레고처럼 이 여행에 참가한 것이다. 그는 이러한 상황에 대해 "대학 신입생"처럼 어눌해 하지만, "편견이나 열등감이 없는 웃음"을 지을 줄도 안다.

'마장동 김씨'가 특별한 존재로 부각되는 것은 그가 '한국에서는 너무도 바쁜 일상을 영위해야 하는 보통 사람'이기 때문이다. 이 '마장동 김씨'가 앙코르의 타프롬에 "정신이 나간 것처럼, 혹은 주술에 걸린 것처럼 매료"되고 만다. 그는 공간의 충격을 온몸으로 받아들이며 자기화한 것이다. 그렇다면 '타프롬'은 어떤 곳인가? 12세기에 건립된 불교사원인 타프롬은 몽골보리수 계통의 이앵나무의 거대한 뿌리가 석조건축물을 파괴하면서 감싸고 있는 기괴한 모습으로 유명한 곳이다. 그곳은 "갑자기 굴러 내리는 돌무더기, 음산한 새소리, 숨이 막히게 하는 기분 나쁜 이끼 냄새, 곰팡이 냄새, 늪은 없지만 마치 사원 전체가 늪이 아닐까 싶은 그 침침한 분위기"로 인해 원시성이 충만한 곳이다. '나'는 이 그로테스크한 사원의 풍경에 진저리를 치지만, '마장동 김씨'는 너무나 급격히 타프롬에 매혹된다. '나'가 "괴팍하고 취미가 이상한 노처녀와 억지로 데이트하는 듯한 기분"이라고 표현하는 반면, '마장동 김씨'는 타프롬에서 "사람이 이런 데서 살아야 되는데…… 맨날 갑갑한 데 처박혀서 소 내장이나 주무르고 있으니……"라고 말하면서 해방감을 느낀다. 공간을 받아들이는 방식에서 현격한 차이를 보이는 것이다. 이 차이는 도대체 어디에서 연유한 것일까? 제국주의 시대에 '자연의 힘, 혹은 원시성'은 정복과 계몽의 대상이었다. 제국주의 시대에 백인들이 두려움을 극복하기 위해 토착민들을 가차 없이 정복하고 굴복시켰듯이, 원시림은 계몽된 이성에게는 두려움을 자아낸다. 하지만 타프롬 같은 사원에서 '마장동 김씨'는 오히려 자기 동일시를 경험한다. 그에게 타프롬은 친연성이 느껴지는 '삶의 저편'으로 느껴졌던 것이다. '타프롬'에서 해방감을 느끼는 그의 내면에는 현대생활에서 누적된 피로로 인한 탈출 욕망이 자리하고 있다고도 볼 수 있다.

'마장동 김씨'의 행보는 여기서 멈추지 않는다. 그는 첫 여행으로부터 반년 후에는 혼자 방콕까지 비행기를 타고 와 캄보디아까지 고물 트럭을 얻어 타고 이동하기까지 한다. 게다가 관광가이드인 '나'조차 감히 상상할 수 없는 과단성을 발휘해 오토바이를 빌려 앙코르 유적지를 원 없이 돌아다닌다. 그는 인간의 저 밑바닥에 있는 시원(始原) 의식의 상징이고, 해방된 자연인의 표상인 것이다. 게다가 그는 근대적 권력으로부터도 떨어져 있다. 보통, 이주노동자, 저예산 여행객 등 경제력이 취약한 이들은 공간의 이동을 힘겹게 경험한다. 해외여행의 관례에도 익숙하지 않고, 자본도 넉넉하지 않기에 대중교통을 이용해야 하고, 저렴한 현지 음식을 위험을 무릅쓰고 섭취할 수밖에 없다. 이렇듯 현지의 문화적 상황과 밀착해야 하는 여행은 의외의 효과를 발휘하는 경우가 많다. '비즈니스 클래스의 승객'들보다 오히려 지역의 토착 문화에 훨씬 깊숙이 침투하면서, 현지 문화를 자기화할 수 있다. '마장동 김씨'가 태국과 캄보디아의 국경을 대중교통을 이용해 통과한 것도, 그가 활용할 수 있는 자본의 양이 한정되어 있었기 때문이다. 이렇듯 '마장동 김씨'와 같이 낯선 세계와의 대면에 익숙하지 않은 사람은 문화적 차이에 훨씬 민감하면서도 빠른 적응력을 보인다.

하지만 그에게 두 번에 걸친 캄보디아 여행은 '영영 다시는 못 오게 될'지도 모른다는 절박함의 소산이었다. 실제로 그가 한국에서 감당해야 했던 삶의 무게는 표시되어 있는 저울의 눈금을 넘어선 것이었다. 허영심에서 벗어나지 못하고 있는 아내 때문에 15년 동안 몸담아왔던 도축업을 벗어던지고 곱창집을 창업하기도 하고, 연이어 횟집, 테이크아웃 커피점, 화장품 가게를 열지만 실패한다. 설상가상으로 자본주의적 소비욕망의 현신인 그의 아내는 홈쇼핑으로 가산을 탕진하고, 카드빚과 사채까지 끌어들여 그를 재기불능의 상태로 만들어버린다. 끝을 모르는 소비욕망이 '타잔과 같은 자연인'을 동경했던 한 인간을 철저하게 파괴하고 만 것이다.

「타잔」은 자본주의적 세계화에 성공한 한국인들의 무의식에 자리 잡고 있는 '시원(始原) 의식' 혹은 '때가 덜 묻어서 더 순박한 사람'에 대한 동경을 드러낸다. '마장동 김씨'가 캄보디아의 앙코르 숲에 급격히 빠져든 것도 '나무 잘 타는 시골 촌놈'이었고 '타잔을 동경하던 어린 시절'이 있었기 때문이다. 그 시절의 향수를 만끽할 수 있는 '훼손되지 않은 공간'이 바로 캄보디아의 앙코르의 숲이다. 타프롬, 프레야칸, 앙코르톰 등은 결혼중개업을 하는 자본가나 '퓨전 바'를 만들어 안락한 삶을 살고자 하는 자유주의자들은 꺼려하는 곳이다. 그들은 캄보디아 수도인 프놈펜을 배회하거나, 자본이 침투해 관광지로서 순화시켜 상품가치가 높은 곳만 얼쩡거릴 뿐이다. 프놈펜과 같은 인간의 도시에 비해 타프롬 등은 '재식민화'가 불가능한 곳이며, 자본주의적 합리성이 통용되지 않는 마법의 공간으로 설정되어 있다. 그래서 '마장동 김씨'가 자본주의적 메커니즘에 의해 철저하게 파괴되어진 후 찾아든, 최후의 장소가 바로 앙코르 숲인 것이다. 소설의 결말에서는 환상적 어조로 기술되고 있지만, 앙코르 숲은 "인생의 방향"을 잃고 배회하는 이들에게 '근원적인 것'을 환기시키는 성찰의 공간이다.

3. 여전히, 그리 멀리 오지 못한

과학기술의 발달로 전 지구적 시간이 압축되면서 해외에 거주하는 문인들이 등장하고 있다. 소설가 김인숙이 그 대표적인 예이다. 김인숙은 2002년 8월부터 2년여 동안 중국 다롄(大連)에 머물며 생활했다. 그리고 이후에는 북경에서 생활하기도 했다. 그는 여행자가 아니라 생활인으로서 중국에 체류하면서, 「바다와 나비」, 「감옥의 뜰」(『그 여자의 자서전』, 창비, 2005) 등의 작품을 발표했다. 특히 「바다와 나비」는 2003년 이상문학상 수상작으로 '삶의 불안정한 존재감'을 포착한 작품으로 평가받았다. 국민국가의 경계를 넘어선다는 것은 '언어적 · 문화적 충격'에 노출된다는 의미이다. 개인과 사회의 통합적 인식의 기틀을 정체성이라고 했을 때, 이들은 문화적 다양성의 충격파로 인해 정체성의 균열을 경험하곤 한다. 따라서 외국에 장기체류 중인 문인의 텍스트는 세계화의 충격 속에서 이뤄지는 정체성의 갈등양상을 드러낸다. 다문화적 경험으로 인해 기존의 가치체계를 변화시킴으로써 현실의 논리를 새롭게 재구성하는 것이 정체성의 변화이다. 이런 맥락에서 볼 때, 김인숙의 「바다와 나비」에 강한 불안의식이 드러나는 이유는 세계화의 도전으로 인해 갈등하는 '정체성' 때문이다.

「바다와 나비」의 화자인 '나'는 "남편과 화해할 수 없을 지경으로 불화에 빠져 있는 상태"에서 도피하듯이, 아이를 데리고 중국으로 향했다. 명분은 21세기에 세계를 주도할 중국에서 "아이를 세계인으로" 교육시키겠다는 것이었다. 언어도 통하지 않는 이국 땅에서 아이와 '나'는 정서적 불안감에 휩싸인다. '나'는 바다를 건너 중국에 왔지만, 이곳에는 오히려 바다를 건너 한국으로 떠나려는 사람들이 넘쳐난다. 스물다섯 살의 조선족 처녀인 '채금'이는 오직 한국에 가기 위해 '서울에 있는 마흔 살도 넘은 식당 야채납품 업자'에게 시집을 가려 한다. 젊은 조선족 처녀들에게 한국은 맥도 날드처럼 자본주의적으로 '포장된 환상'인 것이다. '나'는 한국에서 남편과의 관계에서 심각한 상처를 입고 중국에 왔고, '채금'은 풍요로운 삶의 환상을 좇아 한국으로 향하려 한다.

실제로 전 지구적 인구 이동은 이 시대의 보편적 현상이기도 하다. 한 통계에 의하면 65억 세계인구 중 3.5퍼센트에 해당하는 2억의 인구가 자신이 태어난 나라를 떠나 외국에서 1년 이상 거주한 경험을 갖고 있다고 한다. 이전에는 한국사회를 떠나려는 사람은 많았지만, 자발적 의지에 따라 한국으로 들어오려는 외국인은 좀처럼 찾아보기 힘들었다. 하지만 1990년대 중반 이후 2010년 즈음까지 한국 남성과 결혼한 외국인 여성의 수는 16만 명에 이른다. 한국인도 해외에 나가서는 똑같은 이방인이며, 심지어는 불법체류자 신분인 사람도 많다. 2010년에 해외 출국자 수가 1천1백49만 명에 이르렀고, 세계 각국에 있는 한국인 불법체류자 수는 2007년 기준으로 33만 명에 이르고 있다. 한국인은 세계 곳곳에서 문화충격을 감당하고 있으며, 한국사회 내에서도 문화다양성이 국민국가 통합의 중요한 화두가 된 지 오래다. 김인숙은 '떠나온 사람과 떠나려는 사람'을 겹쳐 읽어, 좌절된 희망의 풍경을 애잔하게 그리고 있다. 국민국가의 경계를 넘는 떠남의 중심축에는 '자본/돈'이 개입되어 있다. '나'의 일상생활을 도와주는 조선족 중국어 가정교사는 "조국이니 국적"이 무의미해진 상황에서 "믿는 건, 돈뿐"이라고 이야기한다. 자본가들이 이윤을 올릴 수 있는 곳이면 어디로든 이동하듯이, 보통 사람들도 국민·민족국가의 경계를 넘어 경제적 풍요를 꿈꾸며 국경을 넘나든다. 경계를 넘는다는 것은 정체성에 가해지는 문화적 충격을 감당해야 하는 것이기도 하다. 하지만 '돈'은 한 인간의 정체성을 보존해주는 핵심적 장치로서 기능하지는 못한다. 비록 세계를 통합하는 중요한 원리가 '자본의 세계화'일지라도, 삶의 의미는 '돈'을 넘어서는 곳에 새로운 지평으로 열릴 수 있기 때문이다.

그런 의미에서 '내'가 남편을 바라보는 태도에 주목할 필요가 있다. 남편은 스스로를 아나키스트로 표현하고, 틈만 나면 여행서적을 볼 정도로 낭만주의적 성격을 지닌 이였다. 하지만 3년의 힘겨운 실업자 생활 끝에 '스스로 사표를 던지고 나왔던 잡지사에 다시 재취업'하면서 그의 성격은 급격하게 변하고 만다. 그는 '비굴한 인간'이 되었고, 오직 "통장의 잔고와 노후에 받게 될 연금의 액수"에만 관심을 갖는 비참한 삶을 영위한다. 경쟁사회에서 생존만을 위해 삶을 저당 잡히고만 남편의 형상은 애처롭기만 하다. 그래서 '내'가 남편에게 느끼는 감정은 연민과 가학적 잔인성이 복합되어 있는 미묘한 것이 되고 만다. '내'가 아이를 데리고 중국에 온 것은 남편으로부터의 도피였다고 할 수 있다. 그는 가족을 경제적으로 부양한다는 사실만 빼면, 존재하지 않는 인간이나 마찬가지였다. 정도의 차이는 있지만, 한국사회의 많은 사십 대 가장들이 이와 같은 상황에 처해 있다. 자신이 활용할 수 있는 모든 시간을 바쳐, '생계에 필요한 자본'을 획득하려 한다. 그 과정에서 삶의 이유마저 망각되고, 가족과의 소통도 단절된다. 화자는 "모욕을 당하고 비굴해져 있는 것은 그가 아니라 바로 나인 듯했다"고 토로하는데, 더 심각하게 이야기하면 '나'와 남편에게 모욕을 가하는 주체는 자본주의 경쟁 시스템이라고 할 수 있다. 남편은 사회 시스템

속에 투항함으로써 스스로를 객체화하고 비인격화하여 삶을 유지하고 있을 뿐이다. 술 취한 남편은 '너무 오랫동안 서지 않은 성기'를 언급하며, '생명력의 근원적 힘'을 잃어버린 데 대한 무의식적 분노를 표출한다. 남편은 아나키스트의 꿈도, 여행에 대한 낭만적 희망도 '통장의 잔고'와 바꿔버림으로써, 결국 바다를 건너다 좌절하는 나비가 되고 만 것이다.

그렇다면 중국에서 '나'는 어떤 다른 삶의 가능성을 발견하게 될까? 애석하게도 중국의 도시에서도 '나'는 "거리의 곳곳에서 툭하면 그를 닮은 남자"를 보게 된다. 그들은 "직장에 몰두하면서 점점 구부정해가던 어깨도 똑같았고 남자치고는 조금 큰 엉덩이까지 같"다. 그중 소설 속에 등장하는 '채금의 아버지'는 중국적인 것의 표상이면서, 한국에 있는 '남편'에 대한 은유이기도 하다. 채금의 아버지는 '공개총살 현장에서 사형수의 죽음'을 목격하고, 그 충격으로 한쪽 눈을 실명한 사람이다. 그는 무엇에 씌인 것처럼 "평생 동안 죽은 사람의 넋으로만 살"고 있으며, "살아서 못 볼 것들을 모조리, 남김없이 다 봐야 한다"는 것의 고단함을 절감한 인물이다. 그는 존재감을 상실한 채 껍데기만 살아 있는 것 같다는 측면에서 남편과도 닮아 있다.

'나'는 채금의 아버지가 발산하는 "피로한 생과 죽음의 냄새"를 통해 남편을 조금은 이해할 수 있는 계기를 발견한다. 채금의 아버지와 남편은 모두 '피로로 인해 피폐해진 삶' 속에서 헤어나지 못하고 있는 인물이며, '날개가 찢겨진 채 바다에 널브러진 나비'와 같은 존재들이다. 소설의 결론에서 '나'는 비록 남편과의 화해는 아닐지라도, 이제는 몸통뿐인 남편을 "아주 오랜만에 안아주고 싶"다는 연민의 감정을 품게 된다. 이 소설은 바로 이 화해의 몸짓으로 인해 열린 텍스트로서의 지평을 획득하고 있다. 「바다와 나비」
는 자기연민 혹은 이국에서의 불안한 심리가 때로는 과잉노출되어
있기도 하다. 그런데도 이 소설은 서울과 중국의 삶의 양태들을 은
유적으로 대비시킴으로써, 인간의 존재 조건에 대한 보편적 비애
를 포착하고 있어 의미가 있다. 모든 상황을 자기 내면의 문제로만
인식하는 상황에서는 '타인에 대한 이해'가 배제되기 마련이다. 타
인에 대한 주체의 반응이 연민이든, 포용이든, 그러한 감정이 표
현되기 위해서는 우선 '닫힌 나'로부터 벗어나야 한다. '나'의 부정
적 개인주의는 채금과 채금의 아버지, 그리고 궁극적으로는 남편
에 대한 연민을 통해 반성되고 있다. '타인에 대한 이해'가 '희망의
좌절' 혹은 '개인사적 상처'로 국한되어 있기는 하지만, 국경을 넘
었는데도 반복되는 '비루한 삶'은 생을 함께해야 하는 인간의 존재
조건일 수밖에 없다. 그래서 '나'는 "어쩌면 여전히, 그리 멀리는
떠나오지 못한 것인지도 모른다"라고 토로하게 되는 것인지도 모
른다. 떠남으로써 해결되지 않는, '남편과 불화했던 그 자리'를 다
시 확인하기 위해 떠나왔음을 깨닫는, 바로 그것이 부정적 개인주
의를 극복한 후 이를 수 있는 내적 통합일 것이다.

4. 위반의 상상을 통해 질문하기

'나는 누구인가'라는 질문에 대해 닫힌 공간에서는 비교적 일관
되게 진술할 수 있다. 하지만 이전의 질과 다른 질의 공간에 들어
서게 되면, 자아 동일성은 의문시되고 만다. 흔히 정체성은 개인
과 사회의 통합이고, 자기 동일성에 대한 인식이라고 말한다. 그

통합적 인식에 균열이 가해지는 순간은, 다른 정체성을 지닌 이들과 만나면서일 것이다.

전성태는 바로 그 충격의 순간을 '주체를 둘러싼 경계를 재확인하는 기회'로 포착하고 있다. 전성태의 「국경을 넘는 일」(『국경을 넘는 일』, 창비, 2005)은 '국민국가의 경계를 넘어 아시아를 경험하는 것'에 관한 사회적 상상력을 환기시킨다.

소설 속 주인공인 '박'은 여자친구와의 첫 해외여행을 추억하며 캄보디아에 간다. 이별의 아픔을 간직한 '박'은 이 여행을 통해 자신에게 잔인해짐으로써 '식어버린 사랑을 확인'하려 한다. 사적인 동기에서 출발한 여행은 다국적 문화체험과 접맥되면서 풍부한 내용성을 지니게 된다. 「국경을 넘는 일」은 의미 있는 세 가지 사건을 다루고 있다.

그 첫 번째 사건은 일본 대학생들과 함께 육로를 통해 캄보디아와 태국의 국경을 넘으면서 발생한다. '박'뿐만 아니라 일반적인 한국 사람은 "지상의 어느 국경도 걸어서 넘어본 적이 없"을 것이다. 한반도라는 지리적 특성과 분단이라는 정치적 상황 때문에 보통의 한국인은 무의식중에 "국경을 넘는 일은 죽음을 의미"한다는 강박증에 시달린다. '박'의 내면에도 이러한 것이 잠재해 있는데, '박'의 공포심은 캄보디아와 태국 국경 사이에 있는 20여 미터 남짓한 다리를 건널 때 갑작스럽게 표출된다. 어디선가 들린 호루라기 소리에 놀라 '박'은 갑자기 뛰기 시작했고, 공안원들이 그를 체포하기에 이른 것이다. 공안원들은 밀수범이나 문화재 사범의 혐의를 갖고 '박'을 조사하지만 혐의점을 찾지 못하고 석방한다.

소설 속에서 직접적으로 언급되어 있지는 않지만, 캄보디아는 오랜 내전으로 인해 '킬링필드'라는 대량 학살을 경험한 나라다.

프랑스 식민지에서 1954년 해방된 캄보디아는 크메르루주 정권 시절에 150만 명이 학살되었다. 그리고 2000년까지도 국내 파벌 간의 분쟁이 끊이지 않았다. '박'은 내전의 흔적을 국경을 연결하는 콘크리트 다리 난간에서 확인하며 진저리를 친다. 그 난간 곳곳에 수도 없이 많은 "탄흔이 뚜렷"하게 새겨져 있었던 것이다. 이 탄흔은 '박'에게 '분단 현실'을 연상케 해 내면화된 공포심을 촉발시킨다. 반면 일본 대학생들은 자유분방한 태도로 "호들갑스럽게 사진"을 찍어대며, 육로 여행을 즐기는 모습을 보여준다. 단지 동독 출신의 일본 유학생인 얀만이 "당신을 이해할 것 같다"고 다독여줄 뿐이다.

이 사건은 자유로운 사고를 지향하는 젊은이들조차, 국민국가의 상이한 역사적 경험 속에 갇혀 있음을 보여준다. "바다로밖에 국경을 상상할 수 없는" 일본 젊은이들의 태도와, "무의식적 분단의 공포"에 진저리치는 '박'의 태도는 현격한 차이를 보인다. 문화의 영역에서 세계화는 '서로 다른 정체성을 지닌 국민국가의 개별 구성원들이 어떤 사건과 현상에 대해 동일한 방식으로 반응하는 것'이라고 정의한다. 세계체제의 참가자들은 개별적일지라도, 공통감각이 존재해 보편적 인식이 가능해야 한다는 것이 문화적 세계화의 전제이다. 하지만 전성태가 소설 속에서 포착한 현실은 '식민지 지배/피지배'라는 아시아적 특수성이 존재하는 상태에서 소통불능의 장벽이 여전히 존재한다는 사실을 보여준다.

두 번째 사건은 '박'과 일본인 대학생 '구로다'의 대화가 논쟁으로 번지면서 발생한다. 태국의 수도 방콕까지 온 일행은 카오산 거리의 맥주홀에서 뒤풀이를 함께하게 된다. 이 자리에서 한국어를 배운 적이 있는 구로다는 '박'에게 "한국이나 중국의 입장을 잘 이해하지만 동양이 너무 내셔널리즘에 빠져 있다고 생각합니다"라고 직접적으로 이야기한다. 이에 대응하는 '박'의 응답도 뜨겁다. '박'은 구로다에게 "일본의 내셔널리즘은 더 위험하다"고 하면서, "왜 당신들은 아시아인의 정체성을 갖고 있으면서 아시아인이기를 거부합니까?"라고 직격탄을 날리고 만다. 문제는 아시아적 상황에 대한 입장 차이가 아니라 입장이 표출되는 방식이다. '박'은 "구로다 씨와 대화를 나누면서 내 내면을 보고 놀랐"다고 토로하면서, "개인과 국가가 모호해지며 혼재하는 경험"을 했다고 토로한다. 구로다도 마찬가지인데, 그는 "제가 일본의 대표선수가 된 느낌이었다"고 실토한다.

　보통, 국민국가의 경계를 넘어 다른 국적의 사람과 대화할 때, '나는 누구인가'라는 질문보다는 '나는 어떻게 규정되는가'에 더욱 민감해진다. 이 때문에 자신이 태어난 나라를 떠나 이질적인 정체성을 지닌 사람과 대화하면서 '박'과 구로다처럼 '특정 집단의 정체성'을 대변하는 상황에 처하곤 한다. 그러한 갈등은 언어, 라이프스타일, 이데올로기의 차이 때문이다. 심지어 자신이 특정 집단의 정체성을 대변하는 것에 의식적으로 저항하는 지식인들조차 비교적 장기간 외국에 체류하다 보면, '소속에 대한 강한 열망'을 내면화하곤 한다. 이는 관계 속에서 자아정체성이 국가로 표상되는 경험이 반복되고 있음을 증명한다.

　'박'과 구로다는 아시아 공동체를 이야기하고 있지만, 이러한 탈국민국가적 공동체는 개인 의지로 구성될 수 있는 것이 아니라고 본다. 국가정체성의 포박으로부터 자율적 개인들이 도덕적으로 연대할 때 그 가능성의 싹을 틔울 수 있다. 시민적 연대라고 일컬어지는 이러한 공통감각이 없다면, 개인은 세계체제의 불안 속에서 의지처(意志處)를 찾게 되고, 위기의 순간에는 기존의 가치체계에 회귀하려는 보수성을 띠고 만다. 국가기구의 성격이 민주적 의사결정을 통해 바뀔 수 있다는 생각을 하지 못하면, 개별 주체는 국민국가가 요구하는 단일 정체성의 가치를 과장하게 된다. 국민국가가 외부의 적을 설정해 '애국심'을 이데올로기적으로 호명할 때, 그 효과는 극대화된다. 이에 대한 비판적 인식이 「국경을 넘는 일」에 내장되어 있다.

세 번째 사건은 '박'과 나오꼬의 이성관계에서 발생한다. '박'은 나오꼬를 보고 "이국의 여자 앞에서 자신을 어떤 식으로든 포장하고 싶다는 욕망"을 느낀다. 이러한 감정은 이질적인 것이 주체에게 부여하는 강렬한 호기심 같은 것이다. 나오꼬도 '박'에게 느꼈던 "서로 끌리게 만든 호기심"에 대해 놀라워한다. 낯설기에 매혹적인 만남, 상상할 수도 없는 낯선 사람과의 만남은 자유분방한 잠자리로 이어진다. '박'은 나오꼬와 동침 후 "그의 의식 속에서 피어난 충만감은 왠지 불온하나 매혹적인 느낌으로 떠돌았다"고 느낀다. 하지만 나오꼬는 "새벽녘에 슬그머니 방을 빠져"나가 코사멧으로 떠나버린다. 망설이던 '박'도 그녀의 뒤를 쫓아 코사멧으로 스며든다. 나오꼬의 뒤를 쫓는 '박'의 태도는 납득이 되지 않는 부분이 많다. '박'은 나오꼬가 아버지 나이 또래의 고바야시와 연인 관계인 것에 대해서도, 나오꼬의 내면에 깊이 자리하고 있는 불안의식에 대해서도 이해하지 못한다.

'박'에게 나오꼬는 일본 여자로서의 의미가 강하다. 이국의 소녀에게 느끼는 이러한 정서는 역사적 피해의식과 연결되는 불온한 상상력을 자극한다. '박'이 나오꼬를 마치 정복의 대상으로 바라보고 있는 듯한 분위기를 자아내고 있는 것이다. 나오꼬가 '박'을 피하는 순간, '박'이 나오꼬에 던지는 말도 "내가 한국인이라서 그래?"이다. '박'은 나오꼬와의 관계에서 오직 몸을 통해 이루어지는 소통을 꿈꾸었던 것일까? 이데올로기적으로 오염되지 않은 이성적 사랑을 통해 '한국인/일본인'의 경계를 무너뜨리려고 했을지도 모른다. 하지만 그것은 코사멧에서 오히려 서로에게 상처를 남기는 것으로 끝나고 만다. '박'은 나오꼬를 떠나보내면서 "너는 그냥 어린 계집아이일 뿐이야"라고 한국말로 외친다. 이 말에서 유추할 수 있는 것은 마지막에 이르러서야 '박'이 나오꼬를 일본 여자가 아니라 '어린 계집아이'라는 개별자로 이해하게 되었다는 것이다.

전성태의 「국경을 넘는 일」은 민족적 정체성이 세계화와 접맥하면서 나타날 수 있는 다양한 불안을 표상하고 있다. 이 소설은 평균적인 한국인이 일본의 젊은이와 소통하면서 느끼는 문화적 차이에 대해, 그리고 분단 현실이 내면화되어 발산하는 무의식적 공포심에 대해 소설 언어로 포착해내고 있다. 소설 속에서 '국경'은 중의적이다. 그것은 물리적으로는 캄보디아와 태국의 국경이기도 하고, 한반도의 국경이기도 한다. 또한 국민국가의 경계를 넘어선 이들이 직면하게 될 문화적 차이의 상징이자 심리적 장벽을 의미하기도 한다. 일종의 문화 공간적 상상력이 가미된 전성태의 '국경 이미지'는 세계화와 민족정체성 사이의 갈등을 내포한다. 세계화와 개별 사회의 역사적 기억 보존은 모순적으로 공존해야 한다. 그런 의미에서 '국경 이미지'는 절멸의 대상이기보다는 자유롭게 넘나들기 위한 표식이라고 할 수 있다.

5. 세계화와 정체성의 정치

전 지구적 이동이 보편화되면서, 공간의 인접성이 강화되고 있다. '속도의 정치를 통한 공간의 균열'(폴 비빌리오)은 이미 근대의 특징으로 규정되고 있으며, '시간에 의한 공간의 절멸'(마르크스)은 근대적 경험의 한 양상으로 간주되고 있다. 과학기술의 발달을 통해 인간은 '거리 개념'을 해체시켰다. 서울과 북경의 물리적 거리는 1,200킬로미터이다. 하지만 조선시대에 그곳에 닿기 위해 들인 시간과 근대에 이르러 그곳에 닿는 시간은 현격한 차이가 있다. 박지원이 『열하일기』에서 밝힌 바에 따르면, 1780년에는 압록강에서 북경 못미처 위치하고 있는 랴오양(遼陽)까지 가는 데 15일이 걸렸다. 하지만 지금은 인천국제공항에서 북경까지 약 2시간 10분 정도 소요될 뿐이다. 이러한 '시공간의 압축'은 김윤영, 김인숙, 전성태가 세계를 자기화하도록 하는 물적 토대가 되었다. 과거에는 상상도 할 수 없는 공간 이동의 용이성으로 인해 작가들의 사회적 상상력도 확장되고 있다.

세계화는 개인의 사회적 관계도 재편한다. 국제선 비행기 탑승 경험이나 국제선 전화, 인터넷을 통한 세계뉴스의 확인 등은 한국 사회에서 더 이상 생소한 특권층의 경험으로 국한되지 않는다. 비행기를 통한 공간 이동이나 외국 관광 여행은 세계화의 한 단면을 경험하게 한다. 하지만 간과해서는 안 되는 부분도 분명히 있다. 이들 관광객들은 '자본의 세계화'라는 측면에서 볼 때, 객체로 전락해 있다. 세계화는 모든 계급에게 공통으로 통용되는 것이 아니라, 사회적 신분이나 계급에 따라 비균질적으로 작동한다. 김윤영의 「타잔」에 등장하는 '마장동 김씨'는 세계화의 비균질적 작동방식을 보여주는 한 예가 될 수 있다. 자본가와 이주노동자의 세계화 경험이 현격한 차이를 보일 수밖에 없는 것은 자명하다. 그런 의미에서 누군가가 '세계화의 긍정'을 찬양하고 있다면, 그가 어떤 방식으로 세계화를 향유하고 있는가에 대한 충분한 고려를 통해 그의 주장을 비판할 필요가 있다.

　세계화가 바로 신자유주의인 것은 아니다. 세계화는 미래 사회가 직면하게 될 보편적 증상으로 볼 수 있는 반면, 신자유주의는 세계화의 성격을 이념화한 하나의 태도일 뿐이다. 초국적·다국적 자본에 의해 주도되고 있는 신자유주의적 세계화는 '생산과 교환의 영역에서 전 지구적으로 자본 운영이 용이해지는 것'을 지향한다. 신자유주의적 세계화는 국민국가의 경계를 무너뜨림으로써 자본의 탈규제화, 공공영역의 민영화, 노동유연성 강화 등을 강제하고 있다. 자본은 F5(영주권)처럼 자유롭고자 하는 반면, 노동자는 F―1(방문동거) 비자로 입국해 불법체류자의 질곡을 경험한다. 자본가에게는 국경이 없을지 모르지만, 이주노동자는 국민국가의 경계를 넘어서는 순간 새로운 착취의 대상이 되기에 제도적 보호가 필요하다. 신자유주의적 무한경쟁하에서 노동조건은 더욱 악화될 수밖에 없기에 세계화의 희생자는 전 세계적으로 확산된다. 김인숙이 「바다와 나비」에서 형상화했듯이, 체제의 작동방식에 의해 희망이 좌절된 영혼들의 피폐한 모습은 한국과 중국에서 동시에 발견될 수 있는 것이다.

　국가기구가 폭력적으로 국민을 관리하던 시대에, 개인은 '매체에 재현된 외부세계'만을 경험할 수 있었다. 외부세계는 주체에게 매체를 통해 전달되는 것이었고, 주체가 직접 외부세계를 경험할 수 있는 기회가 박탈되어 있었다. 1987년 이전까지의 폐쇄적인 사회에서 국가기구는 매체를 관리함으로써 '세계를 검열'할 수 있었다. 더구나 매체는 '기억의 거처를 마련하는 장소적 감각'을 없애버린다. 매체의 전방위적 성격은 모든 공간에서 발생하는 사건들을 수합해 '안방이라는 장소'에서 재현시킴으로써, 경험을 추상화시켰다. 이러한 매체적 특성은 공동체 내에서 공통감각 형성이라는 계몽적 효과를 지니고 있지만, 다른 한편에서는 이데올로기적 의식 조작 가능성을 안고 있다. 전성태는 「국경을 건너는 일」에서 그간 매체를 통해 형성되어온 민족현실과 국민국가의 이데올로기를, 현장의 직접적인 경험을 통해 반추한다. 국민국가의 경계를 넘어서는 순간 맞닥뜨리게 되는 다양한 정체성에 반응하면서 작가는 문화다양성과 주체의 공존을 고민하고 있다. 이는 직접적 경험을 작품 속에 형상화함으로써 작가가 누릴 수 있는 '또 다른 매체되기'의 한 양상이기도 하다.

외부세계에 대한 직접적 경험이 봉쇄되었던 1980년대에 채광석은 지배 이데올로기에 저항하는 방식으로 매체를 읽어냄으로써 제3세계 민중과 자기 동일시를 이뤄낼 수 있었다. 이제 이러한 저항적 의미 생산은 가중되는 세계화와 국민국가의 민주화에 따라 심각한 도전에 직면하고 있다. 직접적으로 외부세계를 경험한 계몽된 주체들이 늘고 있고, 보다 적극적인 이들은 스스로 '소문의 진상'을 확인할 뿐만 아니라, 매체의 역할을 자처하고 있기도 하다. 이들 다중 독자들은 스스로를 자유로운 개인으로 규정해 '매체의 이데올로기적 호명방식도, 저항적 독법도' 모두 의심한다. 문학의 위기 시대에, 현대의 독자들과 작가들은 모두 자율적 개인일 뿐만 아니라, 성찰적 자의식을 통해 자신의 정체성을 재인식하는 존재일 필요가 있다. 세계화가 개인에게 가하는 폭력을 감당하지 못한 일부 집단은 '국가 경쟁력'이나 '민족혼'이라는 이데올로기를 호명해 '대중 파시즘'에 경도되는 양상을 보이고 있기도 하다. 문학이 개별적이면서도 사회적일 수 있는 것은, 이러한 이데올로기와 직접 대면하면서 저항적이면서도 실천적인 상상력을 발휘하기 때문이다. 개인의 사회적 성격을 다시 구성해 새로운 공동체를 구상하는 사회적 실천을 감행할 때, 상상하는 자로서의 개인은 자신의 존재가치를 높일 수 있다.

공간의 감수성과 제국의 감각

1. 대륙의 상상력과 2등 국민

아이러니하게도, 일제강점기에 한반도는 지금보다 공간적으로 열려 있었다. 중국과 일본은 한반도를 통해 연결되어 있었고, 사람들의 이동 범위도 넓었다. 조선인들은 도항증명(渡航證明)이라는 번거로운 수속을 거쳐야 했지만, 관부연락선을 통해 부산과 시모노세키를 넘나들었다. 경성에서 기차를 타면 신의주를 거쳐 만선철도를 이용해 대륙을 주유할 수도 있었다. 북경과 상하이도 일부 지식인의 경우 비교적 빈번하게 왕래했다. 그때는 국경을 넘는 일이 금기를 넘는 것으로 간주되지 않았기에, '넘는다'는 행위에 대한 특별한 심리적 자의식이 없었으리라. 물론 일제강점기의 공간적 열림은 '2등 국민' 혹은 '제국의 신민'이라는 호명을 통해 가능했다. 그래서 조선인은 중국에서 대일본제국의 비호를 받는 일본신민으로 간주되어 불편한 시선을 감내해야 했고, 서구에서는 잽(Japs)로 불리며 인종차별을 경험하기도 했다.

그 당시 식민지 조선인은 어떤 정체성으로 국제사회와 접촉했을까? 만주국에서 오족협화(五族協和 : 만주족, 한족, 몽골족, 일본인, 조선인)에 열광하며 '신천지'의 도래를 열망했던 장혁주, 유치진 같은 작가들이 있었다. 이들은 일본제국주의의 식민주의 논리에 포섭되어 '만주를 일본의 영토성 확장'으로 간주하는 시각에 침윤되어 있었다. 반면 비국민(非國民)의 핍박을 감내하며 망명객이 되어 오히려 자신을 지켜냈던 이들도 있었다. 신채호는 북경 뒷골목 후퉁(胡同)에서 일본제국에 대항하며 『조선상고사』를 집필했고, 이육사는 북방을 넘나들며 "겨울은 강철로 된 무지갠가 보다"(「절정」)라고 노래했다. 일본 제국주의가 패권의 절정에 도달해 미래를 가늠할 수 없을 때에도 사선(死線)을 넘어 대륙을 횡단한 이들도 있었다. 1944년과 1945년에 조선의용군에 합류하기 위해 연안으로 탈출했던 김태준, 김사량이 그들이다. 김사량의 『노마만리』는 제국에 대항한 조선의용군의 항쟁이 어떻게 '국제적 연대'로 이어졌으며, 궁극적으로 일본 제국주의의 붕괴를 재촉했는가를 상징적으로 보여주는 소중한 기록이었다.

그런데 '식민지 해방'이 오히려 한반도를 공간적으로 폐쇄시키는 효과를 산출했다. 한반도에 두 개의 국가가 만들어짐으로써, '국경 너머를 상상하는 것' 자체가 금기를 열망하는 불온한 성격을 띠게 되었다. 민주화 이전인 1980년대 후반까지 한국인들은 타자와의 만남에서 느끼는 회피의 감정을 호기심과 버무려 스스로의 감정을 모호한 상태로 방치하곤 했다. 그리고 국가의 경계에 갇힘으로써 '애국주의', '민족주의'의 포로가 되어, 이방인을 만났을 때에는 극심한 소통장애를 경험하기도 했다. 자신을 온전한 주체로 정립하기보다는 국가대표선수처럼 자기를 상징화하는 질긴 감수성은 얼마나 폐쇄적이고 독단적인가. 이러한 닫힌 자아가 분단의 경험이 무의식 속에 자리 잡음으로써 '국경의 억압효과'로 나타난 것은 아닐까.

이 글은 국경 밖에서 국가를 사유하는 작가들의 작품을 탐색할 목적으로 씌어졌다. 최근 많은 작가들이 국가의 울타리를 벗어나, 국가를 재사유하고 있다. 민족공동체 바깥에서 다시 생각하게 되는 민족어의 모습은 숱한 언어의 하나로 객관화된다. 더불어 자본주의적 근대에 대한 성찰도 경계 너머에서 다양한 비근대의 양상을 경험함으로써 심화된다. 한국문학은 식민지 시대 이후 단절되었던 국제적 경험을 최근에야 조심스럽게 복원하고 있다. 많은 작가들이 국가의 경계를 넘음으로써, 이제까지 당연하다고 간주되었던 현상들에 대해 다시 생각하는 조심스러운 발걸음을 내딛고 있다. 그 풍경을 허혜란의 『체로키 부족』(실천문학사, 2008), 정도상의 『찔레꽃』(창비, 2008), 전성태의 『늑대』(창비, 2009)를 통해 가늠할 수 있다.

2. 사라지는 말(들), 망각되는 역사

허혜란의 『체로키 부족』은 조용히 묻혀버린 작품집이다. 평단에서도 상대적으로 덜 주목받았고, 독자들의 열렬한 환호도 받지 못했다. 허혜란 작가의 화려한 등단에 비하면 다소 의외이다. 이 작가는 2004년에 『경향신문』과 『동아일보』 신춘문예에 동시에 당선되어 기대를 모았다. 특히 『경향신문』 등단작인 「내 아버지는 서울에 계십니다」는 우즈베키스탄의 샤흐리샵스라는 낯선 공간을 배경으로, 고려인 문제와 이주노동자 문제를 함께 버무려낸 개성적인 작품으로 평가를 받았다.

그의 첫 창작집 『체로키 부족』에는 우즈베키스탄이 소설의 배경일 뿐만 아니라, 주제 구성의 모티프로 등장하는 작품이 다수 포함되어 있다. 「아냐」는 8년 동안 러시아에서 살았던 한국인 청년의 시선으로 '신 세르게이 니콜라이비치'라는 고려인 화가와 '아냐'라는 이름의 고려인 여성이 '이주민으로서 감내해야 했던 삶의 편린'을 그린 작품이다. 이 작품은 '러시아어', '우즈베크어', '한국어' 사이에서 고뇌하는 고려인의 모습을 담고 있다. 「아냐」는 이주문제, 혹은 디아스포라가 언어와 긴밀히 연관되어 있음을 포착한 문제작이라고 할 수 있다. 「소녀, 수콕으로 가다」는 한국 유학생이 친구의 부탁으로 레바논계 현지인 소녀의 결혼식 풍경을 사진에 담으면서 겪게 되는 사건을 다루었다. 이 작품은 열다섯 즈음의 소녀가 일종의 조혼(早婚) 풍습에 의해 '사랑 없는 결혼'을 해야 하는 상황을 제시한다. 소설 속 화자는 누나의 불행한 결혼에 이은 자살과 소녀의 결혼을 겹쳐내며 아픈 내면을 내비친다. 근대 여성주의적 관점에서 보았을 때, 중앙아시아의 전통적 결혼 풍습은 여성의 자기결정권을 배제한 폭력으로 내비쳐진다. 하지만 그 관습에 개입하는 순간 근대 여성주의적 관점이 오히려 현지에서는 폭력이 될 수도 있다. 이 아이러니한 상황이 이 작품에 등장한다. 「달콤한 유혹」은 세련된 근대의 상징공간인 서울과 기계문명의 폭력으로부터 자유로운 치르치크를 대비시키면서 이야기가 전개된다. 치르치크에서 교수를 하고 있는 고려인 엄마(강윤희/강 나타샤)는 서울을 욕망하지만, 서울에서 교수로 있으면서 방학마다 우즈베키스탄을 방문하는 아빠(최영호/안드레이)는 치르치크를 욕망한다.

서로 교환교수가 되어 각자 서울과 치르치크로 향하게 되어 또 이별해야 하는 부부의 상황설정이 아이러니를 자아내는 이 소설은 나(미라/mNpa)의 시선으로 극화되어 있다. 특히 모스크바대학에서 수석을 놓치지 않았던 엄마가 인종적 차별에 의해 꿈이 좌절되어 절망하는 모습은, 구소련연방에서 소수민족에게 가해졌던 '차별'의 일면을 아프게 보여준다.

그렇다면 우즈베키스탄이라는 이 낯선 공간이 어떻게 한국소설에 틈입할 수 있었을까? 그간 소연방 해체 이후 러시아가 한국소설의 배경이 되었던 작품은 몇 편 있었다. 김원일의 「마음의 감옥」(1992)은 '모스크바 국제 도서박람회'에 참석한 '나'가 운동권 아우의 삶을 반추하는 형식으로 전개되었고, 윤후명의 「여우사냥」(1997)은 러시아 여행에 대한 기록 형식을 통해 현실 사회주의의 몰락과 좌절된 이념의 문제를 '그'를 통해 성찰했다. 모두 사회주의 이념의 표상으로서 러시아라는 공간이 그려진 작품들이다. 현대의 한국문학에서 러시아는 과거 '사회주의 종주국'의 흔적을 간직하고 있는 여행지였고, 남북 분단 현실에서 볼 때 형해화(形骸化)된 이념의 상징이었다.

허혜란 소설에 이르러서 이념이 아닌 생활의 문제로 중앙아시아 고려인들의 삶이 그려진다. 허혜란이 이 낯선 공간을 소설 언어로 포착할 수 있었던 것은, 그가 1996년부터 1998년까지 우즈베키스탄에서 국제협력단(KOICA) 봉사단의 일원으로 생활했기 때문이다. 그는 여행자가 아닌 생활인으로서 그곳에 몸을 담갔다. 이것이 한국소설의 자산으로 승화되어 『체로키 부족』에 수록된 일련의 소설들이 탄생하게 된 것이다.

소연방 해체 이후의 중앙아시아의 고려인들은 경제적 곤란이 아니라, 언어의 문제 때문에 고통받았다. 분리 독립 이후 중앙아시아의 각국들은 러시아어가 아닌 민족어를 공식 언어로 채택했다. 우즈베키스탄의 경우도 관공서, 대학 등에서 러시아어 대신 우즈베크어를 썼다. 이렇다 보니, 고려인들은 러시아어나, 영어, 한국어보다 우즈베크어를 배워야만 현지에서 살아남을 수 있었다. 이 언어의 급격한 혼란 속에서 '아냐'는 아내가 셋이나 되는 우즈베크인과 결혼함으로써 그들의 '우리'에 포함되려 했고(「아냐」), 소년은 고집스레 우즈베크어로 말하면서 서울을 상상해야 했다(「내 아버지는 서울에 계십니다」). 하지만 신 세르게이 니콜라이비치(실제 모델은 고려인 화가 '니콜라이 신'인 듯하다)와 같은 구세대 고려인들은 1937년에 자행된 중앙아시아로의 고려인 강제이주에 대한 기억을 끊임없이 환기시키려 노력한다.

허혜란의 소설에는 두 가지 메시지가 동시에 표현되어 있다. 구세대 고려인을 통해 강제이주의 고통을 반추하며, 식민지 시대의 아픈 기억을 환기시킨다. 그것은 국가 폭력에 대한 증언이면서 동시에 이주민의 고통에 대한 기록이다. 허혜란은 이 시기 고려인의 고통이 일제강점기의 식민지 상황에서 초래되었음을 보여줌으로써, 먼 이방의 땅에서 역사를 환기한다. 반면 소년과 아냐와 같은 새로운 세대 고려인을 통해서는 '민족으로 소환되지 않은 삶의 의지'를 그려냈다. 한국인들은 우즈베키스탄에 방문해서 고려인을 만나면, 자연스럽게 동질감을 느끼며 감격하기 마련이다. 하지만 허혜란은 그 동질감에 대한 강박적 강조가 초래하는 위험의 징후를 예시적으로 그려냈다. 한국인의 시선에는 '아냐'나 '소년'의 태도가 '고려인의 아픈 역사'를 망각하는 것으로 비춰질지도 모른다. 하지만 우즈베크어를 사용하며, 우즈베키스탄에서 생활해야 하는 새로운 세대들에게 '민족'은 '이방인의 정체성'일 수도 있다. 허혜란 소설은 같은 민족이기에 동질적이라고 간주했던 고려인들이 실제로는 다른 정체성을 유지하고 있다는 사실을 제시하는 데서 출발한다. 다름을 수긍함으로써 오히려 더 깊이 소통하고 공감할 수 있는 길이 열릴 수 있다. 국경 너머에도 같은 민족이 살고 있는 것이 아니라, 국경 너머에 민족으로 소환되지 않은 다양한 삶의 풍경이 펼쳐지고 있는 것이다.

3. 우리 안의 타자, 비법월경자(非法越境者)들

정도상은 '남북문화교류'에 가장 깊숙이 개입해 있는 작가다. 그는 현장에서 북한 작가들을 만나고, 회담이나 방문교류의 실무를 담당해왔다. 정치적인 문제로 남북 관계가 경색된 와중에서도 그가 참여하고 있는 남북문화교류만은 끊이지 않았다. 그는 겨레말큰사전 남북공동편찬사업회 상임이사이다. 겨레말큰사전 편찬사업은 2004년 4월 5일, 남한의 문익환 목사의 간절한 소망과 북한의 김일성 주석의 뜻을 계승해 남북이 합의해낸 문화적 성과다. '겨레말큰사전 남북공동편찬사업회법'이 지난 2007년 4월 2일에 국회를 통과했기에 비교적 자율성을 갖고 사업이 추진되고 있다. 북한에서도 이 사업만큼은 김일성 주석의 유지이기에 결코 중단하지 않을 것으로 보인다. 겨레말큰사전 편찬사업을 추진하고 있는 특별한 위치 때문에 그는 북한사회를 가장 잘 아는 남한 사람 중의 하나가 되었다. 하지만 의외로 그는 남북문제를 직접적으로 다루는 것에 대해 다른 작가들보다 더욱 조심스러워했다.

분단시대에 한 인간이 남북을 동시에 고려하면, 미묘한 '회색인'의 위치에 놓이게 된다. 그는 한쪽의 입장 속에서만 사유하고 발언할 수 없고, 자신의 행위가 남과 북에 어떤 파장을 미칠 것인가를 가늠해야 하며, 의도하지 않게 양쪽으로부터 쏟아지는 비난까지 감수해야 한다. 작가에게 이러한 상황은 '문학적 표현의 자유'보다는 '문화정치적 효과'를 고민하는 것으로 이어질 수 있어 치명적이다. 소설가 정도상은 남북의 경계에서 사유하는 경계인이 되어가는 듯이 보였다. 그런데 그의 조심스러운 태도가 『찔레꽃』에 이르러 확연히 변화했다. 북한 내부의 아픈 역사인 '고난의 행군' 시절을 내부인의 시선으로 묘파했고, 미묘한 파문을 일으킬 수 있는 탈북자 문제를 한국소설사의 전면에서 제기했다. 실제로 그는 『찔레꽃』 발간 이후 북한 관계자로부터 힐난의 의미를 내포한 문제제기를 받기도 했다고 한다.

2000년대 들어 탈북자를 다룬 소설은 꾸준히 발표되었다. 박덕규의 『고양이 살리기』(2004), 전성태의 「강을 건너는 사람들」(2005), 강영숙의 『리나』(2006), 김영하의 『빛의 제국』(2006), 김원일의 「카타콤」(2006), 황석영의 『바리데기』(2007) 등이 그 대표적인 예이다. 여기에 정도상의 연작소설 『찔레꽃』이 더해지며, '탈북자 문학'은 한국문학에서 '21세기형 분단문학'으로 부상하게 되었다. 정도상이 『찔레꽃』 연작에 들인 공력은 만만치 않다. 그는 첫 작품 「소소, 눈사람이 되다」를 『창작과비평』 2006년 봄호에 처음 발표했고, 이를 시작으로 3년여에 걸쳐 모두 여섯 편의 작품을 발표했다. 십여 차례 이상 중국행 비행기에 몸을 실었고, 남한이 아닌 중국 현지에서 탈북자들을 인터뷰하기 위해 심양, 청도, 하얼빈, 목단강 유역 등을 짚어나갔다. 작가는 연작의 완성도를 높이기 위해 이미 발표한 여섯 편을 완결된 구조를 갖도록 다듬으면서, 새롭게 「풍풍우우(風風雨雨)」를 첨가해 단행본으로 묶어 발표했다.

『찔레꽃』 연작은 화자가 미나(충심)를 만나, 함께 집안(集安)으로 여행을 떠나는 것에서부터 시작한다(「겨울, 압록강」). 그 미나가 탈북자라는 사실을 알게 되면서, 이야기는 시간을 거슬러 2001년의 '함흥'으로 이동해간다(「함흥·2001·안개」). 충심은 자신의 의지와는 상관없이 인신매매범에 의해 중국으로 팔려왔고(「늪지」), 마침내 조선족 마을에 넘겨져 강제결혼을 해야 하는 상황에 처하기도 했다(「풍풍우우」). 미나로 이름을 바꿔 심양의 서탑(西塔)거리에 있는 '한성안마'에서 일하며 새로운 삶을 모색하지만, 그를 얽어매는 협잡과 폭력은 끊이지 않는다(「소소, 눈사람이 되다」). 충심이 몽골을 거쳐 한국으로 들어오는 험난한 여정은, 얼룩말이 마라강의 위험을 통과한 후에야 세렝게티 초원에 도달하는 것에 비유된다(「얼룩말」). 문제는 한국사회에 들어온 이후에도 이방인이 되어 주변부로 내몰리는 탈북자들의 생활상이다. 은미로 이름을 바꾸며 새로운 삶을 꿈꿨던 충심은, 노래방 도우미로 몸을 팔며 생을 영위하는 비극적 상태에 빠지고 만다(「찔레꽃」). 충심에게 희망은 있을까? 아니, 국경을 넘어 다른 삶을 기획하려는 이들에게 새로운 기회는 올 수 있을까? 소설 속에 내비쳐진 전망은 암울하다. 그래서 이 소설은 정직하며, 실재에 입각해 동정 없이 '탈북자의 존재'를 아프게 증언한다.

『찔레꽃』은 '국가'와 '비국민(非國民)'의 갈등관계가 사실적으로 그려져 있다. 망명자가 자발적으로 '비국민'의 길을 선택한 개인이라면, 유랑민은 빈곤, 자연재해, 전쟁 등으로 원래 살던 거주지를 벗어난 사람들이다. 유랑민은 여러 가지 이유 때문에 '국가를 이탈'했고, 이로 인해 국민국가의 배신자로 낙인찍혀 소속 국가의 보호를 받지 못하는 상황에 내몰린다. 게다가 유랑민이 '난민'의 지위를 인정받지 못하면, 국경을 넘어 도달한 다른 국가에서도 인간적 권리를 보호받지 못한다. 따라서 국민국가에 소속되지 않는다는 것은, 다른 의미에서 국민국가의 폭력을 그대로 감내하는 것과 같다. 충심이 인신매매범에 팔려 중국 국경을 넘는 순간 갑봉, 춘구, 삼식 일당의 무자비한 폭력을 감내해야 하는 것도 이런 맥락에서 이해될 수 있다(「늪지」). 충심은 비법월경자가 됨으로써 법의 보호를 받지 못하게 된다. 그래서 인권이 없는 존재, 즉 조르조 아감벤이 『호모 사케르』에서 표현한 '박탈당한 삶(nuda vita)'으로 내동댕이쳐진다. 근대 국민국가의 체계 속에서 이들 탈북자들은 근대적 권리를 박탈당한 존재로 취급당한다. 그래서 국민국가의 보호 아래 있는 국민(근대인)은 기묘한 가학성으로 이들 비국민들을 대한다. 소설 속에 등장하는 김화동이 탈북자에게 가하는 가학적 행태들이 그 대표적인 예이다. 김화동은 충심이 2년 동안 모은 2만 위안(400만 원)을 빌려간 후, 이를 갚지 않으려는 의도로 충심을 탈북자로 공안(경찰)에 신고해버린다. 이는 김화동이 악한(惡漢)이기 때문이기도 하지만, 탈북자는 비국민이기에 짓밟아도 된다는 인식이 깔려 있기 때문이기도 하다(「소소, 눈사람이 되다」). 이러한 태도는 충심이 한국에 들어와 국적을 취득한 이후에도 반복적으로 나타난다. 박 선교사나 '박 선교사가 보낸 남자'가 충심에게 가차없는 폭력을 휘두르는 것도, 국민국가 이탈자에 대한 존재규정 때문이다(「찔레꽃」). 그 시선은 남한사회의 일반인이 탈북자를 대하는 태도에도 침윤되어 있다.

4. 국경 바깥에서 던지는 물음표

18년여 동안 한 작가가 소설집 세 권에 장편소설 한 권을 발표했다면 상당한 과작(寡作)이다. 1994년에 등단한 이 작가는 작품이 상대적으로 적은데도 '91년 5월 세대'에게 지속적인 사랑을 받고 있다. 동일한 세대 감각을 공유하는 이들이 아끼는 그는 화려한 지적 수사를 작품 속에 펼쳐 보이지는 않는다. 대신, 차분한 태도로 한국사회의 핵심적 현안들을 예민하게 포착해 문학적 언어로 변환시키는 능력이 탁월하다.

전성태는 자신에게 엄격해, 잘 조탁(彫琢)한 작품만을 발표한다. 그는 첫 소설집 『매향』(1999)에서 촘촘한 문장으로 농촌공동체의 풍경을 묘파해낸 바 있다. 이 작품집은 지금도 문창과 학생들의 필독서로 읽히고 있다. 그의 두 번째 작품집 『국경을 넘는 일』(2005)은 이야기의 맛을 강화해 역사적 기억이 현실을 억압하는 방식에 대해 성찰했다. 특히 일상에 스며 있는 공포의 기억을 끄집어낸 표제작 「국경을 넘는 일」은 '국가와 국경, 그리고 이방인'의 문제를 동시에 생각하게 하는 수작이었다. 이 작품에서 그는 한국인이 국경 너머에서 다른 존재(타자)를 만났을 때 어떤 태도를 취하는가를 문제 삼았다. 보통의 한국 사람들은 분단체제의 억압으로 인해 국경을 넘는 것에 대해 무의식적 공포를 느낀다. 이러한 상황을 예리한 시선으로 포착해낸 전성태의 감각은 '조그만 것에서 진실을 캐내는 서사의 장인'으로 비유할 수 있다.

그의 세 번째 작품집인 『늑대』는 『국경을 넘는 일』의 문제의식을 확장했으며, 몇 편의 이채로운 자전소설이 포함되어 있어 읽을거리가 풍부하다. 그런데 몇몇 평론가의 오독과 비판적 견해로 인해 작품 집 『늑대』의 의미가 충분히 규명되지 못했다. 일부 평론가들의 해석적 왜곡은 다음 몇 가지로 요약된다. 이 작품집이 몽골을 배경으로 한 소설이어서 한국의 경험과 괴리되어 있다는 지적이 있었다. 또한 표제작인 단편소설 「늑대」가 과잉된 소설적 실험으로 인해 가독성이 떨어진다는 비판도 있었다. 반면 강한 자의식이 소설적 재미를 반감시킨다는 상이한 평가도 있었다. 표면적으로 보았을 때, 이러한 지적은 타당한 측면이 있다. 하지만 이 소설이 발산하는 내면적 문제의식을 세심하게 읽어내지 못한 비판이어서 아쉽다. 몇몇 평자의 비판은 마치 날아가는 화살을 가리킬 뿐, 활이 겨냥한 과녁을 응시하지 못한 것과 같았다.

『늑대』에는 몽골 울란바토르 등을 배경으로 한 여섯 편의 작품이 수록되어 있다. 이 공간은 좌절된 사랑의 상처를 치유하기 위한 도피처(「목란식당」, 「남방식물」)이기도 하고, 일시적으로 방문한 여행지(「코리안 쏠저」, 「두 번째 왈츠」)인가 하면, 선교를 목적으로 들어와 낯선 세계와 갑자기 대면해버리는 곳(「중국산 폭죽」)이기도 하다. 또 작가에게는 이곳이 사회주의 사회가 자본주의적 근대의 충격을 감내하면서 급격한 아노미를 겪는 역사적 현장(「늑대」)으로 다가오기도 한다. 작가는 이런 다층적 공간에서 근대 자본주의와 분단 현실, 그리고 국가의 문제를 다시 사유한다.

전성태에게 몽골은 이국취미(exoticism)가 덧칠된 곳이 아니다. 전성태는 몽골이라는 공간에서 한국인의 정체성, 분단과 관련한 한국인의 무의식을 성찰하고 있다. 몽골인민공화국이 몽골국으로 바꾸기 이전인 1992년까지 이곳은 북녘 사람들에게 친화적인 공간이었다. 그곳에 남녘 사람들이 자본주의화의 급랑을 타고 밀려왔고, 몽골들의 일상의 변화에 개입했다. 전성태에게 그 변화는 관찰의 대상이 아니라, 성찰의 대상으로 그려진다. 관찰이 자신이 빠져 있는 바라봄이라면, 성찰은 자신까지를 포함한 살핌이다. 그런 의미에서 표제작 「늑대」와 「두 번째 왈츠」를 주목할 필요가 있다. 이 두 작품의 주제의식은 '자본주의적 근대를 낯설게하기'이다. 전 지구적 자본주의가 지배하고 있는 상황에서 몽골의 자본주의화는 당연한 것처럼 보일 수 있다. 하지만 대자연과 더불어 살았던 몽골인 입장에서 그 변화를 되짚어보면 전혀 낯선 풍경이 펼쳐질 수 있다. 불현듯 등장하는 영적(靈的) 세계가 근대인을 불편하게 할지라도, 인간의 생애는 "흰 늑대든 검은 늑대든 늙으면 모두 회색 늑대가 된다"(136)는 자연사(自然史) 진리로부터 자유로울 수는 없는 것 아니겠는가.

창작집 『늑대』에 수록된 작품 중 「코리안 쏠저」, 「목란식당」, 「남방식물」, 「강을 건너는 사람들」, 「아이들도 돈이 필요하다」 등도 수작들이다.

「코리안 쏠저」는 몽골 방문교수를 주인공으로 '한국인'의 무의식적 습성을 풍자적으로 제시한 작품이다. 자본을 가진 근대인은 자연을 지배했다고 자처하지만, 자연의 적나라한 질서 속에서는 무력한 '자연의 일부'일 뿐이다. 다만 인간이 개발한 도구에 의존해서 자신의 존재를 확장하고, 타자를 권력으로 복속시키는 한에서만 능력자이다. 그런 의미에서 방문교수인 '그'가 대면하는 야만의 몽골은 근대가 애써 가리고자 하는 세계의 적나라한 이면일는지도 모른다.

「목란식당」, 「남방식물」은 남과 북의 점이지대(漸移地帶)로서 몽골을 포착했다는 점에서 각별한 의미를 지닌다. 몽골은 분단의 점이지대이다. 이곳에서 남북의 대립이 일시적으로 이완되기도 하고, 돌출적으로 긴장이 고조되기도 한다. 희극적 분위기를 풍기는 「목란식당」은 '몽골'이라는 공간이 한국에 어떤 의미가 있는 곳인가를 되짚는다. 그곳은 칭기즈칸의 노마디즘을 자본주의 경영에 도입하기 위해 기업 연수프로그램이 진행되는 곳이고, 남북의 대립으로 인해 의도하지 않게 정치적 상처를 입은 '삼촌'이 도피해 있는 장소이다. 그러면서도 그곳에는 여전히 사회주의적 흔적이 남아 있어 남과 북이 공존할 수 있는 여지가 있다. 이러한 공존의 점이지대가 '목란식당'이라는 상징공간에서 구체화된 것이다. 이곳에서 '나'는 평양 옥류관 출신의 공훈 냉면 요리사를 둘러싼 해프닝에 휘말리고, 핵실험으로 인한 남북의 긴장이 먼 타향에서도 영향력을 발휘하는 현장을 목도한다. 화자는 "목란은 그냥 식당인데……"라고 되뇌어보지만, 남과 북의 사람들은 이미 사람과 사람으로 만날 수 없을 정도로 서로에 대한 편견으로 덧칠되어 있다.

　실제로 이런 오해와 긴장은 「남방식물」에 등장하는 호텔 사장 병섭에게서도 반복된다. 병섭은 목란식당 종업원인 명화가 평양으로 귀환하기 전에 수줍게 내민 편지를 오해한다. '탈북'을 도와달라는 내용이 담겨 있을 것으로 간주한 병섭은 그 편지를 어워(한국의 성황당)에 방치하지만, 나중에야 '목란식당을 자주 찾아 달라'는 의례적인 인사였음을 알고 허탈해한다. 병섭의 오해는 징후적이면서도 문제적이다. 한반도를 떠나 남과 북이 만났을 때, 대부분의 한국인들은 북녘 사람을 인격체로 대하지 못한다. 대신 북한 정권의 이미지로 표상된 '상징'으로 경원시한다. 그래서 「목란식당」에서와 같이 '식당을 식당으로 대하지 않는 사건'이 발생하고, 「남방식물」에서처럼 '명화라는 인격체를 예비탈북자'로 간주하는 오해를 하게 되는 것이다. 어쩌면 남과 북의 국경 밖에서도 남북 분단의 이데올로기에 무의식을 내맡겨야 하는 것이 한반도의 냉혹한 현실일지도 모른다. 그 명확한 사실을 저 멀리 몽골에서야 깨달은 것이 아니라, 머나먼 몽골에서도 분단 현실이 지속되고 있음을 안타깝게 재확인한 것이다.

조금은 다른 맥락에 있지만 「아이들도 돈이 필요하다」는 1980년대 한국사회로 시간을 거슬러 올라감으로써, 북한의 어려운 상황을 한국의 과거와 겹쳐낸다. 이 소설의 시간적 배경은 광주에서 피의 학살을 자행한 전두환 군사정권이 출범하던 1980년이고, 공간적 배경은 광주로부터 그다지 멀지 않은 소읍인 전남 고흥이다. 어리숙하면서도 순진한 화자인 '나'와 달리기 선수인 친구 오쟁이(오장희)가 겪어낸 그 시절은 어떤 모습이었을까? 마치 서커스단의 공연처럼 오쟁이의 다리통 치수를 재는 교장은 대중을 속이는 협잡꾼이고, 그 시대 권력자의 다른 얼굴이기도 하다. 아이들은 거짓 희망으로 치장되고 통제되는 '교장의 시대'에도 개구리 잡이와 라면봉지 모으기로 순진한 세계를 놓치지 않으려 고투한다. 이 작품은 개인의 사소한 과거가 결국 역사적 상황과 접맥되는 부분을 희화화하고 있어 경쾌하다. 더불어 풍속으로써의 성장사가 시대의 공통감각으로 접맥되는 부분을 스케치했다는 데 의미가 있다. 돌이켜보면 모두의 유년은 유치했지만, 그 유치함이 하나의 조각처럼 현재의 나를 구성하고 있는 것이다. 그렇기에 과거는 지나가고 완료된 것이 아니라, 현재적 감각으로 불현듯 환기된다.

『늑대』에 수록되어 있는 작품 중 민감한 현안을 다룬 작품이 「강을 건너는 사람들」이다. 이 작품이 2005년 『문학수첩』 가을호에 발표되었을 때, 많은 논란이 일었다. 이 작품에는 북한이 겪은 대기근 속에서 비법월경을 감행한 가족과 중국 교포 사내, 그리고 한

청년의 내저 긴장이 실감 있는 언어로 갈무리되어 있다. 각각의 구체적 사연은 기술되어 있지 않지만, 이들은 국경을 넘는 행위가 무엇을 의미하는지를 잘 알고 있다. 작품 속에서 이들이 "그 기억을 안고 이 땅에서 살 수 없었으니까"라고 절규했을 때, 그 절규는 남과 북 모두를 향한 윤리적 호소일 수도 있다. 소설 속에 적나라하게 드러나 있는 '소문들'("죽은 아이를 이웃끼리 바꿔먹는다는 소문")은 문학이 어떤 끔찍한 상상을 자극할 수 있는지를 극단적으로 보여준다. 무엇보다 확실한 것은 북한사회가 '고난의 행군' 기간에 감내하기 힘들 정도의 기근을 견뎌냈다는 사실이고, 그 기근의 와중에서 수많은 유랑민이 발생했다는 점이다. 이 역사적 사건을 외면하고서 남북문제를 형상화하는 것은 왜곡일 뿐이다. 그래서 전성태는 실재를 딛고 문학으로 나아가기 위해 「강을 건너는 사람들」을 창작한 것으로 유추할 수 있다.

탈북자라는 소재에 집중했을 때, 정도상의 『찔레꽃』(2008)과 전성태의 「강을 건너는 사람들」에 등장하는 비국민(탈북자)은 국가의 소중함을 일깨우기보다는, 근대국가의 폭력성을 예시적으로 드러낸다. 탈북자는 북한체제의 위기로 북한으로 배제된 존재들이다. 하지만 남한을 포함한 근대국가에 있어 탈북자라는 존재는 인간이 체제 안에서 '비체제적 존재'들에게 얼마나 폭력적일 수 있는가를 보여주는 사례라고 할 수 있다. 근대국가는 '인권'을 보편적 권리로 개념화해 옹호하는 듯이 보인다. 하지만 실제로는 국민국가 내부에 '국한된 국민의 권리'일 뿐이고, 더 적나라하게는 '주권적 폭력'을 행사하기 위한 정당화의 기제일 뿐이다. 이를 깊이 성찰하지 못하면, 탈북자는 남북한 체제 경쟁의 희생양으로 남을 뿐이다. 따라서 『찔레꽃』과 「강을 건너는 사람들」이 예시적으로 보여주고 있는 '비국민(탈북자)'의 형상은 북한사회의 치부가 아니라, 남한사회가 '국민국가의 한계'에 대해 깊이 성찰해야 할 화두로 남는다.

5. 제국의 시선을 넘어

야마무로 신이찌(山室信一)는 "공간을 구획하고 그 내부를 인식하는 것은 그 공간의 범위를 정치적 · 지적으로 지배하는 일과 밀접하게 관련되어 왔다"(『여럿이며 하나인 아시아』)고 했다. 공간을 아는 것이 바로 그 공간을 지배한 것과 연결된다는 야마무로의 지적은 '제국의 시선'을 환기시킨다. 서구유럽사회가 아시아의 경계를 구획하고 지적으로 탐구했던 것은 '식민지 지배'와 연결되었다. 일본제국주의가 식민지 조선에서 물리적으로는 토지조사사업을 하고, 학적 대상으로 조선을 설정해 문화적으로 접근했던 것도 마찬가지 관점에서 바라볼 수 있다. 그것은 공간에 대한 지배를 거쳐 정치적 · 지적 지배로 나아가는 것이었다.

지금의 한국문학도 공간의 감수성이 급격히 변화하고 있다. 식민지 시기에 상대적으로 열린 공간이었던 한반도는, 분단으로 인해 공간적 단절을 경험했다. 그 후 40여 년이 지나 1980년대 후반에야 민주주의의 성과로 여행 자유화 조치가 이뤄졌고, 지금은 광범위하게 세계와 만나고 있다. 이 공간감각의 변화는 점진적이면서도 광범위하다. 한때 비행기를 타고 다른 나라에 간다는 것은 미국과 유럽사회 혹은 일본과 중동 등에 국한되었다. 하지만 지금의 한국소설은 그 공간이 점차 베트남(방현석), 중국(김인숙), 호주(김서령), 독일(배수아), 우즈베키스탄(허혜란), 몽골(전성태) 등으로 넓게 펼쳐져 있다. 야마무로의 표현을 빌리자면, 한국문학은 그야말로 문학의 영역에서 공간에 대한 지적 · 정치적 지배력(?)을 확대해 나가고 있는 것이다.

그 공간 경험이 제국의 시선을 닮지 않고, 세계시민의 시선을 확보하기 위해서 과연 어떤 성찰적 태도를 지녀야 하는 것일까?

전 지구적으로 자본주의가 전일화되고 있는 상황에서 개별국가 간의 자본 · 상품 · 노동의 교류는 당분간 확대될 수밖에 없을 것이다. 여전히 수많은 한국인들은 자본에 기댄 채 우월적 지위를 갖고 세계를 주유할 것이며, 자본의 자유를 위해 국경을 무력화시키려고 할 것이다. 그 활력이 패권주의적 가면을 쓰는 순간, 한국인은 '제국의 시선'에 침윤된 권력자들이 되고 만다. 식민지 경험의 무의식적 내상을 지금까지도 간직하고 있는 한국인들이, 신제국주의적 형상을 하고 '자본의 식민지' 개척을 위해 질주하는 모습은 얼마나 아이러니한가? 인종주의적 편견을 갈무리한 채 비근대사회에 대한 공격적 태도를 드러내는가 하면, 공간에 대한 지배가 '문화권력의 모습'을 하고 '한류'로 포장되고 있기도 하다. 작가들의 공간감각이 지속적으로 확장되고 있는 것도 자본의 힘에 기댄 것임을 부인할 수는 없다.

그럼에도 불구하고 문학에, 그리고 작가들에게 독자들이 기대하는 것이 있다면, 그것은 '세계를 바라보는 감수성의 변화'일 것이다. 우리는 누구의 시선으로 세계를 바라보고, 타자와 만나야 하는 것인가가 문제다. 과연 자본주의적 근대를 선취한 비서구 근대인의 관점에 서서 공격적으로 근대를 강변하는 쏠롱고스('무지개의 나라', 한국을 지칭) 사업가의 시선을 취해야 하는가(「늑대」),

아니면 식민지적 고통을 되새기며 웃음과 치유, 그리고 생명의 가치를 옹호하는 신 세르게이 니콜라이비치의 눈으로 세상을 포용할 것인가(「아냐」)? 이러한 문제에 대해 진지하고 책임 있는 해답을 구하기 위해서는 허혜란, 정도상, 전성태의 소설이 속삭이고 있는 '경계 넘기'에 귀를 기울일 필요가 있다.

이방인이 되어 타자와 만나기 위해서는 국경을 넘는 것만으로는 충분하지 않다. 진정으로 넘어야 할 것은 마음의 경계이다. 마음의 경계는 근대 국민국가를 절대화하는 태도 속에 있고, 탈북자와 같은 비국민에게 가해지는 시선의 폭력 속에 깃들어 있으며, 자본주의적 근대를 피할 수 없는 숙명으로 절대화하는 닫힌 세계관에 둥지를 틀고 있다. 이 마음의 국경을 허물기 위해서는 '한국사회가 경험했던 식민지 기억'을 끊임없이 환기함으로써, 오히려 연대적 관점에 입각해 세계시민적 감각을 키워나가야 한다. 그 세계시민적 감각은 다른 국가와 민족에 대해 깊이 있는 관심과 이해를 갖는 것이고, 근대체제의 바깥에 내몰린 비국민들에 대해 관용적 태도를 내면화하는 것이기도 하다. 어떤 의미에서 이러한 성숙한 세계시민적 태도는 한반도의 민주주의가 심화되는 것에 기반해 이뤄질 수 있는 것이며, 분단이 극복될 때에야 비로소 세계와 만날 수 있는 길이 열릴 것이다. 그런 의미에서 민주주의가 답보 상태에 빠지고 분단시대가 지속되는 한, 여전히 한반도는 닫힌 공간일 수밖에 없다.

한국문학과 국제적 연대

__복도훈 · 황호덕 비판

1. 세계로 접속하는 신경망들

1997년 여름이었다.

한 선배가 중국 연변대학교에서 공부하기 위해 출국 수속을 서두르고 있었다. 대부분의 수속 절차가 끝난 상황에서 당황스럽게도 여권발급이 거부되었다. 그 선배는 1989년 '이적 표현물을 제작 · 배포'한 혐의로 유죄 판결을 받은 '국보(국가보안법 위반자)'였다. 8년여가 지난 상황이었지만, '신원 특이자'로 매어 있던 족쇄는 그때까지도 풀리지 않았었다.

그 선배는 안기부와 검찰을 향해 분노를 폭발시켰다.

"내게 여권을 발급해주지 않으려면, 국적을 버릴 수 있는 권리를 달라."

선배의 분노는 지금도 불현듯 상기될 정도로 섬뜩한 것이었다.

'아아, 그렇구나, 국가에 대항해 국적을 버리겠다는 위협을 할 수도 있구나.'

나는 그때까지 국적을 버리는 것에 대해 상상한 적이 없었다. 국적은 내가 선택한 것이 아니었고, 태어나자마자 나에게 부여된 것이었다. 나의 의지와 무관한 국적이었기에 숙명으로만 받아들였다. 망명자, 혹은 난민이라는 신분은 '막막한 외로움'을 감내해야 할 '예외적 존재'일 것이다. 체제에서 '이탈해버린 자의 슬픔'이 느낌만으로도 왠지 모를 공포심을 자아냈다. 스스로 버렸다고 생각했는데, 모두에게 버림받고 말았다는 감정에 휩싸인다는 것은 얼마나 끔찍한가. 이러한 상상은 그간 내가 얼마나 강렬하게 '국가주의'에 의해 훈육당해 왔는가를 반성하게 했다. 국가 바깥을 상상하지 못하도록 훈육되어 있는 나 자신은 이미 국가주의 이데올로기에 포박된 '선량한 국민'일 뿐이다. 국가 바깥을 상상하는 것에 심적 거부감을 느낀다면, 그것은 강렬한 '국가주의의 수인(囚人)'임을 스스로 반증하는 것이다.

국경의 차단은 '예외 상태'에서 취해지는 주권자의 긴급조치이다. 그런데 한국은 40여 년 동안 '예외 상태'를 지속해왔다. 국민 통합이라는 이름으로 국경은 의도적으로 봉쇄되어 왔다. 1989년 해외여행 자유화 조치 이전까지 한국인들은 '국경에 갇힌 수인들'이었다. 1989년 이후, 배낭을 멘 젊은이들의 바깥나들이가 시작되었고, 친목모임 단위로 동남아 여행이 활기를 띠었고, 어학연수 등으로 인한 장기체류자도 증가했다. 2008년 말을 기준으로 했을 때, 해외에 체류하고 있는 한국인은 304만여 명, 이 중 한국 국적의 영주권자는 145만여 명에 이르고, 시민권자까지 포함하면 683만여 명에 이른다(2008년 말 현재 기준 외교통상부 발표 '지역별 재외국민 현황'). 더불어 한국 내부에서 이뤄지는 세계와의 접촉도 상상 외로 광범위하다. 2010년 11월 말을 기준으로 해서 한국에 체류하는 외국인 수는 125만 1천여 명이다. 한국에 사는 사람 100명 중 두 명이 이주노동자, 장기체류자, 국제결혼자 등이라는 사실이 놀랍기만 하다.

혹자들은 이러한 환경 변화가 단지 세계화라는 정치적·경제적·문화적 변동의 산물이라고 주장한다. 하지만 한국적 맥락에서 국경의 개방은 '한국 민주주의의 성취'라는 측면을 간과해서는 안 된다. 한국의 내부에서 역동적인 민주화 운동이 없었더라면, 권위주의적 정부가 지속하려 했던 '예외 상태'를 극복할 수 있었을까? 국가는 앞으로도 국경을 닫아놓음으로써 자신의 정체성을 지속하려 하겠지만, 그 경계의 강도는 국가의 성격 변화와 밀접한 연관이 있다. 여기서 다시 1970년대 후반에 한국의 민주화를 갈망하던 수많은 사람들이 '제3세계'에 관심을 쏟았다는 사실을 상기할 필요가 있다. 구중서, 김우창, 박태순, 백낙청이 '제3세계 문학'에 대한 글을 심혈을 기울여 발표하고, 박경, 정명기, 최장집 등이 '제3세계 사회변동'을 연구해 글을 발표했던 것도 서구중심주의를 벗어나기 위한 노력의 일환이었다.

이제 한국인들은 세계 곳곳에서 낯선 이방인들과 스스럼없이 만날 준비가 되어 있다고 말한다. 그렇다면 자유로운 개인으로서 세계시민과 만날 수 있고, 이국의 타인들 앞에서 떳떳하게 한국사회를 비판할 수 있는가. 1970~80년대의 상황에 비춰보면, 지금은 사고의 지평이 세계적 차원으로 확대되었고, 경험의 기회도 국경을 자유롭게 넘나들 수 있을 정도로 확대되고 있다. '고통받는 타인'들을 외부에서 대면하기도 하고, 한국사회 내에서 '이방인들의 고통'을 목도하기도 했다. 문제는 권위주의 체제하에서 고통받았던 경험을 현재의 고통받는 타인들의 경험과 일치화시킴으로써 자기 위안의 태도로 삼으려는 태도이다. '고통받는 타인'을 '어쩔 수 없는 상황'으로 간주함으로써 의식 속에서 지워버리려는 태도는, 세계와 차단된 채 '조국 근대화'에 매진했던 닫힌 시대보다 더 반윤리적이다. 권위주의적 체제가 추구했던 닫힌 시대는 국민들을 보호했던 것이 아니라, 진정한 적(민주화)을 은폐시킴으로써 체제를 유지하려 했다. 그 진실을 이제는 세계화 속에서 아프게 직시해야 한다.

문학 영역에서 이뤄지는 '세계와의 만남'은 더디면서도 조심스럽다. 예민한 작가들은 국경을 넘어오는 존재들에게 더듬이를 가져다 대기도 하고(「코끼리」, 『나마스테』, 『잘 가라, 서커스』 등), 스스로 국경 너머에서 타자에게 말 걸기를 시도하기도 한다(「국경을 건너는 법」, 「벽」, 『리나』 등). 몸을 직접 움직이는 작가들의 몸짓도 예사롭지 않다. '세계작가와의 대화'라는 이름으로 서아시아와 아프리카 작가를 초청하는가 하면, '베트남을 이해하려는 젊은 작가들의 모임'이 구성되어 직접 작가 교류에 나서고 있다. 뿐만 아니라 '팔레스타인을 잇는 다리'와 '아시아 문화네트워크' 등은 한국문학 속에서 '아시아를 재발견'하는 풍부한 기회를 스스로 만들어내고 있다.

한국인과 한국문학에 요구되는 것은 '세계화의 윤리'이다. 기존의 관성에서 이뤄지는 세계와의 만남은 국가주의, 폐쇄적 민족주의를 강화하는 운동성을 지닐 수도 있다. 우리는 과연 잘못된 정권에 대항하여 '국적을 바꾸겠다'고 당당히 주장할 수 있는가. 국가에 대한 소속감으로 인해 '내부의 부조리를 은폐'하려는 한국적 태도를 객관화할 수 있을까. 새로운 정치공동체를 상상하며, 전 지구적 문제에 대응하기 위해서는 훨씬 더 '국가의 경계'를 유연하게 사고할 필요가 있다. 이 글은 문학비평 진영에서 최근 이뤄지고 있는 '국경과 문학, 그리고 연대적 상상력'에 대한 고찰을 통해 '한국문학과 국제적 연대'의 문제를 성찰하기 위해 씌어졌다.

2. 의도된 정치적 해석은 위험하다

대부분의 비판은 관성적인 운동을 잠시 멈추게 하기에 의미가 있다. 최근 한국문학은 이주노동자로부터 촉발된 '내부의 세계화'와 국경을 넘나드는 작가적 상상력을 통해 국제적 연대를 조심스럽게 모색하고 있다. 이러한 한국문학의 흐름에 대해 젊은 평론가들이 날카로운 비판을 제기했다. '잠시 멈춤'이 생산적 휴지(休止)이기 위해서는 누군가가 비판의 공명판 역할을 해야 한다. 호명되지 않은 자도 스스로 나서면 울림에 호응할 수 있으리라.

우선 관심의 눈길을 끈 글은 복도훈의 「연대의 환상, 적대의 현실—최근 한국소설의 연대적 상상력과 재현에 대한 비판적 주석」(『문학동네』, 2006년 겨울호)이었다.

복도훈의 이 글은 '비평의 의도된 정치성'을 드러낸다. 그는 작가와 텍스트에 대해 '나르시시즘/과거지향'이라는 선고를 내린후, 사후적으로 증거를 수집해 제시했다. 예를 들면, 김재영의 「코끼리」에 대해 "작중인물들의 고통과 향수에 함께 반응하고 공감하도록 유도"하고, 이를 통해 독자들에게 '자연스럽게 부끄러움을 느끼도록' 야기한다는 것이다. 「코끼리」의 재현방식이 "고통스러운 개개의 장면들을 상징으로 고정시켜 영원히 현재화하는 기술"이라는 그의 주장은 검토를 요한다.

김재영의 「코끼리」는 산업연수생 신분으로 외국인 노동자들이 유입되기 시작한 1991년부터 2004년 즈음까지의 수난사를 응축했기에 문제적인 작품이었다. 소설 속 소년 화자인 '나(아카스)'는 무능력하고 무구한 주체라기보다는 오히려 '외국인 노동자 집단이 응축되어 있는 대자아'에 가깝다. 그래서 불법체류자 2세인 '나'는 한국사회의 부정성을 고발하는 경계인이면서, 불법 이주노동자들의 쓰라린 과거를 위무하는 '어린 주술사'이다. '나'가 환기하는 '사회적 상상력'의 의미는 만만치 않다. '나'가 연약한 자아가 아니라, 집단적 기억을 재현해내는 주체로서 '대자아'의 목소리를 내는 것이 소설 속에서 어색하게 느껴질 수도 있다. 하지만 '나'는 이주노동자에게 가해지는 법적 폭력과 인종주의적 편견을 몸에 새겨 넣은 '응축적 자아'다. 이러한 응축성은 부분적으로 서사의 균열을 초래할 수도 있는 것이다. 이렇게 볼 때, 복도훈이 주장하는 것처럼 소설 속 어린 화자인 '나'는 무기력하고 무구한 존재라고 볼 수 없다. 복도훈의 태도로 서사를 바라보면, '나'가 노동현장에서 잘린 알리, 베트남 아저씨, 쿤의 손가락들을 넘겨받아 묻어주는 장면의 의미를 해석해낼 도리가 없다. 그가 「코끼리」에서 읽어낸 것은 '텍스트의 정치성'이 아니라, 비평가가 의도하는 바만 부각시키는 '의도된 정치적 해석'이었다. 그는 이주노동자가 원래부터 한국사회의 일원이었다는 듯한 태도를 취함으로써 그들의 수난사(史)를 비평 텍스트 속에서 삭제해버렸다. 이러한 삭제에 기반해 자신은 이주노동자가 지금 받고 있는 고통을 충분히 공감하고 있으며, 앞으로 어떤 고통이 이어질 것인가에 대해서도 알고 있음을 은연중에 내비친다. 오히려 이러한 복도훈의 태도가 '고통의 영원한 현존'을 용인하는 것은 아닌지 반문해본다.

복도훈이 김남일과 방현석의 소설에 대해 비판한 부분은 '80년대 문학'에 대한 비판적 재인식과도 맥이 닿아 있다. 그는 「노을을 위하여」(김남일)와 「존재의 형식」(방현석)을 퇴행적 소설로 간주하고, 화자들의 심리를 일종의 아노미 상태로 규정한다. 하지만 「노을을 위하여」의 '그(현)'와 「존재의 형식」의 '재우'는 서아시아와 베트남의 작가들을 만남으로써 자신의 심적 상처(트라우마)를 객관화하는 데 이르렀다. 이는 한국적 현실에 마모된 개별적 주체가 외부의 타자와 만나면서 먼 거리에서 자신을 다시 조망하게 되는 것과 같다. 여기서 좀 더 세심히 주목해야 할 것은 「노을을 위하여」와 「존재의 형식」이 단지 멀리서 자신을 객관화하는 데서 멈추는 것이 아니라, 외부의 타자 속에서 주체의 자리를 다시 탐색하고 있다는 점이다. 이러한 탐색은 복도훈이 규정하고 있듯이 관계의 파탄이 아니라, 관계가 미확정적인 운동 상태에 있음을 보여준다. 낯선 곳에 대한 상상이 동경에 머물면 그것은 비실재일 뿐이다. 하지만 낯선 타자들의 세계 속에서 자신의 위치를 가늠하는 것은 실천적 모험이다. 그것이 비평가에게 서툰 몸짓으로 읽혔더라도, 비난할 수는 없는 것이다. 방현석과 김남일의 작업이 의미를 지니는 이유는 세계체제의 약소자인 타자들 속에서 힘겹게 자신의 위치를 실천적으로 모색하고 있기 때문이다.

이론을 믿으며, 실천에 회의하는 태도는 안락할 수 있다. 내적 고통이 회의하는 정신에 깃들어 있을지라도, 실천적 힘을 고려하지 않은 이론은 공허하다. 그래서 이론은 실천으로 인해 긴장하고, 실천은 이론을 통해 자기 정당성을 확인하려 한다. 이러한 입장에서 보면, 복도훈이 "먼 곳에 대한 상상력이 증가할수록 가까운 곳에 대한 모멸감은 커지고, 가까운 곳에 대한 모멸감이 커지면 커질

수록 먼 곳에 대한 상상력은 확장된다"는 언명은 너무도 이분법적
이다. 화자들이 자신의 상처에도 불구하고 더 큰 상처를 입고도 초
연한 타자들을 통해 깨달음을 얻으려 하는 것이 과연 부당한 것일
까? 그 노력을 1980년대 계몽주의의 악몽으로 타매(唾罵)하는 것
이 온당한 것일까? 먼 곳에서 자신을 객관화함으로써 성찰에 도달
할 수도 있고, 이곳의 현실과 저곳의 현실이 겹쳐질 수도 있다. 뿐
만 아니라, 우리 시대는 물리적 거리와 상관없이 경험의 지평이 전
지구적으로 확대되고 있지 않은가.

　복도훈이 펼쳐 보이는 텍스트 분석은 텍스트의 형식을 해부하고
있기에 나름의 설득력이 있고, 부분을 확대해 해석하는 치밀함도
돋보인다. 그런데도 그의 '의도된 정치성'은 불편하다. 복도훈은
직접적으로 언급하지는 않고 있지만, 김재영, 김남일, 방현석을
1980년대적 형식에 갇힌 작가로 규정하고, 부정적 태도로 텍스트
에 접근한다. 그는 이들 작가들에게 1980년대적 형식('과거의 형
식')으로부터 한 발자국도 나아간 것이 없다고 야유했으며, A를 다
루고 있는 작가에게 왜 B를 다루지 않느냐고 질타하기까지 했다.
때로는 미시적 정교함이 비평의 미덕이 아니라, 의도된 정치적 해
석을 위한 도구일 수도 있다. 전체를 보여주지 않으면서 부분을 확
대하는 것도 '왜곡'으로 읽힐 수 있다. 그것은 텍스트에 대한 정교
한 분석이기 이전에 '보이는 것을 보지 않고, 보고자 하는 것만 보
는 것'에 다름 아니다. '해석의 정치성'은 비판적 글쓰기에 내재해
있는 숙명이다. 하지만 과도하게 의도된 정치적 해석은 글쓰기의
윤리를 훼손할 수도 있다. 그렇기에 비판적 글쓰기는 오히려 더 윤
리적일 필요가 있는 것은 아닐까.

　나는 연민이 폭력일 수도 있음을 경계한다고 앞의 글에서 밝힌

바 있다(「연민을 넘어선 윤리」) 자기 위안적 성격을 지닌 연민은 위험하다. 자신의 관대함을 시위하는 연민은 오히려 타자의 주체적 권리 주장을 차단한다. 상대방이 위협적이지 않다는 전제하에서 베풀어지는 관용은 얼마나 위선적인가. 그런 전제가 지배하면, 연민의 대상들이 자기 목소리를 주체적으로 내게 되는 순간 위선적 관용은 배신감을 느끼게 된다. 타자의 주체화를 차단하는 것은 핀셋으로 고정된 채집곤충에서 자연의 아름다움을 감상하는 것과 같다. 그러한 태도는 타자가 자신의 자리를 침탈했다고 느끼는 순간 격렬한 공격성으로 발현될 수 있기에 불온하다.

내가 이토록 복도훈의 글을 불편해 하는 이유는 정치적 입장의 차이 때문이 아니다. 그의 문제의식이 최근 나의 고민과 접맥되는 부분이 있기에 더욱 비판의 날을 세우는 것이다. 그의 글은 동시대의 현안을 다루고 있다는 점에서 공통감각을 확인하게 해주지만, 같은 사건에 대해 이렇듯 다른 정치적 입장을 보일 수 있구나 하는 데서 오는 당혹감을 촉발한다. 그는 기본적으로 '언어와 상상력'에 의미를 두지만, 나는 '언어와 상상력'이 물질적으로 구현된 '텍스트의 정치성'에 의미를 둔다. 이 차이가 바로 '실천'에 대한 입장 차이를 만들고, 세계관의 충돌을 일으키는 듯하다. 그래서 복도훈은 연대의 곤란함에 대해 이야기한다. 그는 부정적 의미에서 "연대성과 고통당하는 타인에 대한 상상력이 밀접하게 연관되어 있다"고 주장한다. 그 주장의 근거로 미국의 철학자 리처드 로티를 인용하면서, 주체가 타인의 고통에 동일시되는 것은 주체의 조작적 입장이라는 한계를 설정한 상태에서만 가능하다고 본다. 따라서 타인의 고통에 대한 '순간적인 동정과 곧 익숙해질 경악'은 일종의 역할 놀이일 뿐이라고 복도훈은 (혹은 리처드 로티는) 주장했다.

나는 복도훈이 주장하는 '연대의 곤란함과 연민의 부정성'에는 반대한다. 모든 연민이 부당한 것은 아니다. 타자(혹은 약소자들)가 자신의 권리를 인식하고, 그것을 당당히 요구하는 것을 방해하는 연민이 부당하다. 특정한 경계를 설정해놓고 타자에게 절대 침범이 불가하다고 말하는 것은 방어적일 뿐이다. 하지만 경계를 넘어설 각오가 되어 있는 연민은 분열적일지언정 윤리적으로 온당하다. 연민은, 위안이 아니라 스스로의 틀을 깨는 실천으로 연결될 때라야 '연민 이상의 윤리'가 될 수 있다고 나는 생각한다. 거기에 바로 연민을 넘어선 연대의 가능성이 있는 것이다. 그것은 단지 희망일 뿐이라고 반박할지도 모른다. 나는 '윤리는 희망에 의지한다'고 믿는다.

3. 월경(越境)하는 예외적 존재

시인과 소설가는 경험적 진실을 통해 초월을 지향한다. 반면 비평가는 경험이 구현된 작품을 텍스트 삼아 보편적 원리(이론)를 구현하려 한다. 평론가는 이론에 천착(혹은 집착)함으로써 존재의 정당성을 증명하려는 경향이 있다. 비평의 딜레마는 텍스트를 읽고 새로운 텍스트를 생산하면서도 끊임없이 보편적 원리에 천착한다는 데서 발생한다. 개별성을 지향하는 작품과 그것을 보편적 원리로 통합하려는 비평은 모순적 공존관계에 있다. 어찌 보면, 문학비평이 구축하는 보편은 '운동하는 보편'일 뿐이다. 작품이 고정되어 있지 않은데, 어찌 고정된 보편이 존재할 수 있겠는가. 문학비평은 돌출하는 개성적 작품에 보다 더 예민하게 반응해야 하고, 예외적인 것이 증언하는 보편의 일시적 한계를 통해 '아직 구현되지 않은 보편'에 대한 호기심을 지속해야 한다.

　황호덕은 이론적 세계 인식에 관심을 집중하는 평론가다. 그는 이론적으로 규명된 보편적 인식을 통해 현실을 규정하려는 경향성을 지닌다. 근래에 발표한 「넘은 것이 아니다—국경과 문학」(『문학동네』, 2006년 겨울호)이라는 글도 실제 문학 텍스트를 다루고 있지는 않다. 이 글은 최근 일본 지식사회가 주목하는 '국민국가론'을 화두로 삼고 있다. 국가와 국민에 대한 관심은 니시카와 나가오(西川長夫) 교수가 『국민이라는 괴물』, 『국경을 넘는 방법』 등에서 핵심적 문제의식을 드러낸 바 있다. 니시카와 나가오 교수는 '비(非)국민의 감수성'을 이야기하며 '신식민주의'에 대한 의미 있는 글들을 발표했다. 그는 '국가의 주요한 이데올로기인 내셔널리즘' 비판의 선봉이며, '국가에 포박된 국민'을 성찰하게 하는 다양한 계기를 마련해주고 있다. 황호덕은 이러한 일본 지식사회의 분위기 속에서 '국가와 국민'을 고민하며, 더 나아가 들뢰즈—가타리, 홉스, 루소, 레닌, 그리고 베냐민까지 넘나들고 있어 현란하다. 이들 거성(巨星)들의 화려한 등장에도 불구하고, 그의 글에서는 일본 지식사회의 지적 풍토에 자극받았으며, 최근 유럽 학계에서 각광받고 있는 조르조 아감벤을 논지 전개의 의지처로 삼고 있다. 아감벤은 서구 학계에서 '호모 사케르', '예외 상태' 등을 의미화해 서구 근대성의 내파 양상을 해명한 지식인으로 평가된다. 그는 우리 시대가 처한 현실을 해석하는 데는 풍부한 시사점을 제공하지만, 전망부재의 현실을 묘사한다는 점에서 비극적 세계 인식의 면모를 보여주고 있기도 하다.

　아리스토텔레스 이후 서구의 정치철학은 인간의 조건을 구분해 이해했다. 정치적 삶과 생물적 삶이 그것인데, 이 구분은 아감벤 논의의 핵심적 전제이다. 생물적 삶은 '살아 있으라'라는 명령처럼 존재하는 삶을 지칭하고, 정치적 삶은 공동체 내에서 이뤄지는 삶의 형식을 지칭한다. 아감벤은 그의 대표 저작인 『호모 사케르』에서 이를 조에(zoé)와 비오스(bios)로 구분해 설명했다.

황호덕은 아감벤의 논의를 전유해 '벌거벗은 생명(조에)'과 '정치적 생명(비오스)'을 구분한 후, 국가와 국경에 대해 입론을 세워나갔다. 그는 현대사회에서 국경을 "넘어가는 것은 벌거벗은 신체뿐, 정치적 생명은 언제나 이 경계 안에 머문다"고 주장했다. 비유컨대, 입국 심사대를 통과하는 순간 모든 정치적 권리가 박탈되고, 육신의 생명만이 남는다는 것이다. 국경을 넘고서도 인간의 권리(인권) 보장이 가능해지려면, '국적에서 자유로운 시민권'이 성립되어야 한다는 것이 그의 주장이다. 그런데도 현대인들이 국경을 넘어섰다고 착각하는 이유는 자본의 지구적 이동 때문이라는 것이다. 즉, "다국적 기업 유형의 산업조직, 산업 콤비나트, 종교집단" 등이 "국가 혹은 국경과 관련해 지금 이곳에서 넘어섬의 환상을 제공"한다고 봤다.

자발적으로 국경을 넘나들며 국민국가의 경계를 뒤흔드는 실천을 호모 사케르와 동일시할 수는 없다. 호모 사케르는 자발성이 아닌 국가(법)의 힘에 의해 강제적으로 예외 상태에 처한 인간을 지칭하는 것으로 보여진다. 따라서 자율적 주체의 이동을 '벌거벗은 생명'의 이동으로 동일시하는 것은 무리가 있다. 이러한 자율적 주체들은 국가의 보증에 의존하지 않고도 정치성을 유지할 수 있다. 이러한 실천적 존재들은 '국가 내의 정치적 생명'을 지향하는 것이 아니라, 지금은 불가능한 듯이 보일지라도 '새로운 공동체의 정치적 생명'을 구성하려 하기 때문이다. 그들이 세계시민으로 불리든, 다중으로 불리든, 혹은 평화운동가나 생태운동가로 불리든 상관 없다. 심지어는 월경하는 이주노동자여도 마찬가지다. 스스로 자신의 권리를 주장하고, 거기에 따른 예외 상태를 감내할 각오가 되어 있다면, 그들은 새로운 주체들이다. 이런 맥락에서 볼 때, 황호덕이 『호모 사케르』를 염두에 두고 국경을 넘는 것이 '벌거벗은 생명'뿐이라고 보았다면, '난민' 혹은 '무국적자'의 월경이라는 측면에서만 부합할 뿐이다.

나는 황호덕의 논의를 읽으면서 '국가 혹은 국적을 그렇게 절대적인 것처럼 강조할 필요가 있을까' 하는 회의가 일었다. 그가 글속에서 '국가 혹은 국적'은 옴짝달싹 못하게 하는 규정적 힘이고, 그 억압이 앞으로도 지속될 것이라고 주장했다고 보지는 않는다. 그가 주장하는 취지는 "'국가를 넘는 사유'가 인간이 국가에 묶이는 근본적 조건, 즉 한계개념으로서의 국가론에 앞설 수 없다"는 데 있다. 지금의 세계에서는 자본만이 국경을 넘어서는 전 지구적 활동을 하고 있는데, 마치 인간의 활동이 국경을 허물고 있다고 착각하지 말라는 경종으로 읽을 수도 있다. 그렇다 하더라도 국가를 절대적 실체처럼 기술한 것은 타당하지 않다.

국민은 자연법에 의해 구성되는 듯하지만, 자의적일 뿐이다. 나의 입장에서 보았을 때, 태어난 곳에 따라, 가족관계에 따라 국적은 임의적으로 부여되었다. 천부적 권리로 간주되곤 하는 국적이 실은 불공정한 계약관계인 것이다. 그 불공정성은 인간이 온전한 주체(만약 그것이 가능하다면)로 자신의 존재를 증명할 수 있을 때만 그 실체를 드러낸다. 그러므로 황호덕이 인용한 루소의 "국가의 시민(citoyen)이 되고 나서, 처음으로 인간(homme)이 된다"라는 언설은 주체의 자율성이 배제된 명제이다. 주체가 자발적으로 국가를 부정하는 지경에 이르면, 그는 스스로 예외적 존재가 되고 만다. 혹은 주체가 국가를 해체하거나, 새롭게 구성해도 그는 예외적 존재(혹은 주권자)가 된다. 대부분의 경우는 이미 구성된 국가의 일원으로 호명된다 하더라도, 국가 폭력에 대한 저항은 역사 속에서도 지속적으로 존재해왔다. 그래서 국가는 폭력적이다. 일방적 계약관계는 폭력성을 내재할 수밖에 없으며, 계약의 효력은 푸코가 말하는 '생체권력'을 통한 인간의 통치로 지속되어 왔다. 여기서 내가 말하고 싶은 것은 이러한 국가의 근원적 성격에도 불구하고, 국가 자체가 고정된 결정체가 아니라는 사실이다. 선량하기만 한 국가도, 폭압적이기만 한 국가도 없었다. 어떤 지역공동체에서 볼 때, 국가(주권자)는 생과 멸을 거듭해왔다. 유구한 역사를 지닌 듯한 국가도, 국면에 따라 그 성격이 변동되어 왔다. 그것은 역사를 인정한다면, 주지의 사실이다.

황호덕이 언급하는 이주노동자 문제도 비판적 검토를 요한다. 그는 타자를 '같은 인간'으로 호명하는 것은 '국민국가에 기초한 인권 개념'을 강화하는 것일 뿐이라고 했다. 그래서 한국문학이 이주노동자를 재현하는 것에 대해 회의적 반응을 보였다. 과연, 이주노동자의 권리를 옹호하려는 인간의 실천적 행위가 모두 '국가주의적 사고'로 수렴되는 것일까? 국가는 절대 불변이고, 그 하위에서 진행되는 투쟁마저도 모두 '국가주의의 변종'으로 규정할 수 있는 것일까? 이러한 도그마적 인식 아래서 과연 인간의 실천적 행위라는 것은 가능하기나 한 것일까?

나는 국가의 성격을 바꾸기 위한 투쟁도 "이주의 삶이 제기하는 새로운 시민권의 창조"와 관련이 있을 수 있다고 본다. 그것을 제약하는 국가기구와 법을 향한 투쟁의 과정에서 '추방당하는 인간'은 발생할 수밖에 없고, 이 추방당한 인간이 '국가기구와 법'의 부정성을 증명할 수도 있다. 그렇다고 선량한 국가 간의 연대를 믿는 것은 아니다. 국가 간의 연대가 '선한 의지'에 기반해 이뤄질 수 있으리라고 보는 것은 환상이다. 그렇기 때문에 더더욱 국가의 경계를 넘나드는 시민적 연대가 요구된다. 지역적인 연대, 국가 자체의 민주적 변혁만으로는 해결할 수 없는 전 지구적 문제들이 긴박하게 제기되고 있다. 2007년 4월에 벨기에의 수도 브뤼셀에서 발표된 유엔 산하 기후변화에 관한 정부 간 협의체(IPCC)의 보고서가 그 한 예이다. 그 보고서에 따르면 지구온난화로 인해 2050년대에 1.5~2.5도의 기온이 상승하면, 지구상에 존재하는 생물의 20~30퍼센트가 멸종 위기에 처할 것이라고 한다. 지구온난화에 대한 국가기구의 연대에 대해 미국과 중국 등은 오히려 미온적일 뿐만 아니라 보고서 공표를 방해하기까지 했다. 전 지구적 생존과 연관된 공동 대응에서 강대국과 강대국 간에, 강대국과 약소국 간에 갈등 양상이 불거짐으로써 국가의 반윤리성은 자명해졌다.

4. 국제적 연대와 새로운 정치공동체 구상

그런데도 한국에서 국가주의는 강고하다.

국가주의와 관련해 2003년 봄의 사건을 상기할 필요가 있다. 3월 19일, 미군은 이라크를 침공했고, 한국사회는 '이라크 파병 문제'를 놓고 찬반으로 갈려 갈등했다. 나는 폭격당하는 바그다드를 영화의 세트장처럼 포착해낸 CNN 뉴스의 스펙터클에 압도당했다. 그러면서 전쟁 발발에 초조해 하며, CNN을 주시하고 있는 나 자신에 대한 염증이 밀려왔다. 9·11 이후 미국의 패권주의에 대해 분노한다면서도, 나의 내면에는 이미 전쟁 발발이 기정사실화되어 있었던 것이다. 나의 이러한 태도는 분명 부끄러운 것이었다. 차라리 무지하다는 것이 더 윤리적일 수 있음을 절실히 깨달았다.

그 폭격의 와중에 한국인 청년 배상현은 '인간방패(휴먼 쉘)'로 이라크의 북바그다드에 있었다. 당시 스물여덟이었던 그는 어떻게든 전쟁을 막아보려고, 세계 각국의 평화운동가들과 함께 변전소에서 밤을 샜다고 했다. 당시 배상현 씨는 "개전 시간이 다가오면서 애써 태연한 척하는 듯하는 동료들을 보니 가슴이 저며왔다"면서 "나 역시 그렇게 보였을 테지"라고 서걱거리는 감정의 일면을 이메일을 통해 내비쳤다. 그는 살아서 한국에 돌아왔고, 국회의 파병 동의에 분노했다.

파병 반대 촛불시위 현장을 기웃거리던 나는 이라크 파병 동의안이 국회를 통과하자 할 일을 다했다는 듯 허탈한 기분으로 스스로를 위안하고 있었다. 정부는 '자이툰 부대' 파병을 서둘렀고, 파병에 따른 손익계산 작업에 들어갔다. 이 과정에서 불거진 것이 '국적 포기' 파문이었다. 배상현 씨는 귀국 기자회견에서 임영신 씨와 함께 '국적 포기'를 선언했다. 그의 분노는 그 누구보다 훨씬 직접적이었고 실천적이었다. 배상현 씨와 임영신 씨는 "자신의 평화를 위해 다른 나라를 침략하겠다는 것"은 "대한민국 정부의 분명한 자국 이기주의"라고 비판했다. 그러면서 "대한민국 국적을 포기하겠다"고 밝혔다.

문제는 배상현 씨의 발언에 대한 한국 내의 여론이었다. 그는 국가를 부정함으로써, 애국주의의 금기를 위반했다. 일부에서는 '국저 포기'가 가능한 것인지에 대한 이문을 제기했고, 일부에서는 그를 '투정 부리는 철부지'로 규정하기도 했다. 분노한 애국자들은 배상현 씨를 '매국노'라고 비난했다. 조금 점잖은 애국자들은 '정말 국적을 포기하는지 두고 보겠다'고 야유했다. 결국 배상현 씨도 '국적 포기 선언으로 국가를 비판'하려던 시도를 철회했다. 신념화하지 못한 운동은 한계를 넘지 못한다. 그래서 책임질 수 없는 공적 발언은 서글픔을 자아낸다. 그렇다고 나는 배상현 씨를 비판하지는 않는다. 그는 여전히 국제 평화운동과 국가의 규정력 사이에서 힘겨운 싸움을 하고 있으니 말이다.

국가는 베푸는 것 없이 법의 이름으로 국민에게 강렬한 의무를 부여한다. 국민의 입장에서 국가는, 받은 것 없이 존재 자체로 고마워해야 하는 대상이 되었다. 식민지 경험 이후 형성된 국가는 존재하는 것만으로도 성스럽게 받아들여진다. 모두 수난의 서사는 강렬한 결집의 정서를 낳는다. 나는 이것을 국가의 '냉혹한 정염'이라고 표현하고 싶다. 한국 현대사는 바로 국가에 대한 강한 결집력을 근간으로 형성되었다. 그래서 한국에서 국가를 부정함으로써 국가를 정화하는 것은 더욱 어렵다. 국가는 한국인에게 상처이자 자부심이기도 한 도그마다.

아직도 한국사회 내부에는 해결의 기미가 보이지 않는 과제들이 산적해 있다. 그 숙제들은 한편으로는 '국가주의'와 결합하면서 폐쇄적인 반면, 한편으로는 세계 자본주의와 연동하면서 개방적이다. 국가주의의 어두운 그림자 속에서 세계시민적 연대가 불가능한 듯이 보이는 이유도 '국가와 자본'의 이중 압박 때문이다. 세계 자본주의의 무한질주는 컨베이어벨트로 연결되어 있지 않은데도 상호 연동해 작동하는 거대기계처럼 공포스럽다. 자본으로 끊임없이 치환되는 인간의 욕망은 미래에 예측되는 환경 위협에도 무책임하다. 한미 FTA협정은 자본주의의 무한질주에 한국정부가 공범으로 참여한 것이었다. 이제 한국 자본주의에는 일국의 특수한 모순은 없고, 세계 표준의 모순만 존재하게 될 것이다. 전 지구적 해방이 요원한 만큼 일국적 해방도 그만큼 멀리 달아났다.

한국문학과 국제적 연대와 관련해 나는 몇 가지 문제의식을 제기함으로써 글을 마무리하려 한다. 첫째, 국가의 규정적 힘을 무시할 수 없다고 하더라도, 국가를 넘어선 새로운 정치공동체에 대한 구상을 포기할 수는 없다. 신자유주의적 세계화 속에서 '노동유연화'는 폭력적 힘을 더해가고 있는데, 국가기구는 경쟁력 강화를 내세워 노동환경을 더욱 악화시키고 있다. 자본주의적 전일화가 오히려 국민국가의 주권을 침탈하고 있는 상황에서, 국가기구는 모순에 처하고 있다. 이러한 문제의 해결을 위해서는 국가를 넘어선 '새로운 정치공동체'를 구성해내야 하고, 그 한 가능성을 1999년 시애틀에서 있었던 국제무역기구(WTO) 반대 시위를 통해 확인할 수 있었다. 둘째, 세계적 연대의 원칙으로 반전·반핵 평화투쟁을 제기할 수 있으며, 이를 통해 국가 간 폭력의 파국적 결말에 대항해야 한다. 평화는 권력으로 환원할 수 없는 근본적 성격을 지닌 것이며, 그 무엇보다 강력한 실천을 요구한다. 전쟁의 고통이 인권의 절멸로 이어진다는 냉정한 인식 속에서 신자유주의적 질서와 평화주의가 공존할 수 없음을, 국가주의의 이데올로기 아래에서는 근본적으로 평화가 불가능함을 확인해야 한다. 셋째, 인류 공동의 현안인 생태 환경의 위기에 대응하는 국제주의적 연대가 필요하다. 유엔 산하 기후변화에 관한 정부 간 협의체(IPCC) 회의에서 지구온난화와 관련해 덴마크 환경장관 코디 핸드가드는

"기후변화는 가장 중요한 지구 정치의제가 됐습니다"라고 제기한 바 있다. 하지만 온실가스 방출량을 줄이기로 한 국제적 결의가 실현되기 위해서는 그 정치의제를 국가기구의 의지에만 맡겨둘 수 없다. 비단 지구온난화뿐만 아니라, 자본주의적 질서가 지구에 가하는 비윤리적 폭력 전반에 대응하는 '행동하는 실천'은 새로운 자율정치로 재구성되어야 한다. 그간 시민운동은 소규모 공동체 복원, 생태공동체, 지역공동체 등을 중심으로 국지적 진지전에 치중하는 경향을 보였다. 하지만 전 지구적 환경 위기는 소규모 공동체 내에서 이뤄지는 국가주의, 전 지구적 자본주의에 대한 대항을 다시 성찰하게 한다. 지역공동체운동이 전 지구적 환경 위기에 대응하는 국제적 연대로 전환하는 적극적 사고가 요구된다.

국가주의의 폭력, 위협받는 평화, 그리고 지구환경의 위기 속에서도 국가주의적 폭력과 전 지구적 자본주의의 증식은 공공적 윤리와 아직 태어나지 않은 미래세대에 대한 책임에 대해 냉소한다. 위기 국면에서 자본과 국가가 결합하면, 오히려 자국민의 이익과 안전을 내세워 강력한 억압 체제로 전환할 가능성이 높다. '국민의 안녕'이라는 이름하에 국경의 담장을 높일 것이고, 국민들에게는 애국주의를 강요해 국가 간의 파국으로 이끌 것이다. 그것은 결국 개인의 절멸에 대한 묵시록적 예견이기도 하다.

국 가 와   문 학

'미학의 정치'를 둘러싼 징후들

1. 사회학적 관점인가, 미학적 관점인가

미학 혹은 문학은 어떻게 정치적일 수 있을까? 혹은 민주주의의 문제는 미학 혹은 문학의 영역에서 어떻게 사유될 수 있을까?

'미학과 정치'를 주제로 도란거리는 목소리가 곳곳에서 들린다. 젊은 시인들의 도발적인 실험을 어떻게 해석할 것인가에서부터 시작해, 진은영(「감각적인 것의 분배」, 『창작과비평』, 2008년 가을호), 이장욱(「시, 정치, 그리고 성애학」, 『창작과비평』, 2009년 봄호)의 논의를 거치면서 '문학의 정치성'이 한국문단의 맷돌이 되고 있다. 심보선, 서동욱, 김행숙, 신형철이 참여한 「감각적인 것과 정치적인 것 사이에서─오늘날 시는 무엇을 할 수 있는가」(『문학동네』, 2009년 봄호)라는 좌담이 구멍으로 빨려 들어가며 '왜 쓰는가'라는 화두를 토해냈고, 다시 논의는 김형중, 이수형, 강계숙으로 이어져 '문학의 정치성' 논의로 확장되었다(『문학과사회』, 2009년 가을호). '왜'라는 질문은 '문학의 존재론'에 관한 것이면서 일면 형이

상학적 면모를 보이기도 한다. 하지만 문학의 본질을 구현해내려는 노력은 '타버린 향(香)'처럼, 흐릿한 잔향(殘香)처럼 아련하게 느껴진다.

마치 '미학과 정치'에 관한 도란거림은 '순수·참여논쟁'의 21세기적 재림을 보는 듯한 느낌이다. '불확정성'을 부여안음으로써 자기 확신으로 위안하려는 안타까움도 자아낸다. '왜 문학인가'가 아니라 '왜 정치인가'라는 측면에서 바라보면 이 논의의 중심은 비교적 명료해진다. 김형중은 문학과 정치의 논의가 "우리 비평계 초미의 관심사인 랑시에르의 이론" 때문이라고 했는데, 자크 랑시에르의 이론 자체 때문에 이러한 논의가 촉발된 것은 아니다. 문학적 맥락에는 '미래파'를 중심으로 한 이전과는 다른 형식의 시적 경향이 존재했고, 사회적 맥락에는 민의를 대변하지 못하는 대의민주주의의 위기를 목도한 대중들의 정치에 대한 회의적 태도가 자리하고 있다. 또한, 촛불집회 이후의 암울한 전망 속에서 문학의 정치라는 것이 어떠해야 하는가에 대한 회의가 섞인 질문도 공존한다. 무엇보다 '6·9 작가선언' 등으로 나타난 젊은 문인들의 심화된 사회인식이, 문학의 장 내에서 '정치성'을 다시 사유하게 하고 있는 것이다.

접점이 치열할수록 우회로에 눈길을 던지라고 했던가? 합법적 투표로 선출된 정치권력이 끊임없이 민의를 외면하는 아이러니한 상황 속에서, 어쩌면 역사적 경험을 되짚어 상상력을 펼치는 것이 필요할지도 모른다. '시선을 다른 곳'에 둠으로써, 현실을 주변과의 관계 속에서 더 객관적으로 이해할 수 있는 방법도 있지 않겠는가.

실제로, 최근 논의되고 있는 '감각적인 것의 정치성'은 굳이 랑시에르의 논의가 아니더라도 '문학에 대한 한 태도'로서 오랜 동안 쟁점이 되어왔다. 이를 달리 말하면, 랑시에르의『문학의 정치』가 문제가 아니라, 랑시에르가 한국에서 논의되고 있는 맥락이 문제인 것이다. 그 맥락을 역사적으로 재구성하기 위해 4·19혁명과 1960년대의 문학의 관계를 살펴볼 필요가 있다. 이전 세대와는 다른 세계를 구축하려고 했던 김현을 중심으로 한 4·19세대 문인들이 주장했던 '사회학적 관점'과 '미학적 관점'의 대립적 이해가 그한 예이다. 사실, 랑시에르의 논의를 전용하고 있는『문학과사회』편집동인들의 논의는 김현의 '미학적 관점'을 현대적으로 변용한것이라고 볼 수 있다. '감각의 배치'를 바꾸기 위해 끊임없이 새로운 언어를 도입한다는 것은 또 다른 형태의 '새것 콤플렉스'는 아닐까? 1960년대 이후 한국문학의 한 맥락을 형성하고 있는 '미학주의적 문학관'의 재림은 이렇듯 '낡으면서도 새로운 것'이다.

2. '피의 화요일'에 대한 기록들

이제 1960년대라는 우회로로 접어들어 보자.

서울대학교 문리대에서 1967년 10월에 창간한『형성』이라는 잡지에서부터 이야기를 시작할 수 있을 듯하다. 이 잡지의 제2호는 1968년 5월에 간행되었는데, 1960년대 대학가 풍경을 일별할 수있는 기사들을 수록하고 있다. '권두언'은 "4월은 廣場이다"라는 문장으로 시작되어 4·19가 계승되기 위해서는 '학풍조성운동'이 필요하다는 주장으로 나아간다. 4월 혁명이라는 광장의 언어가 '학풍조성'으로 연결되는 논리적 과정이 의아스럽지만, 거기에는 4월 혁명을 주도했던 대학생의 자부심이 배어 있다. 1960년대 대학가에서는 매년 4월마다 '혁명을 공동의 기억으로 환기'시켰다. 그래서 『형성』 2호도 4·19혁명에 대한 기억으로 충만해 있다. 김세균이 쓴 '4·19정신'이라는 글도 눈길을 끈다. 김세균은 1960년 4월 19일을 '피의 화요일'로 지칭하면서, '반독재 민주혁명'이 "봉건적, 외세의존적, 매판적 구조와 질서를 타파"하는 운동으로 발전할 가능성이 있었다고 평가했다. 하지만 그 가능성은 청년장교들의 새벽 총성으로 인해 꺾여 서글픈 미완성 혁명이 되었다고 안타까워했다. 김세균의 글은 4·19혁명이 1968년 즈음에는 학생운동 진영에서 민족주의 담론으로 수용되었으며, 민족 주체의식의 형성을 통해 '구질서를 타도하고 신질서를 수립'하려는 의지로 모아지고 있음을 보여준다. 또한 이 시기에 이미 '4·19정신의 신화화 내지 화석화'를 경계하고 있었다는 부분도 눈길을 머물게 한다. 서구에서 1968년 혁명의 물결이 넘실대던 시절, 한국사회에서는 1960년 4월 혁명을 객관화하고 있다는 사실이 이채롭다. 김세균은 한국 민주주의 발전을 위해서는 '민중적 자각과 실천'이 절실히 필요하다고 강조했다. 한국 민주주의 발전이 4·19혁명의 단절적이면서 비약적 경험에 빚진 바가 크다는 사실을 김세균의 글에서 확인할 수 있다.

그렇다면 4·19혁명이 문학에 미친 영향은 어떤 것이었을까? 마침, 『형성』 2호에는 김승옥, 김현, 박태순, 이청준이 참여한 좌담회가 실려 있다. 『형성』에 실린 여러 4·19혁명 관련 글들을 언급한 것도 실은 이 좌담에 관해 이야기하려는 의도에서였다. 1960년대의 '신감각'들이라고 일컬어졌던 이들이 자리를 함께할 수 있었던 것은, 모두 서울대 문리대 1학년 재학 시절에 4·19를 경험했기 때문이다. 김승옥과 김현은 불문과, 박태순은 영문과, 이청준은 독문과 60학번이다. '현대문학방담'이라는 제목을 달고 있는 이 좌담은 4·19혁명의 연관 속에서 1960년대 젊은 문인들의 정신세계를 직접적으로 표출하고 있다.

김승옥은 이 좌담에서 "국내작가는 좋아하지 않어. 외국작가의 영향이래문 태순이는 포크너, 청준이는 뭐니뭐니 해도 토마스·만이고 나는 太宰治"라고 했다. 김승옥은 "관념을 형상화하는 법이나 에피소우드의 의미가 작품내에서 어떻게 콘트롤되는가"를 다자이 오사무(太宰治)를 통해 배웠다고 말함으로써, 이 시기 지식인 작가들의 의식지향이 '외부'를 향해 있었음을 확인할 수 있다. 현실의 비루함을 극복할 수 있는 터전이 문학이고, 그 문학적 지향은 국내 작가들의 작품세계보다는 외국작가의 작품세계에 보다 더 예민한 촉수를 내뻗고 있었던 것이다. 이러한 현실과 의식의 간극 속에서 1960년 4월 혁명의 '강렬한 혁명적 열정'은 끊임없이 의미화되고, 문학적으로 변주되었다.

그렇다면 이들의 문학세계는 4·19혁명으로부터 어떤 영향을 받았을까? 이와 관련해서는 이전 세대와 자신들의 세대가 어떻게 문학적으로 변별되는가에 대한 언급을 통해 확인할 수 있다. 먼저 자신들의 문학세계는 이전 소설에 비해 "의식내용이 복잡"(김승옥)하다고 했다. 또한 "우리 또래는 자기를 벌거벗기로 소설을 쓰"(박태순)고 있으며, "사물과 자기와의 거리"(김현)를 알고 이를 소설에 투영한다고 평가했다. 한마디로 '우리 시대에 갑자기 이상(李箱)이 많아졌다'는 김승옥의 선언에서 이들의 문학이 '내면성을 향한 충동'으로 채워져 있음을 확인하게 된다. 김현은 그 한 원인으로 "4·19로 얻은 만족감, 그런 정신적 충일감"이 '리베랄리즘(자유주의)'으로 이어진 때문이라고 보았다.

혁명의 열풍에 몸을 실어 한껏 몸피를 부풀린 김현, 김승옥, 이청준 등은 이를 문학운동 차원으로 승화시켰고, 미학주의에 입각한 1960년대 동인운동의 한 축을 담당했다. 1962년『산문시대』(김현, 김승옥, 최하림 등) 창간, 1966년의『사계』(황동규, 박이도, 정현종, 김화영, 김주연, 김현 등)의 활동, 그리고 1969년에『68문학』(김승옥, 김치수, 김현, 김주연, 박태순, 염무웅, 이청준 등) 창간이 그 예이다. 이러한 과정을 거쳐 1970년『문학과지성』(김현, 김병익, 김치수, 김주연 등)이 나오게 되었고, 1970년대 이후 한국문학의 주요 동인으로서 문학적 이념의 한 축을 담당하게 되었다. 이들은 스스로를 '4·19세대'라고 부르며 자신의 정체성을 밝혔다.

김현은 '새로운 세대로서 4·19세대'는 이전 세대와 다른 몇 가지 확연한 특징을 지니고 있다고 말한다. 그는「60년대 문학의 배경과 성과」(1986)라는 글에서 4·19세대는 1)이전 세대가 일본어로 사유하고 일본어로 표현하는 것에 익숙했다면 새로운 세대는 한국어로 사유하고 한국어로 글을 쓰는 세대이고, 2)4·19혁명의 영향으로 일제하의 반민족 행위를, 해방 후의 혼란을, 전쟁 후의 폐허 의식을 거리를 두고 바라볼 수 있는 세대이며, 3)새 세대의 세계는 일본이 아닌 미국과 유럽이 되었으며, 4)대중교육의 세례 속에서 대학교육을 이수했고 대중매체의 영향 속에서도 인쇄매체에 관심을 쏟은 세대라고 그 특징을 제시했다. 1960년대 새로운 세대의 정체성은 "사일구와 함께, 우선은 문화적 자신감이 거대하게 분출하였다"는 측면에서 '4·19세대'라는 명칭을 전유한 것이다. 정치적 자유의 세례를 받고, 문학의 정치성을 감당해야 한다는 것은 어떤 것이었을까? 이에 관해 논의하기 위해서는 4·19혁명이 한국문학에 미친 영향과 1960년대 문인들이 스스로를 4·19세대라고 명명하며 4 · 19혁명을 의미화하는 방식을 훑을 필요가 있다.

3. 비현실성의 극복

사건은 우발적으로 발생하지만, 기존의 의미체계와 가치체계를 변화시킨다. 사건은 발생했다는 것 자체가 문제가 아니라, 발생한 이후의 효과가 항상 문제다. 기존 가치체계가 전면적으로 부정되고, 이제까지 경험하지 못한 새로운 지평이 사건을 통해 열리기 때문인데, 그 열림은 완결된 것으로 제시되지 않는다. 그런 의미에서 알랭 바디우가 '사건(event)'의 '자기 귀속적(self—belonging) 성격'을 강조했던 것은 유효하다. 이를 나름대로 원용하면, 특정한 사건에 자신을 투영하지 않고서는 그 사건을 온전히 사건화할 수 없다는 것이다. 4 · 19혁명이 의미가 있으려면 1960년대 문인들에게 육화된 언어로 받아들여져야 한다. 그리고 그 의미가 지속적으로 생성되고 해석되어야 한다. 의미를 기록함으로써, 사건을 지속시키는 노력은 투쟁의 과정이기도 하다.

4 · 19혁명으로 인한 1960년대 문인들의 인식론적 충격은 잘 알려져 있지 않은 천상병 시인의 한 글에서 확인할 수 있다. 이 글은 4 · 19혁명의 문학적 사건화를 보여준다. 천상병 시인은 「4 · 19 이전의 문학적 속죄—왜 현실적이 되지 못했던가?」(『자유문학』, 1960년 9월호)라는 글을 통해 '4 · 19혁명이 준 문학사적 충격'을 되뇌었다. 이 글에서 그는 4 · 19혁명 이전의 한국 작가들은 '비현실성'에 침윤되어 있었다고 지적했다. 그가 논하는 비현실성은 '가시적 현실을 너무나 비가시적인, 신비적인 현실로 바꾸'고 만 작가의 의식

의 왜곡을 지칭한다. 제국에 갇힌 식민지인, 전쟁의 비극에 압도당한 생존자들은 "거대한 비현실의 조류"에 휩싸이기 마련이다. 이는 작가 개인의 문제가 아니라, 한국적 역사 경험이라는 질곡적 현실이 작가들에게 강요한 '의식의 왜곡'이다. 이 "거대한 비현실성"은 작가들이 시대의 진실을 향해 고투하려는 의지를 꺾어버렸고, 비현실성에 침윤된 세계관을 내면화하게 했다. 천상병 시인은 4·19혁명이 "비로소 한 민족을 정상 상태로 현실적이게" 만들었다고 보았다.

천상병의 논의는 4·19혁명의 충격을 문학적으로 성찰해, 사회적 사건의 충격이 어떤 작가의식으로 수용되어야 하는가를 제시했다는 측면에서 의미가 있다. 일종의 부끄러움의 감성이 지배하는 그의 태도는 1960년 4·19혁명 이후 기성 문인들이 가졌던 공통감각이었다. 이러한 공통감각의 추적을 통해 사회적 사건이 문학적 사건으로 변화되는 양상을 추적할 수 있다.

혁명 이후의 현실은 작가에게 던져진 것이고, 작가는 자신의 시선과 태도를 통해 그 현실과 대면할 필요가 있었다. 하지만 그 현실이 자신과 연루된 현실이 아니었을 때 작가의 부끄러움은 부풀어 오르게 된다. 3·15 부정선거로부터 촉발된 4·19혁명은 민중의 힘으로 역사를 바꿀 수 있다는 충격적 경험이었건만, 그 주체는 학생들이었다. 1950년대를 부유하던 부정적 현실에 몸을 담고 있던 일부 작가들은 4·19혁명이라는 우발적 사건으로 인해 갑자기 명료해진 현실에 몸서리를 쳤다. 역사적 전변은 이렇듯 우발적으로 주체를 엄습해오는 경우가 있다. 이것은 일종의 '인식론적 전환'이며 '삶의 감각'에 대한 충격적 반전이었다. 이에 대한 다양한 문학적 반응도 쏟아져 나왔다. 1950년대적 시대인식에 대한 반성에 기반해 새로운 시대의 도래로 4·19를 바라본 송병수의 「장인」(『현대문학』, 1960년 7월호), 이호철의 「용암류」(『사상계』, 1960년 11월호), 유주현의 「밀고자」(『사상계』, 1961년 5월호) 같은 작품이 눈길을 끈다. 혁명을 계기로 그간 덮어두었던 사회적·역사적 모순을 건드린 박연희의 「개미가 쌓은 성」(『현대문학』, 1962년 5월호), 한무숙의 「대열 속으로」(『축제와 운명의 장소』, 미문출판사, 1963) 등도 4·19혁명의 현장 속에서 현실을 포착한 예이다. 남정현의 「너는 뭐냐」(『사상계』, 1961년 11월호)는 혁명이 유발시킨 통쾌한 활력을 풍자정신과 더불어 빚어낸 수작이다. 이 작품은 '혁명과 문학'이 어떻게 만나는가를 적절하게 보여준 사례라고 할 수 있다.

과거 역사에 대한 부끄러움, 현실 모순의 재인식, 그리고 혁명적 활력을 풍자정신으로 전유하는 작가들의 노력은 1960년대 문학적 지형 변화에 큰 역할을 해냈다. 이 중 혁명에 예민하게 감각했던 1960년대의 대표 작가로는 누구를 꼽을 수 있을까? 우선 4·19세대 작가들이 흠모했던 최인훈과 애써 1950년대 작가로 의미를 축소하려 했던 이호철이 소설가 중에서는 가장 눈길을 끈다. 이 두 작가는 4·19혁명이 열어 보인 상상력의 틈을 힘껏 벌려 분단 모순을 소설적으로 포착하는 문제적 작품을 발표했다. 최인훈은 『광장』(『새벽』, 1960년 11월호)을 통해 "저 빛나는 사월이 가져 온 새 공화국에 사는 작가의 보람"에 환호했다. 어떤 의미에서 한국문학사는 4·19혁명을 최인훈의 『광장』이 끌어온 문학적 변혁으로 기록하고 있다. 그는 혁명 이후의 문학적 열정을 통해 '금기를 무력화시킨 상상력의 힘'을 증명해 보였다. 이호철은 「판문점」(『사상계』, 1961년 3월호)과 『소시민』(『세대』, 1964년 7월호~1965년 8월호)으로 혁명을 압도하는 일상의 힘을 보여줌으로써, 생활의 논리에 충실한 '왜곡된 근대인의 초상'을 형상화했다. 이호철은 이들 작품을 통해 '혁명과 일상'이라는 테마를 문학적으로 포착해 '한국의 모순적 현실'에 대한 저돌적인 포획자가 되었다. 특히 『소시민』은 1950년대적 생활인의 형상이 4 · 19혁명을 통해 1960년대적 사색인으로 전환되는 상황을 그린 문제작이었다. 어디 소설뿐이겠는가? 신동엽의 도도한 시적 자신감도 4 · 19혁명에 몸을 힘껏 기댔기에 가능한 것이었고, 김수영의 깊은 성찰도 4월 혁명의 폭풍을 자신의 몸에 휘감을 줄 아는 시적 자아의 태도와 관련이 있다.

4. 4 · 19혁명의 문학적 사건화

그렇다면 대학 시절 4 · 19혁명을 겪은 4 · 19세대 비평가들은 최인훈과 이호철을 어떻게 평가하며 자신의 문학적 이념을 정립했을까? 이에 대한 논의는 4 · 19세대의 새로운 방식인 '사건의 문학화'라는 측면에서 의미가 있다. 더불어 그들의 '미학적 관점'의 특권화가 어떤 지향점을 지닌 것이었는가를 확인할 수 있는 기회가 될 것이다.

김현의 초기 글인 「풍속적 인간」(『한국문학』, 1966년 가을~겨울호)은 최인훈의 「크리스마스 캐럴」 연작에 대한 비평문이다. 김현은 이호철의 『소시민』이 방관자적 태도로 풍속을 그리고 있다면, 최인훈의 「크리스마스 캐럴」은 '풍속을 포착하여 천착해 들어가는 집요함'이 엿보인다고 보았다. 이호철보다 최인훈을 높이는 이러한 가치평가는 4 · 19세대 대표 비평가인 김현의 정신세계의 단면을 보여준다. 그 평가의 기준에는 '풍속'이 자리 잡고 있다. 그렇다면 왜 김현은 '풍속'에 천착하는 것일까? 그는 "한국의 소설들이 지나치게 허공에 떠 있기 때문"에 '풍속적 인간'에 관심을 갖는다고 말한다. 이 어구는 천상병이 이야기한 한국문학의 '비현실성'을 연상시킨다. 하지만 김현이 이야기하는 '허공의 문학'은 환경과 주체의 밀착 정도를 말하는 것이고, 천상병이 말하는 '비현실의 문학'은 역사와 주체의 괴리를 지칭한다. 천상병이 통시적이라면, 김현은 공시적인 태도로 문학을 논하고 있다. 그래서 김현이 말하는 풍속은 근대성에 대한 태도를 보여준다. 서구적 근대와 한국의 후진성이 김현의 화두였고, 이에 대응하는 김현의 태도는 문학 영역에서의 '미적 근대'였다. 이 미적 근대를 토대로 김현은 근대화를 통해 생겨나는 "돈에 대한 존중", "잘난 체하는 것"에 관해 강조해서 말한다. 김현은 풍속을 '근대화'로 보고 있으며, 이를 통해서 인간은 보다 더 생생해진다고 주장한다.

최인훈의 「크리스마스 캐럴」 연작은 크리스마스의 통행금지 해제를 소재로 한 소설이다. 김현이 보기에 통행금지는 '한국적 구속과 억압'에 대한 상징이다. 반면 크리스마스의 통금 해제는 서구적 경험을 선험적으로 도입한 '피상적 해방'이다. 김현이 높게 평가하는 것은 '서구적 풍속'과 '토속적 풍속' 사이에서의 고통을 포착해낸 최인훈의 감각이다. 김현은 최인훈이 설정한 "통금이 없는 서구와 통금이 있는 한국" 사이에서 긴장하는 자아를 '풍속적 인간'으로 읽어낸다. 그는 최인훈의 서구비판적 태도와는 달리 '근대인의 전형'에 대한 강한 집착을 보임으로써, 한국의 문화적 후진성에 대해 비수를 휘두른다. 그 비수는 '돈(자본)'에 대해 경멸하는 한국인의 태도이며, '잘난 체하는 것(근대 부르주아지의 태도)'을 용인하지 않는 한국사회의 전근대성이다.

물적 토대가 빈약한 한국사회에서 비평가로서, 지식인으로서 김현이 선택할 수 있는 것은 무엇이었을까? 그것은 문화적 근대화이며, '미적 근대'를 향해 나아가는 투쟁이 아니었을까? 비평가로서, 지식인으로서 김현은 '후진 한국'에 대응하는 실천적 지형을 도출하기 위해 다양한 진단을 내렸을 것이다. 그 진단의 결과, 자신의 문학인으로서의 직능을 냉철히 인식한 것으로 보인다. 돈과 잘난 체하는 것에 대한 김현의 태도는 서구적 근대에 대한 강한 열망을 은유적으로 표현한 것이었다. 김현이 보기에 한국소설의 후진성은 실제로는 자본주의적 근대에 필요한 물적 토대의 빈약에서 기인한 것이었다. 따라서 그가 말하는 '풍속적 인간'은 서구의 근대 부르주아지의 다른 이름이며, 한국에서 서구적 근대가 도래하기를 열망하는 태도이기도 하다.

그렇다면 이호철의 「소시민」에 대한 평가는 어떠한가? 김치수는 「관조자의 세계—이호철론」(『문학과지성』, 1970년 겨울호)이라는 글에서 이호철의 문학을 평가한다. 김현이 '방관자적 태도'라고 했던 것이 김치수에게 다시 '관조자의 세계'로 변주되고 있다. 따라서 김치수의 이호철에 대한 평가는 김현의 비평과 상호교감하며 이뤄졌다고 유추할 수 있다. 이호철의 초기 작품은 사물에 감정을 실음으로써 느낌을 전달하는 서정적 낭만주의가 돋보인다. 월남인으로서 현실에 적응하려는 주체의 고단한 자의식이 '감성'의 직접적인 토로(吐露) 형태로 나타나고 있는 것이다. 이러한 특징에 대해 김치수는 "사건 속에 뛰어들어 있는 행동자로서의 〈나〉가 존재하지 않고, 사건 밖에 있는 관찰자로서의 〈나〉가 있을 뿐"이라고 비판적 평가를 내린다. 어떤 의미에서 이호철의 감성은 한국전쟁에 짓눌린 자아의 고통을 표출하려는 것일 수도 있는데, 그 짓눌린 자아가 세상과 화해하려는 노력이 논리화되어 있지 못하다는 측면을 김치수는 비판하고 있다. 김치수의 부정적 평가는 1950년 대적 상황에 대한 1960년대 비평가의 견해이며, '감성의 이성화'를 요구하는 후세대 평론가의 요구이다. 김치수의 말처럼, 사건의 밖에 주인공들이 있다면, 그 사건을 내면화하려는 개입의 노력이 없는 한 존재론적 고민도 없을 수밖에 없다. 이 때문인 듯, 김치수는 "그의 주인공들에게는 카뮈의 뫼르소나 싸르트르의 로캉뎅이나 말로의 첸에게서 볼 수 있는 存在論的 고뇌가 없다"고 선언한다.

김치수도 김현처럼 이호철과 최인훈을 비교하고 있어 인상적이다. 평가의 잣대는 앞에서도 언급한 '내면성'이다. 김치수가 보기에 이호철은 "주인공의 내면에 들어가지 않고 주인공들의 행위를 밖에서 서정적으로 그리"고 있는 반면, 최인훈은 "주인공의 내면에 들어가서 주인공과 함께 고민하고, 모든 감성적인 것을 논리화시키려고 노력"한다는 것이다. 최인훈의 소설에서 '고백성'을 발견한 것도 이런 맥락에서다. 김현과 김치수가 보기에 최인훈이야말로 '내면과 고백의 형식'을 육화해낸 미적 주체였던 것이다.

김현과 김치수의 최인훈과 이호철에 대한 평가는 상당히 의도적이며, 정치적이다. 최인훈 소설이 '내면과 고백의 형식'을 갖춘 근대적 성격을 갖추었다면, 이호철은 세계 바깥을 배회하며 감정을 토로하는 '관조적 관찰자의 입장'에 머문다. 이는 최인훈을 '미학적 관점'으로 파악하고, 이호철은 '사회학적 관점'으로 규정하는 것과 같다. 더불어 여기에는 '미학적인 관점'을 우월한 것으로 간주하려는 가치평가가 깊이 개입되어 있기도 하다. 한 세대가 자신의 존재를 드러내는 일반적인 방식은 과거를 부정하고, 자기 시대를 긍정하는 것이다. 여기는 의도적인 단절의 기획이 자리 잡기 마련이다. 이 단절 후의 지향을 어디로 설정할 것인가가 문제인데, 김현과 김치수는 '내면과 고백의 형식'에 둥지를 트고 있다. 그것이 '풍속적 인간'이든, 혹은 '고백하는 주체'이든 '근대적 자아'에 대한 다른 호명법임에는 분명하다. 이러한 미적 근대가 서구지향적 특성을 지녔고, 그것은 '후진 한국'에 대한 환멸에 기반해 있음을 최인훈과 이호철 문학에 대한 평가에서 읽어낼 수 있다.

5. 미학적인 것의 딜레마

그렇다면 김현이 이야기하는 미학적인 것, 그리고 상상력의 문제는 구체적으로 무엇일까? 이 부분을 해명하기 위해서는 「김승옥론—존재와 소유」(『현대문학』, 1966년 3월호)를 꼼꼼히 읽을 필요가 있다.

이 글도 김현의 초기 비평이기에, 상상력을 쓰다듬는 그의 미학적 입장이 날것으로 드러난다. 김승옥 소설 속에 등장하는 인물들은 윤리적으로 모호한 태도를 견지하는 경우가 많다. 그들은 자기합리화에 능하고, 심지어는 반윤리적 선택을 합리화기도 한다. 이러한 김승옥의 문학적 태도에 대해 김현은 "생에 대해 일종의 방법론적 회의를 해나가고 있다"라고 평한다. 김현은 '독특한 풍자력'이 소설 속에 스며 있다면서 손을 들어주지만, 그 평가에 대한 의심의 시선은 여전히 한 곁에 남는다. 「무진기행」의 윤희중이나, 「서울 1964년 겨울」의 안 등의 인물이 '독특한 풍자'의 대상이라기에는 작가와 대상과의 거리가 지나치게 가깝다. 풍자는 거리두기인데, 김승옥 소설에서는 작가와 대상이 버무려져 있을 뿐만 아니라, '내면성'이라는 이름으로 대상의 이탈이 옹호되기까지 한다.

김현은 「서울 1964년 겨울」을 분석하면서 '소유한다는 것'에 대해 질문함으로써 이 '내면성'에 대한 실마리를 제공하고 있다. 이 질문은 많은 부분에서 '존재'에 대한 것이기도 하다. 모든 소유에서 박탈되거나 혹은 자유로워졌을 때 인간은 '생의 무의미함'을 깨닫는다고 김현은 말한다. 바로 이 순간에 관해 그는 "반성이란 어떤 상태에서 보다 높은 상태로 눈을 돌리는 것, 존재의 근원에 자기 자신을 밀어붙이는 행위이기 때문에, 반성되는 행위 혹은 상태는 파탄을 면할 수 없다"고 본다.

이 글에서 김현이 공을 들여 분석하는 인물은 '안'이다. 회의주의자적 태도가 내면화된 '안'의 태도는 소설 전체에서 문제적이다. 김현은 '안'의 태도에 대해 '초현실주의적'이라고 이야기한다. 이 것은 상당한 비약 이후에야 가능한 존재 규정인데, 시대와 불화하고 있는 한 젊은이의 내면을 표현하는 추상화된 언어로는 맞춤인 듯하다. '안'은 "자기만이 어떤 것을 소유하기 위해서는 타인이 소유하지 않은 것을 소유하지 않으면 안" 되고, 이를 위해 "사물들이 발거벗은 몸을 송두리째 드러내놓고 쩔쩔매는, 말하자면 타인의 시선, 혹은 습관에 의해 얽매어지고, 응축된 상태에서 풀려나오는 밤의 해방을 사랑하지 않으면 안" 되는 그의 태도 때문에 문제적 인간이 된다. 이것을 과연 초현실주의적이라고 말할 수 있을까? 이를 해명하기 위해 「서울 1964년 겨울」에서 가장 문제적 장면인 결말 부분에서 '안'이 자살을 방조하는 장면을 살펴보자. '안'의 초현실주의적 태도는 극도의 절망 속에서 '초월'을 열망하는 것이라는 게 김현의 김승옥에 대한 옹호인 듯하다. 이는 '안'의 무관심에 대한 일종의 알리바이 제공으로 읽을 수 있다. 김현 스스로도 이야기하고 있듯이 "타인의 구원을 생각하지 않는 구원이란 부끄러운 것"이기에, 그 알리바이에 대해 더욱 의심을 눈초리를 보낼 수밖에 없다. 김현도 이 부분에 대해서는 온전히 심정적으로 동의하지 못한 듯하다. 그래서 그는 '안'에 대한 인간적 끌림을 포기하지 않으면서도, 현실의 윤리와 문학의 미적 가치 사이에서 방황하는 균열된 의식을 텍스트 속에 징후적으로 드러낸다. 김현이 보기에 '안'은 "지독히 개인적인 구원 양식을 바라보고 있"으며, 깊은 페시미스트적인 음성 속에는 "나(김현)를 울려주는 '내면의 공동에서 나오는 부르짖음'"을 갈무리하고 있다. 이러한 문학적 매력으로 인해 그는 미적 주체로서의 '안'의 형상에 매혹되어버린다.

바로 이 부분에 김현의 「김승옥론─존재와 소유」가 이야기하고자 하는 진실이 담겨 있다. '안'의 방관자적 태도는 김현과 김치수가 비판했던 이호철의 '관조자적 관찰자의 입장'과 유사하다. 미학적으로는 적극적인 주재자일 수 있으나, 현실적으로는 '관조자'의 위치를 선택한 것은 1960년대 당시 지식인의 방관자적 태도이다. 즉, 정치적 환멸로 인해 문화주의를 선택한 이들의 자기논리가 여기에 숨겨 있는 것이다. 이것은 일종의 딜레마인데, '개성'을 중시하는 문화주의적 태도는 '정치적 무관심'과 등을 맞대고 있는 형국이다. 여기서의 정치는 근대적 개인의 윤리적 무관심성을 깊이 사유한 이후에 발생하는 '미적 정치성'을 말한다. 이러한 문화주의적 비현실주의가 '미학의 정치성'을 증명하는 길이 될 수 있을까? 이는 어쩌면 김현과 김승옥의 딜레마가 여전히 '문학의 정치'라는 이름으로 옹호되고 있는 현재 상황에 대한 역사적 교훈일 것이다.

일본 메이지 시대 대표적인 문학평론가인 야마지 아이잔(山路愛山)은 "정신적 혁명은 시대의 그늘에서 발생된다"고 보았다. 이 잠

언적 어구는 '정신적 혁명'과 '시대의 그늘'을 대립시키는 듯하면
서도, 그 근친성을 환기시킨다. 정신의 한 측면으로 이야기되는
'시대에 대한 무관심성'이 어떤 의미에서는 '시대의 산물'일 수도
있는 것이다. 마치 커다란 나무 그늘 속에서 무성히 자라는 음지식
물처럼, 주체의 의지로 충만한 내면은 '시대정신이 문학적으로 전
도되어 내면의 정신성'에 가치를 두게 된 것이다. 이른바 스스로를
4·19세대로 지칭하는 일군의 1960년대 젊은 문인들의 정신세계
도 이러한 맥락에서 해명이 가능할 듯하다. 이 '내면성을 통한 개
성의 강조'는 4·19혁명과의 단선적 연결로만 바라볼 수는 없는
문제이다. 혁명의 경험보다는 혁명 이후의 '절망의 포즈'가 "정신
능력의 한정 없는 팽배"(김현)를 낳았다. 4·19혁명에 이은 5·16
군사쿠데타가 안겨준 데카당스적 분위기가 이들의 의식세계에 영
향을 미친 것이라는 해명이 가능하다. 따라서 이 시기의 '미학의
정치'는 삶의 근본에 개입하는 태도에 기반해 있기보다는, 현실에
대한 환멸의 미학적 극복이라는 충동에 매혹되어 있다고 볼 수 있
다. 그 극복을 위해 문학 영역을 근대적 체계 속에서 분할해내고,
이를 통해 '현실과 문학을 구획'함으로써 그 울림이 '문학 장(場)'
에 공명하도록 한 것이다.

6. 〈환상교향곡〉과 권총이 환기하는 것들

물론 작가의 정치와 예술의 정치는 구분되어야 한다. 대부분의
사람들은 작가의 실천적 현실 참여가 그의 문학성을 바로 보증해
준다고 믿지는 않는다. 하지만 작가의 삶에 대한 태도는 그의 예술

세계와 명확히 구분되어야 한다는 주장도 쉽게 수긍할 수 없다. 그런 의미에서 프랑스 낭만주의 작곡가 베를리오즈(Berlioz)에 대한 일화는 충분히 숙고할 만하다.

베를리오즈의 〈환상교향곡〉은 예술적 감성의 변화를 촉발시킨 기념비적인 작품으로 일컬어진다. 선율과 악기 편성이 당시로서는 파격이었던데다, 서사시를 연상시키는 이야기성이 곡의 흐름으로 이어져 대중을 열광시켰다. 베를리오즈가 〈환상교향곡〉을 창작하게 된 배경도 이채롭다. 그는 영국의 셰익스피어 전문극단의 〈햄릿〉 공연을 보던 중 오필리아 역을 맡은 유명한 프리마돈나 해리엇 스미드슨(Harriet Smithson)에게 매혹당했다. 이미 만인의 사랑을 손아귀에 움켜쥐고 있던 해리엇 스미드슨이 무명의 작곡가인 베를리오즈에게 눈길 한번 줄 리 없다. 사랑에의 열정과 복수심이 중첩되어 베를리오즈는 '어느 예술가의 생애와 에피소드'라는 부제를 단 〈환상교향곡〉을 탄생시켰다.

그러나 베를리오즈의 〈환상교향곡〉과 관련해 잘 알려져 있지 않은 이야기가 앞에서 언급한 천상병 시인의 「4·19 이전의 문학적 속죄」에 담겨 있다. 베를리오즈가 〈환상교향곡〉을 완성한 시기는 1830년으로, '프랑스 7월 혁명'이 발발한 역사적 격동기였다. 그가 한참 작곡에 몰두하고 있던 때에 아우성 소리와 함께 성난 군중들이 베르사유궁전으로 휘몰아쳐 갔다고 한다. 스물여섯의 낭만적 예술가에게 끓어오르는 군중들의 열기와 격정은 외면하기 힘든 유혹이었으리라. 하지만 베를리오즈는 군중의 아우성을 굳게 참으면서 〈환상교향곡〉의 작곡을 마무리하고 펜을 놓았다고 한다. 그러고는 침착하게 오른쪽 서랍을 열고 그 악보를 넣었고, 왼쪽 서랍을 열어 거기 두었던 권총을 집어 들고 그 성난 군중의 행렬 속으로 뛰어들었다. 천상병은 베를리오즈의 전기물에서 이 대목을 접했다고 하면서, 4·19혁명과 대비해 작가는 어떤 존재여야 하는가를 예시적으로 제시했다. 자신의 혼이 작품에 붙들려 있을 때의 베를리오즈와 정의와 자유를 부르짖는 평범한 프랑스 시민으로서의 베를리오즈는 다른 인물일 수 있을까? 그것을 매개하는 것은 미적 주체인가, 민주주의적 열망을 구현하는 정치적 인간인가?

이 질문에 대한 답으로 최근 한국문학에서는 랑시에르의 다음과 같은 발언이 금과옥조로 받아들여지고 있는 듯한 느낌이다.

문학의 정치는 작가의 정치가 아니다. 그것은 작가가 자신이 사는 시대에서 정치적 또는 사회적 투쟁을 몸소 실천하는 참여를 의미하지 않는다. 그렇다고 작가가 저술을 통해 사회구조, 정치적 운동들, 또는 다양한 정체성들을 표상하는 방식을 의미하는 것도 아니다. "문학의 정치"라는 표현은 문학이 그 자체로 정치행위를 수행하는 것을 함축한다.
_자크 랑시에르, 유재홍 옮김, 『문학의 정치』(인간사랑, 2009, 9쪽)

문학이 언어의 예술이라는 점에서 그 근원성을 허용하는 위의 발언은 논자에 따라 다양하게 변주되어 인용된다. '감수성의 혁명'을 통해 예술이 정치에 개입하는 방식은 분명 현실 정치와는 다를 수밖에 없다. 〈환상교향곡〉을 작곡하고 있는 베를리오즈와 시위 군중과 함께 베르사유궁전을 향해 가는 베를리오즈가 동일한 정체성을 갖고 있다고 속단할 수는 없는 노릇이다. 하지만 두 정체성이 베를리오즈라는 한 인간에게 공존할 수 있다는 사실을 부인할 수는 없다. 특정한 역사적 순간에 두 정체성 사이에 전이가 발생했고, 그 결단을 예술가이자 시민인 주체가 감당해냈다는 사실에서 우리는 감동을 느낀다. 감성의 재배치를 통한 '감수성의 혁명'과 그것이 발생하는 정치적 효과 사이에는 비약이 존재할 수밖에 없다. 이 비약, 혹은 매개의 방식이 어떤 경로를 통해 이뤄지는가가 문제이다.

우려스러운 것은 '문학의 정치'와 관련된 논의에서 '닫힌 문학'의 한 징후를 읽게 된다는 점이다. '탈주체화를 향한 감각의 재배치'는 엘리트 문학론의 변형처럼 읽힌다. 오히려 질문을 던져야 할 것은 '문학이 감각의 배치를 바꿈으로써 정치적일 수 있다'는 확신이 어디서 오는가이다. 이것은 문학의 본질적 가치에 대한 신념의 소산이고, 오로지 '문학의 장'에서만 정치적이어야 한다는 태도이다. 보편주의를 주장하는 언어는 권력적이기에 정치적이다. 근대의 분화된 체계를 보편적 질서로 간주하는 태도는 근대 안에 갇혀 있기에 전복적일 수 없다. 랑시에르의 논의는 근대의 부정성을 논의하는 듯하지만, 근대 자체의 직능화를 문제 삼고 있지 않기에 '문학의 정치'를 '감성의 분할을 통해 새롭게 구성'하는 것에만 머문다. 그 '새로운 감성'이 어떻게 '새로운 세계'로 열리는가에 관해서는 논의하지 않는다. 언어의 보편적 기능에 기대어 문학의 급진적 기능을 주장하는 랑시에르의 논의는 분명 매혹적인 측면이 있다. 하지만 그의 논의가 1960년대 4·19세대의 '미학적인 것'에 대한 특권화로 전유되는 한국적 양상은 불편하다. 지금 한국문학 내에서 이뤄지는 '문학의 정치'에 관한 논의는 어떤 문학을 구성할 것인가를 놓고 벌이는 담론 투쟁인 것이다.

우리는 지금 유혹에 빠져 있는 것은 아닐까? 문학이 너무 사소한 것이 되어버린 시대에, 문학이 어떻게 구원의 길이 될 수 있을까에 대한 속삭임이 있다. 랑시에르가 말하는 '문학의 정치'는 '문학 본질론'을 말하는 것이기에 오히려 냉정한 독해가 요구된다. 문학은 본질적이기보다는 역사성을 지닌 구성체이다. 또한 문학은 진리가 아니라 진리를 감각하는 수단이다. 문학은 소중하지만, 오직 문학만이 소중한 것일 수는 없다. 감각의 정치가 지향하는 귀착점이 '해방의 가능성'에 가닿아 있다는 것이 진실이라면, 세계에 대한 이해의 폭을 문학에만 국한시키는 태도가 타당한 것인가에 대해 질문을 던져야 한다. 다시 문제는 '문학의 자율성'이 아니라, 무엇을 위해 '문학의 자율성'을 옹호할 것인가이다.

국가와 예술가, 그리고 표현의 자유

__ 정치제도의 민주화를 넘어, 민주주의적 감수성을 향하여

1. 일상을 식민화하는 성장주의

한국은 '정치제도의 민주화'를 성취한 이후 '시민 민주주의의 위기'라는 새로운 국면에 접어들고 있다. 민주주의적 정치제도 형성을 위해 시민사회가 역량을 결집했던 시기는 지났지만, 더 나은 정치 질서의 확립을 위한 새로운 의제는 설정되지 않았다.

현재 시민사회는 정치제도의 민주화 이후의 마모현상을 경험하고 있다. 새로운 정치적 의제로서 일상의 민주화라는 실천적 과제를 향해 나아가지 못하고 있는 것도 문제다. 오히려 정치의 영역과 생활의 영역이 분리되면서 '정치적 환멸'이 광범위하게 유포되는 지경에 이르렀다. 87년 이전의 시기까지는 '정치적 억압으로부터 해방'이 과제였다면, 시민 민주주의가 위기에 처한 지금의 과제는 '정치적 자유를 향한 해방'이라고 할 수 있다. 정치적 자유는 개인의 자율성을 위협하는 것을 향해 투쟁할 수 있는 자유이고, 차이를 억압하는 전체주의 체제를 향해 저항할 수 있는 자유이며, 공공성

을 해치는 정책적 결정을 반대할 자유이다.

　문제는 정치적 자유가 어떤 특정 주체에 의해 쉽사리 쟁취될 수 있는 것이 아니라, 생활문화적 측면까지 포함한 일상 속에서 구현되어야 한다는 점이다. 더 나아가 일상을 살아가는 시민사회의 구성원들이 제도적으로 획득한 정치적 자유를 받아들이기를 거부하는 상황까지 발생하면서 더욱 복잡한 양상을 띠고 있다. '정치적 자유'보다 '경제적 성장'을 갈구했던 2007년 제17대 대통령 선거 결과가 이를 반증한다.

　이명박 정부의 탄생은 '제2차 민주화'의 과제를 시민사회에 안겨준 것이나 마찬가지다. '일상을 식민화하는 경제성장주의'로 인해 자유의 가치가 심각하게 침해당했다. 이는 이명박 정부의 출범으로 갑자기 출현한 문제로 국한시킬 수는 없다. 이미 정치제도의 민주화 단계 이후 한국사회에 충격을 던져준 IMF 구제금융으로 말미암아 '일상의 경제적 식민화'에 침윤된 바 있다. 문민정부 말미에 극심한 충격으로 경험한 '경제적 패닉 상태'가 국민의 정부와 참여정부에까지 깊은 상처를 남겼다. 이른바 IMF 시대는 개별 국가의 내적 모순으로 인한 것으로 간주되지만, 실제로는 세계체제와 조응하는 과정 속에서 발생한 것이다. 전 지구적 자본주의 체제가 개별 국가의 시스템에 개입함으로써, 강제적으로 세계체제와 국가 시스템을 통합시킨 것이다. 이 과정에서 한국인들은 반강제적으로 'IMF의 감수성'을 내면화했다. 바로 이 'IMF의 감수성'이 '일상을 식민화한 경제성장 우선주의'로 규결되었다. 강요된 감수성은 공포에 기반한 방어적 속성을 지니고 있어 지속적으로 한국사회를 왜곡시키고 있다.

　정치제도의 민주화 단계에서는 활력이 넘치고, 자유로운 흐름을 향한 유동성이 강하다. 하지만 정치제도의 민주화가 이뤄진 시기에 이르면 경색 국면에 접어들기 마련이다. 대의민주주의 질서가 고착화되면 '권력의 경색화'는 재임 기간 중 내내 지속될 수밖에 없다. 대의제 아래에서는 누가 선거제도를 통해 권력을 쥐는가만 쟁점이 되기 때문이다. 그래서 권력자의 전횡을 제어할 수 있는 주권적 제어가 요구된다. '위임된 권력'이 '획득된 권력행사'로 이어지는 것은 이렇듯 명료하면서도 반복적이다.

2. '풍족한 밥'과 정치적으로 '좋은 밥'

정치제도의 민주화 이후 상황에 대해서는 작가·예술가들도 성찰해야 할 부분이 적지 않다. 국민의 정부, 참여정부 시절에 시민사회 영역과 작가·예술가들의 '정치적 참여'는 과연 적절했는가?

김종철 『녹색평론』 발행인은 "지식인들이 거버넌스라는 이름으로 국가기구와 밀착하는 행태"에 대해 비판한 바 있다. 이는 지난 정권 시기에 일부 문화예술인들이 문화정책 개발에 적극 개입함으로써, 실질적으로 '국가와 예술'의 영역이 뒤섞인 것에 대한 비판이라고 할 수 있다. 그 대표적인 예가 참여정부 시절인 2004년 6월 8일 발표된 '새 예술정책'이나, 시민사회문화단체와 정부가 함께 만들어 공표한 '문화헌장'을 들 수 있다. 이는 국가기구의 입장에서는 시민사회문화단체의 참여를 이끌어낸 네트워크적 국정운영의 사례가 되겠지만, 시민사회의 영역에서는 정책 결정에 연루됨으로써 비판적 거리를 상실한 사례로 볼 수도 있다. 사회적 계약에 대한 공통감각이 전제되지 않은 이러한 국가기구와 문화예술 영역의 혼재는 오히려 자율적 영역으로서 예술의 위치를 위협한다. 이렇다 보니, 이명박 정부에 이르러 오히려 '문화예술 영역과 국가기구의 갈등'이 심각한 양상으로 표출되고 있는 것이다.

여기에다 이명박 정부의 '실용주의 신체제'가 더해지면서 '정치적 자유를 향한 해방'은 점점 암운이 드리워지는 듯하다. 경제인 출신인 이명박 대통령은 '속도'와 '생산성'을 중시하는 근대 산업화 시기의 성장 모델을 의제화(agenda)하고 있다. 현 정부의 '발전주의 모델'은 경제적 생산력주의의 한 측면을 반영하고 있고, '세계화/지식정보화'를 중시하는 태도는 '신자유주의적 세계화' 속에서 국경을 넘나드는 경제 위주의 국정 운영을 천명하고 있다. 아이러니한 것은 이러한 자기 파괴적 경제 우선주의가 '녹색성장'이라는 용어로 포장되고 있다는 점이다. 공존 불가능한 '녹색'과 '성장'을 융합해 프로파간다화함으로써, 경제주의의 파괴성을 윤리적 외피로 둘러싸려는 발상 자체가 놀랍기만 하다. 더불어 전 지구적 생태 위기를 국가경쟁력 강화의 기회로 보고, '저탄소 녹색성장'을 통해 '미래시장을 선점'하겠다는 발상이 의식 있는 한국인들을 부끄럽게 한다. 이는 생태 위기로 인해 초래된 인류 공통의 운명을 저울질하며, 경제적 이익 가능성에 눈금을 맞추려는 것과 같다. '녹색성장'은 서로 공멸하는 전쟁의 와중에서 전쟁을 종식시키기 위해 더 강력한 무기를 팔겠다는 전쟁무기상의 딜레마가 담겨 있는 위험스런 정책일 뿐이다.

가장 무서운 정권은 정당성 없이 공권력을 휘두르는 정권이 아니라, 자신에게 정치적 정당성이 있다고 굳게 믿고 공권력을 행사하는 정권이다. 이명박 정부는 실용을 앞세운 발전주의 정책을 관철시키고자 했다. 이에 대한 사회적 저항이 곳곳에서 일자, 오히려 정치적 정당성을 앞세워 강압적 권력을 곳곳에서 행사했다. 신념에 사로잡혀 공권력을 행사하는 정권은 성찰성이 결여되어 있을 수밖에 없다. 게다가 폭력의 강도도 저항의 강도에 비례해 강화시키기 마련이다. 오로지 좋은 세상을 자신만이 만들 수 있다고 믿는 권력은 얼마나 두려운가. 이명박 정부가 만드는 '좋은 세상'은 '풍족한 밥'을 먹을 수 있는 세상이 될 수는 있을지언정, 공동체의 구성원들이 긍지로 충만해 '정치적으로 좋은 밥'을 먹는 세상은 될 수 없을 것이다.

'녹색성장'처럼 상생 불가능한 조합이 하나 더 있는데, 이명박 정부의 문화정책 중 하나인 '문화로 생동하는 경제'가 그것이다. 문화의 영역을 통해 콘텐츠 산업 발전과 경제 회생에 기여하겠다는 발상 자체가 '경제주의적 실용주의'를 그대로 반영한 것이라고 볼 수 있다. 이러한 국가정책 기조는 문화를 '특정한 삶의 방식이 투영된 상징적 영역'으로 바라보지 않고, 경제적 보조물이나 수단으로 바라보고 있음을 스스로 천명하는 것과 같다. 경제성장이라는 '속도'를 중시하는 이러한 태도는 '경제 살리기'라는 유령에 사로잡힌 현 정부의 '과잉의지'에 기반한 것이기도 하다. 아찔한 속도는 자신을 응시할 수 있는 정신적 힘을 결여한다. 생각하지 않고 질주하는 것, 그것이 현 정부가 '경제적 실용주의'를 내세우면서 정책을 집행하는 패턴이다. 하지만 행복한 삶은 질주하는 속도로 가닿으려는 종착점에 있는 것이 아니다. 오히려 윤리적이고 가치 있는 삶은 천천히 가 닿을 수 있을지라도 더불어 함께 '관계를 나누며 사는 삶'에 있다. 그 관계는 인간의 가치를 깊이 성찰하면서 맺는 연대와 우정의 관계일 것이다.

그렇기에 성장과 발전을 중시하며, 모든 관계를 경제적 관계로 환원시키려는 태도는 '텅 빈 가치'를 아찔한 속도로 밀어붙이려는 것에 다름 아니다. 실용정부라는 이름을 가진 이명박 정부는 자신의 정책적 과제에 정당성이 있다고 굳게 믿고 있는데, 그 기저에는 '국민적 지지'를 받고 있다는 신념이 자리하고 있다. 그리고 그 국민적 지지는 미래에 대한 공포 속에서 이데올로기적으로 확대재생산되고 있기도 하다. '국민적 지지'에 대한 신념이 확인되지 않으면, '죽어 있으면서도 살아 있을 수밖에 없는 좀비정부'가 될 수밖에 없다. 그렇기에 '국민적 지지'가 실재하지 않다면, 언론의 태도를 바꾸고 문화적 환경을 강압적으로 변화시켜서라도 '국민적 지지'가 실재하는 것처럼 만들어내야 한다. 그래서 무리한 정치적 의도에 의해 일련의 언론정책과 문화예술정책이 집행되고 있는 것이다. 여기에는 신체로부터 감수성과 사고체계까지 이데올로기적으로 동원할 수 있는 체계로 형성하려는 국가기구의 의도가 작동하고 있다.

3. 국가가 작가의 양심을 판별할 수 있을까

2010년 1월 20일, 한국문화예술위원회에서 '2010년 문예진흥기금 사업 특별지원조건 안내'라는 공문을 한국작가회의에 보내온 것도 이명박 정부의 문화예술정책과 깊이 연관되어 있다. 그 공문에는 "본 단체는 광우병국민대책회의에 소속되었으나 실제 불법시위에는 적극적으로 가담하지 않았음을 확인하며 향후 불법 폭력시위 사실이 확인될 경우 보조금 반환은 물론 관련된 일체의 책임을 지겠습니다"라는 내용의 확인서 제출을 요구하고 있었다. 이 확인서 제출 요구는 결국 한국작가회의가 지원받을 2010년 문예진흥기금 3천4백만 원을 지급하지 않겠다는 강제적 의미를 지닌 것이었다.

특정한 정책적 결정은 문학예술인의 표현의 자유에 정치적으로 개입하려는 의도를 지니고 있다. 한국작가회의에 대한 확인서 제출 요구뿐만 아니라, 이명박 정부 들어 나타난 일련의 문화예술 영역에서의 개입도 마찬가지 맥락에서 이해할 수 있다. 임기가 보장되어 있는 문화예술 관련 공공단체 기관장을 해임·교체하거나 독립영화전용관·영상미디어센터·예술영화전용관의 기존 사업자를 교체하려 하면서 발생했던 사건 등이 그 예이다. 반면, 한국예술문화단체총연합회(예총)의 예술인회관 사업에 대한 지원 재개 등은 정치권력의 변화로 인해 특혜를 받는 사례도 있음을 보여준다. 이들 사안들은 개별적인 듯이 보이지만, 실제로는 모두 연관되어 있는 국가기구의 문화예술정책의 구체적 집행이다.

국가기구가 문학예술 영역에서 행하는 정책적 결정은 이데올로기적 성격을 지닌다. 개별적 사안들마저도 정치적 의도가 기입되어 있고, 그 집행에는 정책결정자의 방침이 투영되어 있다. 각 사안에 대해 문화예술인들은 민감하게 반응할 필요가 있다. 그런 의미에서, 한국작가회의가 정기총회를 통해 국고보조금 3천4백만 원에 대한 수령을 거부하고, '저항의 글쓰기 운동'을 전개하기로 한 것은 의미심장하다. 이 문제를 공론화시킴으로써, 오히려 개별적으로 보이는 문화예술정책의 집행이 어떤 이데올로기적 성격을 보이는가를 명확히 했기 때문이다. 국가는 자본을 통해 문화예술에 대한 이데올로기적 통제를 가하려 하고 있다. 바로 이 부분이 '2010년 문예진흥기금 사업 특별지원조건 안내'라는 공문에 명확히 나타나 있다.

문제는 '저항의 글쓰기 운동'이 어떤 지향점을 갖고 전개되어야 하는가이다. 이에 대한 고민은 '국가와 예술가의 관계 설정'을 어떻게 해야 하는가의 문제로 이어질 수밖에 없다. 그 핵심에 '표현의 자유'가 위치해 있다.

'표현의 자유'는 민주주의의 척도이다. 대한민국 헌법 제21조 1항에 '모든 국민은 언론·출판의 자유와 집회·결사의 자유를 가진다'와 제21조 2항 '언론·출판에 대한 허가나 검열과 집회·결사에 대한 허가는 인정되지 아니한다'가 명시되어 있다. 특히 2항은 사전검열금지원칙이라고 명명되는데, '사상·의견·정보 등이 발표되기 전에 국가기관이 그 내용을 사전에 심사 선별하여 사전에 그 표현을 저지하는 행위'를 금지하는 조항이다.

검열금지는 존 밀턴의 『아레오파지티카(Areopagitica)』(1644)라는 불법 팸플릿에 기원을 두고 있다. 영국의회가 1643년 명령을 통해 모든 출판물의 의회 사전검열과 출판문구조합 등록을 명시하자, 존 밀턴이 이에 저항해 이 팸플릿을 작성했다. 당시 밀턴은 『이혼론』을 출판하려다 의회의 사전검열로 무산된 바 있다. 『아레오파지티카』에는 1)햇빛도 보기 전에 출판물이 재판받는다는 점, 2)무과실의 검열관이 있을 수 없다는 점, 3)국민이 알아도 무방한 것과 알아서는 안 될 것을 당국이 선별하는 것은 필자뿐 아니라 국민에 대한 모욕이라는 점을 들어 의회의 명령을 비판했다. 밀턴은 "나에게 자유를 달라. 양심에 따라 자유롭게 알고, 자유롭게 말하고, 자유롭게 추론할 수 있는 자유를, 다른 모든 자유 이상으로 달라"라고 말한 것으로도 유명하다.

여기서 표현의 자유와 양심(혹은 윤리)의 문제는 긴밀한 관계를 형성한다. 국가기구가 법적 원칙을 내세워 자유를 억압할 때도, 이를 돌파할 수 있는 것은 보수적 규범이 아니라 개인의 양심이다. 제도적 규범은 다양한 가능성을 수용할 만큼 포용적이지 못한 경우가 많다. 그러나 성찰적이고 양심적인 개인은 보편적 규범의 영역을 확장시킬 수 있는 역능(puissance)을 지닌다. 이 개인, 혹은 개인들의 표현이 억압될 때, 규범은 지켜야 할 것들이 아니라 파괴되어야 할 억압이 된다. 그런 의미에서 예술가는 규범과 불화하는 자유로운 개인을 지향하는 존재이다. 이 양심은 자유로운 영혼의 양심이어야 한다. 권력관계에 의한 체계, 그리고 기존의 관습에 침윤된 정치적 판단을 양심이라 일컬을 수는 없기 때문이다. 따라서, 표현의 자유를 위해 자신의 실존 자체를 내걸 수 있는 예술가만이 진정으로 양심적인 개인이라고 할 수 있다.

그런데 현대사회에서는 표현의 자유를 직접적으로 침해하는 검열 자체보다 '검열의 내면화'가 훨씬 문제적이다. 작가 · 예술가 스스로 내적 검열을 행함으로써, 이미 발표 이전의 단계에서 자발적 검열이 이뤄지고 있다. 국가기구는 정치적 검열 이전 단계에서 이미 자발적인 내적 검열이 이뤄지도록 시스템을 다듬고 있다. 검열의 경계를 국가기구가 설정하고, 이를 상식적 표준으로 대중에게 강제한다. 때로는 국익을 내세워 사회 시스템에서 특정한 글쓰기를 배제하는 것도 '표현의 자유'에 대한 심각한 침해이다.

4. 검열의 내면화 양상

이명박 정부의 문화예술정책은 '검열의 내면화'로 개별 작가들의 표현의 자유, 양심의 자유를 제어하고 있다. 바로 이 '검열의 내면화 양상'을 분석할 때, 우리 시대 예술가들이 국가와 어떤 관계 설정을 해야 하는지, 그리고 '표현의 자유'를 옹호하기 위해 어떤 예술가적 행동이 요구되는지도 살필 수 있다.

첫째, 자본을 통한 문화예술 영역에 대한 간접적 통제가 이뤄지고 있다. 이명박 정부는 일부 시민사회단체에 대해 국고보조금을 중단하고, 특정 시민사회단체에 혜택을 늘림으로써 기존의 '거버넌스'의 형식에 새로운 내용을 기입하려 했다. 대운하 반대가 실질적인 이유가 되어 환경운동연합에 대한 국고보조금을 중단했고, 촛불집회에 참여한 단체들도 국고보조금 지급에서 제외시켰다. 한국문화예술위원회의 '문화예술진흥기금 지원방식 개선'에서도 '지원심의 공정성을 제고'한다는 명분 아래 행정력을 강화하는 등의 조치를 취했다. 이는 결국 행정관료의 권한을 확대하는 것으로 이어질 수밖에 없다. 현대사회에서 정치권력은 지배는 하되, 행정적 실무나 관리는 '위원회 조직'이라는 시민참여조직에 위임하는 세련된 통치방식을 구사한다. 특정 사안이 발생할 때마다, '행정적 착오'나 '내부 갈등'으로 떠넘기는 것이 가능한 것도 이러한 '위원회 조직' 형식 때문이다. 그러면서도 지배적 성격을 공고하게 유지한다는 것이 현대 정치권력의 특징이다. 이러한 통치의 테크닉이 한국문화예술위원회에 투영되어 있다. 2005년 9월 29일 첫발을 내딛은 한국문화예술위원회의 문제의식은 '민간 자율 합의기구로서의 독립성'을 보장받으면서도 문화예술의 지원을 강화한다는 데 있었다. 하지만 의미 있는 조직의 출범이었음에도 불구하고, 민간 자율이라는 형식이 정권 교체에 따라 급격하게 영향을 받고 있음을 목도하게 되었다. 국가기구의 직접적 강제가 아닌, 한국문화예술위원회를 통한 '유연화된 통제'가 이뤄지는 상황에 직면한 것이다.

한국작가회의에 문예진흥기금 집행과 관련해 '확인서 제출'을 요구한 것도 지원금이라는 자본의 문제와 연관되어 있다. 정치적 판단에 따라 시민사회의 자율성을 침해하는 정책 결정을 내리는 것은 통치의 기술일 수 있다. 이 통치의 기술은 '독과 약'을 동시에 사용함으로써 효과를 배가시킨다. 한 예로, 사업 능력 부족과 비리 문제로 중단되었던 한국예술문화단체총연합회(예총)의 '예술인회관 건립'은 '대한민국 예술인센터'라는 이름으로 부활해 새롭게 100억 원을 지원하는 정책 결정이 이뤄졌다. 심지어는 예총으로부터 환수받지 못한 국고보조금 165억 원도 되돌려 받지 않기로 하는 특혜조치를 내리기까지 했다. 이는 국민의 세금으로 재원이 마련된 '국고보조금'을 정치적 판단에 따라 집행하는 사례라고 할 수 있다. 군사정부 시절에는 '강압적 공권력'을 동원하는 통제방식이 이뤄졌고, 문민·참여정부 시절에는 배분을 통해 관리하는 방식이었다면, 이명박 정부에 이르러서는 자본을 통한 기술적 통제방식을 선택하고 있는 것이다.

둘째, 국가기구는 이데올로기 수단으로서 문화예술의 도구적 활용을 공공연하게 표방함으로써, 문화예술의 수단적 기능을 강화하고 있다. 그 대표적인 예가 '각 예술기관의 특성에 맞는 국가 브랜드 창작 작품 개발'이다. 2009년에 발표한 예술정책에 따르면 '국립예술단체·기관 등의 창작 역량 및 예술성 강화'를 위한다는 명분 아래 2012년까지 아홉 개 창작 작품을 개발하겠다고 한다. 문화체육관광부가 제시한 구체적 사례는 중앙극장의 〈성웅 이순신〉, 〈주몽〉, 국립국악원의 〈King 세종〉, 국립발레단의 〈왕자 호동〉

등이었다.

뿐만 아니라 한국의 생태 환경을 뒤흔들어 자연재앙을 불러올 가능성이 있는 '4대강 사업'에 대해 '문화가 흐르는 4대강 살리기 사업'이라는 테제를 내걸고 공세적인 동원사업을 진행하고 있기도 하다. 구체적으로는 '4대강 유역 향토 문화지도'를 제작하고, '테마형 관광상품 체험 프로그램'을 개발하겠다고 나서고 있다. '4대강 사업'과 관련해 문화 부문에서 투여된 2009년 예산만 해도 총 552억 원에 이른다고 한다. 이는 상대적 자율성을 보장해야 할 문화예술 영역을 국가기구가 동원한 것이며, 국립예술단체 및 기관을 정치적 수단으로 활용한 것이다. 또한 예술 창작 주체의 자율적 창작 행위를 억압하는 것이기에 '예술의 존재 근거 자체'를 훼손하는 심각한 침해 행위로 간주할 수 있다.

홍수 피해 방지와 물부족 해소를 명분으로 내세우고 있는 4대강 사업은 '개발주의 폭력'의 재현이라는 측면에서 작가·예술가의 감수성과 직접적으로 충돌한다. 인간과 자연의 공존관계를 고려하는 윤리적 태도를 놓치면, 결국 인간 삶의 궁극적 기반이 훼손될 수밖에 없다. 그 파괴의 현장에 예술가들을 동원한다는 것은 예술에 대한 살해 행위와 같다. 그런 의미에서 예술이 국가기구에 의해 생명의 파괴 현장에 동원되는 상황에 대해 예술가는 예민한 자의식으로 회의하고 저항해야 한다.

셋째, 예술적 표현 행위에 대한 정치적 판단을 공공연하게 함으로써, 예술의 공공성에 위해를 가하고 있다. 이는 광범위하게 이뤄지는 표현의 자유에 대한 침해 행위라고 할 수 있다. 공공성은 민주주의의 이념과 깊이 관련되어 있다. 공공영역은 국가기구로 수렴되는 것도 아니며, 국가기구에 의해 관리되고 통제되는 것도 아니다. 그것은 자유로운 개인들의 토론과 합의 속에서 도출되는 것이다. 또한, 수많은 차이를 포함하는 '이질적인 것들의 공통장'이기도 하다. 그런데 국가기구는 '국가정책' 혹은 '국가의 이익'을 바로 공공의 이익으로 간주하는 폭력적 판단들을 지속적으로 내리고 있다. 이 판단들이 문화예술 영역에서 심각한 자유 침해로 나타나고 있기도 하다. 그 대표적인 예가 2008년 7월 22일에 국방부가 23권의 서적을 불온도서로 분류한 것이다. 이는 명백히 작가의 창조적 작업에 대한 정신적 테러이며, 공공성에 대한 침해이다.

이명박 정부 집권 이후 강도 높게 추진되고 있는 국립극단 법인화와 같은 예술기관의 공공성 파괴 행위도 주목해야 한다. 국립극단과 같은 공공성 높은 예술기관을 경영원칙과 수익성을 이유로 법인화하려는 것은 문화예술을 향유하는 문화시민권의 축소로 이어질 수밖에 없다. 더불어 공공예술기관을 이윤과 수익성이라는 사적 자본의 태도로 바라보는 것은, 결국 '문화예술의 시장화'의 신호탄이라고 할 수 있다.

5. "안전에서 위험으로"

예술적 표현 행위에 대한 억압이나 예술가에 대한 정치적 탄압, 그리고 예술기관의 공공성 파괴는 궁극적으로는 표현의 자유를 억압하는 것으로 간주할 수 있다. 표현의 자유에 대한 억압은 자유 일반에 대한 제한으로 이어지는 반민주주적 행태이기도 하다. 또한 이명박 정부는 작가·예술가들의 작품에 직접적인 검열을 가하는 것은 피하면서도, 시스템을 정비함으로써 예술문화 영역의 주류적 흐름은 관리하겠다는 의도를 갖고 있다. 정치권력의 이러한 관리방식이 체계화되면 작가·예술가들은 무의식적으로 시스템을 내면화하게 된다. 공모 사업 선정과 국고보조금 지급을 위해서는 '비판적인 집회'에 참여하지 않아야 하고, 국가 브랜드화 사업에 부합되는 작업에 대해 우호적 태도를 취해야 한다는 것을 감지하게 된다. 또한, 창작자들이 예술작품의 시장화에 더욱 민감하게 되면, 예술의 공공적 기능은 약화될 수밖에 없다. 이렇듯 예술 표현 양식에 영향을 미치는 정책적 결정은 궁극적으로 '내적 검열'을 목표로 한 것이다. 알튀세르가 이야기한 것처럼, 현대 국가기구는 이데올로기적 국가장치의 기능을 선호하면서도, 통치 효과를 증명하기 위해 억압적 국가장치를 적절히 활용하는 방식을 취하고 있는 것이다. 이것이 바로 '신체로부터 감수성과 사고체계까지 이데올로기적으로 동원'하는 것의 실상이기도 하다.

작가·예술가들은 과연 무엇이 창작의 자유를 왜곡하는가에 대한 질문을 할 수 있어야 한다. 그랬을 때만이 시스템이 강요한 행위로서의 예술이 아닌, 체제를 넘나드는 자유로운 상상 속에서 창작의 자유를 향유할 수 있다. 또 예술가로서 어떤 공적 역할을 수행할 수 있는가에 대해 작품으로써 응대할 수 있는 가능성도 넓어진다. 공적 역할은 사적 신분으로서 작가·예술가의 지위를 끌어내리려는 시스템하에서는 곤란을 겪을 수밖에 없다.

문화행정의 전횡이 곳곳에서 이뤄지고, 문화예술의 시장주의가 강요되는 상황에서 작가·예술가의 위치는 더욱 왜소해지는 듯하다. 더구나 국가기구가 문화예술의 기능을 재단하고, 수단화하고 있는 지금과 같은 시기에 작가·예술가는 심각한 자존감의 상실을 경험하고 있다. 에드워드 사이드는 『권력과 지성인』에서 작가·예술가·지성인이 처한 현대의 위기는 '학문기관이나 저널리즘과 출판사들의 전율스런 상업주의'가 아니라, 오히려 '전문직업주의(professionalism)'라고 했다. 전문직업주의는 생업을 위해 자신의 상품가치를 관리하고, 비논쟁적·비정치적이고, '객관적'으로 만드는 것을 의미한다. 자유롭지 못한 작가·예술가는 체제에 갇힌 창작품만을 생산하는 비극의 주인공이 되고 만다. 그렇기에 작가·예술가가 비정치적이고자 하고, 생업을 위한 일상에 갇히면 '전문직업주의'에 예속된 존재가 되고 만다.

건강한 정치적 감성을 마비시키는 '전문직업주의'에 대항하기 위해서는 우선 예술가가 훨씬 더 예민하게 자신의 미적 감수성을 벼려낼 필요가 있다. 그것은 좋은 언어를 향한 갈구일 수도 있고, 예술 속에 내재되어 있는 긍정적 힘인 역능(puissance)을 창조적으로 복원하는 것일 수도 있다. 무엇보다 금기를 넘어서는 예술 창조의 자유를 위한 노력을 빼놓을 수 없으리라.

그 노력이 실질적인 결실을 맺기 위해 위대한 예술가는 '위험한 여행을 감내하는 자'(이성복)가 되거나, 스스로를 '추방당한 존재'(에드워드 사이드)로 만들어야 한다. 이성복은 산문집 『네 고통은 나뭇잎 하나 푸르게 하지 못한다』에서 "일상적 삶은 '느낌'에서 '사실'로, '위험'에서 '안전'으로의 끊임없는 이행이다. 예술이 진정한 삶을 회복하기 위한 시도라면, 예술은 일상적인 삶과는 반대 방향으로 진행할 것이다. 즉 사실에서 느낌으로, 안전에서 위험으로"라고 말했다. 이는 체제에 안주하지 않고 위험을 감수하는 존재로서의 예술가의 실존을 담아낸 언술이다. 더불어 특정한 집단에 소속되어 있다는 안온함, 낯익은 것으로부터의 일탈, 국가의 일원에서 세계시민의 일원으로 자신의 위치를 변동시키는 모험 등이 '위험한 여행을 감내하는 자', '추방당한 존재'의 예가 될 수 있을 것이다. 이러한 모험의 감각 없이 '소속감을 강요하는 국가주의'로부터 자유로운 위대한 예술가는 탄생할 수 없다.

6. 건강한 정치성을 위한 성찰

체제 바깥을 상상하는 힘을 가진 작가는 독자에게 낯선 충격을 안겨준다. 이러한 부류의 작가는 시대를 앞서간 작가들이 아니라, 오히려 시대에 철저한 작가들이다. 그들은 자신이 처한 현실을 너무도 정확히 알아버렸기에, 시대와 불화하며 체제 바깥을 꿈꾼 것이다. 그 대표적인 작가로 신동엽, 김수영, 이문구, 조세희 등을 꼽는다.

그중 조세희는 생존해 있는 작가이고, 아직도 한국사회의 모순이 불거지는 현장에서 민중과 함께 호흡하는 작가이기도 하다. 체제 바깥을 여행하는 작가의 표상인 조세희는 역작 『난쟁이가 쏘아 올린 작은 공』을 발표한 후, 극심한 글쓰기의 곤란함을 경험한 적이 있었다. 그래서 그는 과작(寡作)이며, 소작(少作)인 작가이다.

조세희는 1980년대 초반에 쓴 「어린 왕자」(『시간여행』, 문학과지성사, 1983)를 통해 자신의 글쓰기가 어떤 연유로 난관에 봉착하게 되었는가를 토로한 적이 있다. 생텍쥐페리의 『어린 왕자』를 차용한 이 작품에서 조세희는 "오랫동안, 찾아오는 말들을 너는 안 될 사정이 있어 안 돼 하며 돌려보내기만 했더니 이제는 모든 말들이 내게 필요하지 않다 지레 채고 발길을 끊어 버렸다"고 말했다. 말길이 끊긴 상태에서 작가를 찾아온 이가 어린 왕자다. 어린 왕자는 여기서 일종의 연상이며 상징인데, 그 실제 형상은 이사 도중에 비에 젖은 생텍쥐페리의 책인 『어린 왕자』를 지칭한다. 쓰고자 하는 내용은 있는데, 그것을 담아낼 적절한 형식을 찾지 못해 고민하던 작가의 고뇌가 「어린 왕자」에 표현되어 있다.

조세희는 체제로부터 배제당한 소수자의 운명을 의미 있게 증언하고자 했다. 하지만 전두환 시대의 억압적 현실은 최소한의 표현의 자유마저 억압했다. 이 작품에서 작가는 '감옥에 갇힌 친구'를 통해 시대의 곤란함을 간접적으로 토로하며, 정치권력의 폭력에 대한 사유를 시도했다. 체제로부터 배제된 존재, 체제 바깥의 존재, 감옥에 갇힌 존재를 생각하면서 작가는 국민을 억압하는 비윤리적인 국가가 미래의 행복을 보장해줄 수 있는가에 대해 질문한다. 그 질문에 대한 작가로서의 고민은 다음과 같이 제시되어 있다.

무지하고 잔인하고 용렬하고 탐욕적인 사람들 덕택에 어떤 나라가 발전했다면 그것은 물론 좋은 발전일 리가 없다. 어떤 나라에서는 퇴보인 것이 어떤 나라에서는 진보가 된다. 나도 이따금 스위스라는 나라에 가 보았으면 좋겠다는 생각을 한다. 스위스가 아름다운 나라라는 것을 나는 미국 영화를 통해 알았다. 성공한 나라의 시민들처럼 나도 아름다운 스위스를 여행하며 영화에서만 본 풍경을 직접 사진 찍어 보고 싶다. 그러나 우리 다수의 시민들처럼 나는 스위스를 낙원, 즉 파라다이스로 떠올리지는 않는다. 이 세상에 그런 것은 없다. 스위스는 낙원이 아니라 스위스인의 긍지를 갖고 《나는 스위스인이다》라고 말할 수 있게 하는 나라이다

＿조세희, 「어린 왕자」(『시간여행』, 문학과지성사, 1983, 65쪽)

이 시기 조세희의 고민은 '긍지를 가질 수 있는 나라'에 가닿은 것 같다. 물질적 풍요로 넘쳐나고, 사람들의 욕망은 충족되는 듯이 보이지만 실상은 공허하기만 하다. 그래서 조세희는 건강한 시민의 윤리를 강조한다. 하지만 현실은 억압으로 점철되어 있고, 증언하고자 하는 작가의 입에 재갈을 물렸다. 조세희의 「어린 왕자」가 발표된 때로부터 30여 년이 지났지만, 조세희가 원했던 '나는 긍지를 가진 한국인이다'라고 말할 수 있는 사회는 아직도 요원한 듯하다. 오히려 양심 있는 이들은 스스로를 부끄러운 한국인으로 간주한다.

경제적 풍요는 행복의 조건이 될 수 있을지 모르지만, 행복 그 자체가 될 수는 없다. 더구나, 오로지 경제적 풍요만을 지향하는 사회에 '인간으로서의 긍지'는 더욱 옅어질 수밖에 없다. 이명박 정부가 추진하고 있는 4대강 사업이나, 성장을 중시하며 자연을 수단시하는 '녹색성장' 담론이 그 사례이다. 게다가 '천안함 사건'을 빌미로 '전쟁에 대한 공포'를 공공연하게 조장하는 정치권력은 얼마나 위험천만한가. 올바른 정치성을 지닌 시민이라면 위태로울수록 더 분명한 목소리로 '전쟁 반대'와 '평화 공존'을 외칠 수 있어야 한다. 수많은 생명을 담보로 정치적 보복이나, '전쟁 불사'를 외치는 위험천만한 선동에 대해 적극적으로 '전쟁 반대'를 외칠 수 있는 것이 '정치적으로 올바른 이들'의 실천행위이다. 지금의 한국 사회는 왜곡된 정치성이 한껏 부풀어 오른 상태이다.

오로지 한 목소리만 존재하는 사회는 얼마나 불행한가? 고통받는 이웃에게 공감했다는 이유로, 그 고통을 증언했다는 이유로 약소자들을 배척하는 사회는 얼마나 야만적인가? 발전과 성장만을 지상의 가치로 삼고, 물질적 행복만을 향해 질주하는 사회는 얼마나 비참하게 긍지를 상실한 나라인가? '문화의 물길'을 만들겠다고 하면서 자연의 속살을 헤집으며, 물길을 피 흘리게 하는 '4대강 사업'은 얼마나 잔인하고 용렬한가? '녹색성장'을 외치면서 '전 지구적 생태 위기'를 수단화하는 이명박 정부의 정책은 얼마나 탐욕스러운가? 더구나 민중의 생명을 담보로, '전쟁의 공포'를 조장하는 정치권력은 얼마나 위험천만한가?

성장과 경쟁은 한국사회에서 보편적 가치인 것처럼 호도되고 있다. 보편성은 결코 일반성이 아니다. 오히려 보편성은 타자와 구분되는 우리를 가능하게 하는 국가, 언어, 민족, 문화에 안주하는 태도를 초월할 때 가능해진다. 개별적 이익을 넘어서려는 위험을 감수하는 태도 속에서 보편적 가치가 더욱 빛을 발휘할 수 있는 것이다. 우리들의 인간적 가치가 아닌, 우리를 벗어나서도 가능한 인간적 가치를 탐구하는 것이 보편성을 추구하는 태도이다. 이는 비유컨대, 합창단의 일원으로 가담하여 하나의 목소리만 나도록 하는 것이 아니라, 각각 다른 소리들이 하나의 화음이 될 수 있는 보편적 울림을 창조해내는 것이다. 이를 위해서는 권력을 향해 '표현의 자유', '다른 가치에 대해 말할 수 있는 권리'를 주장해야 한다. 그 자유는 '물리적 억압'으로부터의 자유에 국한되지 않고, 시스템을 장악한 권력자가 만들어낸 '이데올로기적 억압'에서의 자유로까지 나아간 것이다.

한국사회는 지금, 자본주의 바깥은 도무지 상상할 수 없는 것처럼 자본주의 세계체제가 내면화되어 있다. 경쟁은 숙명인 양 간주되고 있으며, 정서적 교감 능력은 무감각인 양 딱딱해져 있다. 이러한 '정신적 무감각'(로버트 제이 리프튼)의 상태를 극복하기 위해서는 감수성의 혁명적 변화가 기획되어야 한다. 혁명은 세상을 구조적으로 바꾸는 것에 멈추는 것이 아니라, 세상을 바라보는 주체의 태도를 바꾸는 것까지를 포함하는 것이다. 그래서 지금 시대에 체제 바깥을 상상할 수 있었던 신동엽, 김수영, 이문구, 조세희의 가치가 오히려 더 돋보인다. 더 과감하게 시대와 부딪치려 했던 그들과 같은 존재가 간절하다.

건강하게 정치적이려면, 인간의 보편적 가치와 민주주의에 대한 성찰적 탐구를 멈추지 않는 태도가 지속되어야 한다. 그 민주주의적 가치에는 '생명을 귀하게 여기는 문화'가 자리하고 있으며, 서로를 살리는 '상생의 원리'가 깃들어 있고, 무엇보다 자유로운 개인의 '윤리적 실천의지'가 포함되어 있으리라 믿는다. 그렇기에 건강한 정치는 자유를 향한 몸부림이어야 한다. 바로 그곳에 체제 바깥을 상상할 수 있는 웅후한 힘이 꿈틀거리고 있다.

역사소설과 이데올로기
—새로운 역사소설 테제를 위하여

1. 과거는 구원을 호소하는 현재다

이문구의 「매화 옛 등걸」(1970)은 발표 당시에는 그다지 큰 주목을 받지 못한 작품이지만, 낯선 곳으로의 여행이라는 형식을 취해 독특한 분위기를 자아낸 문제작이다.

근대와 전통이 팽팽하게 긴장하고 있는 소설 속 이야기는 이렇다. 신우는 아내 희연의 부탁으로 구리 근교의 처갓집 윤씨 가문을 처음 방문하게 된다. 처갓집에는 망백(望百, 91세)의 할머니와 과부가 된 세 명의 손주며느리가 윤씨 집안을 지키고 있다. 1960~70년대 근대화를 구가하는 사회에서도 수절의 전통을 지킨다는 것은 인습에 가까운 고집이었을 것이다. 어떻게 네 명의 과부가 가문을 지키는 일이 가능했을까? 현청과 마을 향교에서 동학전쟁 시절에 정절을 지키기 위해 자살을 기도했던 할머니의 열녀문을 세워주었고, 그 전통이 아직까지 이어져 마을의 이름 또한 '열녀뜸'으로 일컬어지고 있는 실정이다. 이런 가문의 내력 속에서 세 명의 손주며느리들도 과거에 포박돼 재혼도 못 하고 산다. 이 소설이 여기서 끝났다면 한국전쟁 등으로 미망인이 된 젊은 과부들의 슬픈 삶을 포착한 소품에 머물렀으리라. 그런데 이문구는 손주머느리들의 실제적 삶을 억압하는 인습적 전통에 물음표를 찍는다. 그리고 열녀문으로 상징되는 권위와 규범에 정면으로 몸을 부딪친다.

신우가 내막을 헤집자 처갓집은 누추한 알몸을 서슴없이 드러낸다. 할머니(봉사부인)는 시동생과 불륜관계였고, 시동생과의 사이에서 낳은 아들이 장자의 법통을 이어오고 있었다. 권위적인 사회체제는 상징을 만들어 자신의 권위를 지속시키려 한다. 봉사부인을 위해 세워진 열녀문도 마찬가지다. 열녀문은 신분적 질서가 해체되어 가던 농촌공동체에서 양반적 질서를 상징적으로 유지하기 위해 만들어진 표식이었다. 그 상징적 질서에 갇혀 봉사부인은 "나더러 열녀니 봉사부인이니 허는 소리, 듣기만 해두 이가 갈려, 스럽구 스러워 울기두 숱허게 울구…… 후회두 골백번, 후회허먼 죽구 싶구"라며 75년간 눌러왔던 응어리를 풀어낸다. 이는 사회체제가 요구하는 정체성에 맞춰 자신을 가뒀던 과거에 대한 처절한 회한이다.

봉사부인의 절규는 전근대가 만들어낸 허위의식에 대한 뒤늦은 후회의 목소리를 담고 있다. 이 억압받은 자의 목소리는 그간 의심받지 않았던 정사(正史)가 한갓 추문으로 전락하는 순간을 증언하기도 한다. 망백의 나이에 스스로 열녀문에 불을 지른 후, 그 불길 속에 몸을 던짐으로써 파국을 선택한 열녀 부인의 선택은 무엇을 의미하는 것일까? 노 마님의 자살은 소문을 잠재우기 위한 것이라기보다는, 소문이 사실이었음을 확인하는 것이기에 문제적이다. 이는 공식적인 기록의 억압에서 벗어나 사적 기억으로 회귀한 것으로도 읽을 수 있다. 모두의 기억은 '나의 기억'과 어떤 관계를 형성하는 것일까? 정사와 개인의 역사는 과연 한 몸인 것일까?

「매화 옛 등걸」은 현재의 시점에서 과거의 사건을 재구성하고 있기에 역사소설의 장르에 포함시키는 것은 무리다. 그럼에도 이 단편은 현재와 과거를 겹쳐냄으로써 소설적 흥미를 유발하고 있다. 현대 역사소설이 '현재를 과거에 투영한 이데올로기적 서사양식'으로 규정되는 것과 흡사한 설정이다. 게다가 이 소설은 결론에서 충격적인 전복으로 치닫고 있다. 기존에 정상적인 것으로 간주되었던 것이, 사실은 비정상적인 것을 유지하기 위한 허위와 기만의 산물이있음이 폭로되고 있는 것이다. 이러한 현실과 과거 겹쳐 읽기는 역사소설의 '허구적 성격' 때문에 가능하다. 역사소설의 허구성은 '가공의 진실'을 추구한다는 측면에서 일반적인 소설의 원리를 구현하지만, 사실에서 출발해야 하는 '불구적 허구성'이기에 '역사와 문학'의 경계에 서 있다. 즉, 소설이 발생하지 않은 사건이나 존재하지 않는 인물까지를 포괄하여 허구성을 구성하는 반면, 역사소설은 큰 틀에서 발생했던 사건에 대한 가공이나 존재했던 인물의 성격화를 지향한다. 이러한 차이 때문에 역사소설은 작가의 상상력이 역사적 시간과 만나 펼쳐지는 '경계적 서사양식'이라고 한다. 역사소설을 "작가가 역사적 시간을 재구성해 창조해낸 허구적 세계로서, 현재의 세계에 영향을 미치고자 하는 이데올로기적 서사양식"(졸저, 「역사소설과 역사적 시간의 재구성」, 『비평의 모험』, 실천문학사, 2005, 72쪽)으로 규정하는 것도 이러한 서사적 특징 때문이다.

이문구의 「매화 옛 등걸」이라는 고풍스런 소설에서 이야기의 화두를 건져 올린 이 글은 우리 시대 역사소설이 어떤 서사적 풍경을 만들어내고 있는가를 살피기 위해 기획되었다. 서사적 역량이 출중한 작가라면 모름지기 한 편 이상의 역사소설은 창작해야 한다는 것이 문학계의 유행인 듯하다. 한편에서는 장편소설이 한국문학의 활로로 주창되고 있고, 기초예술로서 문학이 다양한 문화 콘텐츠의 원형이 되기 위해서는 역사적 서사가 풍부해져야 한다는 실용주의적 주장까지 펼쳐지고 있다. 문제는 역사소설이 어떤 이데올로기적 지형도를 그리고 있느냐이다. 역사소설의 이데올로기적 풍경은 동시대 문학담론의 현장을 예리하게 보여주는 단면이면서, 동시에 작가의 욕망과 독자의 욕망이 겹쳐지는 '시대의 풍경'이다. 더불어 역사 속에서 소설은 어떤 깨달음을 길어 올려야 하는가에 대해 질문하게 만든다. 과거는 구원을 호소하는 현재다.

2. 역사, 내면성을 발견하다

김훈을 빼놓고 2000년대 역사소설을 이야기할 수 있을까? 역사소설 영역에서 김훈이 드리운 그림자는 짙으면서도 넓다. 커다란 발걸음으로 드넓은 기폭을 흔들며 역사소설의 부흥을 성큼성큼 선도한 그의 서사는 불온하면서도 매혹적이다.

『칼의 노래』(2001)는 『난중일기』를 사적으로 전유해, 내면성을 극대화한 역사소설이다. 이 내면의 목소리는 '일기 형식의 사적 기록'이 있었기에 가능했고, 근대인으로서 이순신을 부활시키는 근거가 되었다. 내면성은 외부적 현실과 내적 의지 사이의 갈등에서 더 큰 울림으로 전달된다. 게다가 내면성은 주관성을 근거로 하기에 거대서사를 배반한다. 『칼의 노래』는 역사를 사유화함으로써 오히려 역사적 실감을 획득한 소설이다. 인간의 미묘한 심리적 갈등이 영웅서사와 버무려지면서, 독자들은 '인간화된 영웅', '근대인의 목소리로 발화하는 전근대인의 형상'에 쉽게 동화하고 공감하며, 응원한다. 『칼의 노래』에서 이순신으로 위장한 작가는 세계에 대한 냉소적, 허무주의적 태도를 지속적으로 토로한다. 일종의 피로와 권태로도 읽히는 이러한 목소리는 이순신의 것이라기보다는 김훈의 것이라는 사실을 냉정히 인식할 필요가 있다.

그렇다면 예(藝)의 화신 우륵과 철(鐵)의 신봉자 야로를 전면에 내세웠던 『현의 노래』(2004)는 어떠한가? 이 소설은 역사적 사료 없이 작가적 상상력에 기대고 있기에 구체적 실감이 결여되어 있다. 또한 낯선 고대사의 영역에 근대 기술주의 이데올로기를 겹쳐내고 있어 기묘한 형상으로 일그러져 있다. 『현의 노래』는 『칼의 노래』의 성공비결이었던 '내면성'이 절절한 울림으로 독자에게 전달되지 않고 있다. 이 작품은 김훈 역사소설의 서사적 성공비결이 '역사를 사유화하는 내면성의 구현'에 있었음을 반증한 태작이다.

그에 비해 『남한산성』(2007)은 의도하지 않은 알레고리 효과를 발산하면서 대중독자들의 환호를 이끌어냈다. 남한산성에 갇힌 47일간의 비극적 상황은 일상의 견고한 틀에 갇힌 현대인의 불안 의식을 환기시키면서, 동시에 신자유주의 물결 속에서 한미 FTA를 바라보는 특정 이데올로기를 대변하는 듯한 양상을 보였다. 게다가 조정의 무능력에 대한 야유는 현실 정치의 현장과 연결되어 묘한 분위기를 발산하기도 한다. 『남한산성』은 '극한상황'을 곳곳에 배치한 후, 그 상황에 갇힌 주체의 행동을 관찰하는 시뮬레이션 소설이다. 생과 사의 기로에 선 비영웅적 존재들의 웅성거림이 이 소설에는 넘쳐난다. 그렇다 보니 소설 속 인물들은 벌거벗겨진 알몸으로 인간의 원초성을 노출한다. 왕의 권력은 끼니를 걱정해야 하는 일상 앞에 무력해지고, '말'로 세상을 다스리던 문신들은 생명을 훼손하지 않으면서도 명분에 합당한 말 만들기에 골몰한다. 이러한 적나라함은 시간을 무화시킴으로써 과거와 현재를 동일화하는 허무적 감성을 발산한다.

김훈 역사소설 속 시간은 현장 취재와 문헌 조사 등을 통해 공들여 재현된 것임에도 불구하고, 그 시간의 철학은 자연사(自然史)에 경도되어 있다. 인간이 신의 시간 혹은 자연의 시간과 구분되는 '역사적 시간' 개념을 확립한 것은 '현재의 전사(前史)로서 과거의 의미'를 높이 평가했기 때문이다. 과거가 현재에 어떻게 영향을 미쳤는가를 숙고하고, 더불어 현재적 관점에서 과거를 재구성하되, 과거의 시간성을 재현하려는 노력이 역사소설의 중요 테제이다. 그런데 김훈의 역사소설은 세부적 사실에 대해서는 공들여 재현하고 있음에도 시간의 철학은 부재하다. 오히려 과거와 현재를 균등하게 겹쳐 처리함으로써 역사적 시간을 자연사적 시간으로 환원시키고 있다. '생명에 대한 원초적 욕구'를 인정하더라도, 그 욕구는 인간이 견뎌야 할 숙명이지 삶의 본질로서 간주될 수는 없다. 그런 견딤의 철학에 기반해 역사소설은 개별적 사건에 의미를 부여하고, 그 개별성들이 공통의 형상에 가닿도록 문학적으로 탐구한다. 힘겹게 역사적 인물의 내면세계를 추적하면서도, 그 속에서 발견할 수 있는 것이 '현재=과거'라면 공허할 따름이다. 김훈 소설이 흥미롭게 읽히면서도 독자를 본질적으로 위무하지 못하는 이유가 여기에 있다. 그의 허무주의는 '휘발적인 매혹'으로 독자들을 사로잡는다. 하지만 그의 문학 이념은 오히려 현실의 긍정적 변화를 가로막는 퇴행성을 지니고 있다.

3. 낯선 화자, 민족서사에 뛰어들다

최인훈의 장편소설 『태풍』(1978)은 한국 대체역사소설의 시작을 알리는 작품이었다. 이 작품에서 최인훈은 제국주의의 이념에 온몸이 감염된 식민지 지식인의 자기 분열상을 낯설게하기 방식으로 형상화했다. 애로크(AEROK→KOREA)의 오토메나크라는 청년이 나파유(NAPAJ→JAPAN)의 지배체제하에서 장교로 입대해 입신출세를 꿈꾸다 자신의 정체성(identity)을 발견해나간다는 것이 소설의 주 내용이다. 일본 식민지배를 은유적으로 변용한 이 소설의 참신성은 10여 년이 지난 후 복거일에 의해 재가공되었다. 한국의 대표적인 '대체역사소설'로 일컬어지는 『비명(碑銘)을 찾아서 : 경성(京城), 쇼우와 62년』(1987)은 최인훈의 『태풍』이 있었기에 가능했다. 우리는 복거일의 새로움을 중요하게 취급하면서도, 최인훈의 개척자적 위치는 간과해왔다.

조두진의 『도모유키』(2005)는 그 발상의 파격이, 최인훈의 『태풍』이나 복거일의 『비명의 찾아서』를 연상시킨다. 적과 아가 분명한 전쟁서사에서 과감하게 적의 시선을 택한 조두진의 파격이 분명한 의외성으로 다가온다. 신진 작가가 장편 역사소설로 등단한 것도 드문 일이지만, 낯선 인물을 소설 속 화자로 선택해 서사를 끌어나간 것도 주목할 만하다. 『도모유키』는 『태풍』, 『비명을 찾아서』를 읽으면서 '이렇게도 소설을 쓸 수 있구나'라고 내질렀던 그 감탄의 경험을 반복하게 한다.

성주 고니시 유키나가 부대에 소속되어 있는 제7군막장 도모유키는 전쟁영웅이 아니다. 그는 산전수전 다 겪은 현장 전투지휘관이지만, 사사키 부장의 채찍과 형벌을 감내해야 하는 하급군관이기도 하다. 군대의 신분질서는 일본사회의 신분질서를 그대로 옮겨놓은 것이기에 좀처럼 계급 이동을 허용하지 않는다. 『도모유키』는 전쟁의 폭력성과 신분질서의 억압적 성격을 동시에 그려냈다.

조두진이 이 소설을 통해 전하고 싶었던 것은 하급장교 도모유키라는 낯선 화자의 입장에서 정유재란을 재구성하는 것이 아니라, 전쟁이라는 거대한 폭력으로 인해 동원되고 희생당하는 민초들의 애잔한 삶이다. 조두진은 병사로서 부적격자인 대장장이 아들 도네의 험한 군대생활을 애써 이야기하고, 귀향의 꿈이 좌절되고 마는 가난한 농부 히로시에게 끊임없이 서사의 앵글을 들이댄다. 그 궁극에는 피억압자들의 연대가 도사리고 있다. 낭만적 사랑의 형식을 띤 도모유키와 조선 여인 명외의 애정은 그래서 문제적이다. 군인과 포로 사이의 사랑은 불가능한 것처럼 보이지만, 하층민의 교감 속에서 그 희망의 싹을 키워 올린다.

그렇다면 전쟁의 피해를 고스란히 감내하는 피억압자들의 연대는 이 소설에서 절절한 설득력을 얻고 있을까? 『도모유키』에서 아쉬운 부분은 도모유키가 자신의 상황을 논리적으로 해명하는 자의식이 결여되어 있다는 점이다. 그가 비록 하급 군관의 신분에 있지만, 일본과 조선의 상황에 대한 그 자신만의 이해방식을 보여주지 못하고 있다. 그는 전쟁 상황에 내던져진 객체일 뿐이고, 그 상황을 설명할 수 있는 주체적 힘을 발산하지 못한다. 오직 명외와의 관계에서만 전쟁이 강요한 체계에서 일탈하고 있을 뿐이다.

도모유키는 정유재란이 일본과 조선에 어떤 역사적 의미가 있는지, 그 당시의 피억압자들에게는 어떤 상처를 남겼는지로까지 관심의 영역을 넓히지 못했다. 일본 하급군관이라는 낯선 화자 설정이 이 소설의 빛나는 부분이라면, 제시된 상황을 해명할 수 있는 역사적 사유의 결여가 이 소설의 빛바랜 부분이라고 할 수 있다.

『도모유키』를 평가하는 데 있어 간과해서 안 되는 부분이 김훈 역사소설과의 영향관계이다. 『도모유키』는 서사 곳곳에 『칼의 노래』에 대한 오마주로 가득 차 있다. 이는 도모유키라는 이방인 화자를 통해 재현되는 정유재란의 불완전성을 극복하기 위한 작가의 의식적 노력의 산물이며, '일본 군관이라는 타자 되기의 어려움'이 무의식적으로 발현되면서 나타난 텍스트의 균열이기도 하다. 특히 후반부에서 도모유키와 군막장 곤도의 대화는 김훈이 재현해놓은 이순신의 형상을 그대로 답습하고 있다. 곤도가 "우리 군대가 떠나고 난 뒤에 조선 임금에게 가장 두려운 적이 누구라고 생각하나? 조선의 수군 대장일 것이다"라고 말하는 것이나, "그는 바다에서 죽어 육지에서 영원히 살 것이다"라고 주장하는 것은 김훈의 복화술을 반복하는 것으로 읽힌다.

조두진처럼 색다른 방식으로 역사를 소설화해 등단한 작가가 또 있다. 김진규의 『달을 먹다』(2007)는 역사소설의 범주에 들 수 있는지부터 논란이 될 수 있는 작품이다. 이 작품의 주요한 정취를 형성시키는 시대적 배경은 조선후기 영·정조 시대 즈음으로 추정된다. 이 시대적 상황이 소설의 내러티브를 견디는 근간이 된다는 점에서 『달을 먹다』는 역사소설의 범주에 포함된다. 하지만 이 소설은 '기록된 역사'에서 소설의 모티프를 따오고 있지 않다. 등장인물도 모두 작가가 창조해낸 가공의 인물들이다. 중요한 정치적 사건이나, 기록할 만한 인물을 다루고 있지 않음에도 이 소설은 조선후기 풍속과 일상을 절절한 실감으로 재현해냈다.

『달을 먹다』가 구현해낸 역사는 일상사이고, 생활사이며, 풍속사이다. 서사의 큰 줄기도 남성적 시선보다는 여성적 시선에 의존해 하위주체적이다. 마치 내간이나 내방가사를 쓰듯, 내면 깊숙이 담아둔 이야기들이 각각의 인물들에 의해 토해지면서 서사의 조각들이 맞춰지고 전체 서사의 가닥이 잡혀진다.

『달을 먹다』는 사랑의 서사이다. 인류학자 말리노프스키가 모든 인간의 이야기는 "그들은 나서, 사랑하다 죽는다"라고 했는데, 이 소설은 "사랑하다"에 중점을 강하게 찍었다. 총4부로 구성되어 있는 이 소설은 3대에 걸친 인연과 악연, 그리고 운명적 사랑을 담고 있다. 그 사랑의 씨앗은 예문관 대제학을 지냈던 류진원의 장자 류호부터 뿌려진다. 류호는 매력적인 호색한이고, 중인 출신의 미망인 강씨와 잠자리를 하다 복상사를 당한 인물이기도 하다. 1부는 류호의 딸 묘연을 통해 양반가의 내방 풍습과 아버지 류호의 화려한 여성편력이 기술되고, 2부는 미스터리 기법이 활용되어 중인계층인 여문과 향이의 엇갈리는 사랑 이야기가 펼쳐진다. 3부는 묘연의 아들 희우와 류호의 배다른 외손녀 난이의 근친상간적이면서 비극적인 운명이, 4부는 묘연의 오빠인 현각 스님의 시선을 통해 모든 인연들이 마무리되는 방식으로 구성되어 있다. 사실 이 소설의 내러티브는 상당히 복잡해 난해하기까지 하다. 그런데도 미묘하게 이지러진 채 이어지는 사랑과 인연의 연결이 운명론적 호기심을 자극한다.

『달을 먹다』는 향장(香匠) 진대의 내력과 최약국의 내부 풍경이 인상적으로 그려져 있다. 작가는 사건에 대한 사료보다는 시대의 풍경을 아날학파적 정교함으로 추적한다. 이러한 세밀한 풍속사의 재현 때문에 『달을 먹다』는 '역사풍속소설'의 범주에 든다고 할 수 있다. 이 소설은 내방의 이야기가 역사풍속소설의 범주에서 재현되고 있어 역사소설의 새로운 시선을 획득했다는 점, 사랑의 서사를 내면화한 화자들이 마치 편지 쓰듯 이야기를 전달하면서 실감이 살아 있다는 점, 조선후기의 미시사·풍속사를 재현했다는 점에서 작가의 감각이 돋보인다.

역사소설에서 누구의 시선을 선택해 역사적 사실을 재현하는가는 작가가 탐구해야 할 중요한 테제이다. 소설 속에서 누구의 시선을 택하느냐에 따라 소설의 주제의식이 직접적인 영향을 받는다. 조두진은 도모유키를 화자로 선택함으로써 이제까지 존재하지 않았던 낯선 화자를 발견했지만, 무의식적 영역에서 주제의식이 축소되고 평면화되는 상황에 처하고 말았다. 김진규의 경우도 사랑의 서사에 어울리는 내방의 목소리를 소설 속에 과감히 껴안음으로써 실감을 획득할 수 있었다. 하지만 토막토막 연결되면서 얼기설기 엮인 화자들의 단편적인 진술이 독자를 혼란에 빠뜨리는 경우도 종종 발생한다. 운명론적 사랑 이야기가 애잔한 슬픔의 정조를 자아내지만, 그 적절한 극복의 사례가 제시되고 있지 않아 비관적이다. 다만, 형식적인 측면에서 새로운 시선의 발견은 역사소설의 영역 확장이라는 긍정적 요소를 안고 있음은 인정된다.

4. 관계의 형성은 이데올로기를 내포한다

통상적으로 역사소설은 사회체제와 갈등하는 영웅들을 형상화하거나, 민족사의 수난 속에서 고투하는 개인, 가족, 혹은 공동체를 극화했다. 전통적으로 역사소설에는 역사의 흐름을 바꾸려다 시련을 겪거나 그 흐름에 몸을 내맡긴 주체들의 운명은 등장하지만, 역사의 통치자는 등장하지 않았다. 역사의 통치자는 신화에서만 서사화될 수 있을 뿐이다. 인간의 역사는 주어진 과거이지 되돌릴 수 있는 무엇이 아니기에 소설 속 인간은 왜소하다.

공식적 기록은 국가의 역사이고 민족의 역사이다. 공적 기억은 국가나 민족의 역사로 간주되는 것일 수도 있고, 특정 집단이 보편으로 추상화해낸 거대서사일 수도 있다. 이 공식적 기록이 2000년대 역사소설의 영역에서는 회의의 대상이 되고 있다. 대신 그간 배제되었던 하위주체들의 목소리가 재현되고 있다. 공적 기억에서 일탈한 이러한 소설적 경향은 서사의 새로움을 추구하려는 작가주의의 산물이고, 역사를 다양하게 읽어내려는 작가적 상상력의 성과물이기도 하다.

민족공동체 바깥에서 역사 이야기의 발화자로 등장한 『도모유키』와 더불어 주목할 만한 소설이 김경욱의 『천년의 왕국』(2007)이다. 이 소설은 1627년에 조선의 바깥에서 표착해 들어와 조선인으로 살아야 했던 얀 얀스 벨테브레가 주인공이다. 하멜보다 26년 먼저 조선에 들어와 이미 조선인이 되어버린 벨테브레의 운명은 기구하다. 민족사는 이 특이한 존재에 대해 공식적 기록에서 부분적 흔적만 남기고 있다. 『천년의 왕국』은 1600년대 조선이 이방인의 시선 속에서 재현되는 낯선 풍경을 서사화한다.

이 소설은 독자들이 '역사 속의 나그네'가 되어 서방인의 시선에 비친 조선의 모습을 상상할 수 있다는 데 독특한 묘미가 있다. 벨테브레는 바깥에서 조선에 들이닥친 표류자이고, 문명이라는 현대에서 야만이라는 과거로 떠난 시간 여행자이기도 하다. 그의 눈에 비친 조선의 오두막집은 "하나같이 더럽고 누추"했으며, 길가에 세워진 장승은 "악마적 형상의 이정표"로 보여 위협적이다. 어떤 의미에서 『천년의 왕국』은 이사벨라 버드 비숍의 『한국과 그 이웃나라』이기도 하고, 헨드릭 하멜의 『하멜 표류기』이기도 하며, 다니엘 디포의 『로빈슨 크루소』이기도 하다. 이 소설 속 에피소드들은 외부자의 시선으로 재현된 조선 중기의 모습과 서로 몸을 섞으면서 다양한 형태로 제시된다.

『천년의 왕국』에 내재되어 있는 기본적 문제의식은 현대의 디아스포라(diaspora) 담론에 닿아 있다. 전 지구적 이동이 보편화되고 있는 지금의 상황에서 과거 조선은 어떤 방식으로 최초의 이주민을 경험했고, 그 이주민은 어떻게 조선에 동화되었을까? 김경욱은 인간이 낯선 세계와 대결하는 방식을 벨테브레, 에보켄, 데니슨의 각각 다른 행로를 통해 제시한다. 완고한 신념으로 자기 정체성을 유지하려고 했던 데니슨은 비극적 죽음을 맞이하고, 세계와 주체의 관계를 능수능란하게 조작할 줄 알던 에보켄은 새로운 정체성으로 자신을 변화시킨다. 반면 벨테브레는 저항하면서 동화하는 고뇌하는 인간상이다. 벨테브레는 조선이 자신에게 요구한 향상된 대포 만들기에 전념함으로써 서양과 동양의 경계를 유지하려 한다. 이주 이후 겪게 되는 이러한 정체성의 변화는 결국 '타자성'의 문제로 연결될 수밖에 없다. 『천년의 왕국』은 벨테브레에게 이교도·야만인의 왕국이었던 조선이, 결국 벨테브레의 제2의 고향이 되기까지의 여정을 그린다. 성 빅토르 위고가 "자신의 고향에서만 편안함을 느끼는 사람은 여전히 유약한 초심자이다. 모든 대지를 자신의 고향으로 느끼는 자는 이미 강하다. 그러나 전 세계를 타향으로 여기는 사람이야말로 완벽한 사람이다"라고 했을 때, 『천년의 왕국』은 우리가 어떻게 타향을 고향으로 느끼는가의 문제를 탐구한다. 이러한 이방인의 시선에 익숙해지면, 벨테브레의 귀향은 완성된다.

『천년의 왕국』의 결론은 벨테브레의 낯선 시선을 정화하는 방식으로 수습된다. 이는 순하기에 아쉬운 결말일 수밖에 없다. 조선을 야만으로 간주하고 네덜란드를 문명으로 생각했던 벨테브레에게 에보켄이 '트리어의 늑대'였다는 사실은 충격적이다. 화형된 마녀의 자식으로 태어나 수도원에서 마녀 사냥꾼으로 길러진 에보켄의 운명은 기구하다. 더구나 후에 자신의 쌍둥이 누이를 마녀로 단죄해야 하는 상황에 몰렸을 때, 에보켄이 느낀 것은 세상에 대한 환멸이었으리라. 그 야만적 상황이 에보켄을 은둔자로 내몰았으며, 결국 이곳 조선까지 휩쓸려 오게 한 것이다. 에보켄의 상황은 조선이 야만 상태에 있는 것이 아니라, 유럽 사회도 실상은 야만적 마녀 사냥으로 점철되어 있음을 은유적으로 보여준다. 자신이 속한 사회에 우월감을 표시하는 것은 상대적이며 주관적인 감성일 뿐이다. 그래서 "영혼을 건 나의 전투는 이제 시작이다"라고, 결말에서 벨테브레가 이야기했을 때, 그 전투의 적은 바로 벨테브레 자신이라는 사실을 유추해낼 수 있다. 어떤 의미에서 역사소설은 현재적 문제의식에서 출발해 과거를 전유하는 자의적 문학일 수도 있다. 김경욱이 디아스포라적 상상력을 통해 벨테브레라는 민족사 바깥의 주체를 포용했듯, 공적 기억에서 배제된 자의 목소리를 복원하는 것은 역사를 전복하는 행위일 수 있다.

　분명 소설과 역사는 본질적 차이를 안고 있다. 역사소설은 소설과 역사 사이에 개입함으로써 점이지대(漸移地帶)를 형성하고 있기에 끊임없는 논란의 대상이 된다. 역사가 개별성을 통합해 보편성을 추구한다면, 소설은 보편성에 숨결을 불어넣어 개별성을 복원하려고 시도한다. 여기다 대중성을 가미해 역사학이 획득하지 못한 대중적 환호까지 얻어내고 있기도 하다. 부인할 수 없는 사실은 역사소설이 역사학의 성과에 기댄 채 창작되고 있다는 점이다. 『칼의 노래』는 『난중일기』에 기대고 있으며, 『도모유키』는 『임진 왜란 종군기』와 『우에스기 요잔』, 『역사스페셜』 등 일본과 조선이 기록한 정유재란을 동시에 참고한다. 『달을 먹다』도 『조선의 뒷골 목 풍경』 같은 풍속사의 영향을 받고 있다. 『천년의 왕국』도 『하멜 표류기』의 벨테브레적 변환이라고 볼 수 있다. 이러한 역사소설과 역사학의 영향관계를 부인하면 역사 소재 소설로서 자신의 역할을 한정하고 만다. 그럼에도 소설은 역사를 그대로 되뇌지는 않는다. 작가의 세계관을 투영함으로써 역사소설은 이데올로기적 성격을 지니게 되고, 더불어 역사의식과 작가의식의 경계에서 새롭게 창 조된 텍스트로 나아간다.

작가들이 역사소설을 선호하는 이유는 '과거'가 이미 결정된 것 으로 제시되는 듯하지만, 실제로는 점과 점만이 기록되어 있기에 낱낱의 사실 사이에 간극이 많기 때문이다. 이 간극을 자유로운 상 상력으로 채워내는 것이 작가의 역량이다. 오히려 작가들은 역사 소설을 창작하면서 훨씬 더 자유로운 상상의 날개를 펼치기도 한 다. 역사소설은 점을 선으로 연결하는 것이기에, 역사소설을 창작 하는 작가의 상상력은 사건의 창조보다는 관계망의 재구성에 집중 된다. 이 관계망을 형성하는 과정에서 작가의 세계관이 투영되기 마련이고, 이 관계망이 결국 작가가 설정하는 역사의 전체성을 직 조해낸다. 그래서 역사소설의 중요 테제는 역사소설의 이데올로 기 장르적 특성을 인정해야 한다는 것이다. 개별적으로 존재하는 사건을 연결하는 이야기의 구성을 통해 작가는 자신의 세계관(혹 은 자신이 포함되어 있는 이데올로기 집단의 세계관)을 드러내게 된 다. 혹은 갈등하는 집단 사이의 이데올로기가 아닐지라도, 그 시대의 이데올로기를 드러낸다. 그 예를 김훈의 역사소설에서 확인할 수 있고, 조두진과 김진규의 역사소설에 대한 태도에서 감지할수 있으며, 디아스포라적 상상력을 벨테브레에게 투영한 김경욱의 문제 설정에서도 포착할 수 있다.

5. 망각의 대해(大海)에서 기억을 건져 올리다

호르헤 루이스 보르헤스의 「기억의 천재 푸네스」(1942)는 망각과 기억에 대한 흥미로운 지적 자극을 준다. 이야기의 주인공인 이레네오 푸네스는 '어느 상황에서나 시계처럼 정확히 시간을 알고있다'는 점을 제외하고는 그저 평범한 농촌 소년이었다. 그런 그가야생마에서 떨어져 절망적인 전신마비 상태에 빠지면서 천재적 능력을 갖게 된다. 그의 기억력이 무한해진 것이다. 푸네스는 "나 혼자서 가지고 있는 기억이 세계가 생긴 이래 모든 사람들이 가졌을법한 기억보다 많을 거예요"라고 말한다. 그는 모든 사물뿐만 아니라, 그 사물을 지각했거나 그것들을 다시 생각했던 순간까지도기억한다. 이 천재적인 능력으로 인해 그는 전혀 힘들이지 않고 영어, 프랑스어, 포르투갈어, 라틴어를 습득할 수 있었지만, 세상으로부터 마음을 거두는 일이 버거워 불면증의 고통에 시달린다. 이독특한 소설에서 나오는 푸네스의 기억은 현대인에게 '정보의 바다'인 인터넷을 연상하게 한다. 푸네스의 기억과 인터넷은 모든 기억과 데이터의 저장고이지만, 특정한 목적 아래 질서를 갖지 않는한 '기억의 쓰레기 하치장'일 뿐이다.

역사 혹은 과거도 마찬가지가 아닐까? 망각의 신비로운 힘이 푸네스와 같은 끔찍한 상태로부터 사람들을 구원하지만, 과거는 무한대로 펼쳐져 있는 심연일 수 있다. 푸네스에게 구원은 신화 속에 나오는 레테의 강을 건너는 순간 이뤄질 것이다. 역사소설을 쓰는 작가도 특정 테마를 구현하기 위해 과거의 정보를 수집하다 보면, '기억의 천재 푸네스'가 직면한 딜레마적 상황에 처할 수 있다. 과거에 대한 모든 정보를 수집하려고 하면 결국 현재의 시간을 포기해야 한다. 푸네스가 그의 뛰어난 재주 때문에 일반적 개념을 형성하는 데 엄청난 어려움을 겪는 것과 마찬가지 상황을 역사소설가도 경험할 수 있다. 푸네스는 상이한 형상을 가진 하나하나의 개는 기억하지만, 그 개들의 다양성을 포괄히는 '개(犬)'리는 개념 지체를 이해하기 힘들어한다. 플라톤적인 추상화의 능력을 상실할 수밖에 없는 푸네스의 상황은 그의 무한한 기억력과 연관해 사고하면 납득이 간다.

어쩌면 지금의 한국 역사소설 작가들은 푸네스가 경험한 '개념적 혼돈'에 빠져 있는지도 모른다. 수많은 역사적 사료들 속에서 보편성을 추출해내지 않으면, 역사적 이야기는 무의미한 개별성에 멈출 뿐이다. 이러한 개별성만을 서사화하는 작업은 끝이 없을 뿐만 아니라, 궁극적으로 보았을 때 쓸모없는 짓이기도 하다. 한번 발생한 사건은 정확하게 반복적으로 발생하지는 않는다. 그럼에도 그 사건을 역사, 인문학, 역사소설 등에서 성찰하는 이유는 무수히 발생하는 사건들에서 '차이를 내장한 보편성'을 추출할 수 있으리라는 믿음 때문이다.

앞에서도 살펴보았듯이 한국 역사소설은 예전에 볼 수 없는 이야기의 무한증식을 왕성하게 해내고 있다. 역사 속에서 내면성을 발견해 내러티브의 혁신이 이뤄졌고(『칼의 노래』), 공적 기억이 배제했던 이들이 이야기성을 획득했으며(『도모유키』, 『천년의 왕국』), 풍부한 미시사·풍속사로까지 이야기가 확대되었다(『달을 먹다』). 그런데도 이들 소설에서 현실에 묵직한 충격을 주는 역사의식과 저항적 이데올로기를 찾아보기는 힘들다.

한국시가 미래의 이미지에만 골몰하고 있는 상황에서 소설은 예전과 마찬가지로 지금도 과거를 고민한다. 소설의 서사가 항상 과거에 머문다는 측면에서 모든 소설은 역사소설일 것이다. 그럼에도 대과거로 달음질치는 역사소설은 성찰적 힘을 배가시켜야 한다. 지금 우리에게 필요한 것은 자본주의 바깥을 상상하게 하는 '역사이론'이다. 역사는 그 쓰임에 따라 현재를 합리화하는 도구적 이성이 될 수도 있고, 현재를 충격적으로 공격하는 혁명의 철학이 될 수도 있다.

역사적 시간 속에서 역사적 유물론을 뛰어넘는 새로운 구원의 이미지를 발견하기 위해서는 현재를 지배하는 철학과 권력질서에 의문을 던질 수 있어야 한다. 그 낯선 구원의 이미지는 현재와 단절된 과거의 시간 속에서 캐낼 수 있고, 배제된 자의 시선 속에서 그 원형질을 구현해낼 수 있으리라고 본다. 역사소설이 보편사의 이데올로기를 극복하고, 해방의 철학으로 구현될 때 역사는 정지한다. 지금 이 순간에도 우리는 미래를 향해 떠밀리고 있지만, 그 미래가 현재의 암울함을 연장시키는 미래가 되지 않기 위해 '역사철학과 역사소설 테제'는 새롭게 구성되어야 하리라.

통치의 기법, 감염된 문학

1. 신종플루에 '들린' 한국사회

대부분의 돌발적 사건이 그렇듯, 멕시코에서 발생한 '신종인플루엔자A(H1N1)'도 파국이 발생한 이후에야 그 발병이 공식 확인되었다. 호세 앙헬 코르도바 멕시코 보건장관은 2009년 4월 24일에야 "943명에게서 돼지독감 증세가 나타나 이 중 45명이 숨졌다"고 발표했다. 4월 26일에는 다시 1,397명의 의심환자가 발생했고 86명이 숨진 것으로 보고했다. 단 이틀 만에 거의 두 배에 달하는 사망자가 집계된 것이다. 세계보건기구(WHO)는 '국제적 공중보건의 비상 사안'이라며 감시강화를 촉구했고, 미국 질병통제예방센터(CDC)도 예방적 조치 차원에서 '공중보건 비상사태'를 선포했다. 한국에서도 5월 3일 51세의 수녀가 확진판정을 받으면서, 세계 열네 번째 '신종플루' 발생국이 되었다. 이 바이러스는 각국 공항의 검역을 무력화시켰으며, 국경 간의 장벽도 손쉽게 뛰어넘었다.

2009년 4월과 5월에 전 세계적으로 퍼져나갔던 '신종플루' 공포는 서서히 잦아들었다. 미국 질병통제예방센터는 "신종플루가 일반적인 독감 이상으로 위험하지는 않을 것"이라는 전망을 내놓았다. 국내에서도 결핵의 사망률이 7.4퍼센트 수준이라면, 신종플루 사망률은 0.07퍼센트라며 그 위험성이 과장되었다는 의견이 제시되기도 했다.

한국사회는 과연 전염병과 같은 '대중공포'에 어떤 방식으로 대응하고 있을까? 신종플루에 대한 한국사회의 대응방식은 우리 시대의 공포 혹은 불안의식을 포착하게 해준다. 한국사회가 어떤 공통감각 속에서 특정 사안에 반응하며, 지배체제는 이러한 사건을 문화의 영역, 이데올로기의 영역에서 어떻게 활용하고 있는 것일까?

그 실체를 문학작품 속에 나타난 질병 혹은 전염병으로 포착해낼 수 있을 것이다. 만약 작가가 시대의 주류적 대열을 이탈한 관찰자이고, '제6의 감각'을 감지하는 예민한 인간이라면, 다른 이야기를 할 수 있는 존재여야 하리라. 사물을 다른 관점에서, 그것도 한 단면을 꿰뚫는 예술적 힘에 의존해 바라볼 수 있다는 것은 소중하다. 시대적 상식을 강요하는 인식만이 지배하는 세계에서, 문학작품에 기대하는 것은 이러한 예외성이다. 세계의 단면을 예리하게 절단해내 오히려 그 속살을 드러내게 하기 위해, '감염', '전염병'을 화두로 삼은 젊은 작가들의 세 작품을 살펴보고자 한다. 그 세 작품은 노희준의 「너는 감염되었다」, 윤이형의 「검은 불가사리」, 편혜영의 「아오이가든」이다.

2. 백신 없는 사회, 시스템의 착취

현대인에게 바이러스는 일상이 되었다. 이제 바이러스는 인체에 작용하는 병원균으로서의 의미보다는 컴퓨터를 비정상적으로 작동하게 하는 일부 프로그램을 지칭하는 것으로 간주된다. 컴퓨터와 함께 생활하는 이들은 자신이 앓는 것보다, 컴퓨터가 바이러스에 걸린 상황에서 더 정신적 충격을 받는다고 토로한다. 노희준의 단편소설 「너는 감염되었다」(『너는 감염되었다』, 랜덤하우스중앙, 2005)는 '컴퓨터 바이러스와 병원체로서의 바이러스'를 뒤섞으면서 수설적 상상력의 연계고리를 이어나간다.

소설의 주인공 '김'이 A반도체 회사의 방화벽(Firewall) 담당자라는 설정부터 이채롭다. 그는 해커로부터 정보를 지키는 문지기이자, 웹상의 경호원이며, 컴퓨터에서 발생하는 사소한 오류도 치유해낼 수 있는 프로그래머이다. 그는 웹상의 닥터, 프로그램 치료사이다. 하지만 그가 새로 산 노트북 모니터에 "Warning : You're infected(경고 : 너는 감염되었다)"라는 활자가 나타나자 자존심에 상처를 입는다. 처음에는 모니터상의 활자가 단순한 불량화소인 줄 알았다. 하지만 그 경고문은 "배양액 속에 넣은 세균처럼 무력무력 자라 모니터의 중앙을 빼곡하게 채워"버린다. 여기까지의 흐름은 단지 SF적 분위기를 자아내는 컴퓨터 관련 소설처럼 보인다. 하지만 소설의 흐름은 의외의 곳에서 급하게 굽이쳐 흐른다. '김'이 바이러스 치료를 위해 검색엔진을 돌리는 과정에서 '컴퓨터 감염'을 '컴퓨터 간염'으로 치는 실수를 범한 것이다. 바로 이 부분에서 마치 컴퓨터를 숙주로 삼던 바이러스가 인간 숙주로 옮겨오는 듯한 양상을 보인다. 간염의 주요 증상인 '피로감, 무력감, 소화불

량, 구토'의 징후를 '김'은 느끼게 된다. 연이어 계속되는 검색 과정에서 간암, 대장암, 간성혼수, 그리고 에이즈의 증상까지 나타나는 듯해 몸서리친다.

　도대체 무슨 일이 일어난 것일까?

　'김'은 자수성가형 인물이었다. 그는 지지리도 가난한 동네에서 자라 자기 노력으로 명문대에 입학했고, 아르바이트를 통해 학업을 마친 후 A반도체라는 대기업에 취업했다. 취업 이후에도 극악스러운 정력으로 하루 서너 시간으로 잠을 줄여가며 회사 몰래 밤샘 아르바이트를 해서 3천만 원을 저축하기까지 했다. 하지만 A반도체의 직원 통제 또한 만만치 않다. 출퇴근 때에는 반드시 엑스레이를 통과해야 하고, 사무실 곳곳에는 감시카메라가 설치되어 있다. 명목상으로는 첨단 기술 유출을 방지하기 위한 시스템이라고는 하지만, 실제로는 사내 직원을 감시하기 위한 용도로 활용되고 있다. '김'이 밤샘 아르바이트의 피로를 풀기 위해 카메라 사각을 계산해 짬짬이 수면을 취했던 것조차, 적발해낼 정도로 A반도체의 감시 시스템은 촘촘하게 짜여 있다. 입사 동기인 R은 '김'의 수면에 대해 경고하며 "진짜 중요한 카메라들은 보이지 않는 곳에 감춰져 있다"고 말한다. 그렇다 보니, '김'이 정작 두려워해야 할 것은 병이 아니라, 실직할지도 모른다는 공포가 된다. 그는 '수많은 병명과 증상의 파노라마' 속에서 '심각한 병'에 걸렸다는 강박중으로 인해 진짜 병에 감염되고 만다.

　그런 의미에서 소설의 결말이 제시하는 상황은 의미심장하다. 결말에서 '김'은 갑작스럽게 투시력을 갖게 되어 같은 사무실에 근무하는 이들의 몸을 스캔하게 된다. 사무실 직원들은 정기검진, 운동, 보험 등을 통해 미래를 대비하고 있다고 자부하고 있었다.

하지만 L대리는 장 속에 종양으로 발전할 수 있는 폴립이 자라고 있었으며, P대리는 위궤양이 곧 암으로 전이될 수 있는 상태이고, C과장은 그리오마종(種) 뇌종양이 발견되었다. 하나같이 질병에 노출된 피고용인의 형상을 하고 있었던 것이다.

「너는 감염되었다」는 엄격하게 노동이 통제된 사회가 개인에게 강요하는 사회적 질병에 대한 소설이다. 과잉된 정보가 강박증을 양산해내고, 그 강박증은 인간을 피폐하게 한다. 때로는 과도한 정보가 인간의 의식을 감염시키기도 한다. 이는 2009년 신종플루에 대한 정보가 빈번하게 공급됨으로써, 오히려 대중들에게 신종플루에 대한 공포를 확산시켰던 양상과도 흡사하다. 이 소설은 시스템의 압박을 통해 노동을 통제하는 A반도체의 무자비함을 '김'의 '징후적 감염'을 통해 적절히 드러내는 데 성공했다. 실직의 위협이 상존하는 상황에서 대부분의 일상인들은 '백신이 없는 질병'에 시달리고 있다.

노동사회에서 진정 공포스러운 질병은 무엇인가? 그것은 구직 실패이며, 실직에 대한 공포이고, 경제위기에 대한 강박적 공포심이다. 이 소설은 A반도체로 대표되는 자본주의 시스템이라는 거대한 바이러스가 과잉 정보를 통해 개인의 감각을 통제하는 양상을 문학적으로 보여준다. 더 나아가 '노동에 대한 강박'이 개인의 노동을 숙주삼아 자본주의의 생명력을 존속시키는 상황으로 이어진다는 비판의 메시지를 담고 있다. 자신의 정체성을 잃고, 주변의 정보만으로 자신을 규정하려는 것은 얼마나 비극적인가? 공포는 외부에서 오는 것처럼 보이지만, 실제로는 내적 동요를 통해 확산되고 있다. 그런 의미에서 우리는 정보에 대한 강박에서 자유로울 수 있는 자기 정체성의 구성에 대해 고민해야 한다.

3. 감염의 상상력, 투병의 고통

첫 증상이 나타난 것은 영화관에서였다. 오른쪽 눈에 빽빽한 이물감을 느낀 화자는 콘택트렌즈 부작용이리라고 생각했다. 대수롭지 않게 생각한 화자는 안과에서 간단한 치료를 받고, 일주일간 안대를 착용했다. 그런데 안대를 풀자 놀랍게도 동공이 "다섯 갈래로 뻗어나간 별 모양"으로 변해버린 것이다. 서클렌즈를 낀 것도 아닌데, 눈동자가 '검은 불가사리' 모양으로 변했다고 상상해보라. 얼마나 희극적인가.

윤이형의 「검은 불가사리」(『셋을 위한 왈츠』, 문학과지성사, 2007)는 이렇듯 기괴하면서도 특이한 서사적 흐름을 펼쳐 보인다. 이 독특한 소설은 '2005년 중앙 신인문학상 수상작'으로, 작가의 등단작이기도 하다. 서사의 전개양상은 무의식의 상태에서 연쇄살인을 저지른 화자의 진술로만 구성되어 일방적이다. 하지만 그 이야기에 담겨져 있는 내면의 혼란은 '자아를 잃어가는 현대인'의 표피적 삶을 성찰하게 한다.

눈동자가 '검은 불가사리' 모양으로 바뀌면서 단순하지 않은 문제들이 연거푸 발생한다. 화자의 눈을 한번 들여다본 사람들은 다시는 눈을 맞추지 못한다. 마치 전염의 공포를 느낀 듯이 사람들은 화자를 외면한다. 화자의 변화는 다른 식으로 표현하면, '다른 존재'가 되는 것에 비유할 수 있다. 위기는 내부에서도 발생한다. 누군가가 보낸 소포 속에 담겨져 있던, 밀랍으로 만들어진 수많은 작은 병사들과 동공 밖으로 나온 검은 불가사리 사이와의 전투가 반복적으로 이어지면서 화자는 엄청난 고통을 경험한다. 작은 병정들과 불가사리들 사이에 전투가 벌어지면 화자는 정신을 잃곤 했는데, 깨어나 보면 곁에 사람이 하나씩 죽어 있었다. 화자는 무죄를 주장하지만, 여러 증거들은 화자가 부모, 남자 친구, 친구들과 직장 동료들을 살해한 연쇄살인범임을 명백히 보여준다.

이 소설은 알 수 없는 미지의 존재에 포섭된 화자가 연쇄살인을 저지른 후, '다어증'에 걸린 사람처럼 수많은 정보를 토해내는 엽기적인 소설로 읽을 수 있다. 하지만 보다 면밀히 살펴보면, 소설의 모티프와 서사의 전개가 '감염(투병)의 상상력'에 의존하고 있어 흥미롭다. 화자에게 '검은 불가사리'는 "죽어서 하늘로 올라가 별이 되는 대신" "양쪽 눈동자에 하나씩 검은 별"이 된 것으로 그려진다. 게다가 "시가 없으면 살 수 없다고 생각"했던 대학 시절에 썼던 시의 제목이 '불가사리'였다. 이러한 상징적 의미를 조합해보면, 불가사리는 정상적인 일상생활에 틈입해 들어온 '꿈들'이라고 해석할 수 있다. 그것은 "밤이면 지상을 내려다보며 빛을 내는 절대적이고 완전한 존재"여야 했건만, 땅에서 죽어가는 비루한 존재가 되고 만 것이다. 그 잊혀진 꿈들이 평안한 일상에 끼어드는 순간, 화자는 '병든 자'로 간주되어 끊임없는 치료를 강요받는다. 밀랍으로 만들어진 작은 병사들도 같은 방식으로 파악할 수 있다. 이들은 "슬픔을 느끼거나 잊어버린 것들을 떠올리지 않도록 감시"하는 역할을 수행한다. 병사들의 감시 속에서 화자가 "예전의 상태"(일상)로 어느 정도 되돌아가면, 다시 검은 불가사리와의 싸움이 시작되곤 한다. 즉, 꿈(이상)과 현실(일상)의 충돌 속에서 화자의 분열된 의식은 '병적 증후'로 표출되고, 그 갈등이 화해할 수 없는 지경에 이르자 주변 인물들에 대한 상징적 살인이 감행된다는 것이 이 소설의 내적 서사라고 할 수 있다.

때로는 병이 사람을 더욱 성숙하게 하는 경우도 있다. 투병(혹은 감염)으로 인해 강요된 휴식은 몇몇 사람들에게는 다양한 의미로 다가올 수도 있다. 사람들은 병에 걸림으로써 감성이 예민해지고, 이전에는 생각지도 않았던 '특정 장면', '슬픔', '잊혀진 사람'을 자주 회상해내곤 한다. 또 어떤 이들은 '새롭게 영혼을 들여다본다'는 것에 대해, '더 이상 누구도 사랑하지 않고 있는 자신'에 대해, 그리고 '더 이상 꿈꾸지 않고 있는 자신'에 대해 되돌아볼 기회를 갖기도 한다. 넓은 의미에서 볼 때, 인간이 병든다는 것은 스스로를 자연의 일부로 인식할 수 있는 기회를 갖는 것이다. 많은 병들은 죽음이라는 파국을 독촉하기도 하지만, 어떤 병들은 '면역력'을 형성하는 '재생'의 과정에서 발생하기도 한다. 그런 의미에서 윤이형의 「검은 불가사리」는 '병에 대한 상식'을 뒤흔들며, 꿈을 잃어버린 사람들이 오히려 정상적이라고 간주되는 상황에 의문을 제기한다. 더불어 병에 대한 공포를 통해 금기를 만들어내고, 병든 자들을 절멸의 대상처럼 간주하는 사회가 오히려 폭력적인 사회일 수 있음을 예시적으로 보여주고 있다.

4. 역병의 도시, 공포의 문화

상상할 수 있는 가장 끔찍한 것을 상상해보자. 눈앞에 어떤 장면이 펼쳐지는가. 예를 들면 이런 것들은 어떤가? 길거리는 시커먼 개구리들이 비와 함께 바닥으로 떨어져 만든 낭자한 혈흔으로 범벅이다. 생살이 곪는 것 같은 냄새가 도시를 장악하고 있고, 하수도는 역류하여 분뇨를 토해낸다. 무방비 도시, 신호체계를 무시하는 자동차가 질주하고, 붉은 십자가가 그려진 차들이 독한 소독약

을 뿌려댄다. 시체들, 감염된 사람들, 그리고 공포 가득한 눈으로
자신의 집에 스스로를 유폐시킨 사람들. 이것은 편혜영이 「아오이
가든」(『아오이가든』, 문학과지성사, 2005)에서 그려낸 풍경들이다.

이 소설은 '전염병'을 테마로 쓴 엽기적인 작품이다. '아오이가
든'은 최초로 전염병이 발생한 아파트 단지를 지칭한다. 감염환자
가 아오이가든뿐만 아니라 다른 아파트에서 발생하고, 환자를 치
료하던 의사들까지 감염되자 도시는 공황상태에 빠져들었다. 당국
에서는 '병의 치사율이 그렇게 높지 않다'고 발표했지만, 감염률이
대단히 높고 치료제와 백신이 개발되지 않아 두려움의 파고는 높아
만 간다. 이 소설은 '나', '누이', '그녀(어머니)'로 구성된 가족의
'전염병'에 대한 공포를 이미지화해 제시한다. 다리가 불구인 '나'
와 처녀 시절 간호사였던 '그녀'는 다른 도시에 의탁할 만한 친지조
차 없어 아오이가든에서 고립된 생활을 한다. 가지고 있는 쌀만으
로 오래 버티는 것이 할 수 있는 최선의 길일 뿐이다. 그런데 다른
도시로 탈출하기 위해 집을 나갔던 누이가 8개월 만에 '둥근 배'를
안고 되돌아옴으로써 아오이가든은 다시 혼란에 빠져든다. 누이의
귀환으로 이웃들은 전염병이 다시 악화될지도 모른다는 극심한 공
포를 갖게 된다. 끊임없이 전화벨은 울려대고, 돌이 날아와 유리창
이 깨지기도 하며, 누군가는 둔탁한 쇠망치로 현관문을 우그러뜨
리기도 한다. '나'의 가족은 극한의 공포 속에서 전염병의 매체로
지적되어 왔던 고양이에게 가학적 폭력을 가하게 된다. 사람들은
외부의 위협이 극심해지면, 그것을 다른 대상에 투영해 극도의 공
격성향을 띠게 된다. '나'의 가족도 제웅을 통해 저주를 풀려는 듯
이 고양이의 자궁절제 수술을 감행한다. 이 엽기적 장면은 결국 파
국으로 이어져 누이는 수많은 개구리들을 출산하고, 나 또한 개구

리가 되어 아오이가든의 창을 뛰어넘는 결론에 도달한다.

「아오이가든」은 기괴한 환상과 악몽의 이미지로 넘쳐나고 있어 서사적 흐름이 몽환적이다. 그런데도 '전염병'을 공포로 이미지화해, 전염병이 발생한 이후의 풍경을 표현해낸 방식은 문제적이다. 질병이 창궐하게 되면, 감염의 위험에 가장 쉽게 노출되는 이들은 도시 하위계층들이다. 이들은 경제적 이유나 주변의 생활환경으로 인해 자신을 방어할 수 없게 된다. '나'의 가족이 다른 사람들처럼 아오이가든을 탈출할 수 없었던 이유도 이 때문이다. 「아오이가든」은 감염된 세상에 대한 다양한 이미지를 제시하는데, 그중 하나가 극도의 인간관계 파괴 현상이다. 일단 전염병이 창궐하게 되면 '감염 위험에 노출된 사람들'이나 '감염된 이들'은 병의 고통보다, 타인의 시선 때문에 더 고통을 받게 된다. 바이러스에 대한 공포가 사람에 대한 공포로 확산되면서 여러 문제가 발생한다. 가족들은 더 이상 손을 잡지 않게 되고, 마스크를 벗은 채 수다 떠는 일조차 없어지며, 물이나 음식을 나눠먹지도 않는다. 이웃 간에도 서로에 대한 의심과 두려움이 팽배해, 자신의 안전을 위해 이웃을 위협하는 사태까지 벌어진다. 소설에서 '그녀'는 전염병에 대해 불안해 하기보다 '앞집 사내의 차가운 눈초리'나 '위생청 관리의 방문'을 더 두려워한다.

병은 치료해야 할 대상일 뿐이다. 그런데 공동의 치료를 위한 노력을 포기하고, 감염자를 고립시켜 방치함으로써 오히려 병이 확산되는 양상을 보인다. 그것은 자기방어 논리로 무장한 공격성향이라고도 할 수 있다. 문제는 공포다. 「아오이가든」은 전염병에 대한 극심한 공포가 오히려 전염병보다 파괴적이라는 것을 이미지화해 제시했다. 인간이 진정 두려워해야 할 것은 공포 자체라는 이 평범한 진리는 '전염병'뿐만 아니라, 인간의 존엄성을 위협하는 다양한 대중공포에 공통적으로 적용될 수 있을 것이다.

5. 전염병, 정치적 수단으로서 '통치의 기법'이 되다

젊은 작가들은 '전염병 혹은 질병에 대한 상상력'을 통해 자본주의 사회 시스템의 폭력성(노희준), 질병과 인간내면의 상관관계(윤이형), 그리고 이미지화를 통한 전염병의 공포(편혜영)을 다루었다. 소설들은 전염병을 직접적으로 다루기보다는 은유적으로 우회해, 전염병을 둘러싼 다양한 상황들을 묘파해낸다. 이 문학작품들이 제시해주는 성찰적 측면을 신종플루로 인해 떠들썩한 한국사회에 거울처럼 비춰볼 수 있으리라.

한국사회가 '신종플루' 공포에 대처해왔던 방식은 몇 가지 중요한 시사점을 제공해준다. 예민한 사람이라면, 곳곳에 붙어 있는 표어며 구호에 무언가 심상치 않은 분위기를 느꼈을 것이다. 대부분의 서울 시내버스는 "신종플루 예방요령을 실천합시다. 손씻기 생활화. 기침·재채기는 반드시 가리고!"라는 현수막을 내걸고 달렸다. 지하철에도 "신종인플루엔자 예방의 첫걸음 1830 손씻기"라는 포스터가 곳곳에 걸렸다. 뿐만 아니다. 공공건물 이곳저곳에는 마치 포고문처럼 '신종인플루엔자 국민행동 요령'이 붙어 있다.

계몽을 위한 국가기구의 일련의 이러한 조치는 권위주의적 분위기를 물씬 자아낸다. 구호와 선전으로 정치행위를 시각화하려는 관료주의적 태도를 보여주는 포스터들도 눈에 띈다. 대학 건물의 내벽과 화장실 등에 붙어 있는 것 중에 "신종인플루엔자 예방수

칙"이라는 것은 보는 이로 하여금 실소를 금치 못하게 한다. 그 포스터는 "가리고, 버리고, 손씻고, 신고하고"라는 내용이 큰 활자로 찍혀 있었다. "신고하고"라니, 누구를 누구에게 신고한다는 것일까? 이 '신고하기'라는 활자는 '간첩신고', '좌경용공세력 신고' 등을 연상시키고 있으며, 국민총동원령과 같은 비상사태가 연상되기도 했다. 마치 보이지 않는 적과 싸우는 전쟁 같은 분위기라고나 할까.

실제로 신종플루는 인간의 눈에는 보이지 않는 바이러스에 감염되어 발병한다. 발열, 콧물, 인후통, 기침 등과 같은 증상과 징후로만으로도 발병 여부를 감지할 수 있다. 곳곳에서 마치 검문검색처럼 시행되었던 '발열검사'는 신종플루를 검진하기 위한 것이 아니라, 일종의 격리와 분별을 위한 예비조치로서 징후를 발견해내는 것에 지나지 않는다. 그런데도 감염에 대한 공포로 인해 한국사회는 일종의 비상사태에 처해 있는 것처럼 보였다. 그 비상사태의 양상이 분단국가인 남한에서는 '반공 이데올로기의 유포'와 같은 양상을 보였으며, 때로는 민방위 훈련의 실제상황처럼 비춰졌다. 이러한 국가 시스템의 총동원은 '공포'에 대한 예방책의 외양을 띠고 있으면서, 동시에 '공포'를 조장한다는 측면에서 흥미롭다. 실제로 보건복지부와 질병관리본부는 2009년 8월 20일에 '2009 신종인플루엔자 대유행대비 업무지속계획(BCP) 수립 매뉴얼'을 각 부처에 발송했다. 이 매뉴얼에는 "중증의 신종인플루엔자 대유행시 우리나라에서만 1만(현재와 같은 병원성)~5만 명(높은 병원성 변화시)의 사망자, 750만(현재와 같은 병원성)~1200만 명(높은 병원성 변화시) 이상의 환자가 발생할 것으로 추정된다"는 내용이 담겨 있었다. 국가가 나서서 실현되지 않은 최악의 상태를 미리 유포한 셈이다.

한편에서는 은근히 신종플루에 대한 더 많은 공포를 조장하고, 다른 한편에서는 국가 시스템을 총동원해 그에 대응하는 계몽을 시각화한다. 그러면서도, 국가기구가 전염병과 같은 무질서를 통제할 수 있는 책임과 능력을 갖추고 있음을 보여주려 했다.

국가기구는 질병을 '사회적 무질서'와 비교해 통치를 위한 정치적 수단으로 활용한다. 정치권력은 '질병을 통제할 수 있는 능력'을 보여줌으로써 권력의 정당성을 시각적으로 증명하려 한다. 따라서, 신종플루와 관련된 권위주의적이면서도 관료주의적인 계몽 행위도 일종의 '통치 행위의 연장'으로 해석할 수 있다. 대중의 집단공포를 이용해 정치권력의 정당성을 강화할 수 있다는 것은 얼마나 아이러니한 일인가.

주제 사라마구는 『눈먼 자들의 도시』에서 '의사의 아내'의 목소리를 빌려 다음과 같이 말했다. "나는 우리가 눈이 멀었다가 다시 보게 된 것이라고 생각하지 않아요. 나는 우리가 처음부터 눈이 멀었고, 지금도 눈이 멀었다고 생각해요." 과연 공포라는 가림막으로 인해 우리들이 못 보고 있는 것은 무엇일까? 그것은 혹시 신종플루가 발생한 근본 원인에 대한 성찰 없이, 무조건 신종플루를 적대시하는 것과 관련이 있는 것은 아닐까?

자연과의 전투를 통해서만 질병을 통제할 수 있다고 믿는 것은 인간의 오만일 수 있다. 몇몇 전문가들은 매년 새로운 형태의 인간 질병이 발생하는 원인을 '자연계의 균형'에서 찾는다. 그래서 '에코데믹(Ecodemic, 생태병, 환경전염병)'이라는 신조어를 제안하기도 한다. 인간이 자연을 다루는 방식이 폭력적이었던 것에 대해 반성하지 않고, 새로운 형태의 전염병을 정치적 통치의 기술로만 활용하려는 오만한 권력이 상황을 더 악화시키고 있다. 앞에서도 지적했듯이, 전염병은 단지 질병일 뿐이다. 마찬가지로 전염병도 통제의 대상이며, 인간이 자연의 일부임을 확인하게 하는 계기적 사건으로 성찰할 수 있다. 진정 위험한 것은 전염병을 상징화해, 공포심을 조장함으로써 권력의 정당성을 강화하려는 누추한 현세주의이다. 우리는 끊임없이 등장하는 새로운 형태의 인간 질병을 똑바로 응시함으로써, 자연계의 균형 안에서만 인간의 생명이 영위될 수 있음을 겸허하게 받아들여야 한다.

벌거벗은 희생양들

1. 언어폭력과 예술

　한 맹인 텔레마케터에게 전화가 걸려온다. 전화한 사람은 흥분한 목소리로 주문한 고기가 상했다고 윽박지른다. "당신 유태인이냐"라고 빈정거리는가 하면, 그가 장님인 것을 알아차리고 "도대체 바다가 무슨 색인지 아느냐"라고 도발한다. 심지어는 "장님인 주제에 여자랑 섹스는 해봤냐, 이 겁쟁이야"라고 극한 언어폭력까지 가한다. 그런데 전화한 사람은 실제로는 고기를 주문조차 하지 않았다.

　영화 〈세븐 파운즈〉(감독 가브리엘 무치노)의 첫 장면은 '공격성과 연민'을 의도적으로 중첩시켰다. 주인공 팀 토마스(윌 스미스 분)는 순간의 실수로 일곱 명의 목숨을 잃게 한다. 그 후, 번민에 빠져 지내다 자신이 선정한 일곱 명의 사람에게 장기를 기증하기로 결심을 한다. 영화의 도입부에서 팀은 무자비하게 맹인 텔레마케터 에즈라 터너(우디 해럴슨 분)를 몰아붙임으로써, 극의 긴장을 높였다. 격한 모욕은 듣는 사람에게 삶의 의지를 꺾어버릴 정도로 치명적일 수 있다. 팀은 화가 나면 욕을 하라고 에즈라를 부추기지만, 에즈라는 침착하게 응대한다. 바로 이 부분에서 에즈라의 곤란해하는 표정은 대단히 인상적이다. 언어폭력을 감당하는 에즈라의 모습이 보는 사람으로 하여금 인간적 연민을 자아내게 만든다.

그렇다면 불운한 삶을 살고 있던 에즈라가 이러한 시련을 극복할 수 있었던 이유는 무엇일까? 영화 속에서 그는 텔레마케터라는 직업 이외에 피아니스트로서 예술적 삶을 살고 있었다. 그는 음악을 통해 삶을 정화하고, 삶의 시련을 극복하는 내적 힘을 획득한다. 에즈라의 예술정신은 영화의 마지막에서도 빛을 발한다. 안구를 기증받은 그가 훌륭한 피아노 연주로 팀의 희생정신을 기리면서 영화의 대미를 장식한다.

인간은 언어폭력만으로도 삶의 위기 상황으로 내몰릴 수 있다. 누군가가 자신을 '살 가치가 없는 인간'으로 규정한다면, 더구나 그것이 공공연하게 공표된다면 비참해질 수밖에 없다. 그것이 강자가 약자를 향해 휘두르는 체제적 폭력일 때, 그 굴욕감은 더욱 치명적이다. 이러한 모욕적 공격은 문학 속에서 '정화의 효과'를 발휘하며 표현된 예가 많다. 문학작품 속에 표현된 폭력의 희생양들을 통해 사회적 성찰의 필요성을 제기해보고자 한다.

2. 문득, 타인을 느낄 때

은희경의 단편 「아름다움이 나를 멸시한다」(『아름다움이 나를 멸시한다』, 창비, 2007)는 '비만인 사람을 바라보는 사회적 시선'에 관해 이야기한다. 소설 속 '나'는 어머니와 함께 사는 서른다섯 살의 미혼 남성이고, 체중이 백 킬로그램에 육박한다. 어머니는 유부남인 아버지와 관계를 맺어 '나'를 낳아 홀로 길렀다. 아버지는 '내'가 중학생이 되거나 고등학생이 되었을 때 나타나 고급 레스토랑에서 식사를 같이할 뿐이다. 이러한 가정환경 속에서 '나'는 "왜 태어났을까"라는 질문을 던지면서 성장했다. 그런, '내'가 서른다섯 번째 생일을 맞아 다이어트를 선언한다. '내'가 선택한 다이어트는 탄수화물을 전혀 섭취하지 않는 방식으로 지방을 분해하는 식이요법이었다.

그렇다면 비만인 '나'가 감당했던 고통은 무엇이었을까? 흔히 사람들은 뚱뚱한 사람은 계단을 오르기 힘들어하고, 건강을 쉽게 위협받으며, 심지어는 식비가 많이 들기 때문에 불편할 거라고 생각한다. 하지만 정작 비만인 사람들은 다른 사람들의 시선이 문제라고 말한다. '나'도 "남의 눈에 띄지 않고는 아무것도 할 수 없다는 점이 오히려 훨씬 더 불편하다"고 말한다. 덧붙여 이런 상황도 제시한다.

내가 패스트푸드점을 좋아하지 않는 것은 뚱뚱한 사람이 나타나는 즉시 거기 있는 사람들이 맥도날드 소송을 떠올리기 때문만은 아니었다. 남이 무얼 먹는지 가까이에서 볼 수 있는데다가 특히 어린애가 많기 때문이다. 어린애들은 솔직해서 눈에 띄는 점이 있으면 그것을 빤히 바라보기 마련인데, 대부분의 부모들은 천진함에 대한 아이들의 권리만 인정할 뿐 그런 시선을 받고 싶지 않은 타인의 자존심에 대해서는 교육하지 않는다. 내가 만약 샐러드만 먹고 있으면 부모들은 아이에게 속삭일 것이다. 뚱뚱해서 저렇게 조금만 먹어야 하는 거야. 저렇게 적게 먹는데도 뚱뚱하다니, 저 아저씨 불쌍하지. 그렇다고 감자 튀김에 더블 싸이즈 햄버거와 콜라를 먹고 있다고 해서 몸집에 걸맞다고 자연스럽게 보아넘기는 것도 아니다. 저런 식으로 먹으니까 뚱뚱해지지,라는 눈빛을 서로 교환하며 웃음을 참다가 내 시선을 느끼고 얼른 고개를 돌려버리기 일쑤였다. 뚱뚱한 사람은 몸집이 커서 눈에 잘 띄는 게 아니다. 뭔가 자신들과는 다르다고 느끼기 때문에 시선이 멈춰지는 것이다.(99쪽)

집요한 시선은 사람을 불편하게 한다. 그 시선에 사회적 통념이나 편견이 어우러져 있는 경우, 시선을 감내해야 하는 당사자는 모욕감을 느끼게 된다. 패스트푸드점에서 '내'가 겪는 고통도 마찬가지다. 다른 사람들의 시선이 '내'게 모인다는 데서 불편함을 느끼는 것이 아니라, 그 시선에 담겨 있는 사회적 통념이나 편견이 '나'를 괴롭힌다. 비만인 사람은 너무도 쉽게 '절제를 모르는 탐욕스러운 인간'으로 규정된다. 다이어트 중인 '나'도 어떤 식으로든 죄인으로 취급된다. 샐러드만 먹어도 과거의 무절제로 인한 업보를 감당하는 것으로 간주되고, 햄버거를 먹으면 탐욕을 버리지 못한 악덕을 지닌 자로 지목된다. 어떤 방식으로도 이 사회적 통념이나 편견에서 빠져나갈 수 없다.

우리가 상식이라고 간주한 것 속에는 '공격적 편견'이 담겨져 있는 경우가 많다. 심지어 사회적 공통감각이라는 것도 누군가에게는 폭력일 수 있다. 비만인 사람을 바라보는 사회적 통념으로 인해, 감수성 예민하면서 조금 뚱뚱한 사람은 큰 상처를 입을 수 있다. 더구나 체질적으로 비대한 사람은 사회가 요구하는 평균적 체중보다 더 나간다는 이유로 사람들의 불편한 시선을 감당해야 한다. 그런 의미에서 우리는 사회적 평균이 요구하는 것에서 의도적으로 자유로워질 필요가 있다. 평균이라는 것은 없다. 다만 다양한 사람들이 모여 함께 사회를 구성할 뿐이다. 그 다양한 사람 중에 항상 자신이 포함되어 있다는 생각을 갖지 않으면, 나도 누군가에게 폭력적인 시선을 던지는 평균적 인물이 되고 만다.

「아름다움이 나를 멸시한다」에 나오는 '나'는 결국 험난한 다이어트에 성공한다. 하지만 그 다이어트 과정에서 '나는 누군가'라는 정체성의 혼란을 경험한다. 몸에 과도하게 집착하면서, 오히려 몸을 학대하게 된다. 그리고 '나'는 소설의 마지막 부분에서 급작스러운 폭식을 하게 된다. '사회적 시선이 요구하는 나'가 될 것인가, 아니면 '사회적 편견에서 자유로운 나'가 될 것인가? 그 선택은 오로지 '나'만의 문제일 수는 없다. 사회가 옳다고 생각하는 기성의 평균 개념을 바꾸지 않으면, '나'는 가해자이면서 동시에 피해자가 되기 쉽다.

3. 구조적 폭력, 그 치명적 모욕

시선으로 인해 상처받는 것만이 문제일까? 불행하게도 한국사회는 공공연한 구조적 폭력이 곳곳에서 횡행하고 있다. 경쟁만이 삶의 원리로 간주되는 사회에서, 낙오자에게 가해지는 배제의 폭력은 '치명적 모욕'을 동반한다. 비정규직에게는 계약 만료로, 정리해고자에게는 '문자 통보'로, 그 폭력은 갑작스럽게 도래한다. 그러면서 한 인간이 온몸으로 버텨왔던 자신의 가치를 폭력적으로 짓밟아버린다. 인간은 자신이 존재했다는 증거가 소멸될 때,

가장 치명적인 모욕감을 느낀다.

김숨의 단편 「박의 책상」(『침대』, 문학과지성사, 2007)은 슬픈 소설이다. 이 소설은 1980년대식 철제 책상에 관해 이야기한다. 하지만 실제로는 그 책상을 12년 동안 이용했던 인사부 '박영기 계장'이 소설의 주인공이다. 어느 월요일, 사무실에 있던 그의 책상이 아무 통보 없이 갑자기 탕비실로 옮겨진다. 그는 정리해고를 당한 것이다. 하지만 박영기 계장의 태도가 기이하다. 박 계장은 여전히 탕비실 속에 있는 철제 책상으로 출근해 "철제 책상을 지키고 앉아 연필을 깎거나 신문을 읽거나 녹 자국을 물끄러미 들여다보며 근무 시간"을 보내는 것이다. 박 계장의 이 무언의 저항은 어떤 숙연한 느낌을 자아낸다. 박 계장의 상관은 "결정이 나오는 무관하다는 것쯤은 자네도 이해하고 있겠지"라고 말하고, 관리부 직원들은 "자신들도 어쩔 수 없다"는 몸짓을 내보일 뿐이다. 그렇게 철제 책상은 20여 일 동안은 탕비실에, 25일 동안은 복도 구석에 놓여 있게 된다. 박 계장도 20일과 25일 동안 "출근 시간과 퇴근 시간을 엄격하게 지켰으며, 근무 시간에는 가능한 한 철제 책상을 떠나지 않"았다.

박영기 계장은 폐기처분 되어가는 철제 책상과 자신의 운명을 동일시했다. 그는 어떤 투쟁의 의지를 갖고 회사 측과 대항한 것이 아니었다. 그 어떤 인간적 배려도 없이 용도 폐기하는 무자비한 조직체계의 폭력에 무언의 항변을 했을 뿐이다. 하지만 그에게 돌아온 것은 더 큰 모욕이었다. 처음에는 밀폐된 탕비실에 철제 책상을 옮겼다. 그가 계속 출근을 하자, 모든 회사 사람들이 볼 수 있는 복도에 철제 책상을 놓아둔다. 여럿 앞에서 공공연하게 노출되도록 해 명예를 훼손하면, 그 사람이 겪는 모욕감은 극대화되기 마련이다. 탕비실에서 복도로 철제 책상을 옮김으로써, 조직은 박영기 계장에게 극한 모욕감을 주었다. 소설의 결말에서 박영기 계장은 철제 책상이 '관계자외출입금지 구역인 보일러실'로 옮겨지자 어떤 안도감을 느낀다. 최소한 더 이상의 모욕은 감당하지 않아도 된다는 위로의 감정을 느낀 것이다.

어떤 측면에서 보자면, 인간이 인간에게 가하는 모욕은 직접적이다. 이 직접성 때문에 모욕을 가하는 사람과 모욕을 당하는 사람 모두 상처를 입게 마련이다. 하지만 조직체계가 인간에게 가하는 모욕은 실체가 없는 듯이 가장하기에 훨씬 가혹하다. 박영기 계장은 이 익명의 모욕에 대항해 자신의 존재를 어떤 식으로든 유지하려 했다. 그 의지가 철제 책상에 투영되었던 것이다. 조직 혹은 체제의 폭력은 익명을 가장한 채 가해지기에 책임소재를 모호하게 한다. 모두의 책임은 그 누구의 책임도 아니다. 그것이 조직의 생리이다. 이 모호한 무책임성은 인간에게 더욱 치명적 상처를 안긴다. 진정 무서운 것은 조직이나 체제가 인간에게 강제하는 모욕이다. 자본주의 사회에서 그 모욕을 가장 힘겹게 감당하고 있는 이들이 바로 노동자들일 것이다.

그런 의미에서 김사이의 시는 검토할 만하다.

4. 삶의 치부를 대면하듯

김사이는 구로동과 가리봉동을 배경으로 한 시를 발표한 시인이다. 그는 1971년 해남에서 태어나, 호남대 국문과를 졸업하고 '구로노동자문학회'에서 시 공부를 했다. 시인 김사이가 시집 『반성하다 그만둔 날』(실천문학사, 2008)을 펴냈다. 그의 시를 보면, 노동문학 이후의 노동문학이 연상된다. 시의 배경은 구로공단이고, 시적 화자도 여성 노동자인 경우가 많다. 그는 노동현장의 구석에서, 노동자의 현실을 자신의 일상 언어로 그려냈다. 「가리봉엘레지」, 「카타콤베」, 「달의 여자들」, 「몸말」, 「곰팡이꽃」, 「나방」 등의 시는 주목할 만한 작품들이다.

그렇다면 노동운동이 휩쓸고 간, 그래서 노동현장마저도 쇠잔해가는 구로공단에서 그가 발견한 것은 무엇일까?

한때 시인은 "내가 중심에 있었다"고 생각했던 적이 있었으나, "안과 밖의 경계가 사라지"는 경험을 한 이후 "내 생이 허기진다"라는 갈증을 느낀다. 1980년대 한국 노동운동의 산실이었던 구로공단은 이제 세상의 중심에서 주변으로 밀려났다. 자본주의 밖은 없다고 이야기되는 지금, 노동자들은 자본주의에 매혹당했고, 변화하지 않는 노동현실 속에서는 자본에 의해 모욕당하고 있다. 비정규직 노동자가 2010년 3월 기준으로 828만 명에 이를 정도로 노동조건은 악화되었다. 심지어는 노동할 의지가 있음에도 사회 시스템에서 배제된 이들인 실업자 및 취업준비자 등이 168만 명에 이르고 있다. 통계로는 구체적으로 포착되지 않는 것이 우리네 구체적 일상이다. 대중매체도 재현해내지 못하는 것이 삶의 속살이다.

김사이 시인은 "재개발도 안 되고 철거만 가능하다"는 가리봉동 등지에서 "아직도 뱉어내지 못한 징그러운 삶"의 편린들을 시 속에서 확인한다. 가리봉동에는 "십 년 전 벌집은 그 자리에 있"지만, 그 벌집을 채우는 이들은 "쿠르드 필리핀 방글라데시 네팔 몽골 연변 구로"가 되었다. 여성으로서, 노동자로서, 시인으로서 스산한 풍경으로 변모해가는 구로공단을 거닐며 '약소자(minority)의 생활'을 노래한다. 그는 시 속에서 지금도 부당한 처지에 있는 노동자의 현실을 그리다가도, 자신을 포함한 노동자들이 "자본의 꿀맛"에 젖어 자본주의적 일상을 영위하는 것에 대해 반성하는 시어를 날린다.

막차를 타려고 뛰어가는데
지하도 큼직한 기둥들 사이로
웅크린 돌덩어리들
아니, 인기척을 내는
소름 확 끼치는 거대한 짐승들 있다
순간 가슴 벌렁벌렁거리게 하는 이 고요
카타콤베

내 웃음의 이면이다
노동자도 수입하는
갖출 것 다 갖춘 불빛의 地下
지하의 지하
지하도 없는 지하

살아 있음을
한 끼니로 간청하다가
절망도 없이
잠을 청하는 이곳을 지날 땐
순례자의 마음으로 하라
뼈다구만 남은 이상주의자들도 죄를 고백하며

걸어야 하는
카타콤베

내 등줄기에서
인간에 대한 두려움이 혹처럼 자란다
나는 구역질한다

_「카타콤베」전문

시인은 막차 시간이 급해 지하도를 뛰다가 노숙자를 발견했다. 그들은 있는 듯 없는 듯 몸을 웅크리며 '거대한 짐승'처럼 지하도를 점유하고 있다. 도시에서 일상을 영위하는 사람들은 이를 외면하려 할 것이다. 그리고 삶의 치부를 갑작스럽게 발견한 듯 빠른 걸음으로 지나치려 한다. 하지만 시인은 그곳에서 오히려 삶의 진실을 발견한다. "내 웃음의 이면", 즉 모든 이들의 일상의 이면에는 "지하의 지하/지하도 없는 지하"가 있다. 그곳에서는 노숙자가 죄인이 아니라, 모두가 죄인이다. 그래서 시인은 "순례자의 마음"이 되어 지하도를 건너야 한다고 말하고, "뼈다구만 남은 이상주의자들도 죄를 고백"해야 한다고 다그친다.

또한 시인은 '노숙자들이 점유하고 있는 지하도'를 '카타콤베(Catacombe)'라고 말한다. 카타콤베는 '안식처'라고 일컬어지는 '지하묘지'를 지칭한다. 카타콤베는 로마 시대 탄압받던 초기 기독교인들의 신앙심이 깃들어 있는 곳이다.

시인은 자본주의 폭력의 희생양이 되어 웅크리고 있는 이들이야말로 '모욕받은 자들'이라고 말하는 듯하다. 그들은 구조적 희생자들인데도 불구하고, 구조의 폭력성을 은폐하기 위해 '개별적 패배자'로 규정된다. 그들의 존재로 인해 한국사회는 성찰의 기회를 갖는다. 이 사회가 얼마나 비인간적이고, 약자에게 폭력적이며, 배제된 자들의 삶이 얼마나 고통스러운가를 그들은 온몸으로 증언하고 있다. 그래서 시인은 "구역질"을 해댄다. 김사이 시인은 체제의 가혹한 폭력으로 인해 모욕감을 느끼고, 한국사회 시스템에 대해 심한 거부반응을 일으키며 구역질을 하는 것이다.

5. 모욕 없는 자존의 사회로

우리는 흔히 모욕을 심리적인 것으로 간주하는 경우가 많다. 누군가의 농담이나 무례, 건방진 표현 등으로 자신의 자존심에 상처를 입었을 때, 모욕당했다고 말한다. 이는 수치심이나 분노와 연결되어 있기도 하다. 하지만 과연 심리적 충격만을 모욕으로 규정할 수 있을까? 체제가 개인에게 강요하는 폭력은 더 심한 모욕이 아닐까? 체제와 시스템에 의해 자행되는 무자비한 폭력이야말로 치명적인 모욕임에 틀림없다.

자본주의가 전 지구적 유일체제가 되어가고 있고, 경쟁을 통한 생존이라는 무자비한 삶의 원리가 세계를 지배하고 있는 상황에서 모든 사람들은 도덕적으로 훼손된 삶을 살고 있다. 다른 사람을 이겨야만 나의 생존이 보장된다면, 살아남은 모든 사람들은 죄를 지은 자들일 수밖에 없다.

그런 의미에서 우리는 '사회적 통념'과 '사회체제'에 대해 근본적으로 다시 생각할 필요가 있다. 사람은 개별적이기에 공동체를 구성할 수 있는 것이고, 다양한 가치를 지향할 수 있기에 오히려 윤리적일 수 있다. 그런데도 사회가 규정하는 틀에 자신의 가치를 맞추려 하면, 모두들 벌거벗은 체제의 희생양들이 될 뿐이다.

숙명처럼 보이는 현실도, 그것을 바꾸고자 하는 의지가 싹트면 '한시적 현실'이 된다. 자신이 느끼는 모욕감의 근원을 성찰함으로써, 보다 인간적인 사회를 향하려는 우리의 의지를 확인하는 것, 그것이 '모욕 없는 자존(自尊)의 사회'로 가는 첫걸음일 것이다.

3부

분 단 시 대 의   재 인 식

분단 디아스포라와 민족문학

1. "남조선문학을 용납할 수 없다"

개인에게는 기록보다, 기억이 더 강렬하다. 개인의 심상(心象)을 기록이 억압하기도 하기에, 기억은 정체성의 정치이기도 하다. 그래서 관계는 공식적인 만남으로 기록하고, 사적인 대화로 기억한다.

2009년 1월 말이었다. 중국 북경에서 '윤동주, 남북공동연구 및 토론회'라는 학술행사가 개최되었다. 이명박 정부 출범 이후 남북관계가 딱딱하게 경화되어 있는 와중에 남북 문학연구자들이 만나는 자리였다. 개인적으로는 잔잔한 감동과 가슴을 훈훈하게 덥히는 성취감을 기대했다. 하지만 '문학연구자들 간의 만남도 남북 관계의 냉각'에 영향을 받아 팽팽한 긴장의 연속이었다. 발표 순서를 놓고 줄다리기를 했고, 행사 시작을 알리는 모두(冒頭) 발언에 포함되어야 할 것과 포함되지 말아야 할 것을 놓고 실랑이를 벌였다. 오전에 개막하기로 한 행사였는데도 행사 무산의 아슬아슬한 고비를 넘기고서야 오후에 겨우 시작할 수 있었다. '윤동주의 시세계'를 '식민지 현실'과의 관계 속에서 논하는 '남북의 학문적 소통'의 자리였음에도, 그 진행 과정은 '휴전협정'을 방불케 하는 아슬아슬한 고비의 연속이었다.

밥도 같이 먹지 않을 정도로 냉랭했던 분위기는 귀국을 앞두고 이뤄진 술자리에서야 겨우 부드러운 대화의 물꼬가 트이며 풀렸다. 모든 공식 일정이 끝나고 나니, 싸우면서 정든다고 그래도 그간의 앙금을 털어낼 뒤풀이 자리가 필요했다. 옛말에도 음식을 나눠야 정이 오간다고 하지 않았던가.

그 자리에서 조선작가동맹 부위원장 장혜명 시인은 '협상의 기록이 아닌 나눔의 기억'을 환기하는 이야기를 해주었다. 그 사적 대화를 내가 이 글에서 '공식적 기록'으로 바꾸고 있으니 조심스럽다. 장혜명 시인은 6·15민족문학인북측협회 부회장직도 겸하고 있는 남북 문학 교류의 북측 실권자다. 대화를 나누면서 그가 김일성종합대학교 조선어문학과 출신임을 알았다.

"얼마 전에 김일성종합대학교 조선어문학과에서 『통일문학』과 관련한 강연을 했소."

"그래요? 대학생들이 『통일문학』을 읽습니까?"

"아주 열심히 읽었드만, 내게 많은 문제를 제기했어요."

"어떤 문제였습니까?"

"한 학생이 내게 남조선문학을 용납할 수 없다고 격분하더라고."

"예? 무엇 때문에요."

"이번 『통일문학』에 실린 남측 소설을 읽고, 왜 다른 민족과 피를 섞고 난리냐고 분개해. 그게 남조선에서는 일반적인 것이냐, 아니면 특수한 것이냐 질문도 하고."

　남한 작품을 읽은 북조선 젊은이의 반응은 흥미로울 수밖에 없었다. 북조선의 일반 독자 입장에서 남한문학을 읽은 감상을 간접적으로나마 전해 들을 수 있었기 때문이다. 무엇보다 독자의 반응을 통해 문학작품을 통한 남북 소통의 가능성을 가늠할 수 있었다. 1960년대 북조선에서 간행된 『조선문학』과 『문학신문』에는 비정기적으로 『사상계』, 『세대』, 『현대문학』, 『문학춘추』에 실린 작품을 비평하는 글들이 실리곤 했다. 이 비평문들은 '남조선문학'에 대해 '도덕적 엄숙주의'와 '민족주의적 관점'을 갖고 논평했다. 물론 문학을 업으로 삼는 전문가들의 이데올로기적 견해가 투영된 글이었다. 이런 글을 읽으면서 1960년대 즈음까지만 해도 북조선에서 남한문학을 활발하게 읽고 토론했다는 사실을 알았다.

　그런데 2000년대에 이르러 다시 북조선의 대학생들이 남한문학을 읽은 감상평을 듣게 된 것이다. 조선어문학과 학생의 비판은 남한에서 결혼이주여성과 이주노동자의 증가로 인해 다문화 가정이 늘고 있는 것에 대한 이질감의 토로일 것이다. 전통적으로 '민족적 순결주의'를 이데올로기적으로 강조해왔고, 민족주의에 입각해 통일 문제를 바라본 북측의 보편적 입장을 대변한 사례라고 할 수 있다.

　남한 작품이 북쪽에서 읽히고, 긍정이든 부정이든 토론이 되었다는 사실 자체에 주목할 필요가 있다. 문학적 소통의 통로가 제한적으로나마 『통일문학』을 통해 열린 셈이니 말이다. 게다가, 북조선 대학생의 의견을 통해 남과 북의 문학이 '상당히 먼 거리'에서 서로를 조망하고 있음을 다시 확인할 수 있었다. 당연히 같은 길을 걸을 수 있다고 생각해왔는데, 북조선 젊은이는 '남조선문학을 용납할 수 없다'고 했다. 아마 남한의 대학생들도 '수령 형상화에 바쳐진 북한문학은 코미디다'라고 생각할 것이다. 그 차이를 실제 현실로 확인하는 데서, 2000년대적 관점에서 '분단과 문학'을 다시 논할 수 있을 것이다.

이 글은 2000년대 분단문학을 성찰하기 위한 의도로 씌어졌다. 2000년대 남북 문학 교류의 의미, 분단문학에 나타나는 특이점, 그리고 민족문학과 민주주의의 과제를 살펴보고자 한다. 그간 남북 문학을 아우르면서 분단문학에 대한 논의가 펼쳐진 예는 희귀하다. 그런데 2000년대 분단문학은 '6·15공동선언'의 영향으로 남북을 동시에 바라볼 수 있는 '시선의 여유'가 부분적으로 확보되었다. 남북의 문학을 동시에 살피는 데 있어 주의해야 할 점은 남과 북이 서로 상이한 문화적 토양 속에서 각각 나름의 가치와 특징을 지니고 있다는 사실이다. 이 부분을 간과하면 서로의 문학이 조금씩 변화하면서 가까워질 수 있는 가능성을 놓치고 만다. '상대를 고려하지 않은 통일문학'에 대한 구상은 폭력적일 수밖에 없다. 따라서 '하나의 통일문학'이 아닌 '상이한 두 문학의 공존 가능성'을 모색하는 방향으로 논의가 전개될 필요가 있다. 이 글은 '공존을 위한 두 개의 문학론'을 향한 시론이라고도 할 수 있다.

2. 분단문학의 철책을 흔들어놓은 사건들

2000년대 분단문학에 변화를 일으킨 중요한 사건들은 무엇이었을까? 문학적 관점에서 볼 때, 분단 현실과 문학의 관계는 급변했다. 남북 문학 교류가 문학작품을 통해 이뤄졌고, 6·15공동선언의 효과로 남북 문인의 인적 교류도 활성화되었다. 지난 시기가 '통일 담론의 문학'이었다면, 2000년대는 '분단 현실의 문학'으로 변화했다. 그 기반을 이룬 몇 가지 사건을 살펴볼 필요가 있다.

첫째, 가장 중요한 사건으로 북조선의 역사소설인 홍석중의 『황진이』(문학예술출판사, 2002)가 합법적으로 남한에 반입되어 소개되었다는 사실에 주목할 필요가 있다. 평양의 '문학예술출판사'에서 인쇄되어 남한에 반입된 이 소설은 '주체 91(2002)'이라는 표기를 그대로 사용했다. 북측에서도 남한 독자를 의식한 듯 책의 날개에 '저자의 경력'을 밝히고 있다. 저자의 약력을 소설책에 밝혀 적은 경우는 북조선문학의 출판 관행상 예외적인 경우라고 할 수 있다. 이 작품은 공식적 경로를 통해 수입된 최초의 북조선 문학작품이기도 하다.

반합법·비합법의 영역에서 북조선문학에 대한 수용은 이미 1988년경부터 이뤄졌다. 계간 『실천문학』이 1988년 겨울호에 이기영의 「개벽」(1946)과 이북명의 「노동일가」(1947)를 게재했고, 이즈음 대학가에서는 '북한 바로 알기 운동'이 활발하게 전개되었다. 북조선문학은 반합법 영역에서 출판되어 대학가를 중심으로 널리 보급되었다. 『청춘송가』(1988), 『민중의 바다』(1988), 『개마고원』(1988), 『꽃 파는 처녀』(1989), 『한 자위단원의 운명』(1989) 등이 대표적인 작품들이다. 이들 작품들은 항일혁명의 전통을 강조한 소설들로, 그 내적 맥락은 반식민 투쟁의 정통성이 북조선에 있음을 강조하는 것이었다. 돌이켜보면, 이들 소설은 대부분 식민지 시기를 배경으로 하는 역사소설이었다. 1990년대에 이르러서야 동시대를 배경으로 한 『벗』(1992)이나 『쇠찌르레기』(1993) 같은 작품들이 출간되었으니, 북조선문학은 역사소설로 시작해 동시대의 소설로 넘어오는 양상을 취했다.

홍석중의 『황진이』는 아래로부터 재구성한 '황진이 서사'라는 사실에 주목할 필요가 있다. 그 중심에는 '황진이와 놈이'의 엇갈리는 운명과 연대의식이 자리한다.

황진이의 신분에 대해서는 여러 가지 역사적 해석이 존재함에도 불구하고, 홍석중은 황진이를 서녀 출신으로 설정했다. 황진이가 반상가의 규율에서 훌쩍 뛰어넘어, 신분질서에서 자유로운 기생으로서 삶을 영위할 수 있었던 것은 스스로 결단을 내렸기 때문이다. 이 결단이 어떤 방식으로 의미화되는가에 주목할 때, 『황진이』에 투영된 홍석중의 세계관을 읽어낼 수 있다.

작품을 읽다 보면, '놈이'의 독특한 매력에 빠져들게 된다. '놈이'는 황진이의 주변을 끊임없이 맴돌면서, 『황진이』의 서사를 풍부하게 감싸는 인물이다. 황진이가 민중 속으로 자신을 투사하는 결정적 계기를 마련해주는 인물도 바로 '놈이'이다. 홍석중은 '놈이'를 통해 조선사회에 대한 비판뿐만 아니라, 민중 유토피아에 대한 상상을 구현해냈다.

뛰어난 역사소설은 동시대의 현실에 대한 은유이다. 그렇게 볼 때, 홍석중의 『황진이』는 북조선사회에 대한 적극적인 독법으로 해석해낼 수 있다. 조선의 신분적 질서에 대한 놈이의 저항은 북조선의 관료주의적 신분제도에 대한 비판적 은유다. 또한 양반 지배계층의 성적 타락이나 비윤리적 허위의식은 상층 지도층에 대한 비판을 '역사적 상황에 투영'한 것이기도 하다. 그런 의미에서 이 소설은 '북조선 현실에 대한 비판을 역사적 인물에 투영'한 소설로도 의미화가 가능하다. 이런 해석의 가능성 때문에, 남북 모두에서 이 소설은 적극적으로 의미 부여되고 있다. 북조선에서 『황진이』는 성공한 대중작품으로 평가받고 있으며, 남한에서는 많은 독자들이 읽지는 않았지만 만만치 않은 문학사적 평가를 받고 있다. 역사학을 전공한 홍석중이 소설 『황진이』를 통해 인민민주주의적 관점에서 조선사회를 해체적으로 재구성하려 한 이유에 대해 다시 생각해볼 필요가 있다. 이 작품은 '역사 속에서 인민민주주의'를 상상함으로써, 민족주의를 넘어선 민중주의적 관점을 취했다. 아래로부터의 민중주의는 대부분 위로부터의 민족주의와 충돌할 수밖에 없다. 홍석중의 작가적 감각이 북조선 지식인의 공통감각은 아닐지라도, '우리민족제일주의'가 운위되는 북조선사회에서는 금기를 건드린 도발이었으리라.

둘째, 2000년대 분단문학에서 발생한 중요한 사건으로 꼽을 수 있는 것은 남북 문학인들의 인적 교류이다. '6·15공동선언 실천을 위한 민족작가대회'(2005년 7월 20일~25일, 평양, 백두산)는 분단 60년 만에 처음으로 남북 문인들이 어우러진 기념비적인 사건이었다. 남북 문인들의 회합은 1981년 동베를린에서 열린 '전 독일작가대회'에 비견할 만하다. 제2차 세계대전 후인 1947년 '제1회 전 독일작가대회' 이래 34년 만에 성사된 이 대회는 "평화 정착보다 중요한 것은 아무것도 없다"는 합의를 이끌어냈다. 남북의 경우도, 1945년 12월 13일에게 개최된 '조선문학건설본부'와 '조선 프롤레타리아문학동맹'의 합동총회 이후 60여 년 만에 회합이 이뤄졌다.

2004년 5월에 이뤄진 남북 문학인의 실무접촉은 감격스런 첫 대면이었고, 이어지는 민족작가대회를 위한 실무회담은 지루한 갈등 조정 과정이었다. 남북 문인들의 만남 또한 많은 금기를 의식하는 고통스러운 '분단의 상처'에 대한 확인 작업이었다.

2005년의 민족작가대회도 아름다운 수채화로 채색되지만은 않았다. 정치적 금기로부터 자유롭고자 하는 남한의 작가들은 '금지된 언어'의 현장에서 괴로워했다. 북의 작가들도 '이해할 수 없는 자유주의적 성향을 지닌 남한 작가들'을 낯설어했다. '민족작가대회'의 감격을 남한 문인들은 다음과 같이 기록하고 있다. 소설가 남정현은 "장장 60여 년간의 단절과 격폐의 벽을 허물"었다고 감격했고, 소설가 전상국은 "한판 놀이"이면서 "치열한 게임"이기도 하다는 긴장된 인식을 내비쳤으며, 문학평론가 임헌영은 "전 인민은 물론이고 가능하다면 호랑이와 들쥐와 개미까지도 무장시키고 싶어할 정도로 위기의식을 느끼"고 있는 북조선 상황에 대해 숙고했다. 젊은 작가들의 감각은 조금 달랐다. 소설가 정지아는 '사적 자아'가 억제되어 있는 북측의 상황에 대해 씁쓸한 감정을 토로했고, 시인 신용목은 "이 역사적인 시작 앞에서 벼랑 앞에 선 기분을 느꼈다"고 고백했다. 다름을 확인하면서 통일에 대한 낭만적 태도를 성찰할 수 있는 소중한 계기를 '6·15공동선언 실천을 위한 민족작가대회'와 '6·15민족문학인협회' 결성식이 마련해주었다. 그것은 현실 정치의 갈등이 고스란히 담긴 험난한 여정이기도 했다.

셋째, 2000년대 분단 문제와 문학의 관계를 살피기 위해서는 『통일문학』이라는 매체를 주목할 수밖에 없다. 『통일문학』은 '6·15민족문학인협회'의 최대 숙원 사업이라고 할 수 있었다. 그것은 문인답게 '문학작품을 통해 서로 교류'하자는 취지를 반영한 것이었다. '겨레가 함께 읽는 문학지'를 표방한 『통일문학』은 6·15민족문학인협회의 기관지로 창간되었다. 이 잡지는 북조선에서는 김일성대학교 학생들이 '열독'(?)했다는 잡지이지만, 남한에서는 문인들에게만 배포한 잡지이다. 남한의 대다수 대학생들은 그 존재조차 모르고 있을 가능성이 많다. 한국사회에서 문학은 변방의 예술이 되고 있지만, 북조선에서 문학은 여전히 위력적인 '정치적 소통의 수단'으로 간주되고 있다. 담화의 질서를 중시하는 북조선이기에 문학은 관리의 대상인 중요한 소통의 매체인 것이다. 하지만 남한사회에서 문학은 다원화된 여러 소통영역 중 하나일 뿐이다. 무엇보다 문학작품은 점점 더 자본주의적 매력을 상실해가는 '구형 버전의 소프트웨어' 취급을 받고 있다.

『통일문학』은 2호까지 발간되었지만, 잡지에 얽힌 사연은 '분단과 문학'의 상관관계에 대한 사유를 자극한다. 『통일문학』은 남북 문인들이 함께 편집회의를 해서 잡지의 내용을 기획하고, 북에서 인쇄한 후 남한에 배포되었다. 2008년 2월에 간행된 창간호와 2008년 7월에 간행된 2호가 남한 독자들의 손에 도착한 것은 3개월여나 지체된 후인 5월과 10월이었다. 게다가, 남한에 배포된 『통일문학』은 본문 곳곳에 테이프가 붙여져 있다. 남한 통일부 등에 의해 현대판 '검열'이 이뤄진 이후에야 남한에서 배포된 것이다. '우리 당', '수령님'과 같은 북쪽에서는 관용적인 표현이 남한 당국자들에게는 절대 용납할 수 없는 것으로 간주되어 삭제되었다. 『통일문학』 3호는 2009년에 편집이 완료되었지만, 남북 관계가 경색되면서 발간을 못 하고 있다. 아마도, 이 잡지의 3호를 받아보기는 쉽지 않을 것 같다. 이렇듯 문학 텍스트가 분단의 경계를 넘는 것은 쉽지가 않다. 그것은 통관을 앞둔 제품검수 과정과는 다른 것이기에, 누군가가 텍스트를 일일이 검토해야 한다. '검역원'이 '검열원'이 되면 문학은 크게 상처를 입는다. 『통일문학』 간행은 분단 상황에서 이뤄지는 남북 문학 교류가 끊임없이 검열과의 싸움이 될 것임을 예고한 상징적 사건으로 기억해야 할 것이다.

그렇다면 2000년대에 분단문학의 물적 조건의 변화를 반영한 이 사건들은 어떤 의미가 있을까? 『황진이』를 통해 이뤄진 남북 문학작품 교류, '6·15공동선언 실천을 위한 민족작가대회'와 '6·15 민족문학인협회' 출범은 서로 다른 두 문화가 어떻게 만날 수 있는가에 대한 고민을 심화시키는 계기를 마련해주었다.

수령의 문학과 자본의 문학은 초례청에서야 처음 얼굴을 대면한 신랑, 신부처럼 데면데면하다. 오히려, 호기심보다는 실망의 언어가 남북의 문인들의 마음 한 겹을 채우고 있다. 문제는 2005년의 민족작가대회에 참가한 이후 남북통일에 대해 회의를 품는 남한의 작가들이 의외로 많아졌다는 사실이다. 일부 작가들은 작가다운 솔직한 감성으로 북조선사회에 대한 직접적인 반감을 표출했고, '통일의 지연'이 더 현실적인 한반도 평화유지 방안이라는 의견까지 개진했다. 이러한 태도는 문학작품을 통한 교류인 『통일문학』에서도 확인할 수 있었다. 상대편 문학작품을 자유롭게 읽자는 취지와는 다르게 검열과 문화적 상이함으로 인해 '극히 제한된 영역'에서만 작품의 소통이 이뤄졌다. 게다가 그 작품을 읽고 남북의 일반 독자들은 '문화적 충격'을 받고 있음을, 위의 김일성대학교 학생의 사례에서 확인할 수 있다. 문제는 '다름'과 '낯섦'을 어떤 태도로 대할 것인가이다.

60여 년 동안 각자 개별적 삶을 영위해왔고, 게다가 다른 체제 속에서 생활해온 이들이 이제야 만나기 시작했다. 처음의 '호기심'이 나중의 '실망'으로 변하는 것은 당연하다. 남북의 문화 갈등은, 그것이 바로 '서로 간의 변화를 전제로 한 대화의 가능성'의 싹임을 알아야 한다. 동서독 통일 과정을 연구한 독문학자 김누리의 이야기처럼 남북의 통합은 "정치의 문제가 아니라 문화의 문제로, 체제의 문제가 아니라 인간의 문제로" 파악할 수 있어야 한다. 그렇기에, 사회문화적 통합의 영역에서 문학이 차지하는 역할은 쉽게 간과할 수 없는 것이다.

3. 송환과 위안의 서사

앞에서 물적 조건의 변화라는 관점에서 2000년대 남북 문학 교류를 살펴보았다. 문학에 대한 실질적인 논의는 작품을 중심으로 이뤄져야 한다. 그렇다면 구체적으로 남북에서 발표된 소설 작품들은 어떤 양상을 띠고 있을까? 남북 모두 분단을 형상화한 문학이 주류를 형성하고 있지는 않다. 북조선의 문학은 군의 위상을 강조하는 '선군문학'이 주류이고, 남한의 문학은 주요한 흐름을 짚어내기 힘들 정도로 다원화되어 있는 실정이다. 그럼에도 6·15공동선언 이후, 남북 문학에서 변화의 조짐이 있었고, 분단 현실을 다룬 문학이 1990년대에 비해 양적으로 증가한 것은 부인할 수 없다.

2000년의 '6·15공동선언' 이후 북조선문학은 돌연한 활기로 넘쳐났다. 먼저 북조선문학의 변화를 살핀 후, 남한문학에서 분단 현실이 형상화되는 방식을 논의하고자 한다.

북조선에서는 남한의 현실을 직간접적으로 언급하는 장편소설이 쏟아져 나오기 시작했다. 대략적으로 그 시기는 2003년 즈음이다. 북조선의 분단문학으로 한정한다면, 비전향장기수가 소설의 주요한 테마를 형성하면서 '분단문학'의 부흥기를 맞이한 양상이다. 비전향장기수 문제는 1993년 이인모 노인의 송환 이후 한웅빈

이 단편소설 「93년 3월 19일」을 발표하면서 형상화되기 시작했다. 그런데 2000년대 북조선문학에서 비전향장기수를 형상화한 소설이 60여 편에 이를 정도로 활발하게 발표되고 있다. 남한에서는 그다지 주목하지 않았지만, '6·15시대의 문학'은 북측 문학의 변화에 어울릴 만한 수사이다.

6·15공동선언의 세 번째 항목에는 '인도적 차원에서 비전향장기수 문제를 해결한다'는 내용에 포함되어 있었다. 이 합의문에 입각해 6·15공동선언의 가시적 성과로 2000년 9월 2일에 비전향장기수 63명이 북으로 송환되는 역사적 사건이 일어났다. 비전향장기수의 송환과 북조선문학의 변화가 무슨 관계가 있냐고 의아해할 수 있으리라. 북조선문학은 기본적으로 '문학의 기능적 효용성'을 중시한다. 문학은 프로파간다의 중요한 수단이며, 정책을 최종적으로 확증하는 역할을 하기도 한다. 이는 모든 정책적 결정이 완료된 상태에서, 문학이 사후적 이데올로기 기능을 수행한다는 의미이기도 하다. 그래서 김정일 국방위원장은 비전향장기수들에게 작가들을 파견해, 그들의 삶의 소설화할 것을 4·15문학창작단에 지시했다. 그 성과들이 쌓이면서, 북조선문학은 2000년대 들어 '6·15문학' 시대에 접어든 것이다.

통일부 북한자료센터에서 접할 수 있는 2000년대의 대표적인 비전향장기수 소설로는 신용선의 『흰 파도』(금성청년출판사, 2003), 남대현의 『통일련가』(문학예술출판사, 2003), 최동구의 『돌아오다』(문학예술출판사, 2004), 최봉무의 『축복』(문학예술출판사, 2004) 등을 꼽을 수 있다.

이 소설들은 자신의 신념을 수십 년 동안 지켜온 비전향장기수들을 '영웅적 형상'으로 재현함으로써, 남한사회를 비판하고, 신넘형 인간의 가치를 부각시키는 데 목적이 있다. 그래서 영웅적 주인공이 서사의 중심에 서 있다. 이는 실화에 바탕을 둔 허구라는 측면에서, 영웅소설의 형식을 취하고 있기에 일종의 스테레오 타입화되어 있는 실정이기도 하다. 실화와 허구의 결합은 북조선문학에서는 익숙한 장르 양식이다. '불멸의 역사 총서'는 김일성의 '수령 형상'을 '실재(實在)와 허구'의 경계를 넘나들며 서사화한 북조선문학만의 독특한 장르이다. 비전향장기수 소설은 바로 그 '수령 형상화' 방법을 도입해 만들어낸 작은 영웅들의 서사라 볼 수 있다. 그렇기에 '총서 형식'처럼 역사적 사건으로서의 현실과 문학적 상상력의 소산으로서의 허구를 결합해 '영웅 이야기'를 만들어내고 있다. 북조선사회가 이러한 이야기들에 기대하는 효과는 인민의 신념체계에 영향을 미치는 교양의 강화이다.

이들 소설은 무엇보다 '실화'임을 강조하며, 핍진한 이야기로 재구성된다. 『축복』의 경우, 허구가 거의 가미되지 않은 '실화소설'에 가까운 작품임이 강조된다. 이 소설의 주인공 이재영은 실존인물인 이재룡을 모델로 하고 있다. 이재룡은 1967년 속초에서 어부로 생활하던 중에 해류에 밀려 북조선에 정박하게 되었다. 이때 아홉 명의 어부 중 여덟 명은 남으로 송환되었으나, 그는 홀로 북에 남았다. 이후 1970년 6월 공작원으로 남파되었다가 체포되어 30년 동안 비전향장기수로 복역했다. 북송 당시 56세로 비전향장기수 중에서 가장 젊었고, 한국전쟁 이후 발생한 '조난 어민 회유 억류' 사건의 당사자였다는 측면에서 문제적 인물이다. 소설은 이재룡의 삶을 이재영이라는 인물을 내세워 재구성했다. 이재영은 시종일관 자신의 신념을 굽히지 않고, '중앙정보부'와도 당당히 대결하는 강건한 인물로 그려진다. 그리고 그의 고난에 대한 보상이 이뤄질 수 있으리라는 기대 속에서 소설은 끝을 맺는다. 소설의 제목 『축복』은 이재룡의 딸 이름이다. 이재룡은 북송 당시 미혼이었는데, 북조선에서 결혼해 딸을 낳았다. 그 딸의 이름을 김정일 국방위원장이 '축복'이라고 지어주었다고 한다.

『축복』은 30여 년 동안의 고난에 대한 보상이 축복처럼 이뤄졌다는 것을 내포한다. 이 작품은 전형적인 행복한 결말을 향해 치닫는다. '고난과 시련 이후에는 보상이 따른다'는 이러한 서사구조는 2000년대 북조선사회가 간절히 원했던 위안의 서사일 것이다. 1990년대의 고난의 행군 이후 피폐해진 북조선 민중의 삶은 '자신의 고난'에 대한 보상의 징표를 간절히 원했을 것이고, 이 상징적 역할을 '비전향장기수들'이 해낸 것이다. 그런 의미에서 비전향장기수를 형상화한 일련의 소설은 '민족통일'에 대한 간절한 열망이 아니라, 북조선 내부의 이데올로기적 통합을 위한 '국가정책적 선전 효과'를 기대한다. 그만큼 2000년대 북조선사회는 '사회통합을 위한 서사'와 '고통을 위로해줄 상징적 이야기'들이 간절했던 것이다.

비전향장기수를 형상화한 소설 중 눈길을 끄는 것은 남대현의 『통일련가』이다. 남대현은 남한에 『청춘송가』(1988)가 소개되어 북조선을 대표하는 작가로 알려져 있다. 그의 이력도 독특하다. 그는 1947년 경상북도 안동에서 태어나, 서울에서 초등학교를 졸업했다. 아버지가 있는 일본으로 1960년 건너가 도쿄조선중고급학교를 다니다가, 그곳에서 또 열일곱 살의 나이로 북송선을 탔다. 그는 남한, 일본, 북조선을 거쳐온 '분단 디아스포라의 전형'이라고 할 수 있다. 독특한 이력 때문인지, 남대현의 소설은 북조선에서도 '예외적인 작품'으로 인정받고 있다. 예를 들면, 북조선에서

선풍적인 인기를 끌었고, 남한에서도 인지도가 높은 『청춘송가』는 '젊은 감각으로 그려진 애국과 애정'이라는 측면에서 2000년대의 문제작 『황진이』에 비견할 만한 작품이라고 할 수 있다. 그가 비전향장기수를 취재해 그린 『통일련가』는 주목할 만한 논의점을 포함하고 있다.

이 소설도 소년 빨치산으로 알려진 실존인물 고광인의 삶을 문학적으로 형상화한 것이다. 『축복』처럼 실화를 바탕으로 생애를 소설화 했다는 점, 전향공작을 신념을 통해 극복한 이야기를 서사화 했다는 점, 남조선에서의 수난과 북조선에서의 행복한 삶이라는 이중구조를 취하고 있다는 점 등에서 유사한 형식이 반복된다. 비전향장기수 63인의 삶 하나하나가 절박하고 애절한 것이지만, 그것이 반복되는 이야기 구조를 갖고 있다는 사실에 주목해보자. 그들은 남파공작원, 빨치산 출신, 그리고 인민군 출신이다. 각자 개인의 삶의 편린을 안고 있지만, 0.5평에 갇힌 순간 공동의 운명 앞에 놓인 '희생양'이 되고 만다. 그 운명에 자율성은 없다. 오직 '전향'과 '비전향'이라는 강압적 선택만 강요될 뿐이다.

남대현의 고민은 여기에서부터 시작되는 듯하다. 모두가 한 운명인 삶을 어떻게 문학 언어로 형상화해낼 수 있을까? 더군다나 국가정책적 차원에서 진행되는 '이데올로기적 거대서사'를 어떻게 감당해낼 것인가? 『통일련가』는 이 어려운 문제를 교차편집을 통한 서사의 이중전략으로 해결해나간다. 작가 자신을 적극적으로 드러냄으로써 역사를 현재화하고, 남과 북을 넘나들며, 국가와 개인의 문제를 탐색한다. 이 작품은 주인공 고광의 이야기를 기본 골간으로 하면서, 고광을 취재하는 '나'와 '은옥경'의 이야기를 교차시킨다. 소설 초반부는 전쟁의 와중에서 아버지를 잃은 고광이 '빨치산'

에 입산하여, 복수심에 불타는 개인적 자아에서 신념을 가진 전사로 거듭나는 과정을 그렸다. 그는 빨치산 전사로 생활하던 중 동료 빨치산 희애와 사랑의 감정을 쌓아오다 미래를 기약하는 사이로 발전했다. 광이와 희애의 사랑과 좌절이 사적 서사의 골격이라면, 광이에 대한 전향공작과 극복 과정이 공적 서사의 골격을 형성한다. 흥미로운 부분은 광이의 삶을 인터뷰하는 '나'와 '은옥경'의 시선이 소설 속에서 그대로 제시되고, 북조선사회의 현재적 맥락에서 토론되고 있다는 점이다. 고광의 과거 삶에 대비되는 나와 은옥경의 현재가 오히려 눈길을 끈다. 나와 은옥경은 고광을 인터뷰하면서 '과연 사랑이란 무엇이고, 사상이란 무엇인가'에 대해 끊임없이 질문한다. 물론 질문에 대한 대답은 "사상적인 것은 인간적인 것을 규정한다"는 것이어서 북조선사회의 이념 지향적 세계관을 다시 확인하는 듯하다.

그럼에도 불구하고 이 작품이 문제적인 것은 '비전향장기수'라는 거대서사와 대결하면서 작가의 자의식이 표출되고 있기 때문이다. 이러한 자의식이 서울의 거리 풍경과 평양의 거리 풍경을 과감하게 대비시킬 수 있게 하고, 신념에 찬 빨치산의 과거가 현재의 북조선 사회와 어떻게 융합될 수 있을까에 대한 진술한 고백들을 틈입하게 한다. 소설의 결론은 국가체제의 억압에 작가가 굴복하는 양상을 띤다. 나와 토론을 벌였던 은옥경이 '진실한 사랑'에 대한 결단을 통해 비전향장기수 고광과의 결혼을 선택한다. 이는 북조선체제가 비전향장기수에게 갖고 있는 공적 부채의식을 '행복한 가정'이라는 사적 행복을 통해 보상한 것이라고 할 수 있다. 이러한 소설전개 방식은 『축복』에서 나타난 '위안의 서사'가 반복되고 있는 것으로 볼 수 있다.

비전향장기수를 바라보는 관점을 조금 달리해보면 어떨까? 이들은 길게는 45년에서, 짧게는 15년간 감옥생활을 한 수난자들이다. 그들이 분단체제의 희생양이었다는 사실은 부인할 수 없다. 그들이 겪은 고통에 대해 겸허한 태도를 전제한 후, 이들의 송환을 '분단 디아스포라'로 의미화할 수는 없을까? 비전향장기수는 남북 이산가족과는 다른 형태의 '신념화한 디아스포라의 전형'이라고 할 수 있다. 이는 이중적 의미를 지닌다. 분단으로 인해 남쪽에서 감내해야 했던 감옥생활이 '디아스포라적 삶'의 한 측면이고, 송환 이후 북쪽에서 수십 년의 단절을 극복하고 다시 새로운 삶을 살아야 하는 것이 또 한 측면의 '디아스포라적 삶'일 수 있다.

　　조금 더 세심하게 눈길을 두어야 하는 것은 '비전향장기수'를 바라보는 문화적 시선이다. 북조선에서는 자연스러울 수 있는 것이 남한에서는 납득할 수 없는 부자연스러움으로 읽히기도 한다. 『통일련가』의 결말이 그 대표적인 예이다. 은옥경은 번민 끝에 결국 고광과의 결혼을 선택했지만, 그 선택에는 '거대한 불안'이 존재한다. 국가의 이데올로기적 명령 앞에서 여성의 불안의식은 '며칠간의 심각한 번민'으로 표현되어 있다. 그것은 "장군님께서 그들에게 안겨주고 싶어하시는 그 별"이 자신이 되어야 하는 게 아닌가 하는 고뇌일 수 있다. 국가의 명령에 복종하며 그것을 수행해야 하는 개인은 불행하다. 개인의 극적 결단을 강요하는 상황에서 옥경은 '존경과 흠모'의 감정이 어떻게 '사랑'의 감정으로 변모해야 하는지에 대해 해명해내지 못한다. 국가의 책무를 개인이 감당해야 하는 현실, 그런 의미에서 『통일련가』는 북조선사회가 사적 개인을 지움으로써 공적 체제를 유지하고 있음을 반증하는 하나의 사례라고 할 수 있다.

4. 분단 디아스포라와 신감각형 서사

2000년대 분단 현실과 물적 조건의 변화를 남한문학은 어떤 소설 언어로 포착하고 있을까?

문학평론가 한기욱은 '한국문학과 6·15시대'를 연결시켜 논의한 바 있다. 그는 "한반도 주민 전체의 장래에 결정적" 영향을 미친 사건으로 6·15공동선언을 평가하면서, 한국문학에서 6·15가 차지하는 비중을 고평했다. 비록 소재주의적 관점에서만 6·15와 문학작품이 만나고 있지만 "6·15가 남녘 사람들의 사유와 상상력을 크게 자극"할 것이라고 보았다(한기욱, 「한국문학의 새로운 현실 읽기」, 『창작과비평』, 2008년 여름호, 210~211쪽).

'6·15시대와 한국문학'을 깊이 연결해 2000년대 문학을 파악하는 방식은 '실제 현실'이기보다는 '희망의 언어'에 가깝다. 분단 문제가 더 이상 문학적 매력을 발산할 수 없는 것으로 간주되는 상황에서, 6·15공동선언은 외부로터의 자극이었다. 그나마 소설은 분단 문제가 한반도의 엄존하는 현실이기에 끊임없는 소재적 변주가 이뤄졌다. 감성의 영역에서 언어의 상징화가 이뤄지는 시 영역에서는 좀처럼 '분단문학의 범주'에 들 만한 작품을 찾아보기 힘들다. 다만 '6·15공동선언 실천을 위한 민족작가대회'와 '6·15민족문학인협회' 결성식 참가 이후의 감상을 담은 일부 시편들이 있을 뿐이다.

한기욱의 주장은 한국문학 전체의 흐름에 비춰서는 과장된 측면이 있다. 다만, 분단문학이라는 하위 범주에서 봤을 때 '6·15공동선언'이 갖는 의미는 크다. 실제로, 6·15공동선언은 분단문학의 흐름을 바꿔놓았다. 남한의 분단문학을 통일에 대한 심정적 긍정에서, 분단 현실에 대한 실제적 이해로 이끌었다.

소설의 영역에서 눈에 띄는 2000년대 남한 분단문학의 경향도 '분단 디아스포라'라는 용어로 집약시킬 수 있을 듯하다. 북조선문학이 비전향장기수의 송환으로 분단 문제에 대한 국가정책 차원의 서사화가 진행되었다면, 남한문학은 '탈북자 소재 소설'이 발표됨으로써 분단의 어두운 그림자가 조명되었다. 한쪽은 6·15공동선언의 합의에 따라 남에서 북으로 이주했고, 다른 한쪽은 '고난의 행군'에 이은 체제 위기로 북에서 남으로, 혹은 제3국으로 이주했다. 이들 모두는 분단체제가 만든 이주민들이라는 측면에서 '분단 디아스포라'로 호명할 수 있을 것이다. 이데올로기의 귀환병으로 환영받는 비전향장기수나, 스스로 배제의 길을 선택한 하위주체인 탈북자들은 모두 분단의 상처를 몸에 새긴 이들이다. 그들은 격심한 문화적 충격을 감내하며, 분단체제와 자신의 상처를 동일시하는 태도를 취한다.

남한문학에서 문제적인 지점은 탈북자의 존재 자체가 아니라, 탈북자를 바라보는 작가들의 태도이다. 바로 이 부분을 분석해야 남학문학 내에서 진행되고 있는 분단 문제와 관련된 문학의 동향을 일별할 수 있다. 탈북자 소재 소설을 포함한 분단 소설의 서사화 경향은 크게 세 가지로 구분해 분석 가능하다. 첫째로는 내면화된 '반북주의적 태도'를 보이는 통일유보형 서사이고, 다른 하나는 북조선체제의 실체를 대면한 작가의 곤혹스러운 심경이 투영된 분단 상처형 서사이다. 세 번째로 포착할 수 있는 것은 젊은 작가들이 자신의 내면을 투여해 분단 문제를 포착한 신감각형 서사이다.

첫 번째로 내면화한 '반북주의적 태도'를 보이는 통일유보형 서사로는 이응준의 『국가의 사생활』(민음사, 2009)과 김영하의 『빛의 제국』(문학동네, 2006)을 들 수 있다.

『국가의 사생활』은 한반도가 통일된 후 5년이 경과한 2016년을 시간적 배경으로 한 '미래소설'이다. 이 소설 속 풍경은 음침하며 그로테스크하다. 서울 근교의 위성도시에 있는 광복빌딩은 '통일 낙오자들의 집합소'다. 이곳은 통일 찌꺼기를 처리하는 '쓰레기 처리장'이고, 2등 국민으로 전락한 북조선 출신들이 복수심을 불태우는 아수라장이다. 북조선 엘리트들은 '통일한국'의 밑바닥 인생으로 전락한다. 인민군 소좌 출신인 리강은 주먹패의 2인자로서 약물에 의지해 삶을 지탱하고, 노동당 최고위층의 딸이었던 서일화는 고급 매춘여성이 되어 피폐한 생활을 한다. 소설의 큰 골격은 주인공 리강이 그의 수하였던 림병모의 죽음의 원인을 추적하면서 거대한 음모를 밝혀내는 것이다. 리강의 보스 오남철은 '흑사병 생화학 무기'를 통일급식소에 살포해 폭동을 유발하려 한다. 오남철은 '통일한국'에 대한 환멸과 복수심에서 수많은 희생자를 내고서라도 세상에 복수하려 했던 것이다. 리강은 이 음모에 휩싸이면서 그래도 인간적 윤리를 지키려는 영웅이 되어간다.

이 소설의 문제적 지점은 '한반도 흡수통일' 이후 발생할 수 있는 최악의 시나리오가 잿빛 톤으로 스케치되어 있다는 점이다. 이응준의 이 소설은 '통일 디스토피아'를 상상한 분단 소설이다. 이응준은 이 소설에서 '통일 당위론'을 미래에 대한 상상을 통해 반박한다. 아니 그는 '낭만성'을 배제한 그로테스크한 서사를 통해 통일을 거부한다. 이응준의 감각은 남한사회에 내재해 있는 공통의 공포를 직접적으로 표출한 것이다. 그래서 돌출적이지 않다. 이응준이 그려낸 미래는 '무책임한 결과로서의 통일'이 초래할 수 있는 파국을 예견했다는 측면에서 의미가 있다. 무엇보다 이 소설을 통해

'결과가 아닌 과정으로서의 남북통합'에 대해 진지하게 고민할 필요성을 느끼게 된다.

　그렇다면 김영하의 『빛의 제국』은 어떠한가? 이 소설은 남파간첩을 주인공으로 설정한 발상부터 이채롭다. 소설의 주인공은 남한에서는 1967년생 김기영이고, 북조선에서는 1963년생 김성훈이다. 그는 85년에 남파되어 노량진에서 재수학원을 다니며, 신분탈색 과정을 거쳤다. 그리고 대학에 들어가 학생운동에 개입하고, 남한의 일상에 자신을 동화시켰다. 그런데 10여 년 동안 130연락소에서 자신에게 그 어떤 명령도 내리지 않자 김기영은 선이 끊긴 남파공작원이 되었다. 이것은 무엇을 의미하는가? 이 소설은 남북문제를 다룬 작품이면서, 동시에 신자유주의 세계체제가 강요하는 자본주의적 일상 속에서 자신의 정체성을 잃어버린 386세대를 은유화한 작품이기도 하다. 그 386세대는 한때 주사파였을 수도 있고, 혁명을 꿈꾸었던 낭만적 인간이었을 수도 있다. 그런 그에게 10년 만에 소환명령이 내려진다. 이때 김기영은 "생각한 대로 살지 않"아서 결국 "사는 대로 생각하게" 되어버렸다는 사실을 깨닫는다.

　『빛의 제국』은 남파간첩이라는 상상적 인물을 통해 '분단체제의 공포마저 지배해버리는 자본주의적 일상'을 은유적으로 표현한다. 남북이 분단되어 있다는 사실마저도 망각하게 하는 일상의 힘은 위대하다. 그런데 일상인들은 '대포동 2호 미사일 발사'에, '북의 핵실험'에 갑작스럽게 분단체제의 소환명령을 받곤 한다. 분단의 깊은 골은 이미 남북을 다른 뿌리를 갖고 있는 두 개의 나무로 나눠 놓았는지도 모른다. 그 깊은 골을 파들어간 것도, 남북통합이라는 변화를 두려워해온 것도 일상성에 젖은 우리의 삶이었다. 어쩌면,

남북통합에 관한 논의는 앞으로 그러한 보수주의와의 지루한 투쟁이 될지도 모른다. 『빛의 제국』은 그 일면을 예시적으로 보여준다고 할 수 있다.

　두 번째로 논의할 수 있는 소설은 탈북자를 중심으로 한 '분단 상처형' 소설이다. 남한문학에서 2000년대 분단 문제를 다루는 핵심적인 위치에는 탈북자를 중심으로 한 '분단 디아스포라 소설'이 자리잡고 있다. 이 유형의 소설은 탈북자를 대면한, 혹은 서사화해야 하는 작가의 곤혹스러운 내면 풍경이 펼쳐지는 경우가 많다. 분단 문제를 세계체제와 연결해 '보편적 고통'으로 드러내려 하는 경우도 있다.

　정도상의 연작소설집 『찔레꽃』(창비, 2008)은 탈북자를 '국가와 국민'의 문제로 다룬다는 측면에서 새롭게 조명되어야 한다. 이 작품에 대해 문학평론가 김은하는 '탈북여성과 나르시시즘적으로 동일화하려는 남성 로망이 투영된 멜로드라마'로 비판하기도 했다. 젠더적 측면에서 가능한 비판이고, 타당한 측면도 있다. 하지만 이 작품은 성 정치적 측면보다는 난민 신분으로 국가를 이탈한 이들의 삶을, 생존의 문제와 연관해 다룬 분단 소설로 분석해야 한다. 이들은 국경을 넘음으로써 국민국가의 법률체계를 무화시키는 '인권이 없는 비국민'이 되고 만다. 이렇다 보니 지하경제에 기생하는 주먹패들에게 팔리는 존재로 내동댕이쳐지기도 하고(「늪지」), 결정적인 순간에 공권력의 폭력에 노출되어 도망자의 신세로 전락하기도(「소소, 눈사람이 되다」) 한다. 북에서 남으로 넘어와 대한민국이라는 국민국가 체제에 자신을 편입시키더라도 이러한 폭력의 흔적으로부터 자유로워질 수 있는 것은 아니다(「찔레꽃」). 자신의 정신과 육체에 분단의 상흔을 새겨야 했던 이들의 고통은 오래 지속된다. 국경을 넘어왔음에도 '경계인의 정체성'은 탈북자들을 지속적으로 옭아맨다. 탈북자들은 분단의 숙명을 껴안으며, 분단 극복의 볼모로 존재한다. 그래서 이들은 분단 현실에 국한되지 않으면서, '국가와 인권'의 문제를 환기하는 은유적 실체가 되는 것이다.

탈북자를 서사화한 작품 중 가장 많이 거론된 소설이 황석영의 『바리데기』(창비, 2007)일 것이다. 이 작품은 '작은 것들의 정치성'이 운위되고 있는 2000년대 중후반 한국소설의 전반적 흐름을 뒤엎는 서사적 선(線)을 보여주었다. 북녘의 청진에서 시작해, 중국 연길과 다롄, 그리고 영국의 런던에 이르는 여정은 민족문제를 세계체제의 문제로 확장하는 과정이기도 하다. 이 소설의 전반부는 북조선사회에 대한 매혹적인 형상화가 비극적 폐허 이미지로 변환되는 과정을 그린 이후, 미국 주도의 신체제가 약소자들에게 가하는 폭력을 문명(이슬람)과 종족(인종)의 측면에서 서사화한다. 아쉬운 부분은 분단 문제가 세계체제의 보편적 모순과 접맥되는 점을 강조하려는 작가의 입장이 진부한 잠언으로 점철되면서 핍진성을 훼손하고 있다는 점이다. 윤리적 강변은 작품의 미학적 긴장을 훼손할 뿐만 아니라, 세계 인식의 전환적 계기도 마련하지 못한다. 이 진부한 실수를 작품의 후반부에서 황석영이 반복하고 있어 안타깝다. 황석영의 『바리데기』는 민족문제를 세계체제의 모순으로 확장시키려다 교훈주의의 유혹에 빠지고 만 소설이라고 평가할 수 있다.

세 번째로 관심을 끄는 것은 젊은 작가들이 '분단 문제'를 어떻게 서사화하는가이다. 이는 남한 분단소설의 미래를 예중하는 것이기에 흥미로울 수밖에 없다. 젊은 작가들은 남북문제를 거대서사로 바라보기보다는 자신의 문제로 치환하는 작가적 역량을 발휘한다. 작가 자신이 중요하다고 생각하는 문제와 분단 현실을 융합시킴으로써 서사의 골격을 짜 나가는 방식으로 이러한 성취는 이뤄진다. 이 부분을 논하기 위해 강영숙의 『리나』(랜덤하우스, 2006)와 권리의 『왼손잡이 미스터 리』(문학수첩, 2007)를 주목해보자.

강영숙의 『리나』는 '스물두 명의 탈출자'들이 국경을 넘는 장면에서 시작한다. 열여섯 살의 소녀 리나는 그 탈출의 급박한 상황에서 "탄광촌의 비좁은 집에서 평생 사는 것과 창녀가 되더라도 외국물은 먹어보고 사는 것"(10쪽) 중 어떤 것이 더 나쁜지에 대해 가늠한다. 이 선택지가 소설 『리나』의 화두일 것이다. 강영숙은 '리나'를 통해 국경을 넘는 자의 험난한 과정을 르포 형식의 여로형 소설에 기입해 넣는다. 문제는 리나가 스물두 명의 탈출자가 목적지로 삼았던 P국행을 거부하는 데서 발생한다. 목적지가 없는 여행이 '리나의 여로'가 되는 것이다. 리나는 50명의 노동자가 일하는 화공약품 공장에서 성적 학대를 받기도 하고, 천막의 여가수가 되어 삶을 노래하기도 하고, 시렁의 창녀촌에서 한때의 행복에 자기 몸을 적시기도 한다.

그렇다면 리나가 지향하는 세계는 어떤 세계였을까? 작가 강영숙은 리나를 탈북자에서 개별적 여성으로 재창조한다. 열여섯 살 소녀의 탈북 과정에서 여성의 자아 정체성 찾기로 나아가는 이 소설을 무엇이라 명명할 수 있을까? 소재적 측면에서는 '분단 디아스포라'이고, 탈북자의 수난사이지만, 구체적 지명 등을 생략함으로써 이 소설은 여성의 운명에 관한 서사로 나아간다. 바로 이 부분에서 '분단을 전유한 여성소설'로서 『리나』의 가치가 빛난다. 소설 중후반부는 '가스 저장용 탱크 시설이 갖춰진 대규모 플랜트 공단지대'를 배경으로 한다. 조직 노동자로 변모한 '삐'와 그의 주변을 맴돌기만 할 뿐인 리나의 형상은 엇갈리는 두 남녀의 운명을 보여주는 듯하다. 하지만 소설의 결말부가 이야기하고자 하는 것은 대규모 근대산업체제가 갖는 폭력적 양태이고, 생태주의적 상상력과 맞닿아 있는 여성적 감각이기도 하다. 강영숙은 탈북 소녀 리나를 알기 위해서 이 장편소설을 쓴 것이 아니라, 리나 안에 있는 여성으로서의 자아를 발견하기 위해 『리나』를 창작했다. 이는 분단 문제를 전유해, 자신의 삶을 찾고자 하는 시도로 의미화할 수 있다.

권리의 『왼손잡이 미스터 리』는 보다 직접적이고, 동시대적이다. 이 소설은 왼손잡이=좌파 모티프를 집요하게 밀어붙인 작품이다. 이 소설은 삼중 구조로 되어 있으면서 서로 얽혀 있다. 그래서 서사구조 자체가 주인공의 이름이기도 한 '미로'를 닮아 있다. 첫 번째 구조는 미로의 가정이다. 우파를 대변하는 할아버지 우익과 희극적인 아버지 민호, 합리적이고 지적이지만 미군 아버지를 둔 혼혈인 어머니 은유, 그리고 모든 질서로부터 자유롭고자 하는 여동생 미아가 있다. 이 가족 구성은 서로 상이한 입장 속에서 자신의 고집을 꺾지 않는 한국사회의 이념적 담론 구조를 보여준다. 절대 왼손잡이를 용납하지 않는 집안의 분위기 또한 한국사회에 대한 은유적 표현이다. 두 번째 구조는 리우리를 중심으로 펼쳐지는 탈북자들의 세계이다. 북조선의 같은 집결소 출신이었던 리우리, 김철, 강영실, 양혁은 은원관계 속에서 얽히고설켜 서로를 증오하거나 이용하려 한다. 문제는 김철이 의문의 죽음을 당하고, 리우리가 김철을 죽였다는 누명을 쓰면서 발생한다. 이들 탈북자들은 남한사회에서 2등 국민으로 생활하며, 게임 폐인이 되거나 기획 탈북을 도와주는 등의 역할을 하며 생활한다. 하층민으로서 이들의 삶은 우익 중심의 한국사회에서 주변부를 맴돌기만 한다. 세 번째 구조로 무의식의 세계가 있다. 미로처럼 얽혀 있는 무의식의 세계는 미로의 꿈의 세계이면서, '미스터 리'라는 게임의 세계이고, 한국사회에 내면화되어 있는 무의식적 억압체제이기도 하다.

　이렇듯 복잡하게 짜여진 구조 속에서 권리는 무엇을 말하고자 한 것일까? 그는 구체적 사실에서 시작해 체제의 폭력까지 나아간다. 체제의 폭력 속에서 억압당하고 있는 개인이 아니라, 왼손잡이를 강제로 오른손잡이로 만들려고 하는 구체적 사건에서 분단의 무의식을 읽어낸다. 그것은 일상 속에서 분단의 억압이 작동하는 방식에 대한 비판이며, 왜곡된 체제 속에서 훈육되어야만 하는 개인의 상황에 대한 저항이다. 그래서 권리는 리우리를 "현실에서는 질서를 깨는 인물임과 동시에, 꿈에서는 질서를 지지하는 인물"(320쪽)로 설정했다. 리우리는 '익명' 속에서 방랑하며, 현실의 질서를 야유한다. 그 자유로운 야유 속에서 비로소 '익명의 광장'이 갖는 활력이 있다고 보았다. 개인의 자유에 대한 간절한 갈망에 대해 권리는 다음과 같이 선언한다. "개개인의 기억뿐. 민족사는 없고 개인사만 있지. 익명에겐 민족의식이 없어. 대신 죄책감도 없지. 나는 익명이 보편적인 인간애 구현에 도달하게 해준다고 확신해!"(241쪽) 권리의 '익명에 대한 옹호'는 '촛불의 상상력'을 환기시킨다. 민족과 국가라는 보편을 가장한 억압에 대항하기 위해, 개인의 윤리를 신뢰할 수 있는 방법은 없을까? 그 길로 나아가기 위해 권리는 '일상에까지 스며들어 있는 분단의 무의식'을 들춰낸다. 그리고 무의식적 억압은 '역할놀이'처럼 상대방의 입장에서 사물을 바라볼 수 있을 때, 해방이 가능하다고 주장한다. 미로의 꿈

속에서, 미로의 가족들이 서로 역할을 바꿔가며 연기를 함으로써 미로의 꿈을 바꾸려고 했던 것은 상징적 의미를 지닌다. 그것은 타자에 대한 윤리적 태도를 견지할 수 있을 때, '익명의 보편적 인간애'가 가능하다는 하나의 처방인 것이다.

강영숙의 『리나』와 권리의 『왼손잡이 미스터 리』는 분단을 전유한 젊은 감각의 소설이다. 그것은 현실을 자신과 깊이 연루시켜 바라볼 수 있는 작가적 감성이 빚어낸, 21세기형 분단소설이라고 할 수 있다. 거대담론 속에서 분단 현실은 실체로 존재하지 않는 듯이 보인다. 오히려 미시담론인 일상이 분단 현실을 부드럽게 감싸고 있는 형국이다. 그런 상황에서 탈북자들은 일상 속에서 분단을 경험하도록 하는 구체적 존재였다. 이들을 자기 안의 일부로 끌어안으려는 서사적 고투가 『리나』와 『왼손잡이 미스터 리』를 탄생시켰다. 그렇기에 이 두 소설은 서사의 성김에도 불구하고, 젊은 감각을 발휘해 분단을 자기 인식의 자장 안으로 끌어들인 의미 있는 소설로 기억될 것이다.

5. 세계화의 효과와 분단 현실의 재인식

다시 처음의 문제로 돌아가보자. 김일성종합대학교 조선어문학과 학생이 문제제기한 작품은 『통일문학』제2호에 수록된 정지아의 「핏줄」이다. 이 작품에 대해 언급하면서 결론에 대한 논의를 정리하고자 한다.

정지아의 「핏줄」은 시아버지의 시선으로 결혼이주해온 베트남 며느리 쑤언에 관해 이야기한다. 지리산 자락의 전라도 농촌에서 한산 이씨의 핏줄을 잇기 위해 동분서주하는 시아버지의 고투가 이채롭다. 무엇보다 이 소설은 시종일관 밝은 분위기를 유지하며 해학적 색조가 넘쳐난다. 화자인 필두 씨는 일부러 아들 영수를 공부시키지 않고 농사를 짓게 했다. 식자우환이라고, 공부한 형제들이 모두 한반도의 정치적 풍랑 속에서 제 명을 다하지 못하고 죽었기 때문이다. 그런데 농촌 총각이라서 장가조차 가지 못하는 상황에 직면하고 만 것이다. 마흔이 넘도록 결혼을 못한 아들 영수를 위해 이필두 씨는 마지막 자존심을 접은 채 '조선족 처녀'를 며느리로 들이기로 했다. 그것도 뜻대로 되지 않아, 결혼하기로 한 조선족 처녀는 송금한 돈만 가로채고는 연락이 뚝 끊겨버린다. 연이어 태국 며느리와 필리핀 며느리를 들였지만, 이필두 씨가 나서서 위자료를 챙겨 자기 나라로 돌려보내야만 했다. 여러 차례의 실패 끝에 필두 씨가 아들 영수와 함께 베트남에 직접 가서 골라온 며느리가 쑤언이다. 쑤언은 "잠시도 몸을 쉬지 않"는 부지런함이 몸에 배어 있고, 한국말도 곧잘 하는 적극성을 보인다. 하지만 시아버지 필두 씨로서는 여전히 한산 이씨의 대를 잇는 이십팔 대 손이 베트남 며느리에게서 태어난다는 사실이 불편하기만 하다. 이 소설은 결혼이주여성이 한국사회에서 직면하게 되는 내면화된 차별의식을 순화된 형태로 표현해냈다. 그러면서도, 결혼이주여성을 은연중에 '외국인'이라는 핏줄의 문제로 바라보지 말고, 개개의 사람 됨됨이로 대할 수는 없을까에 대해 문제제기를 한다.

이는 남한 농촌사회가 직면하고 있는 공통의 문제이기도 하다. 단일민족의 신화는 농촌사회에서부터 해체되기 시작했고, 다문화 가정은 일상의 영역에서 더불어 살아야 하는 이웃이 되었다. 하지만 북조선 젊은이의 입장에서는 이러한 '핏줄의 오염'이 불편하기만 할 수도 있다. 단일민족의 전통을 강하게 고수하고 있고, '우리 민족제일주의'라는 이데올로기를 강하게 피력하고 있는 북조선사회에서 '다문화 가정'은 예외적인 것일 수밖에 없다. 게다가, 민족적 자부심을 긍지로 삼는 김일성종합대학교 조선어문학과 학생의 입장에서야 오죽하랴 싶다. 비유컨대, 북조선의 현실이 전쟁과 분단 과정을 경험한 세대인 '필두'와 정서적으로 호흡하고 있다면, 남한의 현실은 아들 영수처럼 조선족, 태국, 필리핀, 베트남을 두루 섭렵하는 '혼종적 문화'를 일상화하고 있는 셈이다. 그 차이가 '민족주의에 대한 감각'의 격차이며, 더불어 남북의 소통을 지향하는 분단문학이 직시해야 할 현실이기도 하다.

그런 의미에서 앞에서 논의한 '분단 디아스포라'와 민족문제를 민주주의적 관점에서 다시 생각해볼 필요가 있다. 2000년에 송환된 비전향장기수들은 30여 년의 고통에 대한 보상으로 새로운 가정을 이루고, 북조선의 상층부 사회에 편입되었다. 반면 자신의 모든 기반을 버리고 국경을 넘은 탈북자들은 남한사회에서 '은폐된 2등 국민'으로서의 삶을 영위한다. '분단 디아스포라'가 남북 모두에게 분단 문제를 다시 사유하게 했지만, 이들의 위치는 이토록 상이하다. 게다가 한국사회는 이주노동자와 결혼이주여성의 증가로 세계화의 높은 파고가 넘실대는 격랑의 장소가 되었다. 어떤 방식으로든 남북 모두는 '세계화'로 인한 국민국가 혹은 민족국가의 정체성에 심각한 도전을 받고 있는 것이다.

남한은 '강력한 세계화'를 추진하면서, 자본에 의한 주권의 침해가 심각한 문제로 제기되고 있고, 북조선은 '세계화에 대한 강력한 저항'을 위해 '3대 권력 세습을 통해서라도 민족주권'을 옹호하겠다는 태도를 취하고 있다.. 민주주의는 '인민의 정치적 지배'인데,

그것은 형식적 영역에서뿐만 아니라, 실질적 영역에까지 관철되는 것이어야 한다. 그런 의미에서 북조선의 후계구도가 '민주주의적 정치권력의 배분방식인가'에 대해서는 회의적일 수밖에 없다. 반면 국가운영의 합리성과 효율성을 내세우면서 '세계화와 경쟁력 강화'라는 명분으로 '인민의 정치적 지배'를 침해하는 남한의 정치구도도 심각한 민주주의의 위기에 직면해 있는 상황이다.

이제, '민족주의'와 '민주주의'에 대한 심화된 논의가 필요하다. 민족이라는 당위적 언어로 통일을 전제했을 때, 나타날 수 있는 문제들을 앞에서 살핀 작품들을 통해 징후적으로 포착할 수 있다. 어니스트 겔너(Ernest Gellner)는 "내셔널리즘(민족주의)이란 무엇보다도 정치적 단위와 민족적 단위가 일치해야 한다고 주장하는 하나의 정치적 원리이다"라고 했다. 단일민족국가의 당위가 65년여의 간극을 넘어 실제 현실과 만나자 심각한 균열을 일으키고 있는 것이 한반도의 현실이다. 상상 속의 민족주의가 현실의 정치원리와 괴리되고 있는 것이다. '민족주의(nationalism)'는 서로가 상상하는 민족의 상이 다르다는 사실을 확인하면 심각한 균열을 일으키기 마련이다. 남북 문인들의 직접적인 만남과 실질적인 작품 교류는 '남북 문학'에 '민족문학'에 대한 심화된 인식을 요구하는 아이러니한 상황을 만들었다. 바로 이 부분에 주목하지 않으면, 2000년대 분단 현실과 문학의 문제는 진전된 논의에 도달할 수 없을 것이다.

이제 민족주의에 호소하는 통일 담론은 세계화의 효과 속에서 심각한 균열을 일으키고 있다. '민족주의'와 '세계화'의 양면화된 갈등구조가 분단 현실을 강하게 규정하고 있는 것이 2000년대의 변화된 현실이다. 그런 의미에서 한반도의 변화는 남북의 민주주의적 변화에 기반한 문화 통합에 대한 논의의 심화로부터 다시 시작할 필요가 있다. 세계화의 효과로 인해 곳곳에서 발생하고 있는 디아스포라적 주체들이 새로운 정체성을 형성함으로써, 궁극적으로는 국민국가의 경계를 다시 사유하게 하고 있음을 직시해야 할 것이다. '남북통합' 논의도 이러한 변화된 현실과 더불어 이뤄져야 하고, 그 균열의 재구성을 문화 영역에서 감당해야 하는 것이 '분단문학'이다.

통일 누아르와 분단 상업주의

__이응준의 『국가의 사생활』과 김영하의 『빛의 제국』

1. 통일 낙오자, 브리타의 사생활

2004년 1월, 독일문학을 전공하는 한국 연구자들이 동독 지역 작센 주의 수도 드레스덴을 방문했다. 그들은 드레스덴대학교 산하 한나 아렌트 연구소의 협조를 얻어 동독 주민들을 인터뷰했다. 한국 연구자들에게 통일 독일은 호기심과 연구의 대상이다. '이데올로기에서 시장'으로 나아간 독일의 통일은 현재 심각한 사회문화적 후유증을 낳고 있다. 그 현장에서 연구자들은 "한국에서 온 연구자들이 여러분들의 통일 경험을 듣고자 합니다"라는 광고를 통해 무작위로 동독의 대화 상대자를 섭외했다. 연구자들은 이러한 우연성 속에서 평범한 동독 주민의 목소리를 모으고, 통일 이후의 삶을 현장에서 들으려 했다.

독일 통일 이후 15년이 경과한 시점에서, 동독 주민의 일상을 엿본다는 것은 흥미로운 작업이었으리라. 한국사회에 이들의 일상은 '선취된 미래'처럼 호기심의 대상이다. 통일 비용에 대한 강박

관념에 젖어 있는 한국사회에서 진정한 사회문화적 통합은 어떤 방식으로 이뤄져야 하는가가 이들 연구자들의 핵심적인 고민이었다. 통일 이후의 삶에 대한 심화된 논의를 끌어내기 위한 이 의미 있는 작업의 결과는 『나의 통일 이야기 : 동독 주민들이 말하는 독일 통일 15년』(김누리 외, 한울아카데미, 2006)이라는 책으로 묶여 나왔다.

이 책에 수록된 인터뷰 대상자들의 이야기는 의외로 어두운 무채색의 분위기로 넘실댄다. 예를 들면 이런 것이다. 37세의 이혼녀인 브리타는 통일로 인해 파괴된 일상에 대해 고통스럽게 토로했다.

사실 가끔씩은 동독 시절이 그리워요. 그때는 누구나 직장을 갖고 있었으니까요. 사람들끼리 서로 돕고 이웃 간에도 끈끈하게 뭉쳤던 시절이었죠. 지금처럼 도와줄 사람이라고는 하나도 없는 그런 냉정한 사회가 아니었어요. 그런데 지금은 어떤가요? 일단 돈이 없으면 아무것도 할 수 없어요. 유치원 등록비부터 의료보험까지 모두 개인이 부담해야 하니까요. (중략)

난 사실 여행도 많이 못해봤어요. 두어 시간 기차를 타고 서독 쪽에 가본 게 전부예요. 통일된 지 14년이 지나도록 먹고사는 데만 신경을 써도 모자랐던 거죠. 동독 시절에야 자유가 없어서 여행을 못했다지만 지금은 자유가 있어도 돈이 없어서 여행은 여전히 꿈도 못 꿔요. (197~198쪽)

브리타는 스스로를 '통일의 낙오자'라고 이야기할 정도로 박탈감에 젖어 있다. 통일 이후에 삶의 좌표를 잃고 슬롯머신에 빠져

버린 남편과 이혼한 브리타는 홀로 세 아이를 양육하고 있다. 양육과 생계를 모두 책임져야 하는 이혼녀의 일상은 고단하다. 브리타의 삶은 갑작스럽게 들이닥친 체제에 떠밀려 막다른 골목에 내몰렸다. 평범한 동독의 한 가정이 '빈곤의 나락'으로 빠져드는 데는 개인의 능력 부족으로만 한정할 수 없는 거대한 사회 시스템의 변화가 작동하고 있었다. 통일이라는 큰 물결이 '한 가정의 잔물결'을 뒤덮어버리는 상황에서 개인의 고통은 '통일의 예외적 피해자'로 묻혀버려도 좋은 것일까?

경험적 측면에서 볼 때, '큰 이야기'보다는 '작은 이야기'에 진실이 담겨 있는 경우가 많다. 이 책에 담겨 있는 이야기도 '보통 사람들의 일상'이라는 측면에서 소소한 진실들이 곳곳에서 반짝인다. 더군다나, 동독인의 시각에서 표출되는 그들의 절망, 좌절, 분노는, 어느 순간 한국사회가 갖고 있는 서독인 중심의 시각을 성찰하게 한다. 남한 사람들은 과연 북조선 사람들의 입장에서 분단을 생각하고, 통일에 대해 고민하며, 대화를 시도해본 적이 있을까? 브리타가 겪고 있는 고통이 북조선 주민들이 '미래에 응당 견뎌내야 할 삶'일 수 있는 것일까?

이런 질문들에 대해 남한 사람들의 시각을 적절히, 그러면서도 이데올로기적으로 드러내는 두 개의 텍스트가 있다. 하나는 흡수통일 5년 후의 한반도 상황을 가상적으로 포착해낸 이응준의 『국가의 사생활』(민음사, 2009)이고, 다른 하나는 갑자기 소환당한 간첩의 고단한 하루를 그린 김영하의 『빛의 제국』(문학동네, 2006)이다. 이 두 소설은 '통일을 심정적으로 거부하는 분단소설'이라는 측면에서 문제작이다. 또한, 남한 사람의 시각에서 북조선을 상대화하고 있기에 논쟁을 불러일으킬 만한 작품이기도 하다.

2. 통일 누아르, 공포로 점철된 제국의 시선

소설은 가늠되지 않는 미래를 언어로 구현해낼 수 있는 장르이다. 소설의 언어는 복잡한 세트를 필요로 하지 않고, 사실적인 컴퓨터 그래픽을 요구하지도 않는다. 그럴듯함 속에서 독자를 설득할 수 있다면, 작가와 독자는 새로운 세계에서 소통하게 된다. 이응준의 『국가의 사생활』은 '아직 도래하지 않은 미래지만, 있을 법한 미래'를 포착했다. 그 미래가 흡수통일 이후의 한반도이기에 기대와 우려가 겹쳐지기도 한다. 과연 작가는 무엇을 그리려고 한 것일까?

이응준은 2011년에 대한민국이 조선민주주의인민공화국을 흡수통일한다는 도발적 상상에서 이야기를 시작한다. 2011년은 가까운 미래이니만큼 갑작스런 시간이기도 하다. 작가는 통일된 순간의 혼란을 다루는 것이 아니라, 통일 후 5년이 경과한 2016년을 시대적 배경으로 채택했다. 소설은 2016년 4월 10일부터 김일성의 105회째 생일인 4월 15일(태양절)까지 6일간의 시간을 담고 있다. 그러면서, 사건의 맥락을 드러내기 위해 2주 전인 2016년 3월 27일로 거슬러 올라가는 유연한 구성을 취했다.

소설 속 시간과 더불어 공간도 눈길을 끈다. 이 소설은 B급 영화의 배경처럼 어두운 색조로 덧칠되어 있다. 사건의 주요 무대인 광복빌딩은 서울에서 아주 가까운 위성도시 외곽의 한적한 도로변에 위치한 '대동강'이라는 폭력 조직의 아지트이다. 지하 1층부터 3층까지는 이북 출신 여성 접대부들이 일하는 최고급 룸살롱 '은좌'가, 4층부터 6층까지는 대동강의 사무실이 자리하고 있다. 대동강은 폭력 조직의 유령회사인데, 이 조직의 핵심 시설은 지하 2층과 3층에 둥지를 틀고 있다. 1호 땅굴, 2호 땅굴로도 지칭되는 이곳은 조선인민군 출신의 조직 폭력배들이 잔혹한 살인과 사체 수습을 하는 비밀스러운 장소이다. 작가는 '광복빌딩'을 상징성이 극대화된 리얼 잔혹극이 펼쳐지는 곳으로 배치했다. 이 그로테스크한 공간은 통일된 이후 고립된 남한 속 북조선이며, 통일 과정에서 소외된 북조선 인민들이 남한에 가하는 복수의 현장이다.

소설은 주인공 리강의 심복이었던 림병모의 죽음에 초점을 맞춘다. 리강이 평양에 가 있는 사이에 림병모는 석연치 않은 이유로 살해당한다. 림병모의 죽음에 격분한 대동강 단원들이 살해 혐의자인 문 형사를 처단함으로써 사건은 일단락되는 듯했다. 그러나 명약관화해 보이는 사건에 음모가 도사리는 경우가 많다. 꾸밈이 개입되면 사물은 명료해지는 듯하다가도 모호해지곤 한다. 그 꾸밈에는 항상 누군가의 작위적 의도가 개입되어 있기 때문이다. 리강이 자신이 없는 사이에 너무도 깔끔하게 처리된 림병모 살인사건에 의문을 품게 되면서 오히려 사건은 미궁 속으로 빠져든다.

『국가의 사생활』은 특정 사건이 발생한 시점을 중심으로 과거의 시간과 현재의 시간을 배치한다. 이는 일종의 미스터리 기법의 응용으로 볼 수 있다. 미스터리는 사건은 발생했는데, 그 원인은 규명되지 않는 상태에서 출발한다. 사건의 추적을 위해 시간의 순차성을 흩트려뜨리면, 독자들은 연속되는 실마리 속에서 호기심을 지속시킨다. 림병모의 죽음을 중심으로 '리강이 평양에서 돌아온 지 2일째', '리강이 평양에서 돌아오기 2주 전'이라는 시간을 배치한 이유가 여기에 있다. 이 전통적 수법이 『국가의 사생활』의 극적 긴장도를 높이고 있다. 미스터리와 극적 긴장을 유지시키는 음모의 배후인 오남철은 일흔 살의 노인이며, '안개'와 같은 존재다. 그는 대동강의 보스이며, 사람의 심장을 먹는 엽기적 인물이다. 오남철은 통일 이전에는 북조선 당39호실 좌장이라는 고위 간부였다. 1992년 김정일 국방위원장 살해 쿠데타에 연루되었다는 혐의로 요덕수용소에 종신 수감되었다가 통일과 함께 풀려났다. 음모와 테러의 주체인 오남철은 강일물산이라는 식품회사를 인수해 북조선이 개발했다 폐기한 '흑사병 생화학 무기'를 통일급식소에서 살포해 폭동을 일으킬 계획을 세운다. 그는 세상에 대한 복수심을 대중의 폭동 유발을 통해 표출시킴으로써, 자신의 권능을 현실화하려한다. 그와 대결하는 인물이 대동강의 2인자인 리강이다. 오남철의 입장에서 볼 때, 진정한 적은 내부에 도사리고 있었던 것이다.

이 소설은 흡수통일 이후의 한반도 상황을 문제적 인물을 등장시켜 그려냈다. 주인공 리강은 조선인민군 소좌 출신이다. 그의 할아버지 리장곤은 항일투쟁 시기에 의열단 단원이었고, 중국 혁명에도 깊숙이 관여했던 혁명영웅이었다. 리장곤은 북조선 정권과도 거리를 두었던 인물로, 스스로 노동당 고위직을 버리고 은둔 생활을 하기도 했다. 조부의 빛나는 이름을 가슴에 새긴 리강은 아프리카에 혁명을 수출한 자존심 강한 엘리트 군인으로 활동했다. 하지만 흡수통일은 모든 것을 바꿔놓았다. 리강은 깡패조직의 2인자로 전락한 자신의 비루함을 달래기 위해 신형 환각제인 '레드 아이'에 의존한다. 리강이 경험한 급격한 신분의 해체는 작품의 곳곳에서 반복적으로 등장한다. 노동당 최고위층의 딸이었던 서일화는 고급 매춘 여성이 되어 '은좌'에서 일하고, 김일성대학교 철학과 교수였던 남기정은 광복빌딩의 관리인이라는 비루한 삶을 감내한다. 어디 그뿐인가? 평양 제1중학교 출신의 수재 중의 수재였던 동철은 세상에 대한 복수심으로 자기 파괴적인 살인귀(殺人鬼)가 된다.

소설 속에서 통일 이후의 남한사회는 북조선 난민의 복수심이

들끓는 아수라장이다. 이 공포가 끊임없는 테러의 위험과 폭력, 그리고 '아노미' 상태를 야기한다. 이러한 이응준의 냉정한 설정을 어떻게 바라볼 것인가? 이에 대한 평가는 소설 속 이데올로기에 대한 분석을 통해서 가능하리라.

흔히 소설은 상상을 통해 가상의 진실을 창조한다고 한다. 소설의 세계에서 작가는 시간도, 공간도 자유자재로 재구성한다. 그 재구성된 세계에는 작가의 이데올로기가 틈입하기 마련이다. 작가의 세계관 속에서 가상의 진실은 형체를 갖게 되기에, 상상의 세계인 소설도 이데올로기적일 수밖에 없다. 따라서 소설에서 재현되는 것은 현실이 아니라, 작가의 세계관이다. 그 작가의 세계관은 '경험된 삶의 총체'라는 측면에서 완고한 면모를 보인다.

『국가의 사생활』에 그려진 북조선도 작가의 차가운 시선이 투영되어 있다. 소설 속에서 흡수통일되어 사라진 조선민주주의인민공화국은 '작가의 이데올로기가 직조해낸 가상세계'이다. 이응준에게 그곳은 요덕수용소라는 억압적 통치가 지배하는 곳이었고, 살인 기술을 습득한 조선인민군의 요람이었으며, 인간적 윤리가 말소된 타락한 삶의 장소였다. 그곳은 자기모순으로 인해 자체 붕괴될 수밖에 없는 사상누각처럼 보인다. 작가에 의해 대상화되어 있는 북조선의 형상은 과연 타당한 것이었을까? 작가는 남북관계에 자신을 개입시키지 않은 상태에서 북조선을 그리고 있다. 즉, 그곳은 나와 무관한 세계이기에 '자의적으로 해석될 수 있는 공간'이 된다. 이러한 태도로 인해 통일 누아르가 탄생할 수 있었다. 소설은 영화의 시나리오처럼 빠르면서도 긴장감 있게 서사를 전개하는데, 그 흐름은 매혹적이면서도 디스토피아적이기에 불편하다. '흡수통일 이후의 한반도'라는 발랄한 설정이, 공포로 점철된 심정적 통일

거부의 정서로 넘실댄다. 공포는 '도래하지 않은 미래에 대한 불안'을 지칭한다. 그런 의미에서 작가에게 '흡수통일'은 회피하고자 하는 미래이다.

작가라면 모름지기 남북문제를 다룰 때, 분단 이데올로기로 인한 무의식에 대해 생각해야 한다. 이는 오랜 적대의 경험이 남북문제에 개입하고 있음을 스스로 인식하는 것이기도 하다. 남북 화해를 향한 의도된 윤리는 오히려 주체를 무력하게 한다. 현실은 훨씬 복잡한데, 당위적 윤리로 현실을 돌파할 수는 없기 때문이다. 하지만 쿨한 태도로 분단현실을 무시하는 태도 또한 위태롭다. 분단은 시시때때로 일상마저도 규율하는 '시스템의 일부'이다. 그래서 분단 문제를 다루는 작가는 작품이 발산하는 이데올로기적 효과에 대해 민감하게 고려할 필요가 있다. 개연성이라는 이름으로 이응준이 『국가의 사생활』에서 '흡수통일'의 미래를 상상을 통해 재구성했다는 측면은 의미가 있지만, 그 미래의 모습이 통일 이후 세계에 대한 공포를 확산시키는 이데올로기적 효과를 발산하고 있어 문제적이다. 이 소설의 외양은 분단 현실에 대한 과감한 도전인 것처럼 보인다. 반면, 이 소설에 내포되어 있는 작가의 시선은 제국의 포즈를 닮아 있어 위태롭다.

따라서 『국가의 사생활』은 '통일 디스토피아'를 그린 소설로 규정할 수 있다. 이응준은 이 소설에서 '통일 이후 가상의 미래'를 북조선에 대한 다양한 정보와 버무려 그려냈다. 그의 상상력의 발걸음은 큰 보폭으로 성큼성큼 '통일한국'으로 향하기에 속도감도 넘치는 스펙터클을 펼쳐 보였다. 누구에게는 '통일한국'이 희망을 간직한 미래일 수도 있겠지만, 이응준에게는 공포로 가득 찬 디스토피아로 비춰진다. 그래서 『국가의 사생활』에는 '통일한국'에 대한 낭만성이 가차 없이 배격되어 있다. 이 잔혹한 통일 누아르는 반북주의적 정서가 충만한 냉혹한 이데올로기 소설이라고 평가할 수 있다.

3. 세련된 스파이, 비루한 일상

자신이 살던 곳에서 길을 잃은 듯, 안국동 로터리와 낙원상가 사이를 뜻 없이 거니는 중년 남성이 있다. 그는 종로4가를 거쳐 종로5가 롯데리아의 붉은 플라스틱 의자에 몸을 걸친다. 이제 금방 사무실에서 컴퓨터 하드디스크를 물에 담가 자신의 흔적을 지우고 온 이 사내의 내면은 혼란으로 요동치고 있다. 그는 '옮겨다 심은 사람'이다. 자신이 살던 토양에서 뿌리 뽑혀, 강제적으로 다른 땅에 옮겨진 그 사내는 간첩이다. 김기영은 인생의 반을 북한에서 살았고, 남파되어 또 다른 인생을 남한에서 살았다. 젊은 시절 학생운동 진영 내부에서 암약하다, 지금은 영화수입업자로 있는 듯 없는 듯 평범한 일상을 견디고 있었다. 그는 10여 년 동안 그 어떤 명령도 받지 못한, 끈이 잘린 스파이였다. 그런데 갑자기 오늘 아침 그에게 4번 명령이 전달된 것이다. 그 명령은 "모든 것을 청산하고 즉시 귀환하라. 이 명령은 번복되지 않는다"이다. 그는 선택의 기로에 서 있다. 아내와 딸이 있는 남한에 남을 것인가? 태어난 고향이자 아버지가 있는 북조선으로 향할 것인가?

김영하의 『빛의 제국』은 "생각한 대로 살지 않"아서 결국 "사는 대로 생각하게" 된 한 사내의 아이러니한 삶을 소설화한 작품이다. 이 소설은 김기영을 중심으로 그의 가족이 겪은 3월 15일 오전 7시부터 3월 16일 오전 7시까지의 24시간을 차분히 따라간다. 『빛의 제국』은『국가의 사생활』처럼 속도감이 있지는 않지만, 강한 서사적 흡입력으로 독자를 끌어당긴다. 밀도 있는 글쓰기가 촘촘하게 서사를 직조해내고 있으며, 남과 북을 넘나드는 이야기가 호기심을 자극하고 있기도 하다. 또한『국가의 사생활』이 비일상적인 폭력의 세계를 다루고 있다면,『빛의 제국』은 삶의 구석구석을 헤집는 세세한 일상을 그려내고 있다. '사생활'을 타이틀로 내건 소설에는 일상이 없고, '제국'을 제목으로 삼은 소설은 온통 일상으로 채워져 있는 형국이다.

『빛의 제국』은 어떤 의미에서 보자면, 간첩의 시선으로 남한사회를 객관화한 소설로도 읽힐 수 있다. 『빛의 제국』의 주인공은 1967년생 김기영이면서, 1963년생 김성훈이다. 그는 서울 태생이면서도 동시에 평양 태생이고, 평양외국어대학에 다녔던 적이 있는 연세대 수학과 졸업생이다. 이러한 삶의 이중성은 급격한 단절, 혹은 전혀 소통이 되지 않는 두 공간이 전제되어 있을 때 가능하다. 서울과 평양, 남과 북이라는 두 공간은 서로가 소통할 수 있는 여지를 남기지 않는다. 이쪽에서의 이력은 저쪽에서 철저히 감춰진다. 그런 의미에서 간첩 김기영의 삶은 한 몸에 기입되어 있는 두 개의 현실이며, 교류하지 못하는 분단 현실에 대한 비유이기도 하다. 간첩이라는 그의 특수 신분에 괄호를 치면, 이 극심한 절연은 남과 북으로 쪼개진 '비합법적 이민자'의 존재 상태를 보여준다.

이 소설은 '세련된 간첩'이 비루한 일상인이 되어 방황하게 되는 처지를 흥미롭게 제시한다. 김기영은 김정일정치군사대학의 공작원반인 130연락소 출신으로, 인터넷 광고 메일 속에 포함되어 있는 마쓰오 바쇼의 하이쿠에서 암호를 해독하는 첨단 스파이다. 그는 사이먼 싱의『페르마의 마지막 정리』와 올로이코프의『어느 병사의 죽음』를 챙겨서 북으로 넘어가는 중 읽으려 하고, 2천여 곡의 음원 파일이 저장된 아이포드 MP3 플레이어에 애착을 보인다. 그는 북조선의 명령 체계에 따르는 남쪽의 생활인이다. 이 모순은 그가 '스파이의 새로운 롤 모델'로 채택된 인물이라는 데서 파생한다. 이제까지 북조선의 스파이 양성 방식은 위장 재외동포 혹은 고정간첩과 자생적 공산주의자를 양성하는 것이었다. 그런데 김기영은 잘 훈련된 공작원으로 양성되어, 아예 대학 신입생으로 입학한 후, 학생운동 진영에서 암약하도록 프로그램화되었다.

김기영은 85년에 노량진에서 학원을 다니며 대입검정고시와 학력고사를 준비했다. 혹독했던 4년간의 공작원반 시절을 거쳤던 그에게, 재수생들과 함께하는 독서실 생활은 달콤하기까지 했다. 그는 재수하는 과정에서 "'수령'과 '당'이 들어가야 할 자리에 '국가'와 '민족'만 넣으면" 되는 상황에 놀라워한다. 마치, 마크 트웨인의 「왕자와 거지」에 등장하는 두 사람처럼 너무 차이가 나는 신분에도 불구하고, 너무 닮아 있는 것이다. 남한 사람들은 남과 북이 상이한 체제 속에서 전혀 다른 사고방식 속에서 살고 있다고 생각하곤 한다. 하지만 남한과 북조선은 공통의 역사적 경험을 공유하는 갈라진 공동체이다. 분단체제론은 서로 증오하면서 닮아가는 상호의존성을 제기한 이론인데, 남북 주민들의 일상에서도 이러한 상호연관성은 쉽게 발견된다. 특히 국가와 민족을 중시하는 동원 이데올로기는 남북 경제성장의 원동력이었다는 측면에서 그 닮은꼴의 형태는 교묘하다. 이러한 체제의 상호 비교 속에서 김기영은 드러나지 않은 방식으로 학생운동에 개입하고, 운동권 조직인 '정치경제연구회'에서 지금의 아내인 장마리를 만나 결혼도 한다. 그는 '주체사상의 허망한 자기중심적 세계관'에 몸서리치면서도,

130연락소의 명령으로 살인을 저지르기도 한다. 그런 김기영은 직속상관인 35호실의 이상혁이 숙청되면서 10여 년 동안 아무 명령도 받지 못하고 방치되었다. 그는 그사이에 30평대의 아파트를 구입하고, 40인치 텔레비전으로 2002년 월드컵을 시청하며 즐거워하고, 영화수입상이라는 직업에 만족한다.

김기영은 지난 10여 년의 생활이 어떤 의미에서는 진정으로 스파이다운 생활이었을지도 모른다는 생각을 하게 된다. 평양의 은밀한 지하 세트장에서 그에게 스파이 교육을 시켰던 이상혁은 다음과 같이 말하기도 했다.

"경지에 이를 때까지 자신을 지워라. 보면 보이지만 인상은 남기지 않는 사람이 돼라. 매력을 없애고 따분해져라. 언제나 공손하고 누구와도 절대로 논쟁하지 마라. 특히 종교와 정치에 대해서는…… 그런 대화는 쓸데없는 적을 만들게 된다. 너는 천천히 희미해질 것이다. 마음속에선 불끈불끈 억하심정도 꿈틀댈 테지. 도대체 내가 왜? 그런 의문이 아예 떠오르지 않을 때까지 연습하고 또 연습하라."(84쪽)

완벽하게 스며들어 특색을 지우는 단계에 이르면, 눈에 띄지 않는 존재가 된다. 그런 상태에 이르렀을 때만이 일상의 떠도는 언어 속에서 '값진 정보'를 추출해낼 수 있다. 자신의 존재는 숨기면서, 섬세한 감수성으로 정보의 흐름을 감지해내는 이가 진정한 스파이다. 이는 구도자의 길을 걷는 선승처럼 보이고, 물아일여(物我一如)의 경지에 이른 득도자처럼도 보인다. 문제는 이 과정에서 김기영이 스스로의 존재를 잃어버리고 정체성을 상실했다는 데서 발생한다. 그는 '귀환명령 4번 지령'을 받고 "갑자기 전생을 알게 된 사람"처럼 혼란에 빠진다. 그 혼란 속에 이 소설이 담고 있는 진실이 있다.

이 소설에는 다양한 간첩들의 모습이 그려져 있다. 처음 그가 남한사회에 안착할 수 있도록 도운 용산의 한 동사무소에 있던 공작원은 1999년 여름에 '청량리역에서 붉은 망토를 두르고 종말론을 외치는 광신도'가 되어 나타난다. 그의 모습은 기영에게 "모든 꿈과 희망을 잃어버리고 연료통 밑바닥에 가라앉은 몇 방울의 냉소를 연료 삼아 겨우 굴러가는 사람"처럼 비춰진다. 그뿐만 아니다. 남한에 남아 있는 130연락소 출신의 유일한 동료인 정훈은 해외 출장을 간다고 사라진 채 이틀째 집에 들어오지 않는 상황이다. 그는 자동차 부품 대리점 주인이었으며, 소설의 말미에서는 이미 국정원에 포섭되어 잠시 행방을 감춘 것으로 밝혀진다. 또 다른 동료 간첩 이필은 어떠한가? 그는 휴대폰 대리점 주인으로 근근이 삶을 영위하고 있다. 이필은 아이가 뇌성마비를 앓고, 아내와는 이혼한 상태여서 생활의 곤란을 겪고 있다. 그는 "혹시 날 매수할 생각이야? 그럴 거라면 난 생각 있어. 돈, 그래 돈이라면 씨팔, 나는 얼마든지 무릎을 꿇을 수 있어. 진심이야"라고 절규한다. 그 또한 국정원에 돈으로 매수되었으며, 김기영에 관한 정보를 정보기관에 이미 넘긴 상태였다.

국가와 국가가 충동하고, 이데올로기라는 신념에 따라 움직일 것 같은 간첩이 비루한 맨 얼굴로 소설 속에서 드러나는 이유는 무엇일까? 존재를 망각한 채, 무난한 남편으로, 자상한 아버지로 생활해왔던 간첩 김기영을 통해 작가 김영하가 보여주고자 했던 것은 무엇이었을까? 그 진실은 '혁명을 망각한 잃어버린 세대'에 대한 조소이며, 일상에 갇힌 현대인에 대한 야유이다. 『빛의 제국』은

007 시리즈와 같은 화려한 스파이 세계의 스펙터클을 보여주는 것이 아니라, 일상을 견디는 현대인의 비루함을 날것으로 토해낸다. '존재가 아닌 이를 존재이게 하는 일상'은 견고하다. 기영의 아내 장마리는 일상의 권태를 견디지 못해 불륜을 저지르고, 그도 모자라 두 명의 젊은 대학생과 난교를 벌이기까지 한다. 그런 장마리가 기영에게는 단호하게 북으로 "돌아가"라고 말한다. '당신만 올라가면 모두가 행복'해진다는 이 고집스런 이기주의는, 변화를 싫어하는 현대인의 보수적 단면을 폭로한다. 어떤 의미에서 보자면, 기영을 조여오던 남한 정보기관의 추적도 실제로는 일상의 한 부분이라고 할 수 있다. 그간 기영은 자신이 고용한 성곤에 의해 감시당하고 있었으며, 그의 동료 간첩들은 모두 전향한 상태였다. 이 상황에서 기영이 선택할 수 있는 것은 자신의 삶을 북조선에서 리셋하거나, 아니면 전향을 통해 일상으로 복귀하는 것뿐이다. 그래서 이 소설의 결말은 허무하다. 너무도 쉽게 투항해버리는 기영의 모습은 껍데기만 남은 비루한 삶의 풍경만을 제시할 뿐이다.

이렇듯 '일상'은 아이러니하게도 자기모순을 덮어버리고, 심지어는 삶의 의미마저도 삼켜버린다. 오로지 생물학적 삶을 위해 한 치 앞을 내다보지 못한 채, 전자팔찌라는 구속을 스스로 받아들인 이의 정신은 얼마나 황폐한가. 그 황폐한 삶을 진실로 간주하는 작가의 정신세계는 얼마나 비참한가. 일상은 청춘의 정열도, 혁명에 대한 신념도, 심지어는 삶을 선택할 수 있는 권리마저도 무화시켜 버린다. 간첩 김기영이 '잃어버린 혁명으로부터 갑자기 호명당한 중년'의 모습이 되어 24시간 동안 배회하는 모습은 꿈을 잃은 시대의 자화상처럼 보인다.

4. 크리스타 볼프 논쟁과 지배의 욕망

1990년 여름, 통일을 앞둔 독일 문단은 크리스타 볼프의 소설 『남아 있는 것』이 출판되면서 뜨겁게 달아올랐다. 이 소설은 1979년에 쓰인 것으로, 베를린장벽이 붕괴된 이후에 다듬어져 1990년 6월 5일에 서독에서 간행되었다.

『남아 있는 것』은 한 여성 작가가 동독의 정보기관에서 일하고 있는 세 명의 젊은 남성들에게 감시당하는 상황을 제시한다. 이러한 억압적 상황은 개인의 내면에 불안의식을 조장한다. 이 불안을 견디며 여성 작가는 하루의 일상을 보내고, 자신의 어두운 내면을 언어로 표현해냈다. 소설의 말미에서는 "어느 날엔가는 말할 수 있으리라, 아주 홀가분하고 자유롭게"라고 적음으로써, 동독 슈타지(국가안전부)의 폭력을 고발했다.

동독의 어두운 면모를 비판한 이 소설은 어찌 보면 서독에서 환영할 만한 작품이었다. 그런데 1990년 서독에서 불붙기 시작한 크리스타 볼프 논쟁은 혹독한 양상을 띠었다. 크리스타 볼프가 동독에서 두 번씩이나 국민상을 수상한 작가이면서, 동시에 서독에서도 '뷔히너상'을 수상할 정도로 권위 있는 작가라는 점이 문제가 되었다. 세계적으로 주목받는 이 작가가 비겁하게도 10년 동안 작품을 서랍 속에 간직하다가, 작품 발표에 따른 위험을 감내할 필요가 없는 시점에서 출간했다는 점이 비판된 것이다. 이러한 논의가 확산되어 동독 통치 체제에서 작가들은 무엇을 했는가에 관한 서독 언론의 수군거림이 이어졌다. 동독 체제 아래에서 많은 작가들이 정보기관인 슈타지에 직간접적으로 연루되어 있었고, 심지어는 독재 체제의 유지에 도움을 주었다는 사실이 폭로되기 시작했다.

문제의 핵심은 통독 이후 동독문학에 대한 문학적 평가에 있었으며, 그래서 '동독문학의 퍼스트레이디'로 일컬어지는 크리스타 볼프에 비난의 화살이 쏟아진 것이다.

돌이켜보면, 크리스타 볼프 논쟁은 체제 갈등의 승자였던 서독 언론에 의해 이뤄진 '승자의 시위'였다고 볼 수 있다. 급작스러운 통일로 우월적 지위에 선 이들이 '닫힌 체제 속에서 사회주의적 이상'을 포기하지 않고 동독 정권과 갈등했던 작가들을 가혹하게 비판한 것이 올바른 것이었을까? 현실에 최선을 다하면서도, 이상을 위해 싸우는 것이 지식인의 역할, 작가의 의무라고 했을 때, 동독 작가들에게 가해진 비판은 성급한 측면이 있었다. 서로를 바라보는 입장을 정립하기 위해서는 충분한 토론과 논의가 필요하고, 분단된 한국의 상황에서는 그 토론과 논의가 통일 독일의 경험을 참고하여 지금부터 준비되어야 한다. 그런 의미에서 추상을 구체의 영역으로 끌어당길 수 있는 문학의 역할은 '분단시대를 살고 있는 지금, 한반도 남쪽'에서 더 중요한 듯이 보인다.

크리스타 볼프 논쟁에 비추어 『국가의 사생활』과 『빛의 제국』을 읽으면 어떤 평가를 내릴 수 있을지 고민해볼 필요가 있다. 이 소설들은 내적으로 북한체제에 대한 비판적 시각을 갈무리하고 있다. 『국가의 사생활』은 노골적으로 반북(反北)적인 데 비해, 『빛의 제국』은 영리하게 반북(反北)적이다. 이 두 태도는 여전히 냉전적 의식의 지배 아래 있는 한반도 상황을 보여주기에 솔직하면서도 사실적이라는 강점도 있다. 또한, 가능한 세계에 대한 문학적 상상력을 집요하게 밀어부쳤다는 측면에서도 의미가 있다고 본다. 문제는 남북문제를 바라보는 남한 작가의 시각이 항상 남한 중심주의에서 벗어나지 못하고 있다는 데 있다. 이응준과 김영하의 작품은 남북문제를 다루면서도, 현재의 이데올로기에 갇혀 통일 이후 미래의 독자를 고려하지 못한 듯이 읽힌다. 남북문제를 넓은 품으로 끌어안으려는 열린 상상력보다는, 반북 이데올로기에 작가적 감각을 적신 듯한 태도가 안타깝다. 그런 의미에서 이 두 작품은 분단을 문학적 소재로 활용한 분단 상업주의에 침윤된 작품이라고 볼 수 있다.

우리는 북조선을 고려한 상태에서 남북문제를 논의하는 데 익숙하지 않다. 이는 남북문제를 대결의식 속에서 바라보도록 조장되어온 내면화된 체제폭력의 영향이기도 하다. 북조선 내부의 입장을 고려한 상태에서 남북문제, 분단문제를 바라보기 위해서는 '내적 접근'에 대한 사려 깊은 고민이 요구된다. 『국가의 사생활』에서 이야기되었듯이, 준비되지 않은 갑작스런 흡수통일은 공포를 불러일으킨다. 하지만 그 공포를 외면하기 위해 남북의 통합을 끊임없이 유보하는 것 또한 공포를 일상화하는 것이기에 해결방식일 수는 없다. 북조선의 민주주의적 변화 없이, 남북의 건강한 사회문화적 통합은 불가능하다. 하지만 북조선의 변화를 위해 스스로 변화할 각오가 남한사회에 전제되어 있지 않는 한, 여전히 두 사회는 서로에게 '낯선 타자'이기만 할 뿐이다. 문학의 영역에서도 북조선문학의 교조주의적 · 계몽주의적 경향에 대한 비판과 더불어 남한문학의 시장성 위주의 사고도 성찰해야 한다고 본다. 그런 의미에서 분단을 문학적으로 상업화하는 태도에 대해서는 더욱 날카로운 성찰이 필요하다고 본다.

여기 오래된 진리가 있다. 지배하려는 자는 결국 지배당한다. 지배를 욕망하는 자는 물리적 권력으로 상대를 억누를 수 있을지언정, 그 권력의 유지를 위해 상대를 끊임없이 의식해야 한다는 측면에서 종속적이다. 스스로 주체가 되지 못하고, 지배당하는 자의 존재를 통해서만 주체적일 수 있다는 사실은 아이러니이다. 현재 남한의 태도가 이러한 딜레마적 상황에 처해 있는 듯하다. 남한은 무의식중에 북한을 지배하려고 하면서, 스스로를 지배당하는 자의 구렁텅이로 몰아넣고 있다. 지배가 아닌 공존을 위해서는 함께 변화해야 한다. 그 변화의 첫 단계는 소통의 길을 지속적으로 넓혀 가는 것에서 시작될 것이다. 이를 위해 북조선에 대한 공포를 이겨내야 하며, 더불어 스스로 변화하겠다는 주체적 인식이 필요하다. 남한이 스스로 온전한 하나가 될 때, 그때에야 비로소 남북통합을 향한 논의의 틈이 열릴 것이다.

북조선문학, 낮은 단계의 소통을 꿈꾸다

1. 고난의 행군과 IMF 구제금융

분단 이후, 북조선사회에 대한 호기심이 1980년대 후반만큼 강렬했던 때가 있었을까? 대학생들은 자발적으로 북조선에 관한 사진전을 개최했고, 북조선 소설을 읽고 세미나를 했으며, 대대적인 북조선 영화 상영을 기획하기도 했다. 『청춘송가』, 『벗』, 『쇠찌르레기』 등이 이즈음에 남한에서 출간되었고, 영화 〈꽃 파는 처녀〉가 대학 내에서 상영되기도 했다. 공안당국의 살벌한 대응도 긴장감을 극적으로 고조시키는 역할을 했다. 경찰과 안기부는 대학가 주변 서점들을 무자비하게 압수수색했고, 헬기까지 동원한 대학 내 진입이 수시로 시도되기도 했다. 지금은 잊혀진 대동, 백두, 힘, 살림터 등의 출판사 관계자들이 무수히 구속된 것도 이즈음이고, 억압의 강도만큼 대학생들의 호기심도 왕성하게 줄기를 뻗어 나갔다. '국가보안법의 철퇴'는 가령 연구자가 북조선 책을 소지하고 있다 하더라도 예외일 수 없었다. 그때 대학가에서 '국보'는 '숭

례문, 석굴암, 금동미륵보살반가상' 등을 지칭하는 것이 아니라, '국가보안법 위반으로 구속된 학생'을 지칭하는 용어였다. 북조선이 금기이던 시기에 북조선을 알고자 하는 대학생들의 욕구는 '금기를 즐기는 유행'이었다. 이를 일컬어 '북한 바로 알기 운동'이라고 했다.

아이러니하게도 '북한 바로 알기 운동'은 북녘사회가 간절히 외부의 도움을 기다리던 시기에 차갑게 냉각되었다. 김일성 주석의 사망에 이은 자연재해로 북녘사회는 피폐해져 갔고, 미국의 경제봉쇄 또한 가혹하게 지속되었다. 북조선은 이때를 '고난의 행군 시기'라며 내적 혼란을 다독였다. 1990년대 중후반, 남녘에 살고 있는 대부분의 사람들은 '인민을 굶겨 죽이는 정권'은 '붕괴되어야 마땅하다'고 외치곤 했다. 방송국 기자들이 중국 연변에서 촬영한 '꽃제비'들의 모습은 연민이면서 분노였다. 북녘사회는 더 이상 바로 알기의 대상이 아니라, 알 가치도 없는 버림받은 체제로 간주되었다. '북조선'에 대한 금기는 존재하지 않게 되었고, 자발적인 경멸과 냉소만이 남한사회에 팽배해져 갔다. 통일운동의 일환으로 시작된 '북한 바로 알기 운동'이 알면 알수록 북조선을 적의의 대상으로 만들어간 아이러니는 어디에서 발생하는 것일까? 그것은 다름을 인정하지 않는 '동일시의 욕망' 때문이었고, 어느 한켠에서는 남한의 무의식적 우월의식이 작용한 것이었다.

돌이켜보면, 북녘사회가 '고난의 행군'이 끝났다고 조심스럽게 이야기할 즈음에 남한사회에 '환란'이 불어닥쳤다. 환율은 치솟고 주가는 폭락했다. 기업의 줄도산으로 직장을 잃은 이들이 속출했고, 유동성 위기를 정리해고로 막으려는 기업가들의 무자비한 정리해고가 한파처럼 몰아쳤다. 'IMF 구제금융'으로 일컬어지던 이 시기에 가장들은 '나이 먹은 꽃제비'가 되어 서울역, 부산역 주변을 배회했고, 극한상황에 내몰린 가족들이 '동반자살'을 감행하는 비극적 상황이 곳곳에서 목도되었다. 살아 있으되 살아 있지 않은 것처럼 간주되던 '신용불량자'들도 급격히 늘어났다. 하지만 남녘에서 '국민을 자살로 내모는 체제는 붕괴되어야 마땅하다'는 외침은 들리지 않았다. 금 모으기 운동이 전개되었고, 노사화합이 강조되었으며, 오히려 체제가 강고해지는 경향성을 띠었다.

자신의 아픔에 대해서는 무감각해진 채, 남의 아픔만을 과장하는 사회는 경멸받아 마땅하다. 혹시 남한사회가 그러했던 것은 아니었을까? 북녘사회에 대한 이해는 남녘사회를 냉정하게 되짚어 볼 수 있을 때에야 가능해진다. '고난의 행군'과 'IMF 구제금융'은 남과 북이 동시에 성찰해야 할 역사적 사건이다. 역사적 감각의 힘이었을까? 남과 북이 '험난한 시기'를 거친 이후에야 비로소 대화의 창구를 열었으니 말이다. 바로 그 자리에 '6·15남북공동선언'이 자리 잡았다.

2. 낮은 단계의 소통

감당하기 힘들었던 고난을 겪고 나면, 삶을 바라보는 시야가 넓어지는 혜안(慧眼)의 경지에 이르곤 한다. 남과 북이 겪은 고난은 상대방의 체제에 대해 좀 더 유연해질 수 있는 여유를 제공한 것처럼 보인다. 체제 밖을 상상하지 못하면, 경계를 넘어설 수 없다. 남과 북이 서로의 바깥을 가늠할 수 있을 때, 자신의 곁자리를 내줄 수 있는 것이다. 2000년은 이렇게 시작되었고, 새로운 소통의 계기가 마련되었다. '6·15남북공동선언'은 남북 관계의 이정표 역할을 하기에 충분하다.

6·15남북공동선언의 제2항은 "남과 북은 나라의 통일을 위한 남측의 연합제 안과 북측의 낮은 단계의 연방제 안이 서로 공통성이 있다"고 인정했다. 서로의 주장이 충돌했던 지점에서 대화의 계기를 마련한 것이다. 서로의 주장을 갈무리한 채 대화의 장에 함께하려는 의지가 합의를 도출했다. 이른바 '낮은 단계 연방제 통일'에 대한 합의는 그것 자체로 소중하다. 차이를 말하면서도 공통의 지향을 말할 수 있기 위해 얼마나 많은 시간이 걸렸던가. 그것이 비록 정치적 성과이든, 민간 부문의 끊임없는 교류의 효과이든 낮은 단계로부터 대화의 물꼬가 트인 것이다.

북조선문학에서 6·15남북공동선언에 대한 문학적 반응은 즉각적이었다. '인도적 교류'와 '경제협력' 등을 규정한 '6·15남북공동선언'에 대해 북녘의 한 시인은 다음과 같이 읊었다.

그것은 보통문서가 아니다
오호, 그 한 장의 종이에 실려진
55년의 그 고통, 그 아픔을 아는가
그 한 장의 종이에 담겨진
7천만의 통일숙망, 그 피어린 무게
세상은 과연 아는가

이제 그것은 통일의 정치적 좌표
제도도 정견도 따로 없는 민족공유의 것
온 인민적 신뢰의 담보이거니

오, 북남공동선언! 너는 되었구나

이 민족의 통일차표, 우리의 통일심장이!

＿리호근「북남공동선언」,『통일차표 팝니다』(문학예술출판사,

2005, 128쪽)

북조선 시 특유의 낭만적 격정이 배어 있는 시다. 그래서 다소
과장되게 느껴지기도 한다. 공동선언의 의미를 '한 장의 종이'로
의미화하고 있다. "그 한 장의 종이"에는 55년의 고통과 아픔이 새
겨져 있고, 새로운 시대를 열망하는 7천만의 염원이 담겨 있다.
6·15남북공동선언이 "한 장의 종이"로 상징화될 때, 그것은 연이
어 "통일차표"로 이미지화해 구체성을 획득한다. 여기에 "인민적
신뢰의 담보"라는 어구 속에 "한 장의 종이"라는 가벼운 이미지가
묵직한 무게감으로 전환된다. 일종의 의미변환 과정이 이 시 속에
담겨 있는 것이다. 리호근 시인이 읊었듯이 남북 관계가 급진전을
이뤄 '통일 열차'가 곧바로 내달린 것은 아니었다. 하지만 '6·15
남북공동선언 문서는 그냥 보통문서가 아니'었던 것은 분명하다.
'6·15남북공동선언'은 정치적 합의였지만, 그 효과는 단지 정치
와 경제의 영역에만 머물지는 않는다. '인민적 신뢰' 회복의 길을
위해서는 문화적 통합의 길을 적극적으로 모색할 필요가 있다.

'6·15 이후 북조선문학의 변화'는 새롭게 조성된 정치적 환경
속에서 '남북의 인민적 신뢰 회복'이 어떤 방향으로 나아가야 할지
를 가늠할 수 있도록 해준다. 사실, 6·15남북공동선언 이후 남한
문학에서는 이렇다 할 문학적 경향의 변화를 찾아보기 힘들다. 문
학평론가이자 '6·15남북공동선언 실천 남측 위원회' 명예대표인
백낙청 교수가 '6·15시대의 문학'이라는 담론을 지속적으로 제기

했다. 백낙청 교수는 6·15남북공동선언을 계기로 문학적 상상력을 통해 분단체제에 길들여진 현상황을 극복해야 한다는 주장을 펼쳤다. 그는 '민족문학론'과 '분단체제론'을 통해 제기했던 한국사회의 문제가 6·15남북공동선언을 계기로 변화에 직면했다고 보았다. 그래서 그는 분단문학이 새로운 국면에 처했다는 주장을 제기한 것이다. 하지만 남한문학 진영의 일부에서는 '6·15시대와 문학'을 이야기하는 것은 단지 "거대담론으로 문학을 규율하려 한다"(이광호)라는 신경질적인 비난을 토해내기도 했다.

남한사회에서는 6·15남북공동선언과 문학과의 접점을 찾지 못하고 있는 형국이다. 다만, 창작 영역에서 미흡하나마 남북문제를 다룬 작품이 꾸준히 발표되고 있다. 정도상의 「함흥·2001·안개」는 고난의 행군 시기 북녘사회를 정면으로 다룬 작품이고, 전성태의 「강을 건너는 사람들」도 탈북 문제를 전면화한 작품이다. 이 두 작품은 냉철한 시선으로 북조선사회를 다루고 있어, 남한 작가들이 분단 이데올로기에 침윤되지 않은 상태에서 북조선을 바라보고 있음을 보여준다. 반면 북녘사회가 처한 고통이 어디서 기원하고 있는가를 밝히기보다는 생존의 위협 앞에 선 북조선 민중의 모습을 그리고 있어 '북조선에 대한 남한 작가의 무의식'을 보여준다. 남한문학에서 발견되는 무의식적 간극은 언젠가는 확인해야 할 분단의 현실이라는 측면에서 6·15남북공동선언의 효과로 의미화할 수도 있을 것이다.

3. 문화적 소통을 향한 북조선문학의 변화

　북조선문학은 남한문학에 비해 6·15시대의 영향을 직접적으로 받고 있으며, 구체적인 작품의 흐름에도 분명한 변화를 보이고 있다. 물론 큰 틀에서 북조선문학은 여전히 '주체문학'과 '선군문학'의 자장 안에 있다. 북조선문학이 당의 문학이고, 언제나 공식언어를 지향한다는 측면에서 6·15남북공동선언을 계기로 즉각적이면서도 전면적인 변화를 기대한다는 것은 무리이다. 하지만 이러한 공식언어적 성격 때문에 6·15남북공동선언에 반응하는 북조선문학의 미세한 변화는 의미 있게 분석될 수 있다.

　주변의 변화는 중심을 진동시키며, 새로운 중심의 구성으로 나아갈 가능성을 지니고 있다. '6·15남북공동선언' 이후 눈에 띄는 북조선문학의 변화는 '비전향장기수를 형상화한 소설'이 급증하고 있다는 점이다. 1993년에 이인모 노인의 송환 이후, 북조선문학은 통일 문제와 비전향장기수 문제를 함께 다루는 소설, 영화를 발표해왔다. 하지만 2000년 9월, 63명의 비전향장기수가 북송되면서 이를 소재로 한 소설이 양적으로 급증했다. 실제로 북한 당국은 비전향장기수들에게 4·15창작단 소속 작가들을 배치해 그들의 삶을 문학작품화하는 정책적 사업을 벌이고 있기도 하다. 최봉무의 『축복』, 최동구의 『돌아오다』, 신용선의 『흰 파도』, 남대현의 『통일련가』 등이 대표적인 예이다. 이들 '비전향장기수' 소설 중 남대현의 『통일련가』(문학예술출판사, 2003)는 주목할 만하다. 『청춘송가』로 남한에도 잘 알려진 남대현이 비전향장기수인 고광인 씨를 직접 취재해 창작한 실화소설이 『통일련가』다. 이 소설에서 눈길을 끄는 부분은 남대현이 남녘의 낯선 현실을 적극적으로 이해하려는 태도를 보이고 있다는 점이다. 이전의 소설이 북조선의 체제 우월성을 강조했다는 사실에 비춰볼 때, 『통일련가』에 나타난 태도의 변화는 '6·15남북공동선언'의 한 효과라고 할 수 있다.

　비전향장기수를 다룬 단편 작품으로는 김대원의 「인간의 정」을 꼽을 수 있다. 이 작품은 '공화국창건 60돐 문학축전작품'으로 『조선문학』 2008년 9월호에 수록되었다. 작품의 주요화자는 고향이 공주 근교인 '나(순조)'로 설정되어 있다. '나'는 서른여섯 처녀의 몸으로 은행업자 후실로 들어갔다가, 남편이 일흔의 나이로 죽자 잠시 고향으로 들어온다. 실제로는 남편의 자식들과 '나' 사이에 재산 분쟁이 일어나자 이를 피해 낙향한 것이다. 사촌동생뻘 되는 우상전이 고향에 사슴농장을 하고 있는데, 그의 농장에는 비전향장기수인 장현산과 벙어리 노총각 순룡이가 살고 있다. 우상전은 '나'에게 비전향장기수인 장현산과 혼인을 하는 것이 어떤가 하고 은근 제안한다. '나'는 "뭐라고?! … 그럼 〈빨갱이〉 령감하구… 아니 … 아니, 난 싫다애. 〈빨갱이〉라니 원 당치도 않은 소릴…" 하며 손사래를 친다. 하지만 우상전은 "아니 … 누이두 참 … 이렇게 답답하다구야 … 아, 그런 사람이 〈빨갱이〉라면 나두 〈빨갱이〉가 되겠습니다"라는 의미심장한 말을 한다. '나'는 사슴농장에서 장현산과 생활하면서 점점 그의 인간적 풍모에 매료당한다. 장현산은 산속에서 텐트를 치고 그림을 그리는 화가 청년이 밤이 늦어 유숙하러 오자, 그의 생일상까지 차려낸다. 뿐만 아니라 벙어리 노총각인 순룡이 교통사고를 당해 혼수상태에 빠지자, 의사는 '안락사'를 시키자고 하지만 장현산은 자신의 피를 나누는 헌신성을 발휘해 그를 살려낸다. 소설의 결말 부분에서 '나'는 그에게 혼인을 하자고 청하지만, 그는 북에 남은 가족이 있다며 정중히 거절한

다. 결국 장현산은 6·15남북공동선언으로 북송이 결정되고,
2000년 여름 북송된다. 그 감격을 순조가 기자들에게 고백하는 형
식으로 소설은 마무리된다. 젊은 감각으로 그려진 비전향장기수
소설은 남쪽 독자에게도 무리 없이 읽힐 듯하다. 더불어 남한사회
를 소설의 배경으로 설정했으면서도 노골적인 적의나 정치적 색채
를 드러내지 않고 있는 점도 이색적이다.

  6·15공동선언 이후 북녘의 작가들은 남한사회나 독자를 의식
하면서 글을 쓰고 있다. 그 중심에 북조선 작가인 홍석중의『황진
이』(문학예술출판사, 2002)가 자리하고 있다.『황진이』는 2004년
북조선의 원본이 남한에 수입되어 배포되면서 독자들로부터 긍정
적인 평가를 받았고, 급기야는 제19회 만해문학상 수상자로 홍석
중이 선정되기에 이르렀다. 이는 북녘 작가의 작품도 남한 독자들
에게 대중적으로 읽힐 수 있다는 중요한 사례로 기억된다. 이 작품
은 황진이와 놈이의 사랑을 기본 모티프로 하면서도 조선시대의
신분질서를 강하게 배치해놓아 계급성을 띠고 있다. 그러면서도
관료주의 비판이라는 측면에서 보자면, 역사소설의 중요 특징인
현대성을 확보하고 있어 인상적이다. 조선사회의 관료제도가 경
직된 사회체제를 낳았고, 더불어 부정부패를 방치했다는 홍석중
의 주장은 어느 부분에서는 북조선 내부 비판으로도 해석할 수 있
다. 이는 역사소설이 어떻게 현재성을 획득할 수 있는가의 문제이
고, 더불어 남북의 현재를 동시에 성찰하게 하는 문학적 힘을 발산
한다.

  홍석중의『황진이』이후 역사소설에 대한 북조선문학의 관심이
뚜렷한 경향성을 띠고 있다. 김호성의『주몽』은 TV드라마 〈주몽〉
의 방영 바람을 타고 남한에서 바로 출판되었고, 을사조약 이후의

역사를 다룬 김혜성의 『군바바』도 출간되었다. 삼십 대의 신예작가 김혜성의 역사소설이 남한에서 출간되었다는 것은 홍석중의 『황진이』출간과 함께 주목할 만하다. 더불어 정치적 색채를 직접적으로 드러내지 않으면서도, 조선 시위대 군관 상덕 등을 주인공으로 내세워 민족의 자주성을 강조하고 있기도 하다. 이들 소설은 남북을 아우르며 공통으로 중시했던 역사적 사건이나 인물을 다루고 있어 눈길을 끈다. 『황진이』 등은 남과 북이 분단되기 이전에 공유했던 공통의 역사를 소설 속에서 확인하게 해준다는 점에서 이질적 요소가 직접 드러나지 않는다. 이러한 역사소설은 남북 공통의 뿌리를 확인하게 해준다는 측면에서도 문화 통합에 간접적으로 기여한다. 넓은 의미의 문화적 통합에 문학이 어떤 식으로 기여할 수 있는가를 역사소설이 보여준다고 할 수 있다.

북조선문학 내부의 변화도 미세하지만 분명히 드러난다. 북조선문학 내에서 신예 작가군이 부상하고 있기 때문이다. 그중 변창률의 작품 활동이 단연 돋보인다. 이 작가는 북조선 농촌의 현장을 섬세한 심리묘사와 내부의 갈등 형상화를 통해 긴장감 넘치게 서사화하고 있다. 북조선 농촌의 실상을 핍진하게 그리고 있는 이 작가는 리얼리즘의 진면모를 과감하게 보여준다. 변창률의 소설을 읽다 보면, 1930년대 일제강점기하의 리얼리즘 소설의 성취를 보는 듯한 느낌을 줄 정도다. 또한 그의 소설에서는 수령 형상에 대한 의도적 수사가 드러나지 않는다. 북조선 사회를 현실의 언어로 그리려는 그의 노력은 어느 부분에서 '북조선문학의 공식적 성격'에서 일탈하고 있기도 하다. 그는 민중의 욕망을 솔직히 드러내고, 현실의 욕망이 어떻게 사회 시스템에 작동하고 있는가를 여실히 보여준다. 그는 「밑천」, 「듣고 싶은 목소리」, 「한 분조장의 수기」,

「영근 이삭」 등 단편소설을 지속적으로 발표하고 있다. 남한에서 주목할 만한 북조선의 젊은 작가로서 변창률의 작품은 단연 눈길을 끈다.

4. 6 · 15남북공동선언의 향방

북조선문학이 6 · 15남북공동선언 이후 남한을 향한 문화적 소통의 몸짓을 강화하면서, 그 포용의 품을 넓히고 있는 징후는 곳곳에서 확인된다. 세대 간의 갈등과 화합을 그리는 작품이 증가하는 양상을 보이는가 하면, 과학을 소재로 한 소설이 『조선문학』 등에 빈번히 발표되고 있다. 북조선문학의 변화는 문학사에 대한 평가에서도 포착된다. 북조선문학사가 예전과는 달리 적극적으로 일제강점기 카프문학을 포함하려 한다거나, 현진건의 단편소설이나 윤동주 문학을 적극적으로 재평가하려는 노력을 보이고 있는 점도 눈에 띈다. 이념에 충실한 주체의 문학사관에서 다소 유연해지려는 노력을 북조선문학사의 재평가를 통해 확인할 수 있다.

소재적 측면에서 과학소설에 대한 뚜렷한 강조가 눈에 띈다. 과학(환상)소설은 고난의 행군 이후 강성대국 건설론이 제기되면서, 북조선문학 흐름의 한 경향으로 자리 잡았다. 과학기술에 대한 적극적 관심의 피력과 문학 텍스트 내에서 이뤄지는 빈번한 형상화는 실질적 성과로 외화되고 있기도 하다. 2009년 4월 광명성 2호 인공위성 발사에 북조선이 강하게 의미부여하는 것도 양가적 의미를 지닌다. 외부적으로는 북조선의 역량을 표출하는 것이고, 내부적으로는 과학기술의 성과를 가시적으로 드러냄으로써 체제 내의 결속을 강조한 것이다. 따라서, 광명성 2호의 정상궤도 진입 여부와는 상관없이 이번 인공위성 발사는 북조선으로서는 성공한 사업이었다고 평가할 수 있다. 북조선의 우주 개발에 대해 오히려 주변 국들이 민감한 반응을 보임으로써 한반도 주변의 위기감이 고조되고 있는 상황이다. 북조선의 6자회담 탈퇴와 기존 합의 폐기 선언 등은 미국과 일본, 그리고 남한에 의해 조장된 측면이 강하다. 남한의 PSI 전면 참여나 남북대화 단절이 북조선의 외교적 선택의 폭을 좁히고 있는 것이다. 여기에 연평도 포격 사건까지 더해져 남북 관계는 극도로 경색되었다. 이런 상황에서 남북의 화해와 협력, 한반도 평화 증진을 위해서는 6·15남북공동선언의 의미에 대한 재확인이 절실하다.

이러한 북조선사회 내부의 변화는 남한사회의 변화와 연동되어 있어 조심스러우면서도 더딘 것이 사실이다. 하지만 6·15시대 이후 북조선문학은 정치이념을 반영하면서도 독자적인 용트림을 하려는 징후를 곳곳에서 드러냈었다. 그것이 문학예술의 자율성을 반증하는 것인지, 아니면 북녘 내부의 변화가 문학 현실에 반영된 것인지는 쉽게 가늠할 수 없다. 다만, 2000년 '6·15남북공동선언'의 자장 안에서 이들 변화가 촉발되고 있다는 사실만은 분명하다. 그 온풍이 최근에는 급격이 냉각되고 있는 상황이다.

남북 문학 교류가 정치적 환경 변화에 어떤 기여를 할 수 있을지는 가늠하기 힘들다. 정치 상황의 변화와 무관하게 문학예술의 자율성이 확보될 수 있다면, 그것만으로도 남북의 화해와 협력에 문학이 기여할 수 있는 영역이 확장될 수 있을 것이다. 이는 북조선에만 국한된 문제라고 볼 수도 없다. 실제로 남한 내에서도 정권의 변화에 따라 남북 교류가 직접적인 영향을 받고 있다. 2009년에는 최근에 남쪽에서 발간되려던 북한 문학작품 『개마고원』이 판매가 유보되었고, 남북 문인들이 함께 만드는 『통일문학』이 검열로 인해 '수령님'이라는 문구가 테이프로 가려진 상태에서 배포되기도 했다. 북조선에서도 남한 문인과의 만남을 위한 중국 외유가 극도로 제한되고 있는 상황이라고 한다. 학문과 문화예술 영역의 교류는 정치적 변화와 상관없이 지속될 필요가 있다. 이러한 공감대가 확대될 때 '6·15남북공동선언'의 효과가 실제로 한반도 내에 두루 미칠 수 있다.

문화 통합을 위한 '두 개의 문학론'

1. 광화문우체국 6층에서

멈출 듯하다가도 갑자기 쏟아지는 빗줄기가 창문을 후두둑 갈기고 있었다. 『로동신문』을 훑고 있다가 빗소리에 놀라 광화문 네거리로 시선을 돌렸다. 설악산 한계리가 송두리째 폐허가 되었다는 소식에 가슴이 아렸는데, 또다시 굵은 빗줄기가 쏟아진다. 한반도가 2006년 여름에는 남북 갈등에 이은 장맛비로 무척 아프다.

2006년 7월 28일 오전 10시경, 나는 광화문우체국 6층에 '통일부 북한자료센터' 한구석에 둥지를 틀고 있었다. 옆에 1년 치씩 쌓여 있는 북한의 『조선문학』, 『청년문학』과 『로동신문』은 내게 '안온한 불안감'을 안겨준다. 일찍부터 서둘러 이곳을 찾은 데는 각별한 사연이 있었다. 이날 오후 4시에는 북녘 땅을 밟기 위해 강원도 고성군으로 가기로 되어 있었다. 다음 날인 29일에 '6·15민족문학인협회' 출범식이 열리면, 남북 문인들의 통합단체가 처음으로 조직된다. 나는 마치 대학 시절 '전대협 출범식'에 처음 참가했던 때의 심정으로 '6·15민족문학인협회'의 결성을 기다리고 있었다.

내가 기억하고 있는 북녘 문인들의 이름을 되새겨보았다. 이미 작고한 천세봉, 황건, 윤세중이 생각났고, 얼마 전에 읽은 홍석중, 오영재, 남대현, 변창률 등이 떠올랐다. 최근 2년 사이에 비평 활동에 쫓기다 보니 북한문학 작품 읽기를 등한시했다. 부끄러운 마음에 출발 당일에야 북한자료센터를 찾아 부랴부랴 자료를 뒤적였다. 마침 『로동신문』 2005년 7월 22일자에서 작년에 평양에서 개최된 '6·15민족문학인대회' 관련 기사를 읽고 있을 때였다. 휴대전화의 진동음이 북한자료센터의 고요를 깨뜨려, 부랴부랴 복도로 나와 전화를 받았다.

"연락 받으셨죠?"

행사를 주도적으로 준비하고 있는 민족문학작가회의 사무처에서 온 전화였다.

"예, 4시 30분에 애오개역 1번 출구에서 출발한다는 메시지 말이죠?"

"어, 아직 연락 못 받으셨네요. 문자 보냈는데."

"무슨 일이 있군요?"

"어제 밤늦게 북한에서 팩스가 왔어요. 결성식을 부득이 연기한다는 내용인데요. 오늘 금강산 출발은 취소되었어요."

갑자기 허탈해져 전화기에 대고 다급히 물어볼 수밖에 없었다.

"무산이 아니고, 연기인 거죠?"

"예, 추측컨대 북측에 물난리가 나 도로가 유실된 것 같아요. 그래서 북측 작가들이 금강산에 들어올 수 없는 사정이 생긴 것 같고요."

전화를 끊고, 더듬이를 잃어버린 개미처럼 광화문우체국 건물 6

층을 배회하기 시작했다. 대학원 석사과정에 입학한 1996년부터 드나들었던 이곳이 낯설어진 느낌이었다. 지도교수의 성화에 못 이겨 북조선문학을 읽기 시작한 이래, 세 편의 북조선문학 논문을 썼다. 힘겹게 쓴 논문이었지만, 울창한 숲의 초입에 우뚝 서 있는 나무 몇 그루만 만져본 격일 뿐이다. 선배 북조선문학 연구자들이 위험을 무릅쓰고 이적 표현물에 접근했다면, 나는 특수자료 열람 추천서를 들고 북한자료센터를 들락거렸다.

나는 아직도 북조선문학 읽기를 버거워 하는 남한의 독자이고, 북조선문학을 문학으로 바라볼 수 있는 관점을 세우지 못한 게으른 연구자이다. 그런데도 금강산에서 북녘 작가를 만나는 것에 가슴 설레었던 이유는 어디에 있을까? 북조선문학을 읽으면서 가슴 설레는 희열을 경험한 것도 초창기뿐이었는데, 작가를 만나는 것 자체에 흥분한다는 것은 낭만적 사고의 전형이 아닐까?

다시 한 번 남북 문학에 대해, 우리 시대가 예비하고 있는 남북 문인들의 교류에 대해 꼼꼼히 되짚어볼 필요성이 느껴졌다. 그 입구는 아무래도 2005년 7월 20일부터 25일까지 평양, 백두산, 묘향산에서 있었던 '6·15공동선언 실천을 위한 민족작가대회'(이하, 민족작가대회)일 듯싶다. 2005년의 민족작가대회는 1945년 12월 13일에 개최된 '조선문학건설본부'와 '조선프롤레타리아문학동맹'의 합동총회 이후 최초로 남북 문인이 함께한 자리였다. 장장 60여 년이 넘은 세월 만에 남북 문인들이 자리를 함께했다는 사실은 각별했다.

1945년 12월 13일 '조선문학건설본부'와 '조선프롤레타리아문학동맹'의 합동총회를 통해 통합조직인 '조선문학동맹'이 탄생할 수 있었듯이, 민족작가대회는 '6·15민족문학인협회'의 초석이 되었다. 1945년 12월 13일에는 형식적 통합을 합의하기도 힘들었다. 하지만 어렵게 출발한 '조선문학동맹'은 월북 문인들이 참여하지 않아 유명무실화됨으로써 해방기의 혼란한 정국 속에서 문인들이 할 수 있는 역할을 축소시키고 말았다. 비록 연기는 됐지만 '6·15 민족문학인협회'의 출범은 남북 문학 통합 과정에서 문인의 활동 공간을 넓혀줄 것으로 보인다. '6·15민족문학인협회'는 '내면의 교류'가 가능한 길을 뚫는 작업이다. 협회 출범을 계기로 '남북 문단의 본격적인 문단 교류'와 '남과 북의 독자를 염두에 둔 작품 활동'이 가능해질 수도 있다. 비록 협회 내에서 끊임없이 이견이 제기되고 의견이 조정되더라도, 전혀 다른 질을 지녔다고 간주되던 둘이 서로 소통하기 위해서는 불편을 감수해야 한다.

2006년의 시점에서 남북 문학의 인적 교류가 진행되고 있지만, '통일 시대의 문학'을 예비하는 다양한 의견개진은 미흡한 편이었다. 남북 문인들의 교류에 대한 입장차는 수면 위로 부상하지 않았으며, 그 드러나지 않음이 오히려 불안감을 가중시켰다. 이 글은 남북 문인 교류를 성찰적으로 살펴보기 위해 씌어졌다. 그래서 다소 도전적인 문제제기를 포함하고 있다.

2. '민족작가대회'에 대한 두 가지 시선

'6·15민족문학인대회' 결성식 연기 통보를 받았을 때, 나는 '6·15공동선언 실천을 위한 민족작가대회' 참관기를 읽고 있었다. 『로동신문』 2005년 7월 22일자 5면 하단에 상당한 비중으로 실린 이 기사는 리철준 기자가 작성한 것이었다. 리철준 기자는

"우리는 대회 참가자들의 토론도 듣고 그들과 이야기도 나누면서 6·15공동선언의 기본 정신인 《우리 민족끼리》 리념이 있기에 우리 민족은 통일운동의 앞길에 그 어떤 난관이 가로놓인다 해도 두려울 것이 없으며 기어이 통일되고 부강번영할 태양조국의 휘황찬란한 래일을 당겨올 수 있다는 것을 더욱 굳게 확신할 수 있었다"(강조는 인용자)라고 적고 있었다.

『로동신문』은 2005년 7월 21일자부터 26일자까지 4면에 사진과 함께 6·15공동선언 실천을 위한 민족작가대회 참가를 위해 평양을 방문한 남측 대표단의 동향을 보도했다. 리철준 기자의 기사가 눈에 띄었던 이유는 '민족작가대회 남측 대표'의 동향에 관련된 거의 유일한 기명기사였기 때문이다. 『로동신문』은 민족작가대회에 대해서 꼼꼼히 다루고 있지만 대부분 '조선중앙통신'으로 출처가 밝혀진 보도기사 위주였다.

이 기사에서 내가 주목한 것은 강조 인용한 '우리 민족끼리'라는 표현이었다. 단일 기사에서 이 표현은 모두 다섯 번 등장한다. 북조선에서는 '우리 민족끼리'를 6·15공동선언의 핵심 이념으로 파악한다. 그래서 남과 북이 자주적으로 문제를 해결해야 한다고 강조한다. 북조선에서 '우리 민족끼리'와 '남북공조'를 구분해 사용하고 있다는 사실도 고려할 필요가 있다. 남북공조는 경제협력과 사회문화 교류에 국한해서 사용하고, '우리 민족끼리'는 통일로 가는 근본원칙으로서 큰 틀에서 사용한다. 이는 6·15남북공동선언 제1항이 "남과 북은 나라의 통일 문제를 그 주인인 우리 민족끼리 서로 힘을 합쳐 자주적으로 해결한다"고 규정한 것에서도 확인할 수 있다.

그렇다면 '우리 민족끼리' 해결해야 할 과제는 무엇인가? 리철준 기자는 그 과제를 '1)민족 통일 2)태양조국의 휘황찬란한 래일'로 규정하고 있다. 강한 민족주의적 목소리를 내장한 리철준 기자의 글은 개인적 염원을 단독으로 표현한 것이 아니다. 그의 글에는 북조선이 정책적으로 주장하는 '강성대국 건설'과 '선군정치'의 기치가 녹아들어 있다.

북조선은 1990년대 이른바 '고난의 행군'(1994~1997)으로 일컬어지는 극심한 빈궁기를 거쳤다. 북조선경제는 1990년 이후 9년간 마이너스 성장을 기록했고, 한때는 국가예산까지 공표하지 못하는 상황에 내몰리기도 했다. 고난의 행군이 끝났다고 이야기되던 1998년 즈음에 '강성대국 건설'이 북조선 사회주의의 목표로 제시되었다. 이 정책 목표를 실현하기 위해 김정일 국방위원장은 '선군정치(先軍政治)'를 통치전략으로 채택했다. '고난의 행군'과 '강성대국 건설'은 북녘 현실에 대한 각기 다른 언어적 수사라고 할 수 있다.

이른바 김일성 주석 사후 '유훈통치' 기간에 있었던 '고난의 행군'은 북조선이 겪은 고통을 상징한다. 마치 남한사회에 아직도 IMF 구제금융의 깊은 상처를 기억하고 있는 이들이 많은 것과 같다. 남과 북이 다른 것은 북조선이 '고난의 행군'을 집단적 기억으로 공유하고 있다면, 남한은 IMF 구제금융을 개인의 상처로 생각하는 경우가 더 많다는 점이다. 북조선을 대표하는 문학평론가 류만은 '고난의 행군'을 지칭하면서 "준엄한 시련과 난관"을 "기적적으로 돌파"했다는 표현을 썼다. 북조선 문학평론에 자주 등장하는 반복적 표현이기는 하지만, 2005년 말 작고한 류만의 글에서 강조되는 '고난의 행군'에 대한 절절한 표현은 심상치가 않다. 그런 의미에서 '강성대국 건설'과 '선군정치', '선군문학'은 세계체제의 약소자로서 북조선이 스스로를 위안하는 희망의 담론이다. 북조선과 쿠바는 현실 사회주의 붕괴 이후 세계체제의 약소자가 되었다.

1990년대가 극심한 고난의 시기였다면, 2000년대의 북조선은 '강성대국 건설'과 '선군정치'를 통해 내부적 결속과 대외적 압박을 동시에 가하고 있는 형국이다. 북조선은 고통의 기억을 집단화함으로써 '강성대국 건설'을 통해 '낭만적 서사'를 구현하려고 한다. 국가주의와 민족주의가 버무려져 있는 이러한 집단적 정체성은 시련의 과정에서 형성된 것이기에 '허구적 담론'이라고만 규정할 수 없다. 담론은 반복된 경험이 체계를 형성하면서 견고해지는 것이 아니던가. 북녘사회에서 '집단주의에 대한 공포'만을 발견하는 사람들은 북조선이 지난 시기에 얼마만큼의 고통과 아픔을 감내하면서 지금에 이르렀나를 외면하고 있다. 지난 시기의 고통은 주체의 신념을 강화시킨다. 그것이 비록 왜곡된 것이라는 사실을 주체가 분명히 인식하고 있더라도, 과거의 극심한 고통은 주체를 무의식적으로 휘어잡고 있다. 지금의 북조선이 그렇다.

『로동신문』의 리철준 기자의 참관기가 북조선의 공식적인 입장을 갈무리한 채 발언하는 것이라면, 남한에서 발표된 '6·15공동선언 실천을 위한 민족작가대회' 참관기는 다양한 입장을 담고 있다. 그중 독특한 입장으로 주목받은 것은 서영채가 『문학동네』 2005년에 가을호에 발표한 「백두산 근참기, 2005」이다. 이 글에서 서영채는 '우리 민족끼리'를 정면으로 반박하고 있다. 그가 보기에 '우리 민족'에서 '민족'이라는 말은 "이제는 배타주의나 전체주의를 연상시키는 위험한 단어"가 되어가고 있다. 스스로 "민족주의나 애국심 같은 단어들과, 나는 논리적으로는 물론이고 정서적으로도 멀어진 지 이미 오래다"라고 선언한다. 그러면서 자신이 문학을 선택한 이유는 "모든 집단적인 생각이나 감수성과, 또 어떤 계몽적 사유나 이데올로기와도 결별"할 수 있었기 때문이라고 밝혔다.

서영채는 문학이 '우리 민족끼리'의 이념 아래 통일운동의 실천과 연관되는 것에 불편한 심경을 피력했다. 그의 도도한 엘리트주의는 "쓰는 자는 모두 저마다 하나씩의 단독정부다"라는 선언으로 이어진다. 문학주의와 엘리트주의가 결합한 서영채의 감수성은 북조선에 대한 무관심, 혹은 냉소로 이어질 가능성이 높다. 그가 북녘을 방문하는 동안 내내 "마음이 무겁고 우울"했던 이유도, 그 원인마저 "헤집어보고 싶지도 않"은 이유도 이런 징후의 표현이라고 할 수 있다. 서영채는 '6·15공동선언 실천을 위한 민족작가대회' 참여 이후 북녘으로부터 더 멀어진 듯하다.

서영채가 북녘과 북조선문학에 가하는 '냉소적 표현'은 남한 문인들의 저변에 깔려 있는, 표현되지 않은 정서의 일부를 단적으로 보여준다. 그래서 검토를 요하는 문제적 입장이다.

서영채의 입장은 민족과 국가 개념에 대한 정서적 반발에서 출발한다. 그에게 문학은 단독자로서 '예외적 개인'만이 할 수 있는 특수한 것이다. 예외적 존재로서의 문학인은 온전한 단독자일 때 존재가치가 있으며, 문학 속에서만 자유롭다. 독자가 문학작품을 읽는 이유도 '예외적 인간'의 특별한 능력에 기인한다는 것이 문학주의자들의 생각이다. 문학주의자들은 계몽주의를 거부하는 듯하면서도 도도한 계몽주의가 내재되어 있다. 이러한 태도는 북조선문학의 이념과 상극을 이룰 수밖에 없다. 북조선에서 문학은 김정일 국방위원장이 이야기한 것처럼 "당과 혁명, 조국과 인민을 위하여 참답게 복무하는 혁명적이고 인민적인" 기능을 한다. 민족과 국가를 회의하는 서영채의 태도와 '당과 혁명, 조국과 인민'을 위해 존재하는 북조선문학은 갈등을 유발할 수밖에 없다.

남한사회에서 서영채의 문학적 신념은 다양한 문학적 태도 중 하나로 인정될 뿐만 아니라, 만만치 않은 힘을 지닌 태도로 간주된다. 하지만 남과 북이 만나는 자리에서 이 둘은 서로를 외면하게 된다. 실재하되 서로 인정하지 않는 상황에서 이뤄지는 인적 교류가 위태롭게 느껴진다. 남북 문학의 교류가 정치적 갈등만큼이나 험준한 고비를 넘어야 하리라는 예감은 여기서 시작된다.

그렇다고 서영채가 주장하는 문학이 남한문학의 기능을 대변한다고 볼 수는 없다. 자기 완결적 세계를 추구하는 남한의 일부 문학주의자가 구체적 현실문제인 '분단과 통일' 문제에 개입한다는 것은 좀처럼 상상이 되지 않는다. 문학주의자의 논리에 따르면 주체와 관계 맺고 있는 민족이나 국가는 전체주의와 배타주의의 상징일 뿐만 아니라, 예외적 인간을 억압하는 관습으로 타매(唾罵)된다. 그런 의미에서 일부 문학주의가 표방하는 것은 '예외적 인간'이지 '해방된 주체'는 아닐 것이다. 하지만 이러한 태도는 문학을 바라보는 여러 입장 중 하나로 남한사회에서 의미를 부여받고 있다. 심지어는 때때로 존경받기도 한다.

문제는 남북 문학이 만나는 자리에서 남한의 문학주의적 입장이 국가와 민족마저도 초월하고 있기에 대화의 접점이 형성되지 못한다는 사실이다. 바로 이 부분에서 통일 무용론의 제기 가능성이 등장한다. 세계체제와 남북 관계 속에서 주체는 끊임없이 주변적 요인에 의해 훼손되고 자극받을 수밖에 없다. 그러한 주체가 피동적이지 않으려면 국가와 민족의 성격 형성에 적극적으로 개입해야 한다. 남과 북의 체제가 이야기하는 '국가와 민족'이 그 성격에 상관없이 동일한 것일 수 있을까? 국가기구로서 남한과 북조선 모두

혐오의 대상일 뿐이라면 주체는 자기 고립적 염세주의를 감내해야 한다. 이러한 태도가 때로는 미학적일 수는 있다. 하지만 소통적이지는 못하다. 세계와 소통 가능성을 확대하려는 문학은 남북의 현실을 외면할 수 없다. 미학적 실천의 영역에서도 마찬가지다. 북조선문학이 북녘사회에서 기능적 역할을 수행하고 있다 하더라도, 북조선문학이 포착해낸 현실은 다양할 수 있다. '북한식 문예 미학'은 단지 '종자론'이나 '수령 형상 문학'으로만 고착되어 있는 것이 아니다. 남한문학은 북조선문학에 대한 고착된 선입견을 말뚝 박고 있다. 이제 문학 언어를 통해 북녘사회의 맥락에서 북조선문학의 기능을 다시 이해하려는 노력이 요구된다.

물론, 방북 이후 남북 문학 교류에 대한 생산적 논의들도 다양하게 제기되었다. 정지아는 '잘난 형제/못난 형제론'을 통해 남한 문인들의 관용의 정신을 강조했고, 신용목은 '비상(飛上)론'을 통해 벼랑 끝에 선 듯한 막막함은 '떨어짐으로써가 아니라 날아오름으로써' 극복이 가능하리라는 제안을 했다. 60년의 해묵은 반목에 연연하지 않고 새롭게 출발할 수 있다는 마음가짐이 '비상'일 것이다. 그럼에도 불구하고, 2005년 7월에 남한 문인들은 북조선체제의 일면을 경험하며 공통적으로 답답함을 느꼈던 듯하다. '생각한 것 이상으로 가난한 북녘의 현실'에 마음이 아리는가 하면, 근래에야 조성되었다는 납북 및 월북인사 묘역에 '춘원 이광수'가 안장된 것을 보고 불편해 하기도 했다. 심지어 이대환은 '보편적 문학 정신(휴머니즘)을 통해 북녘 정권에 대해 발언해야 한다'고 주장했다. 충격을 받고, 연민을 느끼고, 아파하고, 분노하는 것은 북녘이 자신의 일부라는 동일시의 감정 때문이다. 이미 각오하고 떠났던 방북 일정이지만 '소문으로만 듣던 것을 직접 확인'한 감회는 편치 않왔던 듯하다. '채워야 할 여백'이 너무도 넓으면 작가들은 막막함과 동시에 희망을 감지하기도 한다. 펼쳐진 넓은 여백에 징검다리 놓는 작업은 앞으로도 오랫동안 지속해야 할 것이다.

3. 차이의 인정을 위한 '두 개의 문학론'

21세기 초입에 발표된 6·15남북공동선언은 한반도 평화를 예고하는 희망의 메시지였다. 2000년의 남북정상회담의 결과로 발표된 이 선언이 갖는 의미는 각별하다. 큰 틀에서 "남측의 연합제 안과 북측의 낮은 단계의 연방제 안이 서로 공통성이 있다"는 합의가 이뤄졌고, 인도주의의 실천과 경제 교류에 대한 공감대가 형성됐다. 그간 통일 방안을 놓고 남북 정권이 헤게모니 쟁탈전을 벌였던 것에 비하면 엄청난 역사적 전진이다. 이제야 남북 정책당국자들이 '결과로서의 통일'이 아니라, 상호성에 기반한 '과정으로서의 통일'에 주목하기 시작한 것이다.

6·15공동선언과 관련한 의미 있는 활동은 '6·15공동선언 실천을 위한 남북해외 공동행사 준비위원회' 중심으로 이뤄지고 있다. 그중 문학 분야의 민간 교류 부문은 특별한 구석이 있다. 북녘 사회에서 '문학 부문'이 차지하는 위상은 각별하다. 여타의 예술 장르와 달리 조선작가동맹 중앙위원회는 내각의 문화성 산하가 아니라, 노동당 선전선동부 직속기관으로 배치되어 있을 정도다. 또한 조선작가동맹 중앙위원회 위상도 북조선 문학예술 단체 중 단연 으뜸일 정도로 높다. 조선작가동맹 중앙위원회 부위원장인 장혜명이 '민족작가대회'를 준비하는 과정에서, "민족지성의 회합은

'6·15선언 실천을 위한 남북해외 공동행사 준비위원회' 결성식보다 크다. 공화국에서 문학은 최우선적이다"라고 외칠 수 있었던 것도 이런 맥락에서다.

남북 사회문화 교류에서 '6·15민족문학인협회'의 출범은 분단시대 극복을 위한 중요한 디딤돌이 될 것으로 보인다. 따라서 남한 작가들이 '6·15민족문학인협회' 출범을 바라보는 태도도 거시적 안목을 확보할 필요가 있다.

앞에서도 지적했듯이, 남과 북의 문학에 대한 첨예한 대립이 문학 이념을 중심으로 이뤄지고 있다. 남과 북이 문학 이념의 차이 때문에 겪을 수밖에 없는 갈등은 먼 장래에 통일이 이뤄진 이후에도 쉽게 풀릴 수 있는 성질의 것이 아니다. 역사를 기술할 수 있는 권한을 가진 자가 현재와 미래에 대한 권리까지 획득한다. 과거사 진상규명을 포함한 역사해석을 놓고 첨예한 이데올로기 대립이 남한사회에서 벌어지는 이유도 여기에 있다. 그간 남북 문학사 기술은 교차로에 만난 적 없이 평행선을 그으며 이뤄져왔다. '민족작가대회'와 '6·15민족문학인협회'에 이르러서야 비로소 상대방을 의식하는 문학적 만남이 이뤄지고 있다. 그래서 비록 인적 교류이기는 하지만 '6·15민족문학인협회' 출범이 소중하다. 들뜬 감정이 사그라들고 있는 시점에서, 나는 보다 냉정하게 '6·15민족문학인협회'에 대해 사고할 필요를 느꼈다. 여기까지 오는 데 남북의 실무를 맡은 문학인들의 숨은 공로는 분명 눈물겨운 것이었다. 하지만 어쩌랴. 앞으로 분단 극복을 위해 남북 문학인들이 앞으로 가야 할 길은 지금보다 더 힘들 수밖에 없을 것이다. 그런 의미에서 나는 '6·15민족문학인협회'와 관련해 남한 문학인들이 고려해야 할 몇 가지 사항을 제안하고자 한다.

첫째, '두 개의 문학이 공존하는 문화 통합 과정으로서의 통일문학'을 제안한다. 그간 남과 북은 '통일문학'을 수사적으로 사용해왔다. 남한에서 사용하는 통일문학은 자본주의 체제로 통일이 이뤄진 이후의 문학을 의미했고, 북조선에서 사용하는 통일문학은 사회주의 체제를 전제로 한 것일 수밖에 없었다. 남과 북, 공히 자신의 체제 밖을 상상하지 못한 상태에서 사용된 통일문학은 일방주의적 성격을 지녔다. 똑같이 '통일문학'이라는 수사를 사용했지만, 그 내포적 의미는 전혀 달랐던 것이다. 2005년에 남북 작가들 사이에 합의된 '6·15공동선언 실천을 위한 민족작가대회 선언문'에서도 협회기관지의 명칭을 『통일문학』으로 정했고, 조국 통일운동에 문학으로 이바지한 사람들에게 '6·15통일문학상'을 수여하기로 했다.

이제 하나의 문학을 전제로 한 '통일문학'에 대해 전향적 시각을 가질 필요가 있다. 남북 작가 교류가 없던 상황에서는 '통일문학'이 담론적 유효성을 지녔다. 하지만 작가들 사이의 직접적 교류가 이뤄지고, '6·15민족문학인협회' 출범을 앞둔 상황에서 '통일문학'은 상징적 효과만 지닐 뿐이다. 남한문학과 북조선문학은 각각의 사회 속에서 전혀 상이한 기능을 수행하고 있다. 남한문학은 어떤 식으로든 시장에서 문학이 유통되고 소비되는 상황이고, 북조선문학은 국가기구의 보호 속에서 당의 정강정책과 함께하는 선전적 기능을 수행하고 있다. 이 두 개의 상이한 기능을 하는 문학이 '통일운동'이라는 이름 아래 만났을 때, 남북 간 문학 이념의 충돌은 의외의 깊은 상처를 남길 수 있다. 따라서 '6·15민족문학인협회'에서는 '두 개의 문학론'을 통한 문화 통합의 방안을 적극적으로 고려할 필요가 있다.

둘째, 문학 본연의 역할인 작품을 통한 교류의 방안을 남북 문학인 모두가 적극적으로 고민할 필요가 있다. '6·15민족문학인협회'의 출범은 남한에서 등단해 활동하는 작가들과 북조선에서 공인된 작가들의 인적 교류의 성격이 강하다. 문학인의 교류는 궁극적으로 작품을 통한 교류로 이어져야 한다. 미래지향적 관점에서 보았을 때, 문학인의 교류는 문학작품의 교류여야 한다. 더불어 남과 북의 독자들이 분단의 경계를 넘어 자유롭게 상대편의 문학작품을 읽을 수 있어야 한다. 하지만 지금의 상황은 그렇게 긍정적이지만은 못하다. 북조선의 경우, 평양에서 발행되는 계간지『통일문학』이 고은, 고정희, 신경림, 백기완의 시와 공지영, 김인숙, 방현석, 윤정모, 박경리, 현기영의 소설 등을 소개한 바 있다. 남한의 경우는 계간『실천문학』이 김상오, 변창률, 이성식, 한웅빈의 소설과 김순석, 김북원의 시 등을 소개했다. 이들 문학작품의 교류는 극히 제한된 영역에서만 이뤄지고 있을 뿐이다.

남북 문화 통합에 문학이 기여할 수 있는 길은 작품의 실질적 교류를 통해 서로의 차이를 확인하면서 공통감각을 만들어 나가는 데 있다. 그런 의미에서 볼 때, 홍석중의『황진이』가 남한에서 출판되어 호평을 받은 것은 매우 고무적인 일이다.『황진이』이전에도 '북한 바로 알기 운동' 차원에서 백남룡의『벗』, 남대현의『청춘송가』, 림종상 외『쇠찌르레기』등이 남한에서 출판된 적이 있었다. 이들 작품이 북녘사회와 북조선문학에 대한 호기심 차원에서 읽혔다면, 홍석중의『황진이』는 역사소설로서 작품의 문학성 자체로 평가받아 남한 독자들에게 읽히고 있다는 점이 다르다. 북녘사회에서는 아직 이와 같은 사례가 만들어지지 못하고 있다. 남북 독자들이 남한 작가가 쓴 작품인지, 북조선 작가가 쓴 작품인지 의식하지 않고 읽을 수 있어야 작품을 통한 문학 교류가 자리 잡았다고 할 수 있다. 그런 의미에서 문학작품의 교류를 통해 남북 문화 교류의 실질적 물길을 내는 것 또한 '6·15민족문학인협회'의 중요한 과제가 될 것이다.

셋째, 남북 문학작품의 교류를 위해서는 저작권 문제에 대한 적극적인 해결 방안이 모색되어야 한다. 지금은 북조선의 내각 소속인 저작권사무국과 남한의 남북경제문화협력재단이 저작권에 대해 서로 협의하고 있다. 북조선은 2001년 최고인민회의에서 '저작권법'을 채택한 이후, 2003년에는 국제 저작권 보호를 위해 '베른협약'에 가입했고, 2004년에는 내각 산하에 저작권사무국을 설치한 바 있다. 문제는 남북 문학 교류가 저작권법에 의해 난항을 겪을 수도 있다는 데 있다. 북조선의 저작권사무국과 남북경제문화협력재단이 저작권에 관한 논의를 진행하고 있지만, 문학작품에 대한 출판에 있어서는 남북의 특수관계가 적극적으로 반영되어야 한다. 남북 문학작품의 출판에 '6·15민족문학인협회'와 같은 조직이 적극적 중재자로 나서 작품 교류의 창구 역할을 할 필요가 있다고 본다. 『통일문학』이라는 매체만으로 '6·15민족문학인협회'의 물질적 힘을 유지하기는 힘들다. 문학작품의 남북 저작권에 관한 논의 창구 역할을 '6·15민족문학인협회'에서 해낼 수 있을 때, 남북을 아우르는 문인단체로서의 기능을 수행할 수 있으리라고 기대된다.

마지막으로, 나는 '6·15민족문학인협회'와 '우리 민족끼리'의 담론 사이에 발생하는 균열에 대해 적극적으로 사고할 필요가 있다고 본다. 북조선은 '6·15민족문학인협회'를 "민족 통일운동의 선도적 역할"을 수행할 기구로 파악하고 있는 듯하다. 그래서 '우리 민족끼리'에 입각한 '민족자주'를 주요하게 거론한다. 하지만 남한 문인의 입장에서는 '우리 민족끼리'가 추구하는 강한 민족주의(강성대국 건설)에 대해 비판적 거리두기를 포기해서는 안 된다. 현재 북녘사회가 직면하고 있는 고통의 한 근원은 미국 주도의 '야만적 세계화'에 있다. 미국은 신자유주의적 세계화를 통해 전 지구적 차원에서 공공영역을 파괴하고 있으며, 더불어 미국식 보편주의인 인권 문제를 거론하며 북조선체제를 압박하고 있다. 미국은 자본주의적 전일화를 통해 세계체제의 주도권을 지속하고자 한다. 이에 대항하는 북조선의 입장도 강고하다. 주적(主敵)으로서의 과녁을 미국으로 공언하며, 핵과 미사일을 동원해 미국과 직접 대화하려는 의지를 분명히 하고 있다. 이런 국제적 역학관계를 고려한다면, '6·15민족문학인협회'의 기능에 대해 남한 문인들은 보다 적극적으로 사고해야 한다.

동아시아 평화 정착을 위해 남북 문인들이 보다 큰 틀의 문인·지식인 연대 조직을 구축할 필요가 있다. 이를 위해 '6·15민족문학인협회'가 한반도 평화 정착을 위해 동아시아 민간문인단체의 모태가 될 수 있다고 본다. 북조선은 현재 수세적 측면에서 '우리 민족끼리'를 통해 "미제국주의자들의 악랄한 반공화국 압살책동"에 대응하는 것을 최우선 과제로 삼고 있다. 그 와중에서 북녘 문인들도 '우리 민족끼리'라는 '민족자주권' 확산에 관심의 초점을 모으고 있다. '민족 문제'라는 협소한 시각으로는 신자유주의적 세계화의 압박으로부터 남북의 자율적 의사결정권을 지켜낼 수는 없다. 나는 '우리 민족끼리'라는 좁은 틀을 벗어나 중국·일본의 지식인·문인집단을 아우르는 동아시아 차원의 문인조직의 연대를 구상할 필요가 있다고 본다. 이를 통해 주변의 양심적 지식인·문인

집단들이 공동으로 야만적 세계에 저항하는 시민운동을 전개할 수 있으며, 한반도 평화 정착의 길도 넓힐 수 있으리라고 본다. 편협한 민족중심주의(강성대국 건설)를 주창하는 약소자로서의 북조선의 절박한 상황은 이해할 수 있으나, 궁극적인 평화 정착을 위해서는 '연대를 통한 세계체제의 변화'를 모색해야 한다. 그런 의미에서 남한 문인들 내부에서도 '6·15민족문학인협회'의 기능에 대한 조직론적 점검이 필요하다고 본다.

4. 상처를 감내하는 '내면의 교류'를 위하여

1997년 11월 초순경, 나는 중국의 옌지(延吉)에서 다롄(大連)으로 가는 열차에 홀로 올랐다. 중국 연변대학에서 교환연구생으로 한 학기를 마치고 귀국하는 길이었다. 21시간이 넘게 걸리는 장거리 여행에 대비해 6인용 침대칸 잉와(硬臥)표를 끊어야 했다. 서툰 중국어로 중국인들과 대화하기도 곤란해 지루한 여행이 되리라고 단단히 각오하고 있었다. 그런데 같은 침대칸에 있던 사십 대 중반의 남자가 한국말로 내게 말을 걸어왔다. 그는 심양에서 평양으로 들어가는 국제열차로 갈아탈 예정이라고 했다. 그제야 그가 북녘 사람이라는 것을 알았다.

연변대학에서도 북녘 사람을 본 적이 있었다. 하지만 대학당국은 교환연구생으로 공식 방문 중인 나와 북녘 사람들의 접촉을 세심하게 차단했다. 그 사십 대 남자를 만났을 때, 두려움 같은 것은 전혀 없었다. 오히려 강렬한 호기심으로 오랜 시간 대화를 나눴다. 그는 회사에 소속되어 북조선 미술작품을 중국과 거래하는 사람이었다. 직접 김정일 국방위원장을 만났다고도 했다. 그와 나는 가지고 있던 음식을 나눠 먹으며 스스럼없이 대화했다. 1997년 말은 북조선사회가 '고난의 행군'을 마치고 가쁜 숨을 몰아쉬고 있을 즈음이었다. 북녘의 경제난과 같은 민감한 질문에 대해 그는 '평양시민들이 길거리에 나와 노점상을 할 정도'로 심각했다고 전했으며, 그 모든 책임이 미국의 경제봉쇄에 있다고 울분을 토하기도 했다.

나는 아직까지 그 사십 대 남자가 힘을 주어 이야기했던 말들의 단락을 기억한다. "남쪽 사람들은 김정일 동지에 대해 너무 몰라요. 오해하고 있는 거죠. 김정일 동지가 바로 얼마 전에 이런 이야기를 했어요. '우리 인민들이 너무 착하다. 어려운 시기를 묵묵히 참아냈고, 이제는 고난의 행군을 극복했다. 이제 우리가 보여줄 때다. 무언가를 보여주어야 한다.' 이제부터는 다를 거요. 한번 보시라요." 벌써 근 10여 년 전의 이야기지만, 북조선사회가 공유하고 있는 일체감을 북녘 사람의 입을 통해 직접 들었던 소중한 경험이었다.

돌이켜보면, 남한사회는 1990년대 이른바 '북한 붕괴론과 흡수통일론'의 열병에 들려 있었다. 일부에서는 '북한 붕괴론의 이론적 고찰', '북한체제 붕괴시 초기 경제 통합 방안' 등과 같은 연구 프로젝트가 진행되기도 했다. 그 와중에 북조선사회는 현실 사회주의의 붕괴를 견뎠고, '유훈통치 기간'을 거쳤으며, 극심한 경제난을 지칭하는 '고난의 행군'을 통과했다. 1997년 말에 남한사회는 'IMF 구제금융 시기'를 겪어야 했고, 경제가 회복되자 북조선이 변했음을 감지했다. '붕괴론과 흡수통일론'은 북조선을 호명하는 언어로서 효용을 상실하고 있었다. 대신 북조선 개혁개방론이나 북조선 민주화론, 인권론 등을 남한사회에서 제기했다. 이러한 논의는 또한 이른바 '북한 연착륙론'이기에 남한 중심의 북조선체제 변화론일 수밖에 없다.

남과 북의 경험세계는 60여 년의 세월 동안 이미 다른 맥락을 형성했다. 그런데도 여전히 남한에서는 남한 중심의 통일론을 제창하고 있고, 북조선도 '우리 민족끼리'를 앞세우며 강한 민족주의론을 고수하고 있다. 북녘의 사십 대 남자는 내게 경험세계가 다른 남과 북의 사람이 만났을 때, 어떻게 대화해야 하는지를 알려주었다. 처음에는 공통성에 대해 이야기하고, 다음에는 구체적인 부분에서 차이를 이야기할 수 있어야 한다. 공통성만을 이야기하는 것은 공허하고, 차이만을 확인하는 것은 대화의 진전을 방해한다. 진정한 내면의 교류는 '배려하는 마음'과 더불어 '자신의 상처까지 감내하는 솔직함'에서 나온다. 차이는 상처를 줄 수 있지만, 상처 없이 진전된 교류를 기대하기는 힘들다. 진정한 내면의 대화는 '자신을 둘러싼 환경의 압력'까지도 벗어날 수 있을 때 가능한 듯싶다. 그래서 문학의 역할이 소중하다.

밀실에서 속삭이는 듯한 문학이 궁극적으로는 밀실 밖의 억압에 대한 거대한 공명판일 수 있다. 분단시대에 문학은 도구적 합리성마저도 왜곡된 채 동원되면서 스스로의 역량을 소진하고 말지도 모른다. 하지만 정치경제적 격변에 대해 큰 소리로 반응하는 울림판 역할을 함으로써 우리 시대를 반성하게 하는 깨어 있는 경종이어야 한다. 문학이 자유를 위한 투쟁이어야 하는 이유가 여기에 있다.

4부

체 제 바 깥 다 른 세 상

시적 상상력, 근대체제를 겨누다

_신동엽과 비체제적 상상력

1. 종교와 예술, 그리고 법열(法悅)

한 기이한 죽음이 신동엽(申東曄, 1930~69)의 산문 「금강잡기(錦江雜記)」(1963)에 담겨 있다. 이 산문은 인간과 자연, 그리고 종교가 역사적 공간인 금강(錦江)과 어우러져 설화적 상상력을 자극한다. 글의 전개방식도 사건의 결과를 미리 제시한 후 그 원인을 하나하나 밝혀나가는 미스터리 기법을 활용했다.

「금강잡기」가 품고 있는 사건의 대강은 이렇다. 1960년 즈음의 어느 새벽, 백제의 고도 B읍(부여)에 천지를 울리는 천둥과 번개가 내리쳤다. 어제저녁까지 맑았던 하늘이 갑작스런 뇌성벽력으로 조화를 부린 것이다. 새벽잠을 설친 사람들은 아침에 놀라운 소식을 접하게 된다. 천둥 번개가 있기 바로 전에 세 여승(女僧)이 나란히 금강으로 걸어 들어가 스스로 죽음을 선택했다는 것이다.

여승들은 경주의 절에서 재강습(再講習)을 받고 자신들이 소속된 무량사로 향하다, B읍의 유서 깊은 고찰에서 여독을 풀던 중이었다. 그들은 관광객을 상대하는 사진사, 사탕장사와 어울려 농담도 주고받으며, 강가에서 조약돌을 주워 자신들의 바랑에 가득 채웠다. 마지막 날에는 절의 주지와 사진사를 청해놓고 과자와 호콩을 나누며 '내일 새벽 일찍 첫 버스로 떠날 예정이니 없으면 간 줄 알아달라'고 작별인사까지 했다.

다음 날 새벽, 여승들은 "조약돌들이 가득 담긴 무거운 그 바랑 주머니들을 어깨에 걸머져 허리에 꽉 졸라매고 귀신도 모르게 조용히 일렬로 늘어서서 강의 중심을 향하여 서쪽으로 서쪽으로 걸어 들어갔"다(346쪽, 이하 인용 쪽수는『신동엽전집』, 창비, 1989). 그런데 이 장면을 마을의 사공이 발견했고, 이들을 구하려 소리를 지르자 무서운 뇌성벽력과 함께 소나기가 십여 분 동안 몰아쳤다.

이 기이한 동반자살(혹은 동반열반)을 바라보는 신동엽의 태도는 경건하다. 그는 "이승 저쪽 피안의 세계에 무엇을 보았길래 그들은 세 사람이 동시에 서쪽 하늘을 향해 합장하고 행렬지어 한 가닥 미련 없이 점점 깊어지는 물 속으로 걸어 들어갈 수 있었을까"라는 질문을 던졌다. 그러면서 "극적인 죽음 앞에 위대한 예술에서와 같은 법열(法悅)"(347쪽)을 느꼈다고 토로했다. 신동엽은 이 사건에 압도당한 듯하다. 그것은 이성의 영역을 뛰어넘은 경이로운 체험이고, 상상을 뛰어넘는 상황 전개로 인한 심리적 충격이었다.

신동엽이 "나는 요새도 가끔 그 세 여승의 죽음을 생각하면 종교·예술이 지니는 어떤 지상의 자세 같은 것을 그들의 마지막 행렬에서 느끼게 된다"(같은 쪽)고 말한 부분에 주목할 필요가 있다. 그는 종교와 예술을 동일한 맥락에 놓고 예술을 고민한 시인이었다. 신동엽은 '시는 세속에 몸을 섞고 있는 사람들에 대한 따스한 감성을 언어로 표현함으로써 인생과 세계의 본질을 통찰한다'는 생각을 갖고 있었다. 이런 그였기에 "멀고 먼 그 겨냥을 향해 아무 잡(雜)티 없이 달려가는 빠른 화살"(같은 쪽)처럼 피안의 세계로 떠난 세 사람을 바라보는 태도는 양가적일 수밖에 없었다. 한편으로는 세 여승에게 겸허한 마음으로 고개를 숙이고 싶으면서도, 다른 한편으로는 '세상사에 초연한 그들의 행동'에 의구심을 가졌다. 이 팽팽한 긴장 속에서 신동엽은 종교와 예술 사이를 건너며 시의 길을 걸어갔다. 마치 세 여승이 합장하고 행렬을 지어 물속으로 걸어갔듯, 1960년대의 험한 세파 속으로 몸을 밀고 나아갔다.

신동엽은 한 글에서 시인이란 모름지기 "민중 속에서 흙탕물을 마시고, 민중 속에서 서러움을 숨쉬고 민중 속에서 민중의 정열과 지성을 조직(組織)"해야 한다고 주장했다(「60년 대의 시단 분도회」, 377쪽). 그는 시와 종교를 같은 높이의 단상 위에 놓으면서도, 시정(市井)의 감각을 강조해 현실에 몸을 바짝 붙이려고 했다. 그렇기에, 1960년대와 불화하면서도 그 극복을 위해 체제에 갇히지 않는 시적 상상력의 날개를 넓게 펼쳤던 것이다. 이 글에서 필자는 신동엽이 꿈꾼 '다른 세상'과 '민주주의적 열망'을 현대적으로 재해석해보고자 한다.

2. 반체제를 넘는 비체제적 상상력

등단작 「이야기하는 쟁기꾼의 대지」(1959)는 신동엽의 시인정신이 농축되어 있는 원형질의 시다. 이 시에는 자연과 소통하는 인간을 향한 시인의 염원이 주제의식으로 구현되어 있다. 그것은 근대화된 세계 혹은 대지의 힘을 망각한 세계에 대한 강한 질타를 포함한다.

「이야기하는 쟁기꾼의 대지」는 1950년대 한국시의 주류적 흐름에서 멀찍이 떨어져 있는 듯한 작품이다. 한국시사(詩史)에서 어느 시인의 등단작이 이토록 긴 호흡을 감당하며 대지와 우주를 오가는 낙차를 견뎌냈던가? 우주를 이야기하는 듯하면서도 세속의 아픔을 감싸 안은 이 시는 읽는 이의 감성을 묵직한 시혼(詩魂)으로 뒤흔들어놓는다. 결코 쉽게 읽히지 않는 시임에도 시 전체를 관통하는 통렬한 기운은 도도하다. 「이야기하는 쟁기꾼의 대지」는 신동엽 시정신의 원석이 갈무리되어 있는 시로 평가할 수 있다.

서화(序話)와 후화(後話)를 포함해 모두 8장으로 구성된 이 시의 화자는 전쟁의 화신이었던 강한 남성, 모든 기운을 흡수해 새로운 생명의 탄생을 염원하는 여성, 그리고 삶의 원초적 원리 속에서 발화하는 시적 화자로 설정되어 있다. 이들은 대지와 교접하며 벌거벗은 인간의 본질을 발견하고, 인간 삶의 토대인 자연의 에너지에 자신을 의탁해간다. 특히 제5화에서 기존의 현실에 대한 전복적 태도가 압축적 언어로 표현되었다.

가리워진 안개를 걷게 하라,
국경이며 탑이며 어용학(御用學)의 울타리며
죽 가래 밀어 바다로 몰아 넣라.

하여 하늘을 흐르는 날새처럼
한 세상 한 바람 한 햇빛 속에,
만 가지와 만 노래를 한 가지로 흐르게 하라.

보다 큰 집단은 보다 큰 체계를 건축하고,
보다 큰 체계는 보다 큰 악을 양조(釀造)한다.

조직은 형식을 강요하고
형식은 위조품을 모집한다.

하여, 전통은 궁궐안의 상전(上典)이 되고
조작된 권위는 주위를 침식한다.

국경이며 탑이며 일만년 울타리며
죽 가래 밀어 바다로 몰아 넣라.

　　　　　　　　　　　_「이야기하는 쟁기꾼의 대지」 제5화 전문

　가까운 곳만 볼 수 있는 사람은 아무리 자유롭게 움직일 수 있다
해도 갇힌 존재일 뿐이다. 가까운 곳과 먼 곳을 함께 볼 수 있는 사
람만이 자신의 위치를 파악할 수 있다. 자신의 위치를 알아야 어디
로 향할지 가늠이 된다. 그렇다면 이 시의 화자는 어떠한가? 그는
가까운 곳만 볼 수 있는 사람도, 가까운 곳과 먼 곳을 함께 볼 수 있
는 사람도 모두 '안개 속에 갇혀 있다'고 당당하게 선언한다. 그는
안개 밖에 있는 것이다. 안개를 걷어내지 않으면, 모두들 금기(禁
忌)의 국경에 갇혀 있고, 위로만 솟은 탑 속의 수인(囚人)들이며,
기존의 체계를 고수하려는 이데올로기적 학문에 시야가 막힌 존재
들일 뿐이다.
　시적 화자는 하늘의 뜻과 닿아 있는 '하나의 도(道)'를 염원한다.
그것은 "한 세상 한 바람 한 햇빛 속에,/만 가지와 만 노래를 한 가

지로 흐르게 하"는 것이다. 그 도(道)는 지배계급이 위계적으로 만들어낸 모든 집단, 조직, 체계를 거부한다. 더불어 동의에 기반하지 않은 권위와 전통도 거부한다. 이러한 지배질서는 "죽 가래 밀어 바다로 몰아 넣"어야 하는 급진적 전복의 대상이다. 과연 시적 화자가 궁구하는 '하나의 도'는 무엇일까? 그것은 '왕궁(王宮)과 통치권'에도 아랑곳없이 자연과 밀착한 자립적 삶을 의미하리라. 경쟁으로 이룩된 체계가 아니라, 상호부조와 협력에 의해 유지되는 공동체 사회가 '하나의 도, 하늘의 도'에 근접한 삶일 것이다.

신동엽은 경쟁의 논리에 기반을 둔 자본주의 체제 밖에 자신을 위치시킴으로써 엄존하는 현실에 균열을 내려 했다. 존재하는 현실을 그대로 받아들이지 않는 불편한 태도를 취함으로써, 그는 현실을 정당화하는 모든 이데올로기를 전복했다. 자본주의에 반대하여 사회주의 등을 상상한 것이 '반체제'라면, 신동엽의 태도는 기존의 체제 바깥을 지향한 '비체제적 상상력'이라 일컬을 수 있으리라. 그렇기에 그는 자유롭기 위해 시인이 되었고, 시인이 되어 "우주 밖 창을 여는 맑은 신명"과 "태양빛 거느리는 맑은 서사(敍事)의 강"(「이야기하는 쟁기꾼의 대지」 후화)을 열망했다.

신동엽은 분단체제하에서 가해지는 이데올로기적 폭력에도 당당한 태도를 취했다. 그는 체제 안에 있으면서도 체제 밖을 상상했기에 끊임없이 제도와 충돌할 수밖에 없었다. 어쩌면 신동엽이 동시대의 분단체제와 반공주의 이데올로기, 그리고 자본주의적 근대와 갈등했던 것은 당연한 것이었는지도 모른다. 시 「진달래 산천」(1959)은 그 대표적인 예다.

길가엔 진달래 몇 뿌리

꽃 펴 있고,
바위 모서리엔
이름 모를 나비 하나
머물고 있었어요

잔디밭에 장총(長銃)을 버려 던진 채
당신은
잠이 들었죠.

햇빛 맑은 그 옛날
후고렷적 장수들이
의형제를 묻던,
거기가 바로
그 바위라 하더군요.

기다림에 지친 사람들은
산으로 갔어요
뼛섬은 썩어 꽃죽 널리도록.

_「진달래 산천」 부분

이 작품은 신동엽이 벗 구상회와 함께 부소산 장군바위에 올라
우연히 보게 된 시신(屍身)에서 착상했다고 한다. 봄날의 진달래
가 예사롭지 않은 것은 그 붉은빛에 이름 없이 스러져간 이들의 아
픔이 서려 있기 때문이다. 신동엽은 그 누구도 거두지 못한 시신
에서 역사의 폭력을 상기하고 진혼곡을 읊었다. 그는 죽은 이의

그리움을 되받아 '불붙는 꽃죽'으로 소생시켰다. 그의 진혼은 이데올로기를 아우르는 것이었고, 남과 북의 체제로 소환되지 않는 경건함을 간직하고 있었다. 하지만 1950년대 후반의 엄혹한 반공주의 서슬에 그의 시는 날카롭게 베여 상처를 입었다. 문제가 된 구절은 "기다림에 지친 사람들은/산으로 갔어요"였다. 이 구절에서 빨치산의 형상을 읽은 반공주의 문인들이 신동엽을 용공으로 내몬 것이다.

시인이 두려워하는 것은 육신의 구속이 아니다. 시인이 두려워하는 것은 검열이고, 진정으로 두려워하는 것은 검열이 파생시키는 내적 검열이다. 체제 바깥을 상상하며 문학 언어로 '다른 삶'을 구상하는 시인에게 '내적 검열'은 치명적 억압이다. 그의 작품에 가해진 삭제나 용공시비는 '내적 검열'을 강요한 수난이었다. 그 어려운 시기에 신동엽은 4·19혁명을 맞이했다. 신동엽이 '4월의 시인'으로 불리는 이유는 그가 「4월은 갈아엎는 달」, 「껍데기는 가라」 같은 시를 창작했기 때문이 아니라, 4월 혁명의 감격을 자신의 것으로 승화해 세계와 당당하게 맞서는 시인의 의지를 고양시켰기 때문이다.

시인의 견결한 대결의식은 1960년대 분단의 억압 아래서는 감히 쓸 수 없었던 다음과 같은 시구도 가능하게 했다.

반도는,
평등한 노동과 평등한 분배,
능력에 따라 일하고
필요에 따라 분배,
그 위에 백성들의

축제(祝祭)가 자라났다.

　늙으면 마을사람들에 싸여
웃으며 눈감고
양지바른 뒷동산에 누워선, 후손들에게
이야기를 남겼다.

반도는
평화한 두레와 평등한 분배의
무정부(無政府) 마을
능력에 따라 일하고
필요에 따라 분배,
그 위에 청춘들의
축제가 자라났다.
우리들에게도 생활의 시대는 있었다.

_「금강」(137~38쪽)

　모든 체제는 그 바깥을 공포의 이미지로 덧칠한다. 체제 밖으로
배제되는 것이 얼마나 고통스러운지 보여줌으로써 체제의 정당성
을 웅변하려 한다. '배제와 포섭'은 합법화된 체제의 작동 메커니
즘이다. 남북 분단 상황에서 체제 바깥은 바로 이적(利敵)이었다.
반공 이데올로기와 국가보안법의 막강한 위력도 '체제 바깥을 금
기시'하려는 정치권력의 의도와 관련이 있다. 신동엽의 시는 남과
북의 체제를 동시에 넘어서는 '이상세계'를 상상함으로써 체제를
뛰어넘고 있다. 그는 자유로운 시인으로서 발화하고 있으며, 아나

키스트적 상상으로 '다른 세상'을 꿈꾸었다. 억압적 체제 아래에서 의로운 사람은 수난자의 길로 내몰릴 수밖에 없다. 그렇기에 신동엽은 체제 바깥에 자리 잡은 고집스런 선지자의 이미지를 감당해야 했다. 그는 '비체제적 상상력'으로 문학 활동을 시작했기에, 이단자이며 수난자였고, 가끔은 선지자로 호명되었다.

　신동엽은 어떻게 '비체제적 상상력'에 기반을 둔 시적 울림을 창조해낼 수 있었을까? 몇 가지 단서들은 있다. 그는 문단제도 바깥에서 문학 질서로 진입해온 이방인이었다. 그는 지방 출신이었고, 체계적인 문학 수련을 한 문인지망생도 아니었다. 게다가 그의 삶도 신산하기 그지없었다. 수재들만 진학한다는 전주사범에서 동맹휴업에 가담해 퇴학처분을 받았고, 한국전쟁 시기에는 인공(人共) 치하에서 민주청년동맹 선전부장을 맡아 좌익노선에 가담하기도 했다. 그런가 하면 국민방위군으로 징집되어 죽을 고비를 넘기기도 했다. 그는 시대의 격랑 속에서 좌와 우를 넘나들며 분단의 폭력을 몸으로 견뎌야 했다. 여기에다 전주사범 재학 시절 그가 읽었던 아나키즘 사상도 세계관 형성에 영향을 미쳤다. 러시아의 아나키즘 사상가 크로포트킨(P. Kropotkin)의 『상호부조론』은 그의 세계관에 깊이 개입한 듯하다.

3. 민주주의와 농민공동체

　그렇다면 신동엽이 상상한 '다른 세상'은 어떤 것이었을까? 1960년대 한국사회는 '민생고 해결'과 경제성장이 지배담론으로 자리 잡아가기 시작했다. 이 성장·발전 이데올로기를 강화하기 위해 '조국근대화론'이 당면과제로 제시되었다. 박정희 정권은 자본주의적 경쟁을 숙명화해 적자생존 방식의 사회 시스템을 재구축하는 데 전력을 다했다. 억압적이고 폭력적인 방식으로 근대적 경제성장이 추진되는 것에 반대하는 지식인들은 많았다. 하지만 근본주의적 태도를 취하며 근대화 자체에 문제제기를 하는 지식인들은 좀처럼 찾아보기 힘들었다.

경쟁의 원리에 기반한 근대 산업화의 논리를 편 근대주의자들은 '상호부조'라는 윤리적 가치를 통해 농민공동체를 옹호하는 이들을 '시대에 뒤떨어진 전통주의자'로 매도했다. 근대주의자들은 윤리·생명의 가치보다는 경쟁의 원리에 입각한 경제성장을 최우선 과제로 간주하였다. 이러한 지배담론의 흐름 속에서 신동엽은 정면으로 체제를 거스르는 시적 발언들을 토해냈다.

그는 "앞마을 뒷마을은/한 식구,/두레로 노동을 교환하고/쌀과 떡, 무명과 꽃밭/아침 저녁 나누었다"는 역사 속 '생활의 시대'를 예찬했다. 그 시대에는 "왕은,/백성들의 가슴에 단/꽃"이었고, "군대는,/백성의 고용한/문지기"였다(「금강」, 136쪽). 이상적인 세계로 역사 속의 과거를 낭만적으로 제시하고 있지만, 그 삶의 원리는 상호부조를 버팀목으로 삼고 있다. 반면 근대는 자본에 대한 인간의 예속이며, 민중에 대한 착취를 합법화하는 것이었다.

누구였던가, 무엇에 당선만 되면
다음날 당장 미국에 건너가
더 많은 동냥, 얻어올 수 있다고 장담했던
정치(政治) 거지는,
내 진실로 묻노니 그대들이 구걸해 온

동냥돈이, 단 한번만이라도 농민들의

밥사발에, 쌀밥으로 담겨져본 적이 있었는가.

_「금강」(141쪽)

　자본주의 체제에서 민주주의는 대의민주주의로 고착화되어 있
다. 대의민주주의는 정당이나 대리인에게 권력을 위임함으로써
운영되는 원리다. 문제는 위임받은 권력이 임의로 행사되고 있지
는 않은가와 민중이 직접 '대의제'를 통제할 수 있는가다. 견고한
지배체제 속에서 대의민주주의는 지속적으로 지배계급을 옹호하
는 방식으로 제도화되어 왔고, 피지배계층에게는 폭력적인 양상
을 띠고 있다. 이제 민주주의의 기반이라고 할 수 있는 소규모 자
치·자립 공동체는 고사 직전에 이르렀다. 시민사회의 자발적 연
대도 자본주의가 재생산하는 소비주의적 욕망에 대항해 간신히 위
태로운 균열을 견디고 있다. 신자유주의 아래서 자유는 개인의 자
유가 아니라, 자본이 자유롭게 개인을 착취할 수 있는 자유일 뿐이
었다. 국가기구도 자본의 자유를 위해 동원되는 상황을 한미 FTA
와 금융자본의 횡포 속에서 확인할 수 있다. 문제는 자본에 의해
농락당하고 있는 생태와 생명, 그리고 정의로운 먹을거리를 어떻
게 보호할 것인가이다. 생명의 근간을 돌보지 않는 권력은 그것이
비록 합법적이라 하더라도 폭력일 뿐이다. 그런 의미에서 인간의
생명을 영위할 수 있는 근본적 토대인 농촌사회를 새롭게 성찰하
는 것, 이를 위해 민주주의의 근간인 자주적 개체들의 공동체적 연
대를 복원하는 것이 현대사회의 과제이기도 하다.
　신동엽은 대의민주주의가 어떻게 민중의 생명권을 위협했는가
를 폭로하며 그 제도 자체를 거부한다. 더 나아가 지배질서의 구조

적 폭력에 대항하는 방법으로 비폭력이 아닌 대항폭력을 적극적으로 의미화하고 있다. 그 대항폭력을 위한 거대한 서사가 바로 「금강」이다. 신동엽은 농촌에 대한 경멸, 농민에 대한 무시가 어떤 파국을 불러올지에 대해 이야기한다. 동학농민전쟁을 다룬 「금강」은 단지 역사적 사건의 서사화가 아니다. 「금강」은 '생명의 근간을 다루는 농민을 멸시'한 권력의 파국에 관한 이야기이고, 생태 위기에 처한 지구의 미래에 대한 은유일 수도 있다.

　근대 산업화에 대한 적극적 거부의 감성은 「서울」(1969)이라는 시에 더욱 직접적으로 표현되어 있다.

　　초가을, 머리에 손가락 빗질하며
　　남산에 올랐다.
　　팔각정에서 장안을 굽어보다가
　　갑자기 보리씨가 뿌리고 싶어졌다.
　　저 고층 건물들을 갈아엎고 그 광활한 땅에
　　보리를 심으면 그 이랑이랑마다 얼마나 싱싱한
　　곡식들이 사시사철 물결칠 것이랴.

　　서울 사람들은
　　벼락이 무서워
　　피뢰탑을 높이 올리고 산다.

　　내일이라도 한강 다리만 끊어 놓으면
　　열흘도 못가 굶어죽을
　　특별시민들은

과연 맹목기능자(盲目技能者)이어선가
도열병약(稻熱病藥)광고며, 비료광고를
신문에 내놓고 점잖다.

_「서울」부분

　대부분의 사람들이 근대화의 성과에 매혹되어 있을 때, 신동엽
은 근대가 아닌 인간의 역사에 눈길을 던졌다. 그 역사 속에는 '비
천하다고 간주되었던 삶'들이 있었고, 어둠 속에서도 움트는 생명
의 의지가 약동하고 있었다. 다시 말해 '민중이라는 이름의 우리'
가 면면히 삶을 이어오고 있었던 것이다.

　「서울」은 농민의 감성으로 도시를 바라보며 도시화를 풍자한 작
품이다. 신동엽은 국가나 시장의 지배로부터 자유로운 농민적 자
치 공동체를 구상했다. 그의 관점을 단지 전통적 세계관을 고수하
는 고집스런 관점으로만 볼 수는 없다. 쌀을 제외한 곡물의 자급비
율이 25퍼센트도 되지 않는 지금의 한국사회가 어떻게 민주주의적
이고 자주적인 의사결정을 할 수 있겠는가? 공동체의 먹을거리를
공동체 내부에서 해결하지 못하면, 어떤 식으로든 외부세계에 종
속될 수밖에 없다. 그런 의미에서 농업은 자연과 더불어, 자연의
힘을 빌려 인간의 생명을 유지하는 기본 조건이다. 그래서 남산 팔
각정에 올라 서울을 굽어보다 서울에 보리씨를 뿌리고자 하는 화
자의 태도는 도시와 근대에 대한 대결자적 의식을 표현한다. 반면
도시민들은 자연과 대결하려는 태도를 가지는데, "벼락이 무서워
피뢰탑을" 세우는 것이 그 예다. 농촌과 자연이 생명의 근원임을
애써 무시하는 서울특별시민들은 '벼락을 무서워할 뿐 농민 무서
운 줄'은 모른다. 시적 화자는 그 무감각이 도시에서는 필요도 없

는 "도열병약광고며 비료광고"가 신문에 등장하는 것에 빗대 풍자하고 있다.

그렇다면 비판을 넘어 다른 미래를 상상했을 때, 신동엽의 시는 어떤 구체성을 띠고 있을까? 「산문시 〈1〉」(1968)이 이에 대한 적절한 예가 될 것이다.

스칸디나비아라든가 뭐라구 하는 고장에서는 아름다운 석양 대통령이라고 하는 직업을 가진 아저씨가 꽃리본 단 딸아이의 손 이끌고 백화점 거리 칫솔 사러 나오신단다. 탄광 퇴근하는 광부들의 작업복 뒷주머니마다엔 기름묻은 책 하이덱거 럿셀 헤밍웨이 장자(蔣子) 휴가여행 떠나는 국무총리 서울역 삼등대합실 매표구 앞을 뙤약볕 흡쓰며 줄지어 서 있을 때 그걸 본 서울역장 기쁘시겠오라는 인사 한마디 남길 뿐 평화스러이 자기 사무실문 열고 들어가더란다. 남해에서 북강까지 넘실대는 물결 동해에서 서해까지 팔랑대는 꽃밭 땅에서 하늘로 치솟는 무지개빛 분수 이름은 잊었지만 뭐라군가 불리우는 그 중립국에선 하나에서 백까지가 다 대학 나온 농민들 추럭을 두대씩이나 가지고 대리석 별장에서 산다지만 대통령 이름은 잘 몰라도 새이름 꽃이름 지휘자이름 극작가이름은 휜하더란다 애당초 어느 쪽 패거리에도 총쏘는 야만엔 가담치 않기로 작정한 그 지성(知性) 그래서 어린이들은 사람 죽이는 시늉을 아니하고도 아름다운 놀이 꽃동산처럼 풍요로운 나라, 억만금을 준대도 싫었다 자기네 포도밭은 사람 상처내는 미사일기지도 땡크기지도 들어올 수 없소 끝끝내 사나이나라 배짱 지킨 국민들, 반도의 달밤 무너진 성터가의 입맞춤이며 푸짐한 타작소리 춤 사색(思索)뿐 하늘로 가는 길가엔 황토빛 노을 물든 석양 대통령이라고 하는 직함을 가진 신사가 자전거 꽁무니에 막걸리병을 신고 삼십리 시골길 시인의 집을 놀러 가더란다.

_「산문시 〈1〉」 전문

이 시는 「술을 많이 마시고 잔 어제밤은」(1968)과 더불어 통쾌하고 흐뭇한 상상력을 자극한다. 유토피아적 상상으로 출렁이는 이 시에는 일체의 억압적 권위를 거부하는 시인의 정신이 곳곳에 스며 있다. 딸과 백화점에 칫솔을 사러 나온 대통령, 삼등열차를 타고 휴가여행 떠나는 국무총리, 그 어떤 신분적 위계도 없이 사람을 대하는 서울역장의 모습이 이채롭다. 이들은, 각자의 역할은 있지만 그 어떤 억압적 권력도 소유하지 않은 봉사직(奉仕職) 정치인의 모습을 하고 있다. 이러한 유토피아적 세계가 가능하기 위해서는 하이데거와 러셀, 헤밍웨이와 장자를 읽는 노동자들이 필요하다. 더불어 대통령의 이름은 몰라도 새 이름, 꽃 이름, 지휘자 이름, 극작가 이름은 훤히 꿰고 있는 농민들의 문화적 역량도 필요하다. 무엇보다 힘에 굴종하지 않고 그 어떤 폭력전쟁도 용납하지 않으려는 '배짱 든든한 국민들'의 결연함도 요구된다.

한나 아렌트(H. Arendt)는 정의로운 권력은 민중의 역량(puissance)에서 나온다고 역설한 바 있다. 그 역량은 제도화된 권력의 산물이 아니라 권력의 이면에서 권력을 움직이는 민중의 자발적 힘이기도 하다. 제도화된 권력은 너무도 쉽게 폭력으로 변질되지만, 민중의 역량에 기반을 둔 권력은 지속적인 재생 가능성을 갖고 있다. 신동엽이 꿈꾼 세계도 민중의 역량에 기반을 두고 도달하는 이상사회였을 것이다. 이러한 이상사회가 한국사회에서 구현되기를 간절히 염원하며 시인은 시 속에 '서울역 삼등대합실 매표구', '서울역장', '반도의 달밤' 같은 시구를 새겨놓았다.

일각에서는 신동엽의 시가 민족주의적이기에 1960년대적 상황에서만 의미가 있다는 의견을 제시하기도 한다. 그러나 자신이 발딛고 있는 뿌리에 대한 애정 없이 나의 존재감을 유지할 수 있을까? 내 존재에게 베풀어진 가족, 내 땅, 내 이웃에 대해 충실하고자 하는 것은 인간적 미덕이다. 대부분의 사랑은 이러한 미덕을 통해 유지된다. 신동엽의 시에 '조국'이라는 시어가 빈번하게 등장한다고 해서, 그것을 바로 '애국주의(쇼비니즘)'로 보는 것도 문제다. 신동엽은 어떤 조국, 어떤 국가여야 하는가에 대해 끊임없이 질문하면서, 풀뿌리 민중들의 자립과 자치에 기반한 평화로운 공동체의 구성을 염원했다. 이러한 자립과 자치의 원칙에서 신동엽은 '외세의 침략과 간섭'에 대해 그토록 비판적 입장을 취했던 것이다. 평화주의적인 공동체는 동의에 기반해 민주적이고 평등하게 운영되면서도, '경쟁이 아닌 상호 보살핌과 베풂을 향한 윤리적 노력'을 통해 이뤄질 수 있다. 인간의 삶 자체가 서로 간의 보살핌 속에서 가능하다면, '그 베풂에 대한 보답'은 삶에 부과된 의무이기도 하다. 문제는 이러한 인간적 미덕과 삶의 의무에 충실하고자 하는 감성을 갈취하는 '국가기구'의 허구적 이데올로기다. 정치권력의 편파적 이익은 은폐한 채 민족주의, 애국주의를 선동하는 것이 문제일 뿐이다. 자신이 발 딛고 있는 뿌리에 대한 진지한 애정 없이 민주주의는 없다. 그런 의미에서 민주주의는 어떤 방식으로든 '풀뿌리 민중들의 자치와 자립'에 기반을 두지 않고는 구현될 수 없고, 진정한 자치와 자립은 평화와 공존을 위한 세계적 연대와 연결될 수밖에 없다. 신동엽이 시 「아사녀(阿斯女)」(1960)에서 4·19를 노래할 때 '알제리아 흑인촌', '카스피해 바닷가 촌(村)아가씨 마을'을 호명한 것도 이러한 민중적 연대를 상상했기에 가능한 것이었다. 그렇기에 신동엽은 "자기에의 내찰(內察), 이웃에의 연민, 공동언어를 쓰고 있는 조국에의 대승적(大乘的) 관심, 나아가서 태양의 아들로서의 인류에의 연민을 실감해 봄이 없이 시인의 나무는 자라지 않는다"(「7월의 문단(文壇)」, 382쪽)라고 강조해서 말했던 것이리라.

4. 불가능한 것을 꿈꾼 '진정한 시적 지성'

신동엽은 세상을 떠나기 직전에 「선우휘씨의 홍두깨」(1969)라는 산문을 써서 체제에 갇힌 어리석은 이들의 편견을 질타한 바 있다. 이 글 또한 자신이 김수영(金洙暎)을 추모하며 쓴 「지맥(地脈) 속의 분수(噴水)」(1968)에 대하여 선우휘가 비판을 하자, 그에 대해 반박한 것이기도 하다. 선우휘는 「현실과 지식인－증언적 지식인 비판」(『아세아』, 1969년 4월호)에서 신동엽의 글이 '혁명을 선동하는 사회주의자의 태도'를 취하고 있는 듯이 내몰았다. 신동엽은 그에 대해 반박하는 글을 '석가와 시인'이 등장하는 일화로부터 시작했다. 이 산문은 마치 「진달래 산천」의 '빨치산 논란'과 선우휘의 공격을 동시에 상대하려는 의도로 쓰인 듯 읽힌다. 더불어 이 산문은 신동엽이 남긴 마지막 산문이기에 그 의미가 예사롭지 않다.

석가와 한 사람의 시인이 세상을 주유하고 있었다.
어느 날, 월남땅을 지나다, 얼굴이 앳띤 한 미국병사의 주검과 그리고 그 옆에 나란히 누워 있는 한 여자 베트콩의 주검을 보았다.
석가와 시인은 가던 길을 멈추고 서서 그 자리에 무릎을 꿇었다. 그리고 두 손을 합장하고 앉아 그 두 주검의 이마 위에 명복의 기도와 눈물을 쏟았다. 그리고 그들은 일어나 길을 떠났다.

　국민학교 학생과 수사관이 지나가다 이 광경을 보았다. 그리고 그들은 제가끔 자기 선생님과 자기 상관에게로 달려간 것이다. 빨리 일러야 한다고 생각하며.

　『선생님, 저기 베트콩의 주검을 보고 눈물을 흘리는 사람이 있어요, 수상해요.』 또는 『상관님, 저기 미국 병사의 주검을 보고 서럽게 우는 놈이 있어요. 틀림없이 백색(白色)인 것 같아요!』

　　　　　　　　　　　_「선우휘씨의 홍두깨」 부분(392쪽)

　문학(시인)과 종교(석가)를 동반자로 등장시켜, 세상의 고통을 위로하려는 풍경이 이채롭다. 신동엽은 시인의 역할에 대한 소명 의식이 남달랐다. 그는 "성서나 불경, 수운(水雲)의 『동경대전』(중략)을 시라고 믿고 있다"고 했으며, 그것들이 "민중에게 짙은 구원의 그림자를 던져주고 있다"고 주장했다(「시인·가인·시업가」, 391쪽). 그 구원의 그림자를 가늠하기 위해 근대의 폭력성을 비판하고, 인간의 원초성을 발굴하기 위해 역사를 유영했다. 그에게 시는 "궁극에 가서 종교가 될 것"이며, "철학, 종교, 시는 궁극에 가서 하나가 되어 있을 것"이었다(「시인정신론」, 370쪽). 그렇기에 속세가 이념적으로 구분한 미군 병사와 여자 베트콩 사이에는 차이가 없다. 그들은 모두 체제의 폭력이 낳은 상잔(相殘)의 희생양이고, 죽었기에 구원받을 여지가 생긴 피안의 존재들이다. 그런데 여전히 체제는 미숙한 국민학생과 수사관으로 하여금 현세의 잣대로 문학과 종교마저 억압하려 한다. 혹시나 1960년대 신동엽의 시 세계를 현대적 관점에서 재해석하려는 노력이 자칫 '국민학생과 수사관'의 태도를 닮아 있는 것은 아닌지 우려스럽다.

신동엽이 세상을 떠난 이후 40년이 흘렀다. 그는 고절한 옛 언어를 시어로 다루어 「아사녀(阿斯女)」, 「진이의 체온」, 「수운(水雲)이 말하기를」 등의 시에서는 역사와 현실을 대비시키는 상상력을 자극했고, 민중주의적 시각에 기반을 두어 창작한 「주린 땅의 지도원리(指導原里)」, 「4월은 갈아엎는 달」, 「껍데기는 가라」, 「종로오가」 등에서 곧고 단단한 지식인의 면모를 발산했다. 그런가 하면 「별밭에」, 「산에 언덕에」, 「원추리」, 「담배 연기처럼」 같은 시를 통해 가슴 적시는 서정의 세계를 그리기도 했다. 그의 시정신은 갑오농민전쟁을 그린 장편 서사시 「금강」(1967)에서 절정에 도달했다. 신동엽은 역사 속에 몸을 깊숙이 적셔 민중의 간절한 염원을 서사화한 한국 시인 지성의 한 전범이었다. 이러한 면모 덕분에 1960년대라는 시대상황에 비추어 '민족시인', '저항시인'으로 의미화되어 왔다.

역사적 평가는 '현재성'의 맥락에서 다시 가늠되고 기술되어지곤 한다. 그래서 역사기술은 이데올로기적이다. 문학사도 마찬가지일 것이다. 특정 정치적 맥락이 개입되면, 역사서술 자체가 투쟁의 영역이 되곤 한다. 실제로 신동엽은 1970년대 이후 민족문학 담론의 전형 역할을 감당한 시인이었다. '민족시인'이라는 호칭은 그의 시에 바친 문학사적 헌사였음에도 불구하고, 그의 시는 1990년대 즈음부터 '민족주의를 둘러싼 논란의 표적'이 되었다. 때로는 폐쇄적 민족주의의 주창자로, 때로는 상상된 민족 이야기의 시적 구현자로 간주되었다. 이념의 잣대로 평가된 시인의 시세계는 축복일 수도 있지만, 특정 시기에는 재앙이 되는 경우도 있다. 최근 신동엽에 대한 문학사적 평가가 논자들 사이에서 심각하게 요동치고 있는 이유도 여기에서 찾을 수 있다. 일각에서는 그의 시 세계가 '우리'를 강조함으로써 타자를 배제하는 배타적 면모를 보인다고도 하고, 민족주의에 갇혀 있어 폐쇄적이라는 비판도 심심치 않게 들린다. 이는 1990년대 이후 광범위한 영역에서 세계화의 영향으로 '민족주의'에 대한 성찰이 요구되었고, 일상생활의 영역에서도 이주노동자, 결혼이주여성의 증가로 '다문화적 감성'이 중시되는 시대적 분위기와 연관되어 있다. 게다가 신동엽의 시는 농민적 감수성을 근간으로 하고 있어, 도시화율이 81.5퍼센트(2005년 기준)에 이른 현 상황에서 전통적 세계관에 얽혀 있는 듯 읽히기도 한다.

신동엽의 문학사적 위상 변화는 김수영에 대한 문학사적 고평과 대비할 때 더 명료해진다. 모더니스트에서 출발해 현실주의자로서 번뇌했던 김수영은 경계에 선 시인이었다. 그는 1990년대 이후 모더니스트들에 의해 문학주의적 성취로 고평되었고, 리얼리스트들 사이에서는 현실인식의 치열성으로 인해 열렬한 환호를 받기도 했다. 김수영은 1990년 이후에도 너무 자주 소환되는 '리얼-모더니스트'인 반면, 신동엽은 점점 누추해져가는 '민족주의 리얼리스트'로 간주되는 실정이다. 과연 신동엽의 시세계를 둘러싼 이러한 문학사적 평가는 온당한가? 시인의 시세계는 역사적 맥락에서 다양하게 해석될 수 있다. 그러나 특정 논점에 따라 임의로 마름질하고, 특정 부분만 부각해 박음질해서는 안 된다. 신동엽의 문학세계에 대한 현대적 재해석 작업이 요구되는 이유가 여기에 있다.

신동엽은 체제 바깥에서 체제를 낯설게 바라본 시인이었다. 분단 이데올로기와 반공주의가 옥죄던 1960년대에, 그는 현실을 체제의 대립으로 바라보지 않고 풀뿌리 민중의 입장에서 '다른 세계'

를 상상했다. 그 세계는 자립과 자치를 기반으로 한 민주주의 공동체였고, 생명에 대한 성찰을 통해 도달한 삶의 근원으로서의 농민 공동체, 자주적 공동체였다. 폐쇄적 민족주의라는 틀 속에서 '민족시인으로 호명되었던 신동엽'은 이제 "시란 생명의 발현이다"라고 주장한 '시인 신동엽'으로 다시 읽혀져야 한다. 그는 "가로막힌 장벽이 없"(381쪽)고, 행여 있더라도 그것을 "넘어서서 다른 차원에로 진입"(376쪽)할 수 있는 선지자가 바로 시인이라고 했다. 모두가 근대화를 한국사회의 미래로 규정하던 시기에, 신동엽은 비체제적 상상력으로 경쟁의 논리를 넘어선 사회를 그려냈다. 불가능한 것을 꿈꾼 시인 신동엽이야말로 '진정한 시적 지성(知性)'이라고 할 수 있다.

아고라의 언어

_송경동의 시세계와 대중운동

1. 증언하는 칼날

그의 몸에서는 도시의 바람 냄새가 난다. 상처받은 사람들의 흐느낌이 그의 옷자락을 스치고, 차마 희망을 말하지 못하는 이들의 절규가 그의 귀에 담긴다. 그는 도시의 산책자이며, 음유시인이다. 그는 가리봉동에서는 일상인의 시선으로, 종로5가에서는 질주자의 호흡으로, 대추리에서는 순례자의 태도로 세상을 바라본다. 그가 쓴 시에는 가난한 이들이 만든 수천, 수만의 꿈들이 선율로 새겨져 있다.

그의 시는 불편할 정도로 노골적이게 시대와 맞서고 있다. 언어로만 대척점에 서 있는 것이 아니라, 온몸으로 맞바람을 버텨낸다. 그 시어는 수집된 것들이 아니라, 저절로 엉겨 붙은 것들이다. 그래서 그의 시에는 갈등의 언어가 비늘처럼 촘촘하다. 온몸에 엉겨 붙어 있는 '불화의 언어'는 분노가 너울거리는 '쟁가'(투쟁가)가 되기도 한다.

그의 삶은 김남주, 박영근, 박노해와 빗댈 수 있지만, 그는 그들이 "사랑했던 한 시대가 저물어"(「김남주를 묻던 날」)갔음도 알고 있다. 역사 속에서 삶의 방향감각을 터득한 그는 변신에도 능하다. 연단에 서면 선동가가 되고, 사람을 만나면 조직자가 되며, 거리에서는 전문 시위꾼으로 변한다. 스스로 낮다고 생각하기에 낮은 세상으로 향하는 그는 물과 같은 존재이다. 약소자(minority)를 위해 증언의 칼날을 벼리는 그의 시는 천연덕스럽기도 하다.

그는 누구인가?

그는 시인 송경동이다.

분명한 고유명사로 불리는 시인 송경동임에도 불구하고, 나는 이 새로운 시적 주체를 무엇이라 불러야 할지 주저하게 된다.

이 글은 한때는 흔했으나, 이제는 귀해진 한 시적 주체에 대한 추적의 산물이다. 그리고 과연 우리 시대에 시인은 어떤 존재인가에 대한 질문이기도 하다.

송경동의 시집 『사소한 물음들에 답함』(창비, 2009)에는 삶의 궤적이 곳곳에 새겨져 있다. 그 파편적 정보는 몽타주가 되어 고단했던 시인의 삶을 점묘해낸다. 그는 "섰다에 빠져 인생을 뺑이치고만 늙은 아비"(「셔터가 내려지는 날」)의 자식으로 자라, 한때 소년원에서 "문맹반 반장"으로 "말들의 파편"들을 가르치면서 배웠다(「우리들의 암송」). 불우한 유년의 경험은 세상의 비의(悲意)를 일찍 깨닫게 한다. 어른이 된 후에도 시인은 "아직도 어디선가 내가 울고 있는 소리"(「어린 날의 궁전」)를 들으며 그때의 아픔을 되새긴다. 그래서 그는 세상의 아픔에 민감할 수 있으리라. 고통의 경험을 기억하며, 타인의 고통을 감각하려는 감성이 그가 시인일 수 있는 자질일 것이다. 르포 작가인 아내의 "아버님은 빨치산"의 이력을 갖고 있어 한국 현대사의 상처도 시인을 비껴가지는 않았다. 장인은 "죽을 때까지 방 한 칸 없"이 살다가 "봉분 없이 깨끗이 묻히"셨다(「돈」). 그는 가난한 용접공으로, 배관공 보조로, 건설현장 노동자로서 "도매금으로 뭉툭뭉툭 잘려나가던 젊음"(「그해 여름 장마는 길었다」)을 보내면서, "가난한 마음들, 병든 마음들"은 "다른 세계를 꿈꾸지 못하는" 상황에서 가장 처참하게 시들어간다는 사실을 깨우쳤다(「나의 모든 시는 산재시다」). 그렇기에 송경동 시인은 "내가 높은 꿈보다 낮은 똥을 안고 살아온 시간이/더 많았다는 것"(「똥통 같은 세상」)을 안다고 가까스로 토로한다. 스스로를 "허가받을 수 없는 인생"(「무허가」)으로 인식하기에, 오히려 "삶이 삶을 배반하지 않아도 되는 세상을 위해"(「꿈의 공장을 찾아서」) 고단한 삶을 자처할 수 있게 되었다.

그랬던 그가 근래에 군중 속에 몸을 우겨넣으며, 시위 대중의 한 사람으로서 스스로를 대중적 주체로 호명한다. 송경동은 "미선이 효순이 때/처음 촛불을 들"었고(「촛불연대기」), 부안 핵폐기장과 평택 대추리 미군기지, 광화문 한미 FTA, 구로 기룡전자 비정규직 여성노동자 연대 투쟁 현장, 그리고 용산의 남일당을 지켰다. 심지어는 "철책과 바리케이드와 함대로 무장한 세계화"에 저항하기 위해 멕시코 깐꾼까지 건너가 "우리의 세계는 상품이 아님"을 외치기도 했다(「멕시코, 깐꾼에서」). 그는 현장을 지켰을 뿐만 아니라, 시를 통해 만인의 가슴에 격동의 메아리를 퍼뜨렸다. 이제는 하중근, 이근재, 이경해, 허세욱를 추모하는 시편들이 '시퍼런 칼날'로 살아 그 현장을 증언한다.

한 사람이 도저히 감당할 수 없을 듯한 현실을 버텨내는 그는 과연 누구인가?

이 남루한 수행자를 누구라 일컬을 수 있을까?

2. 순응을 내면화한 당신은 누구인가

누군가의 정체성을 단독자로 규정하기는 여간 힘든 일이다. 모든 인간은 개별자이면서 보편자일 수밖에 없다. 개별적 인간의 변별성이 규명되지 않으면, 보편만 남고 '차이'는 무화된다. 그렇다면 그의 정체성을 관계 속에서 찾아보면 어떨까? 시인으로서 송경동은 세계와 어떤 관계를 형성하고 있을까? 어떤 존재가 자신을 어떻게 규정하고 있는가도 중요하지만, 그 존재가 타인을 어떻게 호명하는가도 중요하다. 그가 시를 통해 타인을 어떻게 호명하는가를 통해 단서를 발견해보자.

그가 던진 '당신은 누구인가'라는 질문에 주목해보자. 질문을 던지는 자는 권력을 지닌 자다. 「당신은 누구인가」라는 시에서 송경동이라는 권력자가 무엇을 심문하는가를 살펴보자. 그가 지명하는 당신은 '너'이며, '우리'이고, 한국사회의 평균적인 '보통 사람'이다. 그리고 무엇보다 '우리' 모두는 모순덩어리이다.

당신은 학생이 아니다
졸업한 지 오래됐다
당신은 노동자다 주민이다
시민이다 국민이다 아버지다
가정에서 존경받는 남편이고

학부모며 집주인이다
환자가 아니고 죄인은 더더욱 아니다

그런데 당신은 이 모두다
아침이면 건강쎈터로 달려가 호흡을 측정하고
저녁이면 영어강습을 받으러 나간다
노동자가 아니기에 구조조정엔 찬성하지만
임금인상투쟁엔 머리띠 묶고 참석한다
집주인이기에 쓰레기매각장 건립엔 반대하지만
국가 경제를 위한 원전과 운하 건설은 찬성이다
한 사람의 시민이기에 광우병 소는 안되지만
농수산물 시장개방과 한미FTA는 찬성이다 학부모로서
학교폭력은 안되지만, 한 남성으로
원조교제는 싫지 않다 사람이기에
소말리아 아이들을 보면 눈물 나고
미군의 아프가니스탄 침공에는 반대하지만
북한에 보내는 쌀은 상호주의에 어긋나고
미군은 절대 철수하면 안된다

도대체 당신은 누구인가?

_「당신은 누구인가」 전문

    표면적으로 이 시는 한국사회가 직면했던 사회적 사건들을 하나
하나 되짚고 있다. 당신은 충분히 심사숙고해서 개개의 사건들을
판단하고 있으며, 그 선택에 대해 책임질 수 있는 준비가 되어 있는

가? 시행착오가 용인되는 학생이 아니라면, 책임 있는 아버지·주민·시민으로서 부끄럽지 않게 행동했는가? 시인은 부끄러워하라고 말한다. 시인은 현대사회의 대중을 믿을 수 있는가에 대해 회의하는 듯하다. 여기에는 과연 어떤 맥락이 존재하는 것일까?

전통사회에서는 생활세계에서 발생하는 여러 중요한 문제를 결정하는 것이 비교적 용이했다. 대가족 제도 속에서 세대 간에 전승되어온 관행에 따라 중요한 결정이 이뤄지곤 했다. 개인에게 모순을 전가시키지 않고, 공동의 책임으로 문제의 핵심이 돌려졌던 것이다. 가정이나 국가에 위난(危難)에 생기면 충(忠)과 효(孝)의 정신에 따라 행위하고, 어진 마음(仁)으로 의(義)롭게 염치(禮)를 지킬 수 있는 지혜(知)를 터득하면 되었다. 이 행동 규범에 대해 '왜?'라고 질문하면, 그는 이미 '예외적 존재'로 배척되었다. 생존의 본능에 따라 대의(大義)를 이탈하는 경우도 있었겠지만, 그래도 공동체적 규범 자체를 근본으로 의심하는 것은 금기시되었다.

하지만, 근대 사회에 접어들면서 개인들은 자신의 판단에 따라 각각의 사안에 반응해야만 했다. 근대적 개인은 외롭다. 제도적으로는 자유에 책임이 따른다고 규정되어 있지만, 개인의 자유는 그 자체로 중요한 근대적 가치이다. 그래서 개별 사안에 대한 판단들이 서로 충돌하는 모순을 갖고 있더라도 그것은 개인의 영역으로 간주되었다. 이 모순이 일상화되면 무감각해진다. 자신의 임금인상투쟁에는 적극적이면서도, 타인의 노동권을 침해하는 구조조정은 묵인하거나 찬성한다. 지역의 부동산 가격에 영향을 미치는 쓰레기 매립장 건립은 절대 안 되지만, 국가라는 추상적 공동체에 이익을 가져올 것으로 기대되는 '원전 유치' 등은 열렬히 환영한다. 촛불집회에 참석했던 사람들이 현실주의적 논리를 내세워 한미

FTA는 추진해야 한다고 주장하기도 한다. 개인의 이해관계가 개입된 문제에 대해서는 집요할 정도로 이기적이다. 하지만 직접적 이해관계가 없는 문제에 대해서는 무관심하거나 관대하다. 가까운 지역적 문제에 민감하면서도, 전 지구적 문제에 대해서는 둔감하다.

이는 근대성의 한 표정이며, 삶의 양식이 '경험의 격리'를 통해 간접화된 결과이다. 모순을 감각하지 못하는 판단은 죄책감을 갖게 하지 않는다. 어쩔 수 없다는 현실 논리 속에 갇히면, 그곳에는 윤리가 개입할 수 있는 여지가 없는 것이다. 어느덧 우리는 모두 괴물이 되고 말았다. 더 큰 문제는 현대의 전 지구적 자본주의가 이 모순을 조장하고 있다는 데 있다. 자유라는 이름으로, 자율이라는 이름으로 각자의 판단은 옹호되고 있지만 그 결과가 미치는 윤리적 책임은 은폐되는 경우가 많다. 개별자들은 자신의 자유의지에 따라 각 사안들을 소신껏 판단했다고 믿는다. 그 판단의 선택지가 이미 근대 자본주의 체제에 갇혀 있음을 망각한 채 말이다.

근대의 규율권력은 '행위의 유형과 형식을 반복적으로 학습시킴으로써 종속성을 내면화한 주체'를 생산했다. 따라서 각 개별 주체가 자유의지에 따라 선택한 듯이 보이는 판단들은 '근대의 내면화된 요구에 순응'한 것일 뿐이다. 이미 체계에 갇힌 채 작동하기에, 판단은 반복성을 통해 패턴화되고 있다. 그래서 임금인상, 원전과 운하 건설, 농수산물 시장개방과 한미 FTA, 원조교제, 미군철수 반대 등은 개인의 자본주의적 욕망에 충실한 판단일 수밖에 없다. 이러한 판단이 개인의 자율적인 선택에 의해 이뤄지는 것 같지만, 실제로는 체제라는 공통의 기반 속에서 의식마저 조작되고 있는 것이다. 시인은 이 모순덩어리 '당신'에게 "환자는 아니고 죄인은 더더욱 아니"라면서도, 스스로를 돌아보라고 질타한다. 주목할 부분은 송경동 시인이 어느 지점에서 발화하고 있는가이다. 그는 이 분법이 만들어낸 시계추의 진자운동에 가담하지 않은 자이며, '너, 나, 우리'의 모순을 증언하는 자이다. 그는 관계의 바깥에서 '당신들은 누구인가'라는 질문을 던짐으로써, 한국사회 전체를 윤리적 시선으로 호명한다. 체제 바깥에 자신을 위치시킴으로써 증언의 칼날을 움켜쥘 수 있는 자, 그가 바로 시인이다. 그렇다면 송경동 시인은 어떻게 자신의 위치를 체제 바깥에 둘 수 있었을까? 그를 버티게 하는 것은 아마도 '기억하는 힘'일 것이다.

3. 잊혀짐을 두려워하라

체제에 갇힌 인간은 궁극적 의미에서 '소망하는 방법을 잃어버린 존재'이다. 유토피아는 디스토피아가 되었고, 인간은 너무 계몽되어 오히려 '상상하는 힘'을 상실했다. 그래서 '너무나 계몽된 너, 나, 우리'는 송경동의 시를 읽으면서 수치심을 느낀다. 그는 스스로에게 하는 말인 양, "'파쇼'에 맞서 제대로 한번 싸워보지도 못한 나는/글을 써 돈을 받는 것이/무슨 죄라도 짓는 것처럼 부끄러웠다"(「첫 고료」)라며 글쟁이를 비꼰다. 어느 순간부터 문인들은 글쓰기라는 노동에 고료라는 대가가 따르는 것을 당연시했고, 글쓰기가 어떤 가치를 지향해야 하는가에 대해서는 망각하곤 했다. 근대체제에 포박된 글쓰기는, 열심히 성실하게 최선을 다해 써야겠다고 다짐하면 할수록 유토피아를 향한 상상의 날개는 꺾이고 만다.

스스로를 낮추는 것이 결국 어떤 연대의 정신으로 이어져야 하는가에 대해 성찰하지 못하면, "자신이 소중하다고 생각하는 것"만 가치 있다고 믿게 된다. 성찰은 자기 감시이며 반성이어야 한다. 그런 의미에서 송경동의 성찰을 촉구하는 거친 언어는 더불어 현실에 함께 뛰어들려는 연대의 상상력으로 이어질 수 있어야 한다. 갇혀 있음을 인정함으로써 정서적 해방의 기획뿐만 아니라, 지적 해방의 기획도 가능해지는 것일 테니 말이다. 그렇기에 그의 시 「뇌파」는 주목할 만하다.

선과 선의 연결만으로는
해결되지 않는다 선은
제가 감당할 수 있는 무게만을 기억할 뿐
제가 붙잡고 있는 선 밖의 것들을
떠올리지 않는다

문제는 불륜의 이불처럼
넓게 짜여진 공생의 네트워크가 아니라
그 그물망 위에서 텀블링하는 아이처럼
솟구치는 상상이다 생산의 전원을 꺼라
인간은 섬유질 몇 그램의 총합만이 아니다
코드를 아는 건 중요하지만
중요한 것은 모두 코드 밖에 있다

_「뇌파」 부분

자본주의적 근대정신은 일상 속에서 내면화된 시대정신이 되었다. 자본주의 밖을 상상한다는 것은 좀처럼 힘들 정도로 생활세계의 규율권력은 압도적이다. 이제 문제는 전 지구적 자본주의의 자장으로부터 이탈할 수 있느냐, 없느냐이다. 이탈을 통해 다른 삶을 상상하고, 다른 가치를 위해 삶을 재조직하는 것이 필요하다. 시인은 '선과 선의 연결'만으로는 새로운 삶의 공간을 생성시킬 수 없다고 단호하게 말한다. 그는 관계의 선을 끊어버려야 한다고 주장한다. 매트릭스를 벗어나기 위해서는 주체를 얽매는 선 위를 비상해야 한다. 마치 "텀블링 하는 아이처럼/솟구치는 상상"이 필요한 것이다. 그렇다. 중요한 것은 체계 바깥이다. 하지만 언어로서의 깨달음은 쉬울 수 있다. 그 깨달음이 논리화되고, 궁극에서는 실천적 행위로 연결될 수 있어야 한다. 세상과 교감하려는 송경동 시인의 태도는 다른 체제를 상상하는 새로운 감수성의 일면을 보여주고 있어 귀하게 느껴진다.

그는 한 시에서 "내가 자연을 그리워할 때 그것은/모든 조화로움으로부터 쫓겨난/근본적인 산재에 대한 항변이다"라고 했다. 더불어 "더 이상 희망을 말하지 못하는/다른 세계를 꿈꾸지 못하는/이 가난한 마음들, 병든 마음들"이야말로 우리 시대의 가장 치명적인 산업재해라고도 했다(「나의 모든 시는 산재다—세계 산재 노동자 추모의 날을 맞아」). 시인의 언어는 '대운하 건설', '4대강 사업'에 이르러서는 급격한 분노로 넘실댄다. 그 분노는 치명적인 근대의 산업재해를 향한 질타이기에 통쾌한 일면을 지니고 있다.

> 너는 물어보았니
> 그 강물 속 물고기들에게
> 버들치에게 꺽쇠에게 피리에게 물어보았니

흐르는 물살을 따라 어디까지 가고 싶은 여행이었는지
물어보았니 우웅우웅 하루에도 몇번씩 스크루 갈퀴가
캐터필러처럼 불도저처럼 삽날처럼 강바닥을 헤집는
탁류 속에 살고 싶은지, 상수원 맑은 물속
조용한 빛화살촉들로 살고 싶은지 물어보았니
갑문 앞에서 줄지어 섰다 우르르 내쫓겨
다시는 돌아오지 못할 난민들의 피난행렬이 되고 싶은지

너는 물어보았니
그 실개천들에게 계곡물들에게 물어보았니
당신은 어떤 길을 따라 돌돌돌 흐르고 싶은 영혼이냐고
당신은 어떤 여울목에서 소용돌이로 엎어져 뒹굴며
쿨렁쿨렁 쏟아져 울고 싶은 영혼이냐고
콘크리트 수조 속에 갇혀 썩어가는 물이 되고 싶은지
세상의 모든 정체와 지체를 밀고 흐르는
거센 급류가 되고 싶은지 물어보았니
실버들 선 돌방죽 길을 따라 흐르며 무슨 생각을 했는지
갈대숲 늪지를 따라 어떤 영혼의 정화를 꿈꾸었는지
　　　　　_「너는 누구에게 물어보았니—MB에게 묻는다」 부분

　　이 시는 '4대강 정비 사업'이라는 대규모 개발 사업에 직격탄을
날리고 있다. 이명박 정부는 앞에서는 홍수피해 방지와 물부족 해
소를 명분으로 내세우고, 뒤로는 자연의 핏물을 삼켜 경제를 활성
화한다는 어리석은 계산을 하고 있다. '녹색'과 '성장'을 병렬적으
로 조합한 정책 과제가 얼마나 황당한 것인가를 현실적으로 증명

하고 있는 것이 '4대강 정비 사업'이다. 이 시는 '인간의 욕망'이 아닌, '자연의 숨결'로 이야기한다. 인간과 자연의 공존적 관계가 무너지면, 결국 인간은 삶의 궁극적 기반을 잃게 된다. 이는 너무도 평범한 진리이기에 권력을 가진 자들은 너무도 쉽게 망각해버리는 진실이다. 시인은 MB로 통칭되는 '개발주의적 욕망'에게 생명의 속삭임을 전한다. "버들치" "꺽쇠" "피리"가 겪게 될 재해에 대해, "실개천" "계곡물"들이 콘크리트 수조에 갇혀 "썩어가는 물"이 되고 말 미래에 대해 안타까움의 정서를 한껏 실어 전하고 있다. 이 시는 '강렬한 생태시'이며, 자연의 영혼을 지키는 '생명의 시'이다. 더불어 현 정부의 '녹색성장'이 얼마나 생명 파괴적인가를 적나라하게 보여주는 폭로시이기도 하다.

그렇다면 어떤 힘이 이끌어 시인 송경동은 당당한 태도로 세상을 대면할 수 있는 것일까? 그는 얼마나 강한 인간이기에 '당신은 누구인가'라고 질문할 수 있고, '경제적 욕망'의 화신으로 상징되는 MB에게 "직선을 위해" "둥그런 가슴을 파헤쳐"서는 안 된다고 요구할 수 있었던 것일까? 거기에 바로 '기억의 힘'을 간직하고자 하는 그의 노력이 깃들어 있다. 그는 과거에 노동자였고, 현재에는 자신이 노동자였음을 오래 기억하려고 한다. 그는 "나는 아직도 그 불우하고 불온했던 삶의 고가에서 내가 잊혀질까 두렵다"(「이 삶의 고가에서 잊혀질까 두렵다」)고 말하며 "높은 꿈보다 낮은 똥을 안고 살아온 시간"(「똥통 같은 세상」)을 오래 기억하려 한다. 그 기억의 뿌리를 좀 더 헤집어보자.

후일담 형식의 갖고 있는 「가리봉오거리 연가」에서 시인은 20년 지기들을 만나 "세월에도 굳지 않는/추억들을 투닥투닥 굽"는다. 한때, '선진노동자'였던 벗들은 변두리 마을버스 운전기사로, 일

용직 노동자로, 마찌꼬바(소공장)의 공원으로 일상을 견딘다. 기억은 "이 빠진 것처럼" 쇠잔해져서 "꿈과 희망은 바스러"진 지 오래다. 좌절된 변혁에 대한 열정이 "우리는 개인이 아니었는데/개인이 되고 말았다는 서글픔만"을 키울 뿐이다(「가리봉오거리 연가」). 한때 공동체의 운명을 책임질 수 있으리라 믿었던 이들이 개인이 되고 말면, 반복되는 일상에 삶은 마모된다. 앞에서 이야기한 것처럼 개인은 제도에 포박된 채, 제도 속에서만 최선의 선택을 반복적으로 수행할 뿐이다. 그렇다고 다시 20년 전 과거로 시간을 돌이킬 수도 없고, 옛날 이념에 따라 '선진노동자'로 모일 수도 없는 노릇이다. 그는 기억의 힘으로 버티며 새로운 꿈을 만들려고 한다. 그러고는 "그는 다만 지난 시대의 그림자를 밟고 있을 뿐/나의 꿈은 이미 이 세상의 것이 아니다"(「미행자」)라고 선언한다.

시집에 수록된 다수의 시가 과거형으로 기술되는 것도 '기억하는 힘'과 무관하지 않다. 정체성의 가장 중요한 원천은 기억이라고 한다. 기억하는 인간은 '과거와 더불어 현재를 사는 인간'이다. 문제는 미래이다. 과거와 현재가 그의 시에는 어우러져 있지만, 세상을 감싸 안는 넓은 품은 아직 그의 시에 깃들어 있지 않은 듯하다.

바로 이 부분에서 송경동 시인은 양날의 칼을 움켜쥔 존재가 된다. 한편에서 그는 근대체제에 포박된 작가와 지식인을 질타하는 비판자이다. 그는 "부자나 정치인이나 학자나 시인들은/나이 먹을수록 대접받는데/우리 노동자들은/왜 늙을수록 더 천대받는 것입니까"(「참, 좆같은 풍경」)라며 노동자의 입장에서 '부자, 정치인'뿐만 아니라, '학자, 시인'까지 질타했다. 다른 시에서는 "당신이 철학을 했다면/나는 똥을 했다고 할 것이다"(「똥통 같은 세상」)라고도 이야기한다. 또 다른 한편에서 그는 반지성주의적 태도를 드러내는 행동주의자이다. 그는 "손으로 일하지 않는 네가/머릿속에 쌓고 있는 세상은/얼마나 허술한 것이냐고"(「목수일 하면서는 즐거웠다」) 질타하고, "딱딱한 책으로 과학으로/이성으로 가득 메워"버리는 순간 말라버리는 "서정의 샘"에 대해 반성한다(「서정에도 계급성이 있다」). 그의 몇몇 시편에는 피억압자의 시선으로 지적 포즈를 후려치는 매질이 곳곳에 새겨져 있다. 하지만 그가 표방하는 분명한 반지성적 행동주의는 위험할 수도 있다. 품 넓은 시의 언어는 분노를 기록하는 것이 아니라, 더불어 함께하기 위한 설득의 힘을 내장하고 있어야 하기 때문이다. 그의 시에 드러나는 반지성적 행동주의는 송경동 시가 어느 순간 넓은 품으로 껴안아야 할 극복의 대상일 것이다.

4. 대중운동과 해방의 언어

이제, 글의 첫머리에서 던졌던 질문 '너는 누구인가', '당신은 누구인가'와 같은 물음에 답을 해야 할 때가 온 것 같다. 시인은 그 답을 표제작에 미리 마련해두었다. 시 「사소한 물음들에 답함」에서 시인은 십수 년 전 민족해방계열(NL)의 사이비 운동가와의 에피소드를 전한다. 대졸 출신의 운동가는 시인에게 다가와 '새로운 조직 결성'을 제안하며, '어느 대학 출신인가'를 묻는다. 자신의 관념 속에 포박된 인간은 이렇듯 무모하다. 시인이 "나는 고졸이며, 소년원 출신에/노동자 출신이라고 이야기해주었다"고 말하자, 그는 "조국해방전선에 함께하게 된 것을/영광으로 생각하라"고 했다 한다. 이어 시인은 다음과 같이 자신의 정체성을 밝히고 있다. 이

것이 '너는 누구인가'에 대한 답이 될 수 있을 듯하다.

> 십수년이 지난 요즈음
> 다시 또 한 부류의 사람들이 자꾸
> 어느 조직에 가입되어 있느냐고 묻는다
> 나는 다시 숨김없이 대답한다
> 나는 저 들에 가입되어 있다고
> 저 바닷물결에 밀리고 있고
> 저 꽃잎 앞에서 날마다 흔들리고
> 이 푸르른 나무에 물들어 있으며
> 저 바람에 선동당하고 있다고
> 가진 것 없는 이들의 무너진 담벼락
> 걷어차인 좌판과 목 잘린 구두,
> 아직 태어나지 못해 아메바처럼 기고 있는
> 비천한 모든 이들의 말 속에 소속되어 있다고
> 대답한다 수많은 파문을 자신 안에 새기고도
> 말없는 저 강물에게 지도받고 있다고
>
> _「사소한 물음들에 답함」 부분

그는 '어느 조직에 가입되어 있지 않다'고 선언한다. 또한 그는 모든 섭리에 소속되어 있다고도 이야기한다. 들, 바닷물결, 푸르른 나무, 바람에 영향을 받는다. 무엇보다 "비천한 모든 이들의 말 속에 소속되어 있"고 싶어한다. 이는 그가 소속하고 싶은 것이면서, 그의 시가 속하고 싶은 이상적 상태를 표현한 것이기도 하다.

이제 그를 명명할 수 있는 언어에 가까워진 듯하다. 나는 그의 열망을 '아고라의 언어'라는 말로 집약하려 한다. 그가 "가진 것 없는 이들의 무너진 담벼락"에 눈길을 던지고, "걷어차인 좌판과 목 잘린 구두"를 껴안으려 할 때의 아고라는 '시장'이다. 그곳은 또한 민중의 삶이 엉기는 현장이고, '경험의 격리'가 극복되는 장소이다. "비천한 모든 이들의 말 속"에 깃들고자 할 때 그곳은 '광장'이 된다. 아고라에서는 민주주의적 토론이 이뤄지고, 사적인 것과 공적인 것이 어우러짐으로써 자율적 윤리가 형성된다. 시인은 자신을 적극적으로 드러냄으로써 '윤리적 화두'를 제시했다. '아고라의 언어'에 대한 간절한 열망은 자율적이면서도 책임의 윤리를 다하는 '주체'에 대한 갈망이기도 하다. 이러한 민주주의를 향한 투쟁에 탄력을 가미하는 한국사회의 여건도 무르익고 있다.

그 여건의 형성은 최근 사회운동에서 대중운동으로의 급격한 이동을 통해 징후적으로 읽어낼 수 있다. 사회운동은 노동계급 운동처럼 특정한 목적을 갖고 비교적 장기적인 계획 아래 이뤄지는 조직적이고 체계적인 실천운동을 지칭한다. 이와 대비되는 대중운동은 우발적 사건을 매개로 익명의 다수가 거리로 쏟아져 나와 이뤄지는 자발적이고 비조직적인 투쟁이다. 마치 촛불집회처럼 통제가 불가능하지만 폭발력은 엄청난 것이 대중운동일 것이다. 대중운동의 변혁적 가능성이 점증하는 이유는 사회운동이 그 진보적 성격에도 불구하고, '제도적 포섭'을 수반하는 경우가 많기 때문이다. 예를 들면, 이명박 정권과 한국작가회의가 한국문화예술위원회의 지원금 문제를 놓고 갈등하는 것도 '제도화'의 산물이다. 시민운동 진영 내에서 광범위하게 '사회운동의 제도화'가 이뤄져 있으며, 체제 내에서 활동하게 됨으로써 활동의 제약을 스스로 감내해야 하는 경우가 빈번하다. '대중운동'은 '촛불집회'처럼 우발적으로 발생하지만, 기존의 상징질서를 교란하는 확실한 효과를 발휘한다. 그 교란의 장이 바로 광장이며, 아고라인 것이다.

송경동 시인은 스스로를 "수많은 파문을 새기고도/말없는 저 강물에게 지도받고 있다"고 말함으로써 자발적 대중주체임을 천명했다. 그는 "손 하나 필요할 때 손 하나 보내는 일"(「겨울, 안양유원지의 오후」)과 "삶이 삶을 배반하지 않아도 되는 세상"(「꿈의 공장을 찾아서」)을 위해 스스로 결단한다. 그래서 광장에서 '아고라의 언어'로 노래하며, 체제 바깥을 상상하려 한다. 그가 '아고라의 언어'를 감각하는 한, 그의 시는 '해방의 기획'에 힘을 싣는 '상상력의 텀블링'일 수 있다. 모두가 송경동 시인처럼 고단한 삶을 선택할 수는 없겠지만, 스스로를 낮은 곳으로 흐르게 하면서 시를 쓰는 그의 삶은 의미 있는 언어로 생동할 수 있다. 이를 일컬어 '아고라의 언어'라 할 수 있으리라.

근본주의적 세계관과 연대의 감수성

＿이문구의『우리 동네』에 대한 현대적 재해석

1. 이문구가 "흙을 부리는 농민"이 된 사연

이문구(1941~2003)의 장편소설『오자룡』(1975)은 조선시대를 배경으로 한 의협소설이다. 이 소설은 천민 출신인 막대(오자룡)가 주인 박자정의 횡포에 못 이겨 탈출했다가, 8년 만에 귀향해 복수한다는 내용을 담고 있다. 하지만 이 소설은 미완의 옥(玉)이 되고 말았다.『월간중앙』1975년 1월호부터 12월호까지 게재되다 돌연 연재가 중단된 것이다. 어떤 이들은 이 소설이『장길산』에 버금가는 작품이 될 뻔했다고 아쉬워하기도 한다. 이문구 스스로는 '불성실한 집필' 때문이라고 연재 중단의 사유를 밝혔을 뿐 자세한 이야기는 삼갔다. 다만, 소설가 윤흥길을 다룬 실명소설「한 켤레 구두로 산 사내」라는 작품을 발표하면서 간략히 속내를 내비쳤을 뿐이다.

계간잡지「문예중앙」편집부의 허술(許銖)씨가 시외전화로 한번 보았으면 하기에 틈을 내어 가니 김석성(金石星) 주간이 기다리고 있었다.

김주간은 내가 「월간중앙」에 「오자룡(吳子龍)」이라는 소설을 1년 간 연재한 뒤 마지막 회분이 말썽이 되자 잡지 측 대표로 불리어가서 하룻밤 고생을 하고 온 분이었으므로, 그런 일이 있고부터는 그분에 게 송구스러움이 앞서 늘 어렵게 알아온 터였다.

_이문구, 『지금은 꽃이 아니라도 좋아라』(전예원, 1979, 223~224쪽)

잡지의 편집주간이 하룻밤 취조를 받았을 정도면 작가가 겪은 고 초는 만만치 않았을 것이다. 이문구는 1974년에는 '문인구국 61인 개헌청원'에 참여했고, 자유실천문인협의회 창립을 주도했다. 또 한 1975년에는 『동아일보』 광고 탄압에 맞서 문인 격려 광고를 조 직하기도 하는 등 박정희 정권과 대립했다. 『오자룡』의 집필 동기 도 진주민란에서 착상을 얻어 민중봉기 소설을 집필함으로써 독자 로 하여금 유신에 대한 비판적 시각을 갖게 하는 데 있었다.

이문구의 활동을 견제하기 위해 중앙정보부가 나선 것은 1975년 12월 22일이었다고 한다. 두 명의 중앙정보부 요원이 이문구 집에 들이닥쳐 그를 연행했다. 『오자룡』에서 문제 삼은 내용은 그믐산 이 장두립을 상대로 어린아이에게까지 부과된 '방위세(군포)'에 대 해 비판한 부분이었다. 중앙정보부는 "방위세를 비난한 것은 긴급 조치 9호 위반이다. 사실 왜곡과 허위 사실 유포죄 성립된다"고 했 다. 연행된 후 겪은 일에 대해서는 그동안 묻혀 있다가, 이문구 사 후(死後)에 공개된 일기를 통해 밝혀졌다. 그는 남산 중앙정보부에 끌려가 2박 3일 동안 취조를 받았고, "서울을 떠나 시골에서 전원 생활이나 하며 글"을 쓴다는 조건으로 방면되었다고 한다. 이문구 가 겪은 고초는 『오자룡—이문구문학전집 3』(랜덤하우스코리아, 2004)에 부록으로 실린 「『오자룡』 필화일기」에 자세히 나와 있다.

1년여 후, 이문구는 가족과 함께 경기도 화성군 향남면 행정리 205—4번지로 이사를 했다. 특별한 연고가 있는 곳도 아닌 발안 부근의 농촌에 몸을 의탁한 것이다. 그때의 스산한 심경은 산문집 『지금은 꽃이 아니라도 좋아라』에 잘 담겨 있다. 1970년대 한국문단의 발품 넓은 활동가였던 이문구가 서울 생활을 청산하자 세간에는 부쩍 말들이 많았다. 혹자는 '논밭을 장만해 재산을 늘렸다'고도 했고, 어떤 이들은 '남이 알아줄 만한 큰 작품을 쓰기 위해 낙향'했다고도 수군거렸다. 그 스스로는 "이젠 정말 공부를 다시 하기 위해서" 내려왔다고 했다(『서울신문』, 1977년 7월 15일자, 4쪽). 그가 서울을 떠나 행정리에 둥지를 튼 것은 한국문단과 거리를 둠으로써 스스로의 문학을 성찰하기 위한 측면도 있었고, 복잡해진 인간관계에서 벗어나 한적한 곳에서 공부를 해보고자 하는 의도도 있었을 것이다. 놓치지 않아야 할 부분은 외적 요인으로 '오자룡 필화 사건'이 작용했다는 점이다. 한 인간의 인생에 있어 중요한 선택은 우연적 요인에 의해 이뤄질 수도 있고, 복합적 요인에 의해 필연적으로 이뤄질 수도 있다. 이문구의 1977년 행남리 이주의 경우는 후자에 가까웠던 것으로 유추할 수 있다. 이문구의 수작 『우리 동네』(민음사, 1981)는 이러한 필연적 과정을 통해 탄생했다. 『오자룡』의 미완성이 『우리 동네』의 완성을 도운 셈이다.

2. 이문구 농촌소설에 가해진 비판들

『우리 동네』는 총 9편의 단편소설로 구성된 연작소설이다. 연작소설은 낱낱의 작품이 독립된 단편으로서 의미를 가지면서도, 이들이 서로 연결되어 새로운 큰 의미를 형성하는 소설 형식을 일컫는다. 이문구의 『우리 동네』 연작은 행남리로 이주한 해인 1977년 11월호 『한국문학』에 「우리 동네 김씨」를 게재하면서 시작되었다. 이어서 「우리 동네 이씨」(『한국문학』, 1978년 5월호), 「우리 동네 최씨」(『창작과비평』, 1978년 여름호), 그리고 「우리 동네 정씨」(『문학과지성』, 1978년 여름호)를 발표했다. 처음에는 이들 작품들이 「으악새 우는 사연」(나중에 「우리 동네 황씨」로 개제)과 함께 작품집 『으악새 우는 사연』(한진출판사, 1978)으로 출간되었다가, 몇 작품이 추가되어 연작소설집 『우리 동네』로 빛을 보게 되었다.

『우리 동네』는 개성적인 민초들의 사람 사는 이야기로 읽힌다. 이는 부분적으로는 맞고, 부분적으로는 그르다. 소설 제목으로 김씨, 이씨, 최씨, 정씨 등을 내세우고 있지만, 사실은 농촌에서 일어난 각각의 사건을 인물에 빗대어 형상화하고 있다. 소설 속 이야기들은 가뭄에 부대끼는 농민이 관공소의 농사 개입을 신랄하게 풍자하기도 하고(「우리 동네 김씨」), 농촌지도라는 이름으로 행해지는 조합과 면사무소의 억압을 담아내기도 한다(「우리 동네 이씨」). 또한 잘못된 농업정책으로 인해 1년 농사를 망친 사례도 제시되어 있다(「우리 동네 류씨」, 「우리 동네 강씨」). 1970년대 농촌사회에서 관의 '지도'로 자행된 일상적 억압이 이들 작품에 잘 나타나 있다. 뿐만 아니라 경쟁을 부추기는 근대 교육제도가 농촌사회를 어떻게 피폐화시켰는지를 지적하기도 하고(「우리 동네 조씨」), 부동산 투기(「우리 동네 장씨」)와 조합선거(「우리 동네 정씨」)로 만신창이가 된 농민들의 실상을 예리하게 포착하기도 했다. 개인의 과도한 사적 욕망이 '보살핌의 원리'에 의해 유지되던 농촌공동체를 어떻게 파괴했는가가 이들 작품에 잘 나타나 있다. 더 나아가 농민의 입장에서 공장 자본가들의 노동착취를 고발하고(「우리 동네 최씨」), 이 윤에 눈이 멀어 농민들을 수단화하는 천박한 상업자본주의를 질타하는 사회성 짙은 작품도 있다(「우리 동네 황씨」). 이렇듯 『우리 동네』는 인물을 내세우는 듯하지만, 실상은 관권개입, 교육, 부동산, 노농·농민공동체 등 농촌사회의 다양한 현안들을 다루었다. 이를 통해 이문구는 1970년대 농촌사회가 '농업근대화와 농민공동체'의 첨예한 대결의 장이었음을 보여주고자 했던 것이다.

하지만, 1970년대에 비평가들은 이문구 농촌소설에 대해 비판적이었다. 김우창은 『우리 동네』를 해설하면서 비교적 긍정적 태도를 취하면서도, 이 소설이 "조금 지나치게 반복적이고 진전이 부족하고 이야기가 부족하다"고 비판한 바 있다(김우창, 「근대화 속의 농촌―이문구의 농촌소설」, 『우리 동네』, 민음사, 1981, 346쪽). 이는 이문구 소설에 대한 비판이기보다는 연작소설이라는 형식 자체에 대한 비판이었다. 연작소설은 독립적인 이야기이면서도, 각각의 이야기가 서로 연루됨으로써 큰 이야기를 구성한다. 『우리 동네』가 제기하는 다양한 농촌문제도 개별성과 연계성이 어우러지는 연작소설 창작원리를 원용해 '농민적 세계관'을 그려냈다. 따라서 김씨, 이씨, 최씨, 류씨, 강씨 등의 성격이 엇비슷하여 이야기가 부족하다는 것은 잘못된 진단이다. 『우리 동네』는 인물의 성격화를 목적으로 쓰인 소설이 아니라, 1970년대 농촌사회를 둘러싸고 있는 사건들을 인물에 빗대어 형상화한 소설이다. 이 사건들의 연쇄가 종국에는 농민적 세계관을 옹호하려는 소농들의 연대의식으로 이어지고 있다. 그런 의미에서 김우창의 다음과 같은 비판도 재론될 필요가 있다. 김우창은 농촌 문제에 대해 "불만과 저항과 분노가 질척"인다고 지적하면서도 이 소설이 "공동체의 재생에 보탬을 주기보다는 오히려 그것을 파괴하는 요인으로 작용한다는 느낌을 준다"고 평가했다. 이러한 지적은 김우창이 『우리 동네』를 독해하는 과정에서 농촌 근대화를 결정적인 요인으로 전제하였기에 나온 것이다. 피할 수 없는 대세로서 농촌 근대화가 자리하고 있고, 이러한 주류적 흐름에 저항하는 농민들의 불만, 저항, 분노가 있다고 본 것이다. 사실, 이러한 시각은 1970년대 비판적 지식인을 포함한 지식사회의 주류적 입장이었다. 김우창뿐만 아니라, 김치수와 김주연도 비슷한 평가를 내놓고 있다는 사실에서 이를 확인할 수 있다. 김치수는 이문구가 "농촌=가난+무식+선, 도시=부+유식+악이라는 등식에 의해 농촌을 진단"한다면서, "가난한 사람들의 인정담이 농촌소설이 될 수 없다"고 논평했다(김치수, 「상황과 문체—농촌소설의 경우」, 『문학과지성』, 1971년 봄호). 김주연의 비평은 김우창, 김치수보다 혹독하다. 그는 이문구 소설의 한 측면에는 "보수적인 가치관, 더 지나치게 혹평한다면 전근대적인 사회에 대한 맹목적인 지지"가 존재한다고 주장했다. 이문구의 문체가 김주연에게는 요설(饒舌)로 읽히는데, 이는 "과거 혹은 과거지향적 서술 때문에 일어나는 불가피한 현상"이라고 폄하했다(김주연, 「서민생활의 요설록—이문구의 작품세계」, 『한국문학대전집 20』, 태극출판사, 1976, 562~565쪽.)

이문구 농촌소설에 가해지는 비판은 농촌과 도시의 이항대립 속에서 보수적인 태도로 옛것을 옹호하고 있다는 부정적 평가로 수렴된다. 옛것에 대한 향수로 인해 이문구의 문체나 서사는 보수성에 사로잡혀 있으며, 변화하는 현실과 조응하지 못한다는 것이다. 1970년대 평론가들의 비평은 현재까지 이문구 농촌소설을 평가하는 무의식적 지표가 되고 있다. 이러한 일반적 평가를 극복하기 위해서는 이문구 농촌소설에 대해 현대적 재해석이 절실하다. 과연 이문구의 농촌소설(농민소설)이 보수적이라는 평가는 온당한 것일까? 『우리 동네』는 수구적 세계관에 기반해 있는가, 아니면 근본주의적 태도 때문에 '보수적이라는 오해'를 받고 있는가? 이 부분의 해명을 위해서는 『우리 동네』가 전근대적인 보수성을 옹호하는 작품이냐, 아니면 농민적 세계관에 근거한 근본주의적 성격을 지닌 작품이냐가 해명되어야 한다. 이를 위해서 작품의 구체적인 면모를 파악해볼 필요가 있다.

3. "흙허구 물헌티 즉접 배워"서 쓴 『우리 동네』

『우리 동네』에 수록된 작품들은 대부분 '놀미'라는 동네를 배경으로 한다. 천동면 부면장의 평가에 따르면 놀미는 "주민들의 의식이 구태의연하구 저수준이구, 하여간 그중 낙후된 동네"(176쪽)이다. 이른바 반골들이 모여 있는 곳이 놀미이다. 그래서 『우리 동네』에 등장하는 김씨, 이씨, 최씨, 류씨, 강씨 등은 '농촌 근대화와 새마을 운동'에 대해 삐딱한 시선을 취하고 있다. 이들은 "옛날버텀 관공리 말 다르구 농민들 말 다른 게 원칙인 게유"(32쪽)라며 관(官)의 세계관과 농민의 세계관이 같을 수 없음을 분명히 한다.

　어떤 대상의 실체는 '이견(異見)'을 통해 오히려 명료하게 드러나곤 한다. 모두가 동일한 시점에서 대상을 바라보면 실체는 하나인데, 그것을 제대로 보지 못하는 이들이 있을 뿐이다. 하지만 삐딱한 시선이나 전혀 다른 견해들이 모여 구성하는 대상의 실체는 입체적일 수 있다. 여러 이견(異見)들의 합이 오히려 근본적이면서 본질적으로 대상의 실체를 파악하도록 도움을 준다. 1970년대 '새마을운동'이나 '농촌 근대화'도 마찬가지다. 『우리 동네』는 농촌사회에 존재했던 다양한 이견들을 통해 '새마을운동'과 '농촌 근대화'의 실상을 비판한다. 그것은 농민적 세계관에 입각해 '근대의 어둠'을 미리 감지한 혜안일 수도 있고, '자연과 인간의 관계'에 대한 근원적 성찰일 수도 있다.

1) 소농의 몰락과 농촌경제의 식민화

앞에서도 언급했듯이, 「우리 동네 이씨」는 농가부채가 어떤 방식으로 끊임없이 늘어나면서 농촌 생활을 피폐하게 했는지 잘 보여준다. 크리스마스를 즈음한 연말에 틀어대는 새마을 방송은 "이장의 빚단련"으로 시작된다. 이장은 추곡수매자금이 나오면 "내가 보증 슨 조합부채부터 싹 까제끼구설랑은이, 그 나머지만 돌려드릴 각오"라고 선언해 마을사람들의 가슴을 서늘하게 한다. 이씨도 조합 부채를 포함해 연말까지 갚아야 할 빚은 465,500원이다. 그중 20만 원이 불도저 사용료인데, 생돈 들인 그 돈이 이씨의 속을 아리게 한다.

그러구 농사는 농민이 짓는 겐디, 실지루는 관에서 마름을 보는 심이라. 이래라 저래라 몰아대는 양을 볼 것 같으면 농업농산지 관공농산지 당최 분간을 못허겠더라 이게여. 분명 누구 보기 좋으라구 농사짓는 게 아닌 중 알련마는, 뭐 시키는 걸 보면 관청 취미대루라. 그런다구 혹 제대로 된 게나 있으면 그러니라나 허지. 뽕나무 심으슈 심으슈 했던 게 불과 몇해 전여? 인저는 그늠의 것 캐내버리느라구 조합 돈까장 은어댔으니……(58쪽)

이씨는 관에서 권장해 뽕나무를 심어 몇 해 재미를 보았다. 하지만 대일 수출창구가 막혀 고치 값 시세가 4년 전 그대로 묶여 수지가 맞지 않은 것이다. "누에덕을 비롯, 누에채반 누에섶 누에거적 따위 양잠기구들을 아낌없이 뭉뚱그려 여름내 한솥 화덕 쏘시개로 디밀어버리고 뽕밭을 떠엎기에 이르는 거였다."(46쪽). 그리고 20만 원이나 들여 불도저로 뽕나무 밭을 갈아엎었다. 이 작품은 농업 생산물의 상품화가 농민을 궁지로 몰아간 상황을 '고치농사'에 빗대어 이야기하고 있다. 문제는 면이나 조합에서 새벽마다 나와 농촌지도라는 명목하에 농민들을 흔들어놓는 것이다. 농가수익 증대를 위해 추진된 농업 생산물의 상품화는 농업의 도시종속화를 심화시키는 방향으로 나아갔다. 이전까지의 농민경제는 가뭄이나 태풍 같은 자연 변화에 주로 영향을 받았지만, 농업 생산물의 상품화가 유도되면서 국가정책과 시장 같은 외부적 요인의 영향을 받게 되었다. 이것이 농가소득 증대만을 가져온 것이 아니라, 자립적이었던 농촌경제를 종속화의 길로 이끄는 계기가 된 것이다. 농사를 지으면 지을수록 조합에서 빌려 쓴 농가부채가 늘어나니, 소농들은 견뎌내지 못하고 도시로 이주해야 하는 상황으로 내몰리게 되었다. 농촌 근대화가 실제로는 농촌경제의 종속화였던 것이다.

농민들도 처음에는 관이나 조합의 개입을 직수긋하게 따르는 듯했지만, 그 피해를 직접 감당해야 하는 처지에 놓이면서 비판적 입장을 분명히 한다. 조합은 "농약을 팔어두 특정회사 것만 팔"았고 "소금, 새우젓을 이자까장 붙여서 외상 놓"(56쪽)는 등 자기 이익 채우기에 급급하다. 농민을 위한 조합이 아니라, 조합을 위해 농민의 희생이 강요되는 양상이다. 관의 개입은 더 직접적이면서 폭력적이기까지 하다. 특정 종자의 볍씨를 심지 않았다고 면의 산업

계장이 "(재래종) 싹이 트지 않도록 마세트입제를 들이붓고 휘젓는" 횡포를 자행하는가 하면, 면장까지 나서서 "장화발로 직접 못자리를 짓밟고 말리라"고 윽박지르는 상황이 발생하기도 한다(132쪽). 농민의 입장에서는 그야말로 종자 고를 권한마저 빼앗긴 것이다. 「우리 동네 류씨」에서 류씨가 농약을 뿌리다 전신이 마비된 것도 신종볍씨를 강요하는 면사무소 공무원들의 횡포와 직접적인 연관이 있다. 면사무소 등살에 신품종인 '노풍'을 심었다가, 그 종자가 병충해에 약해 과도하게 농약을 치다 쓰러진 것이다. 이는 1977년에 발생한 '노풍피해보상투쟁'을 모델로 한 것이기도 하다(장영근, 「'노풍'피해보상투쟁」, 『농민의 마음 하늘의 마음』, 창비, 1995, 115~123쪽).

이러한 관의 개입 아래 소농은 몰락해가고, 농촌경제는 산업자본주의 시스템 속에서 자립성을 잃고 종속화되어 갔다. 소농이 다른 사람의 노동을 착취하지 않고, 착취당하지도 않으면서 가족노동에 의해 농업경영과 생계를 유지한다고 했을 때, 이러한 소농의 몰락은 '상호 협동적인 농업공동체의 붕괴'로 이어질 수밖에 없었다. 1970년대 농업공동체의 붕괴는 관과 조합의 개입에 의해 조장된 측면이 강하다. 심지어는 부농마저도 쌀값 하락으로 생산비에도 못 미치는 이익을 내곤 했다. 이렇다 보니, '영세농민이 오히려 대농에게 땅을 빌려주는' 아이러니한 상황까지 나타났다. 영농비가 많이 들어 수확을 하더라도 생산비가 나오지 않는 탓에, 대농에게 땅을 맡기고 영세농민들은 막일 판을 떠돌았다.

조합이나 면에 휘둘리면, 빈농들이 견뎌낼 재간이 없다. 공업발전을 위해 농사꾼을 눌러왔던 국가기구의 억압적 정책이 농업을 계속 피폐화시킨 것이다. 명목상으로는 서민을 보호한다고 농산물 값을 동결시켰는데, 그 서민에는 농민이 포함되어 있지 않아 모순적이다. 조씨의 아내는 "농사꾼은 호적 파갖구 물 건너온 의붓국민인감. 다른 물건은 죄다 맹그는 늠이 기분대루 값을 매기는디 위째서 농사꾼만 남이 긋어 준 금에 밑돌어야 혀?"라고 분해한다(191쪽). 그 저변에는 '저농산물가격정책'이 자리하고 있었다. 미국의 잉여농산물 무상원조로 인해 한국의 저농산물가격정책이 만들어졌고, 그 정책을 유지하기 위해 국내 농산물 부족분을 해외에서 수입하는 관행이 형성되었다. 『우리 동네』에서도 마늘, 소, 돼지 등 수입농축산물로 인한 피해가 곳곳에서 진술되고 있다.

1970년대에도 박정희 정권의 농업정책에 대한 비판은 지속적으로 제기되었다. 박현채의 경우가 대표적인데, 그는 저농산물가격정책에 대해 1)농공업 간 불균등 성장으로 국민경제 전체에 악영향을 미치고, 2)식량공급의 해외도입 의존을 심화시켜 오히려 공업 발전의 효과가 해외로 누출되며, 3)외환부족을 심화시켜 4)해외 농산물 도입으로 인해 수급에 대한 자기조정 기능을 상실할 수 있고, 5)결국 외국에 정치경제적으로 종속될 수 있다고 논박했다(박현채, 「쌀의 반세기」, 『민족경제론』, 한길사, 1978, 115쪽). 1970년대에 이뤄진 박현채의 비판은 '농업포기정책'에 대한 분명한 경고를 담고 있었다. 이문구의 『우리 동네』는 1970년대 농민들이 감당해야 했던 '자기존재의 상실감'을 실감 어린 문학 언어로 증언하고 있다는 데 의미가 있다. 그것은 산업화라는 외투를 쓴 '위장된 진보주의'와 농본적 세계관을 지켜내려는 '농민적 근본주의'의 투쟁이기도 하다.

2) 농민적 세계관과 근본주의

『우리 동네』에서 그려진 농민들의 저항이 농민적 세계관, 농본(農本)의 정신에 근거하고 있다는 사실은 새롭게 해석될 필요가 있다. 인간이 자신의 힘에 의지하면서도 자연을 거스르지 않고, 자연의 일부에 자신을 위치 짓는 것이 농사이다. 자연의 넓은 품에서 이뤄지는 것이 농사이기에, 그 행위는 바로 생명을 섬기는 것과 같다. 농사기술도 "책상물림헌티 배우는 게 아니라 흙허구 물헌티 즉접 배우"(65쪽)는 것일 수밖에 없다. 이러한 농민의 정신에는 섬김의 마음가짐이 깃들어 있다. 즉, 곡식을 섬기고, 짐승을 섬기는 마음가짐 속에 농민의 마음가짐이 있는 것이다. 이렇다 보니, 자연을 대하는 태도 또한 남다를 수밖에 없다. 특히 「우리 동네 최씨」의 최진기가 한 다음과 같은 진술은 삶의 깊이를 절로 느끼게 해준다.

> 진실로 사람이 자연을 보호함으로써 자연으로 하여금 사람을 보호하도록 꾀하려면, 참새 한 마리라도 하찮게 다루지 않아야 옳다는 것이 그의 주장이었다. 그렇잖아도 원수 같은 게 많은 농민들이므로 참새한테까지 추수를 빼앗긴다면 짝없이 억울한 일이었다.
> 그는 그러나, 참새도 자연에 맡겨 다스림이 바른 태도라고 믿었다. 사람이 매·새매·수리·부엉이·올빼미 따위를 보호해 주면, 그것들은 타고난 성질로 참새를 정리하게 되어 참새의 피해도 저절로 덜어질 일이던 것이다.(76쪽)

자연은 생명을 아우른다. 인간이 아무리 우월적 지위를 주장하더라도, 자연은 인간을 포용하는 큰 존재이다. 자연의 섭리를 거스르면, 인간은 점차 더 자신의 권능을 자연에게 증명해야 하고, 이러한 악순환이 자연의 순행을 거스르는 데까지 나아갔다. 최진기가 "관향리 일흔 두 가구 중에서 최가 가장 살기 딱한 형편"(74쪽)임에도 세상에 대한 넓은 이해의 폭을 가질 수 있는 것은 무엇 때문일까? 이는 가난이 사람을 보다 더 자연과 가까운 존재로 이끌기 때문일 것이다. 최씨는 "이웃 사람의 가난 살이에 견주어 자기네 살림의 넉넉함을 거듭 다짐하는" 이들을 모진 사람으로 취급하면서, 스스로는 "다만 죄 중에서도 이웃이야 어찌 되건 오로지 나만 잘살면 그만이라는 심사가 그중 큰 죄"(73쪽)로 알고 살아간다. 최씨는 더불어 사는 농촌공동체 사회에서는 가난이 원인이 되어 정신적 궁핍의 나락으로 떨어지는 것만은 아니라는 사실을 잘 보여준다.

자연을 섬기는 태도는 「우리 동네 강씨」의 강만성에게서도 확인할 수 있다. 강만성은 "여러 생명을 가꿔 먹는 우리네는 곡식 채소 짐승 같은 바닥 것이 위"일 수밖에 없으며, "땅두 위구, 땅이 위면 하늘은 그 위"라는 인식을 가져야 한다고 주장한다(206쪽). 농부는 "사람 목마른 건 견뎌두 곡식 타는 건 눈으로 못본"(22쪽)다고 했다. 이는 곡식이 단지 교환대상인 상품이 됨으로써 부(富)를 늘리는 수단이 되어서는 안 되고, 섭생(攝生)의 대상이어야 한다는 근본주의적 태도와 관련이 있다. 자신의 목마름을 견디면서 곡식을 살리는 것은 보다 넓게 사람을 살리는 일이 된다. 그렇기 때문에 농민은 단지 농작물을 다루는 기능인이 아니라 생명을 살리는 일꾼인 것이다. 농민의 근본 마음가짐이 훼손되면, 생명 전체가 위협받을 수밖에 없다. 자연의 순환주기에 맞춰 이뤄지는 경작 과정은 그 자체로 생명의 섭리를 깨우치는 과정이고, 그 순환을 견디는 농민의 삶은 위대하다. 이 위대함에 대한 자긍심 속에서 "흙 더듬는 손 빼구 다 도둑늠이여"(209쪽)라는 당찬 외침이 나오는 것이다. 그 자부심은 다음과 같은 인용문에도 잘 나타나 있다.

　내가 헐라는 말은 저기여. 벨 것이 아니라, 하늘을 쳐다보구 땅만 믿구 사는 우리찌리는 여전히 경우가 있구, 이웃두 있구, 우정두 있구, 이런 것 저런 것 다 분별이 있는디, 직업이 사람을 상대루 허는 직업은 우리가 마소나 들풀이나 돌멩이 같은 다른 저기들과 다름없이 뵈는 모양여. 우리가 있음으루 해서 각기 직업두 생긴 겐디, 그 직업을 한 번 붙잡었다 허면 우선 인심부터 내버리구 저기허더란 말여. 직업을 권세루 알기루 말헐 것 같으면 하늘을 입구 흙을 먹는 우리네 위에 올러 슬 것이 읊을 텐디…… 그러나 우리를 업신여긴 것치구 오래 안가데. 나는 배움이 읊어서 지난 역사를 저기헐 수는 읊지만 아마 사람 위에 올러 스려구 버둥댄 것 치구 저기헌 적이 읊을겨. 그랬으니께 오늘날에 우리가 있는 게구, 우리는 또 자식들이 사는 걸 저기허면서 저기허는 게구……(317쪽)

인용문은 「우리 동네 황씨」에서 김봉모가 황선주를 훈계하는 내용이다. 황선주는 고리대금업과 장사로 부를 축적한 인물로, 마을에서 '버림치로 치부하여 진작 젖혀둔 인간'이다. 심지어 "물간 새우젓, 곯은 황새기젓"을 조합을 끼고 농민들에게 팔아, 동네 사람들의 원성이 자자한데도 이미 자본의 노예가 된 그는 뻔뻔하기만 하다. 김봉모는 황선주를 닦아세우며 "비 때 비 주구 눈 때 눈을 주는 하늘두 우리를 안 쇡이구, 쌀 때 쌀을 주구 보리 때 보리를 주는 땅두 우리를 안 쇡"(314쪽)이는데 사람이 사람을 속이는 세상이 되었다고 한탄한다. 그러면서, 그는 모든 직업의 밑바탕에는 농민이 있고, 농민이 있음 다음에야 다른 직업도 생길 수 있었음을 강조한다. 김봉모가 "농민을 업신여긴 것치구 오래 간 것이 없다"라고 외친 부분은 지금도 유효한 경고이다.

3) 연대의 감수성과 배제된 여성

농민공동체를 뒤흔드는 정치권력의 횡포에 맞서 『우리 동네』 속 농민들은 시시때때로 "얼른 뒤집어져야지"(57쪽) "드런 것들 뵈기 싫어서래두 얼릉 뒤집어져야지"(195쪽) "워치게 허는 게 슨건지 몰라두 내년에는 싹 갈어처야 되어"(302쪽)라고 외친다. 이러한 절규 섞인 외침은 단지 푸념이나 불만에 그치지 않고, 집요한 연대적 저항으로 이어진다는 데 『우리 동네』의 묘미가 있다.

『우리 동네』에는 농민들이 함께 연대해 관권에 저항하는 모습이 자주 등장한다. 「우리 동네 김씨」에서는 민방위 훈련장에서 부면장 신을종이 농민들을 훈계하려 들자, 김씨를 필두로 농민들이 서로 거들어 부면장을 궁지에 모는 장면이 나온다. 「우리 동네 이씨」에서도 윤선철 네 노인의 생일잔치에서 온 부락담당 면서기 서상익과 조합서기 지종길을 '놀미마을' 사람들이 합심해 궁지에 몰아넣는다. 그뿐 아니다. 「우리 동네 강씨」에서는 보리 수매 공판장에서 '놀미마을'의 반골들인 강만성, 조태갑, 이낙천, 정승화가 합심해 면장을 상대로 집단적으로 항의하기도 한다. 또한 농민들의 저항은 「우리 동네 황씨」에서 산업계장 김신철과 담당서기 오근택을 포함해 황선주를 타이르며 혼내는 데로 이어져 대미를 장식한다.

『우리 동네』에 나타난 농민들의 연대는 다음 몇 가지 부분에서 특징적이다. 첫째, 대화를 통해 관권이나 부조리한 권력의 부당성을 명확히 드러냄으로써, 권력자들을 옴짝달싹 못하게 한다. 농민의 경작 현실과는 상관없이 통일된 도량형(근대적 질서)을 강요하거나, 통일계통의 벼를 농민들에게 강요(농업근대화)하여 농민경제를 오히려 어렵게 하는 상황에 대해 농민들은 실제적 삶을 근거로 저항한다. 그래서 궁색해진 관권의 하수인들이 "위서 시키는대루만 허면 구만인 걸유"(56쪽)라고 변명할 수밖에 없게 되는 것이다.

둘째, 한 사람에게서 촉발된 저항이 여러 농민들의 추임새 속에서 연대적 감성으로 전이되고 있다는 점도 특징적이다. 권력을 가진 자들은 대부분 자신의 위계적 신분을 믿고, 문제를 제기하는 농민을 윽박지르려 든다. 하지만 농민들이 합심해 말을 얹으면서 서로 거들고 나서면 이내 수그리고 만다. 이는 약소자들의 연대가 부당한 권력을 이긴다는 측면에서 통쾌함을 자아내는 전개방식일 뿐만 아니라, 농민이 삶의 근본문제에 훨씬 밀착해 있는 현자(賢者)임을 보여주는 것이기도 하다.

셋째, 힘의 논리보다는 세계관의 우위를 통해 농본(農本)의 가치가 확인되고 있다. 『우리 동네』의 등장인물들은 "하늘과 땅과, 비바람두 눈보라두 우리를 보호"(315쪽)해준다는 당당한 마음가짐과 권력에 부끄러운 것이 아니라 "땅임자답게 땅을 거루지 못"(60쪽)한 것에 부끄러워하는 농자(農者)적 태도를 지니고 있다. 그래서 이들은 시세가 바뀌는 것에 적응하지 못해 곤혹스러워하면서도, "내 양심 내 정신"(50쪽)으로 살고자 노력한다. 이렇듯 인간의 본성에 충실하고자 하는 노력 속에서 자신의 행위에 대한 믿음이 생기고, 권력에 대항하는 실천적 행위가 가능해지는 것이다.

하지만 『우리 동네』에서 이뤄지는 연대적 저항에는 '여성'이 빠져 있어 아쉬움을 남긴다. 소설 속에서 대부분의 여성은 '욕망하는 주체'로 형상화되어 있다. 소비문화에 길들여져 'TV나 전기밥솥'을 그악스럽게 소유하려 하고, 자녀교육 문제로 인해 자본의 논리에 야합하기도 한다. 리타 펠스키는 『근대성과 페미니즘』(김영찬 · 심진경 옮김, 거름, 1998)에서 자본주의를 떠받드는 힘은 생산이 아닌 소비라고 주장하면서, 자본주의적 소비주체로 여성이 새롭게 발견되었다는 분석을 내놓은 바 있다. 『우리 동네』에 등장하는 여성들은 대부분 소비문화에 매혹되어 가족 간의 갈등을 유발시키고, 농촌의 전통문화를 내적으로 붕괴시키는 역할을 하는 것처럼 그려진다. 게다가 『우리 동네』 연작에는 여성이 주체로 설정되어 있는 단편이 하나도 없어 소설이 전체적으로 가부장적인 분위기를 자아낸다. 농촌공동체 사회의 미덕이 '보살핌의 윤리'에 기반해 있다고 했을 때, 이는 여성성과 긴밀히 연계되어 있어야 한다. 그런데도 여성이 배제되어 있다는 사실은 『우리 동네』가 갖고 있는 약점이면서, 1970년대 한국 농촌사회에 가부장적 질서가 지배적이었음을 드러내는 문학적 증거이기도 하다.

4. 생명을 살리는 농촌공동체의 재건을 위하여

이문구는 1975년 12월 26일에 쓴 일기에서 중앙정보부 수사관들에게 "전원생활이야말로 내가 소원하는 바이며, 전원에 묻혀 쓰고 싶은 글, 문학적인 글이나 쓰는 것이 내 이상이기도 하다고 말했다"고 적었다. 그리고 이문구는 『오자룡』을 '기념비적인 작품'으로 결말짓는 것을 포기하고, 농촌 현실에 밀착한 『우리 동네』 연작을 발표했다. 역사소설이 현실을 직접적으로 이야기할 수 없는 상황에서 과거에 비추어 현실을 은유적으로 표현한 것이라면, 유신 시대에 대항해 쓴『오자룡』은 일종의 우회적 글쓰기였다. 이 우회적 글쓰기가 좌절된 상황에서 이문구는 행남리로 내려갔고, 농사를 지으면서 오히려 농촌 문제를 직접적으로 형상화한『우리 동네』연작을 집필했다. 우회적 글쓰기에서 직접적 저항의 글쓰기로 나아간 급진적 변화는 문학사에서도 상당히 드문 사례로 꼽힐 수 있다. 이문구는 늘 해오던 '기틀이 뚜렷하지 못해 늘 모자라고 아쉬워 안타깝던 기초공부'를 농민들과 몸을 부비면서 직접 해낸 셈이다. 그가 1970년대 후반의 농촌현실에 대해 이토록 신랄한 어조로 정치권력을 비판하고, 실감 넘치는 언어로 농민의 삶을 그려냈다는 사실은 문학사적으로 재평가되어야 한다.

『우리 동네』는 농촌공동체가 급격히 해체되던 시기를 대상으로 '농업이 무엇인가'라는 근본적인 질문을 던지고 있기에 문제적이다. 일각에서는 이문구의 농촌소설에 대해 보수적이며 수구적이라는 평가도 있었지만, 그가『우리 동네』에서 펼쳐 보인 '농민적 세계관'은 근본적이면서도 급진적이었다. 이 소설은 1)소농을 해체시켜 농민공동체를 궁지에 몰아넣은 박정희 정권의 농업정책을 직접적으로 비판하고 있을 뿐만 아니라, 2)자연과 농민의 관계를 유기적으로 바라봄으로써 농업과 생명의 문제를 재인식하게 했으며 3)농촌공동체의 복원을 위해서는 연대의 감수성이 얼마나 중요한가를 환기시킨다. 이 소설은 현장의 보고이면서, 동시에 삶의 본바탕에 대한 성찰을 담고 있다. 그런데도 대중적으로 호응을 받은『관촌수필』에 가려져 상대적으로 문학적 평가를 덜 받았다고 볼 수 있다.

한국사회에서 먹을거리와 생명의 문제가 삶의 중심 문제로 복권되고 있다. '촛불집회'는 검역주권을 둘러싸고 일어난 이명박 정부에 대한 저항운동이 아니라, 생명에 대한 감수성을 변화시킨 전환기적 사건이었다. 이제 모든 민주주의 투쟁은 '생명과 섭생'의 문제를 외면하고는 그 성공을 기대할 수 없게 되었다. 생명의 문제는 필연적으로 농업의 문제와 연결될 수밖에 없다. 윤리적으로 건강한 농업 생산물이 생산되기 위해서는 소농 중심의 농촌공동체가 복원되어야 하고, 시민과 농민 간의 지적이면서도 실천적인 연대도 이뤄져야 한다. 그 연대는 서로에 대한 이해와 격려 속에 민주주의적 대화와 토론이 활성화됨으로써 '근본적 가치'에 대한 공감이 이뤄질 때 견고해질 수 있다. 이것은 이문구가 제안하는 공감의 절차이며, 연대의 방식이기도 하다.

현재 한국사회는 쌀을 제외한 곡물의 자급비중이 25퍼센트밖에 되지 않을 정도로 농업 자체가 세계시장에 심각하게 종속되어 있다. 금융자본의 횡포로 인해 세계경제가 요동치고, 에너지 위기는 시시각각 현실화하고 있으며, 세계적 식량위기에 대한 경고의 메시지도 곳곳에서 들려온다. 이러한 위기적 징후에도 불구하고, 성찰하는 능력을 갖지 못한 정치권력은 촛불시위에 대한 보복에 혈안이 되어 있고, 신자유주의적 시장경제를 맹신하며 위험천만한 운명의 구렁텅이로 한국사회를 내몰고 있다. 또한 국제경쟁력 강화만을 주장하며 쌀포기정책을 공공연하게 기정사실로 간주하려 든다. 이 지경에 이르게 된 과정을 이문구는 1970년대적 현실에 비추어 『우리 동네』를 통해 문학적으로 증언해냈다. 그 증언은 근대 문명에 대한 반성적 성찰을 촉구하는 것이고, 왜 농민이 생명의 근본을 다루는 일꾼인가 밝히는 것이며, 경쟁의 원리로 인해 인간 공동체의 핵(核)인 윤리적 감각이 어떻게 마비되었는가를 아프게 드러내는 것이기도 하다.

지식인 작가 되기의 곤란함

— '압축적 근대'라는 시대정신과 황석영

1. 1960~70년대의 문학적 성좌(星座)

한국문학사는 그 역사적 품을 점점 넓혀가고 있다. 지난 2001년에 김동환, 박종화, 박영희, 심훈, 이상화, 최서해를 대상으로 '탄생 100주년 문학인 기념 문학제'가 개최된 이후 매년 한국문학사를 기념하는 행사가 개최되고 있다. 이는 어느덧 한국문학이 스스로를 기념하는 단계에 진입해, 문학 텍스트의 단층을 점차 두껍게 쌓아가고 있음을 보여준다. 문학사도 역사의 한 부분이라면, 2000년대 문인들은 생로병사를 어떤 모습으로 감당하고 있을까? 점차 많은 문인들이 생물학적 숙명 속에서 유명을 달리하고 있다. 분단 이후, 한국 현대문학이라는 아궁이에 마른 장작을 지폈던 작가들이 시나브로 스러져가고 있는 것이다. 1960~70년대 문학의 거목이라고 할 수 있는 이문구는 2003년에 세상을 떴으며, 하근찬(2007)도 그의 작품만을 남기고 타계했고, 이청준도 지난 2008년에 유명을 달리했다.

레테의 강을 건너는 것만이 문인들을 역사 속에 침잠시키는 것이 아니다. 몇몇은 더 이상 글을 쓰지 못하는 문학적 소진 상태에 있고, 몇몇은 여전히 자기 문학사를 지속적으로 갱신하고 있다. 우리는 한 시대에 문학을 부둥켜안고, 문학 속에서 삶의 길을 찾다 스러져간 작가들에게는 경외감을 표하곤 한다. 그러면서도 그 작가의 문학사적 여정에 대한 평가가 객관적으로 이뤄질 수 있다는 사실에 안도한다. 이청준은 치열하게 '권력'에 천착하며 문제적 작품을 산출했음에도 불구하고, 구체적 현실 속에서는 도피적 관념성을 드러냈다는 점은 비판되어야 한다. 이문구가 보여준 치열한 반근대적 정신이 비판을 넘어선 대안 형성으로 나아가는 데 주저했던 것도 아쉬움으로 남는다. 하근찬의 경우, 전쟁의 상처와 식민지 경험 형상화 사이에서 진자운동을 했음에도 작품세계의 폭과 깊이를 동시대까지 확장하지 못한 지점이 안타까움으로 남는다.

문제는 지금까지 지속적으로 작품을 발표하며, 현실에 개입하고 있는 작가들이다. 이들은 문학사적 상징이면서, 한국문학의 현재를 자처한다. 작가의 노년은 있지만, 작품의 노년은 없다는 경구를 실증하는 듯한 이들의 태도는 존경스러우면서도 문제적이다. 몇몇 작가들의 최근 행보는 우리 시대 작가의 존재방식에 관해 질문하게 만든다. 특히 1960~70년대에 신성(新星)이었다가, 문학사의 거성(巨星)이 된 황석영과 같은 이들이 보여주는 정치적 행위는 작가 개인의 역량과는 상관없이 우리 시대의 문화적 풍경을 성찰하게 한다.

나는 2003년경부터 몇몇 문학연구자들과 1960~70년대 소설 작품을 읽는 세미나를 해오고 있다. 상허학회의 '670세미나팀'이 격주로 모여 기획한 세미나의 목표는 소박하면서도 야심찼다.

1960~70년대의 주요 작가들의 전작을 독파할 것, 이를 통해 기존의 문학사적 평가를 재평가할 것, 그리고 모임을 최소한 10년 이상 유지할 것 등이다. 작품으로 귀환하여, 원 텍스트 읽기를 통해 문학적 의미를 재구성하자는 기획인 셈이다. 처음 세미나를 시작할 때만 해도 무모한 도전처럼 보였다. 하지만 어느덧 모임이 8년째에 접어드는 지구력을 과시하고 있으며, 그간 읽어낸 작가들의 전작도 만만치 않다. 박태순으로부터 시작해, 서정인, 최인훈, 김승옥, 이청준을 거쳤고, 이제하, 손창섭, 김동리, 황석영, 이문구, 하근찬을 읽은 후, 지금은 이병주, 조세희, 조정래 등을 읽어나가고 있다.

세미나 과정에서 박태순 소설의 인물들이 도시적 감성에 기반해 있으면서도, 근대에 순응하지 않는 민중적 면모를 보이고 있다는 사실을 새롭게 발견했다. 박태순의 「정든 땅 언덕 위」를 비롯한 일련의 '외촌동 연작'은 '근대에서 배제된 인물'의 포착이라는 측면에서 새롭게 조명되어야 한다. 더불어 이문구 초기소설에 핍진하게 드러난 '도시 하층민'의 삶도 세미나팀의 독서 과정에서 주목하게 된 영역이다. 그가 장편 『장한몽』에서 그려낸 그로테스크한 형상은 한국 근대의 비극적 이면을 드러낸다. 서정인이 「남문통」 등의 작품에서 보여준 삶의 애잔한 풍경은 사건을 의미화하거나 심층에 육박하지 않으면서도 근대의 산물인 소시민성을 포착해내는 묘미를 보여준다. 뿐만 아니라 최인훈 소설의 핵심이 「광장」에 있는 것이 아니라 『회색인』에 있음을 직접적인 독서와 토론 과정에서 확인하기도 했다. 최인훈이 진정으로 열망했던 것이 '온전한 개인' '진정한 자유주의자'였기에, 그의 작품은 집요한 구석을 갖고 있었다.

구체적 작품을 통해 작가를 이해한다는 것은 더딘 작업임에 틀림없다. 독서의 과정에서 무수한 실망을 견뎌내야 했고, 소문과 실제의 괴리를 확인했으며, 때로는 과장의 증폭이 어떻게 허상을 만들어냈는가를 깨닫고는 아연실색했다. 다음에서 논의할 「소문의 벽」도 작품 읽기 과정에서 건져낸 낙수(落穗)이고, 그 해석 지평을 넓히면 시대의 풍경까지 밑그림으로 그려낼 수 있다. 장서의 벽을 쌓아나가듯 텍스트 읽기는 지금도 꾸준히 지속되고 있다. 그러면서 한국문학이 개별 작가의 문학적 성취 속에서만 평가될 수 없는 컨텍스트 속에서 존재함을 발견했다. 그 컨텍스트가 우리 시대 문학의 존재방식을 성찰하게 한다.

2. 「소문의 벽」이 이야기하는 것들

논의의 구체적 진전을 위해 이청준의 대표작인 중편소설 「소문의 벽」(『문학과지성』, 1971년 여름호)으로부터 이야기의 실마리를 풀어가보자.

이 소설은 이청준이라는 작가를 이해하는 데 길잡이 역할을 할 수 있는 '소설 모티프 종합선물세트'이다. 이청준 소설의 전형적 모티프인 '전짓불의 공포'와 '도피벽'이 보너스인 양 알사탕처럼 놓여 있고, 또 액자소설 형식으로 '소설 속의 소설'이 자그마치 세 편이나 쌓여 있어 풍성함을 더한다. 그러면서도 1970년대에 처한 한국문학의 고민을 예시하는 작품이기도 하다. 이청준은 이 소설에서 1970년대 초반에 소설을 쓴다는 것이 무엇인가에 관해 질문한다. 이는 아마도 1970년대 작가라면 누구나 직면했을 법한 문제이기도 하다. 작가가 가질 수밖에 없는 지식인의 자의식과 자본주의 체제에서 소설이 상품으로 소비되어야 하는 상황 사이의 갈등은 어떤 것일까? 바로 이러한 소설의 형질변화에 대한 자각이 「소문의 벽」에는 깔려 있다.

「소문의 벽」은 잡지사 편집장인 '나'가 우연히 박준을 만나 그에 대해 집요하게 집착하게 된 10여 일을 시간적 배경으로 하고 있다. '나'는 '무의미의 늪'에 빠져 잡지 편집에 회의를 느낀다. 그런 나의 일상에 박준이라는 인물이 틈입하면서, 돌연 기묘한 활력에 몸을 맡기게 된다. 글을 못 쓰고 도피하는 박준의 상황과 잡지 편집에서 의미를 찾지 못하고 있는 '나'의 상황은 겹쳐진다.

눈길을 끄는 부분은 「소문의 벽」에 나타난 갈등의 패턴이다. 네 명의 등장인물이 이 갈등을 주도한다. 우선 '나'는 처음에는 잡지사 편집장으로 등장하지만, 사건이 전개되어감에 따라 마치 신문 기자의 형상처럼 변해간다. '나'는 사건의 추적자이며, 보고자이고, 소설을 전개해가는 화자이다. 따라서 '나'는 기본적으로 잡지 편집장의 직업을 갖고 있지만 취재하는 주체라는 측면을 주목해보자. 이청준 초기 소설에 예인(藝人)을 등장시키는 「줄」, 「매잡이」의 경우, 대부분 이야기의 소재를 취재하는 전달자가 등장하는 사실을 상기할 필요가 있다. 따라서 '나'는 '매체형 내레이터(기자)'라고 지칭할 수 있다.

그리고 잡지사 문예담당 안형이 등장한다. 안형은 박준의 소설에 대해 "우리들에게 중요한 것은 우리 자신 속에 숨어 있는 어떤 비밀을 만난 놀라움이 아니라, 그 비밀과 현실 사이에 꾸며지고 있는 생존의 방정식에서 보다 명확한 해답을 얻어내는 일이거든요"라고 논평하며 작품의 잡지 게재를 유보해온 인물이다. 안형은

'나'에게 한 편의 소설이 각자의 방식에 따라 다르게 읽힐 수도 있다는 사실을 깨닫게 해주는 역할을 한다. 안형은 자신의 의도와는 관계없이 박준의 소설세계를 거부하고 있는 특정 문학적 입장을 대변한다. 더불어 1971년 당대에 문학에 대한 입장이 어떻게 갈리고 있었는가에 대해 이야기하는 진술자이기도 하다. 이 소설에서 안형의 성격을 군이 유형화한다면 '사건으로부터 거리를 둔 지식인(비판적 지식인)'이라 지칭할 수 있을 것 같다.

또 다른 인물인 의사 김 박사는 어떤 인물인가? 그는 박준이 병원을 찾아왔을 때, 의사로서의 소명의식을 갖고 그를 받아들인다. 그리고 '나'의 관심에 따라 박준에 대한 집착의 강도를 높여간다. 김 박사는 서사의 흐름 속에서 점차 박준에게 위해를 가하는 심문자의 형상으로 변모하고, 종국에는 "적수를 굴복시키려는 한 고집 센 인간의 오기 덩어리"가 돼 파국의 주체가 되기도 한다. 김 박사는 그러면서도 "박준이라는 한 특정 환자에겐 불상사가 되고 말았지만, 그러나 그에게서 얻은 나의 경험은 이 병원을 위해서, 그리고 그와 비슷한 다른 환자들을 위해서 더없이 유익하게 활용될 수가 있을 테니까요"라고 자신을 정당화한다. 이는 전형적인 '기능적 지식인'의 형상이다.

마지막으로 문제적 인물인 박준이 서사의 핵심부에 위치해 있다. 그는 문단에서 주목받던 젊은 작가였지만, 방외인처럼 주변부를 맴돈다. 그는 교우 관계도 넓지 않고, 또 각 잡지로부터 언제부터인가 따돌림 비슷한 대우를 받는 비운의 소설가다. 게다가 진술거부증, 노이로제, 심지어는 정신분열증 환자로 의심받는 비극적 상황에 직면한다. 그는 끊임없이 '나'에 의해 대변/재현되어지는 인물이라는 측면에서 '나'의 분신이라고도 할 수 있다. 박준은 전짓불 뒤의 폭력에 대한 공포로 인해 고통받는 인물이다. 그의 상황은 조금 비약하자면 정치적 피해자의 위치에 있으며, 체제의 폭력에 아파하는 '미적 주체'의 고통을 은유하는 것으로 읽을 수 있다. 따라서 「소문의 벽」에서의 박준은 '예인(藝人) 계열'이 아닌 체제적 글쓰기를 거부한 '문인(文人) 계열'의 '미적 주체'로 의미화가 가능하다.

작품 속에서 이청준은 "작가는 그가 만약 자기 시대의 요구를 비겁하게 회피하지만 않는다면 그것을 성실하게 극복해 나갈 방법을 선택할 권리"가 있다고 진술한다. 그리고 "작가란 애초에 작품으로 말할 권리를 얻은 사람"이라는 점도 강조한다. 그러나 「소문의 벽」을 통해 형상화된 현실은 그러한 작가의 의지를 짓누른다. 1970년대 현실은 '선택이 끊임없이 강요'되고 있고, 어긋난 선택이 이뤄질 경우에는 권력에 의한 복수가 예견되어 있다.

작가가 소문에 둘러싸이는 순간 작품은 '소문 속의 소문'으로 전락하고, '문학도 소문 속에서 태어난 또 하나의 소문'이 되고 만다. 소설 내용에 비춰보건대, 박준이 미친 것도 바로 내부의 해소할 수 없는 진술욕과 외부의 압력 사이의 긴장을 견뎌내지 못해서이다.

표현하고자 하는 욕망이 권력의 의지에 의해 꺾였을 때, 과연 작가는 무엇을 할 수 있을까? 물론 「소문의 벽」에는 권력의 압력이 구체적 형상으로 표현되어 있지는 않다. 때로는 이상한 제복을 입은 심문관의 형상을 하기도 하고, 때로는 안형과 같은 사람들의 판단 유보로 인한 것이기도 하며, 김 박사의 치료를 빙자한 진술 강요이자, 작품의 뒤에 숨어서 끝내 정체를 드러내지 않는 대중 독자들이 그 억압의 외형을 띠기도 한다.

바로 이 부분에 '지식인 작가에서 근대 제도 속의 직업 작가'로 전환되는 갈림길이 놓이게 된다. '직업으로서의 작가'는 상품으로서 문학을 의식해야 하는 곤혹스러운 위치에 처하게 된다. 문학작품은 시장 속에서 유통되고 소비돼야 하는데, 이는 문(文)의 전통에서, 예(藝)의 전통으로의 전환으로 볼 수 있다. 더 나아가서는 자본주의적 체제 속에서 문학의 기능이 상업적으로 전환되는 새로운 상황의 도래를 의미한다. 작가는 자신의 시대를 향한 증언 의지를, 대중의 욕망을 읽는 상업적 진술로 전환해야 할 때 머뭇거리게 된다. 소설 속에서 박준이 진술 거부증, 노이로제, 정신분열증을 겪는 것도 이런 고뇌의 산물이다.

문제는 자본주의 사회에서 작가로 성공하는 순간, 바로 대중의 복수가 시작된다는 사실이다. 대중의 열광 이후 작가의 글은 대중의 소문을 견뎌내야 하는 매문(賣文)이 된다. 이청준의 순화된 표현을 빌리자면, "시대가 모든 작가에게 어떤 특정한 작업방법을 요구"하는 상황을 감당해야 한다. 심지어는 작가적 양심도 "나의 의지하고는 아무 상관도 없이 지켜질 수 없게 되"고 만다. 소설 속에서 박준은 자신의 처지를 오히려 소설화함으로써 "한 작가가 얼마나 가혹하게 자기의 진술을 간섭받고 있으며 그 때문에 결국은 얼마나 무참한 파국을 겪게 되는가를 극명하게 설명"하려 했다.

박준은 근대 자본주의 아래서 문학하기의 곤란함을 증언하는 '미적 주체'이다. 하지만 소문의 위력은 한국사회에서 권력의 무자비성과 겹쳐져 파국으로 치닫고 만다. 「소문의 벽」에서 진술자인 '나'가 끊임없이 '박준'을 추적하는 것도 '진술의 곤란함을 우회적으로 진술'하기 위함이고, 더불어 '미적 주체의 구현'을 통해 1970년대적 곤란함을 묘사하고 하는 이청준의 욕망이 투영된 것이기도 하다. 하지만 이청준은 박준을 미궁에 빠진 미아로 처리하고 만다.

소설 속 '나'는 박준이 다시 찾아오기만을 바라면서 일상 속으로 침잠한다. 이는 의미심장한 결론이다. 이청준은 이 소설에서 자신의 작가적 상황의 곤란함만을 증언함으로써 선택을 유보했고, 그 지연상태는 박준의 '행방불명'으로 알리바이를 형성한다. 실제로 이청준의 「소문의 벽」이후 소설은 현실에 대한 '근본주의를 가장한 무관심'으로 나아간다. 그가 은연중에 사회현실을 냉소적 태도로 바라보고, 소시민의식 속에 자신을 감춘 것도 이러한 도피의 태도와 무관하지 않다.

3. 2009년, 미궁에 빠진 한국문학사의 거목 황석영

그렇다면 「소문의 벽」이 발표된 1970년대 이청준의 변화 과정은 과연 한 작가의 개별적 선택으로만 규정할 수 있을까?

구체적 텍스트에서 좀 더 나아가 동시대로 문제의식을 확장해보자. 도대체 우리 시대 작가들은 어떤 풍경으로 존재하며, 존재할 수 있을까? 1960~70년대에 작가가 헌신적 열정을 담아 구현했던 문학은 어떻게 평가될 수 있으며, 그 평가의 지점은 생존 작가의 정치적 판단에 따라 바뀔 수 있는 것일까?

그 일면을 황석영의 2000년대 행보를 통해 살필 수 있다. 이청준이 「소문의 벽」에서 보여준 세계가 '지식인 작가, 혹은 자본주의적 상업주의와 무관한 작가 되기의 힘겨움'이었다면, 2000년대 황석영의 행보는 작가의 의지 과잉이 세계를 교란하는 형국이라고 볼 수 있다.

고백건대, 나는 '670세미나팀'에서 황석영의 1970년대 작품을 읽을 때, '역시 황석영'이라고 감탄했다. 그의 작품에서는 세계와 대결하려는 강한 남성성에 기반한 문학적 고집이 느껴졌다. 또 그는 문학을 중심에 놓고 세계를 주유하며 도전적으로 문학적 성취를 이끌어내는 집요함도 지니고 있었다. 「객지」에서 동혁이 "꼭 내 일이 아니라도 좋다"라고 외쳤을 때, 그 도도한 대결의식에 매료되었다. 「한씨 연대기」에서 절절히 펼쳐 보인 한영덕의 파란만장한 삶은 내 가슴을 아프게 했다. 어디 그뿐이랴. 『무기의 그늘』에서는 문학 언어가 어떻게 금기를 넘어 '역사의 속살'을 헤집는가를 충격적으로 경험했다. 나는 아직도 『무기의 그늘』에 그려진 베트남 전쟁의 실상을 그 시대와 연관해 탈식민주의적 관점에서 분석하는 논문을 써야겠다는 생각을 갖고 있다.

나는 그간 황석영의 작품을 충실히 따라 읽어온 문학연구자이며, 현장 평론가이다. 황석영이 오랜 수감 생활 이후 2000년에 발표한 『오래된 정원』에서 1990년대를 세계사적 관점에서 기억하는 방법을 제시했을 때, 역사를 개인화하는 방식에 관한 깨달음을 얻기도 했다. 또한 황석영의 개인사에 비추어, 세월을 견딘 작품의 힘이 어떻게 독자에게 전달되는가를 감지하며 희열을 만끽하기도 했다. 나는 황석영의 『손님』에 대한 평문으로 문단에 얼굴을 내민 평론가이기에 그에게 빚진 바도 크다. 『손님』은 남북이 각각 다르게 기술하고 있는 한국전쟁의 역사를 '신천사건'을 통해 다룸으로써, 문학이 권력과 폭력에 어깨를 견줄 수 있음을 보여준 작품이다. 2000년대 이후 황석영의 작품에서 실망감을 느끼기 시작한 것은 『심청』에 이르러서이다. 『심청』은 동아시아의 역사를 한 여인의 운명으로 겹쳐내려는 과도한 의욕으로 인해, 오히려 치열한 역사인식이 희석되고 만 부작용을 낳은 작품이다. 이러한 의욕 과잉이 빚어낸 서사의 균열은 『바리데기』에서도 나타난다. 이 작품의 전반부가 북쪽의 현실에 대한 비극적 서사화로 돋보이는 반면, 후반부에서 전 지구적 자본주의하에서 고통받는 민중의 형상을 샤먼으로 연결시킨 부분은 납득하기 어려운 서사적 도피로 읽혀 아쉽기만 했다. 연이어 발표한 『개밥바라기별』은 '황석영 문학이 긴장을 잃고 있음을 확증한 태작'이라고 평가할 정도로 실망스러웠다. 이 작품은 대중성에 대한 강박 속에서 탄생한 '황석영판 성장소설'이 결국 상업주의적 욕망과 맞닿아 있음을 여실히 보여주었다.

어떤 의미에서 보자면, 이청준이 「소문의 벽」에서 예시한 한 측면을 황석영의 노년이 여실히 보여주는 것은 아닐까? 박준은 매문(賣文)을 통해 '직업으로서의 작가'의 길로 들어설 것인가, 문학을 통해 문학의 사회적 역할을 새롭게 개척할 것인가의 갈림길에서 미아가 되고 말았다. 반면 황석영은 '문학을 통해 사회적 실천'을 개척한 최첨단에 서 있다가, 문학의 상품적 가치를 적절히 활용할 줄 아는 노회한 모습으로 변화했다. 상업적 열광 속에서 자신의 존재를 확인하려는 황석영의 태도는 누추하게 느껴진다. 더군다나 한국문학사의 존경할 만한 리얼리즘 문학의 거성(巨星)이었던 황석영이기에 더욱 당혹스러울 수밖에 없다. 그는 문학을 통해 대중을 감동시킬 수 있는 역량을 지닌 작가였는데, 지금은 문학의 상품화를 위해 대중을 주무르는 위치에 서게 된 것이다. 그런 의미에서 최근 그가 보인 정치적 행보에 대해 나는 더욱 비판적 관점에서 창끝을 겨누게 된다.

작가가 태작을 발표할 수는 있다. 하지만 작가의 삶에 대한 태도가 안이(安易)해지거나 세계를 바라보는 태도가 느슨해지는 것은 철저히 경계해야 한다. 세계관의 위기야말로 진정한 문학의 위기이다. 그런 의미에서, 작가가 불행해지는 때는 문학 이외의 다른 것을 욕망할 때라고 했던 경구를 되새길 필요가 있으리라.

황석영이 지난 2009년 5월에 이명박 대통령의 중앙아시아 2개 국 국빈 순방길에 동행해 펼쳐 보인 행보는 위험스럽기에 분명한 비판이 필요하다. 작가는 작품으로 세계와 대화할 수 없는 상황이 오면, 존재의 위기에 직면하게 된다. 그 이후에는 과거의 성취를 끊임없이 되새김질하며, 문학적 명성의 낙수(落穗)만을 수확할 뿐 이다. 이는 모든 글 쓰는 이들의 숙명이기도 하다. 그 어떤 작가가 끊임없이 다른 세계를 개척하며, 작품 활동을 지속할 수 있겠는 가? 모든 작가는 노년을 맞이하게 마련이며, 그 시기가 되면 세계 속에서 자신을 낮추는 겸허한 자세를 터득할 수 있어야 한다. 독자 들도 한때 존경했던 작가에게 '새로운 작품'을 기대하기보다는 '삶 의 지혜'를 얻기를 갈망한다. 그래서 훌륭한 작가들은 나이를 먹을 수록 겸손해지고, 몸을 드러내지 않는 '은둔자적 길'을 선택한다.

그런데 황석영은 인간의 숙명을 역행하는 듯하다. 그는 오히려 일종의 '사회적 노출증'이 도드라져 당혹스럽다. MBC 오락 프로 그램 〈무릎팍 도사〉에 출연하여 '개그 본능'을 표출하는가 하면, 정치적으로는 이명박 대통령의 해외 순방에 동행해 충격적인 발 언으로 한국사회를 동요시켰다. 그는 이명박 정부를 '중도실용'이 라고 규정했고, 앞으로 "적극적으로 여러 가지 고언을 드리겠다" 고 선언하기까지 했다. 그 논리적 근거로 그가 제시한 것이 "현 정 부를 씹더라도 나라는 잘돼야 한다"이다. 이러한 발언의 이면에는 '자신의 참여로 나라가 잘될 수 있다'는 신념이 자리하고 있는 듯 하다.

도대체 이 당혹스러울 정도로 당당한 태도는 어디로부터 연원한 것일까? 이명박 정부를 '중도실용'이라고 규정하고, 실질적으로 정권에 참여하겠다고 선언한 황석영의 내면에는 어떤 불안의식이 자리하고 있을까? 그의 불안의식은 남북 관계의 악화로 인해 한반도 내에 최악의 상황이 발생할 수도 있다는 데 가닿아 있는 듯하다. 그가 이명박 정부를 '중도실용'이라고 호명한 것은 국내정치에 초점을 맞춘 것이 아니라, '대북정책'을 지칭한 것으로 볼 수 있다. 그는 "이명박 정부가 내년 상반기까지 대북 문제를 해결하지 못하면 임기 내 해결하기 어려워지고, 결국 남북 대립이 고착화한다"는 진단을 내렸다. 그러면서 "순방에 동참하게" 된 것도 "대북정책을 돕겠다"는 의지에서라고 밝혔다. 하지만 황석영의 발언은 이명박 정부가 남북 관계 악화를 조장함으로써 오히려 정권의 정체성을 확보하려 했던 측면은 간과하고 있다. 그 어떤 대화 통로도 막아버린 채, 북조선의 무조건적인 양보를 주장한 것이 호혜적일 수 있을까? 경제적 곤란에 처한 북조선을 돕고자 했던 지난 정권의 노력을 일방적으로 '대북 퍼주기'로 선전선동하며, 대북 압박의 필요성을 암묵적으로 주장한 것에 대한 책임은 이명박 정부에게 없는 것인가?

2009년 4월의 '광명성 2호 발사'와 5월의 '제2차 핵실험' 등으로 남북 관계가 악화되자, 한반도에서 불안이 고조될 수밖에 없었다. 그 불안을 타개하기 위한 다각적 노력이 이뤄져야 하고, 민중운동 진영과 시민운동 진영, 그리고 지식인 사회에서 이 문제의 해결을 위해 실천운동이 진행되었다. 그 목표지점은 남북 관계가 남북 정치권력의 이해와 요구에 따라 요동치지 않는 한반도 평화 정착을 위해 정부와 비정부기구(NGO)가 다각적인 협력을 하는 것이다. 6·15남북공동선언이 중요한 이유가 여기에 있고, 한반도 비핵화가 당면 과제인 이유도 여기에 있다. 하지만 현재의 남북 대결 국면은 이명박 정부가 이전 정권의 대북정책을 부정하면서 정권의 이익을 끊임없이 저울질한 데서 파생된 측면이 있다. 때로는 PSI 참여와 같은 무기를 들이대는가 하면, 대북 압박을 위해 미국보다 더 강경한 입장을 채택하기도 해 6·15남북공동선언의 정신을 먼저 나서서 훼손하고 있는 형국이다. 그런데도 황석영은 이명박 정부에 참여함으로써 자신이 '한반도 평화체제 확립'에 기여하겠다는 입장을 밝혔다. 그의 문학적 상상력은 쇄락해도 정치적 상상력은 무성한 풀처럼 자라나보다. 이른바 '몽골+투코리아' 구상이라는 것을 통해 유사제국주의적 발상을 펼쳐 보이고 있으니 말이다. 『무기의 그늘』에서 성숙한 자세로 미국의 제국주의적 성격을 파악해냈던 젊은 시절의 황석영은 사라지고, 국가주의적 발상으로 무장한 유사제국주의자 황석영이 갑자기 등장한 것이 낯설고 안타깝기만 하다.

이러한 황석영의 인식 이면에는 자신의 역사적 경험을 한반도의 미래에 대한 징후로 읽으려는 태도가 자리하고 있다. 그는 1989년 방북 이후 남과 북을 아우르는, 혹은 남과 북을 객관적으로 알고 있는 작가로 자처해왔다. 이러한 과장된 자아의식이 남북문제를 해결할 수 있는 유일한 존재로 자신을 규정하고 있는 듯하다. 설사, 그의 구상이나 의도에 진정성이 있다 하더라도, 한국 민주주의를 뒤흔드는 일련의 상황에 대해 정치권력에 알리바이를 제공한 그의 거래는 부당하다. 그는 광주민중항쟁을 '광주사태'로 호명했고, 용산참사를 '이명박 정부의 실책'이라고 보았으며, '촛불집회' 또한 '꼬인 일' 정도로 취급했다. 그는 민주주의적 질서를 억압하는 이명박 정부를 감싸면서 그래도 "나라는 잘돼야 한다"는 논리를 펼쳤다. 이는 국가의 이익이라는 이름으로 민주주의적 요구를 억압했던 박정희의 망령을 되살려내는 발언이다. 민주적으로 운영되지 않는 국가는, 민주적 질서 속에서 재구성되어야 한다. 작가가 문학을 통해 할 수 있는 정치적 행위는 '민주주의에 대한 옹호'가 아니겠는가.

4. 권력 · 욕망 · 광기로 점철된 '압축적 근대'의 풍경

나는 황석영이 문제적 인간이라고 본다. 그러므로 단순히 황석영의 현재를 비판하는 입장에 멈춰서는 안 되고, 황석영을 포함한 1960~70년대에 활발한 활동을 했던 작가들이 현재 보여주고 있는 불안의 징후들을 보다 깊이 성찰해야 한다고 생각한다. 그래서 이청준의 「소문의 벽」을 통해 1970년대에 작가들이 감지하고 예측했던 문학의 존재방식을 예시적으로 제시했고, 자본주의 체제에서 문학이 과연 어떤 기능을 할 수 있을까에 관해 문제제기를 해보았다.

이제 원로가 된 이들 작가들은 한국의 산업화 · 근대화 시기에 비판적 관점으로 세계와 대결했고, 그러면서 문학적 개성이라는 것이 무엇인가에 대해 끊임없이 질문을 제기했다. 이 세대 작가군은 일제 말기와 해방 전후에 태어나 1960~70년대에 문학 활동을 전개했다. 이들의 유년기는 '한국전쟁에 대한 기억'으로 채워져 있고, 청년기에는 4 · 19혁명과 한일협정 반대 투쟁을 경험했고, 장년기는 박정희 정권의 '조국 근대화'와 어떤 식으로든 연루된 채 일상을 영위했다. 시대와 더불어 가면서도 문학이라는 장(場) 안에서 이들은 자유를 외쳤고, 자유를 만들어냈다. 그 방식이 때로는 대결적 태도로 정치적 자유를 희구하는 것이었는가 하면, 때로는 소심하게 문학의 자율성을 주장하면서 문학 장 내에 안주한 것이었고, 어떤 이에게는 작가적 개성을 통해 '다른 삶의 가능성'을 모색하는 것이기도 했다. 모두가 다른 길을 걸은 듯이 보이지만, 시각을 열어 시대정신이라는 것을 상정하고 바라보면 동일한 생애주기 안에 이들을 포함시킬 수도 있으리라. 그 시대정신은 '자본주의화'이며, '개인화'이고, '자유의 가치 옹호'이기도 하다. 무엇보다 부인할 수 없는 것은 '압축적 근대'의 자장 속에서 길항(拮抗)했다는 사실이다. 울리히 벡은 이를 "표준적인 일대기는 선택의 일대기로 변형"될 수 있다고 말한 바 있다. 달리 말하면, 누구나 자신의 자유로운 선택에 의해 '개별적 삶'을 살아왔지만, 외부적 또는 역사적 관점에서 보면 '특정한 모델' 속에서 소용돌이치는 삶일 수도 있다는 것이다.

황석영, 이청준, 이문구, 하근찬, 박태순, 서정인 등으로 대표되는 산업화 시기의 문인들이 근대 자본주의라는 사회체제를 내면화하면서 지금의 한국문학을 형성해왔음을 분명히 할 필요가 있다. 더불어 문학이 시장 시스템과 결합하는 방식 속에서 자신의 문학관을 시대정신과 결합해왔으며, 지금에 이르러서는 문학사 속에서 그들의 개인화된 일대기가 소진되어가고 있다. 이러한 성찰 속에서 황석영의 정치적 행보는 단지 '입장의 변화' 혹은 '단순한 실수' 이상을 넘어서 보다 깊은 의미로 해명될 수 있을 듯하다.

나는 이 지점에서 1960~70년대에 활동했던 작가군에 속하는 박태순을 문학사적으로 주목하게 된다. 그는 「독자가 누리는 글쓰기로 부드러운 세상을」(『한국일보』, 2002년 9월 12일자)에서 동시대 작가들이 살아온 여정을 살피는 성찰적 태도를 보였다. '왜 문학을 하는가'라는 주제로 쓰인 이 글에서 박태순은 "인간사회의 높은 봉우리"를 올라 "인생을 실현(The use of life)"할 수 있는 전망을 가질 수 있으리라는 기대 속에서 문학을 시작했다고 했다. 다소 추상적이고 보편적 가치에 기댄 이러한 언급은 그의 실제 문학적 행로 선택에서 보다 분명한 양상을 띠게 되었다. 그는 1960년대 초반까지만 해도 「연애」, 「서울의 방」과 같은 소설을 통해 청년세대의 도시 감각을 형상화했다. 그러다 4·19를 정면으로 형상화한 문제작 「무너진 극장」과 일종의 풍자소설인 「삼두마차」 등을 통해 사회성 강한 작품을 발표했다. 그의 문학세계가 결정적으로 변하게 된 것은 신림동 낙골이라는 난민촌에 들어가 '외촌동 연작'을 창작하면서부터였다. 그는 이후 '근대화의 물결'을 문학으로 돌파한다는 야심찬 기획을 안고 '광주 대단지 사건'을 르포로 기록하는 등 현장에서 활동했다. 그가 자기 세대 문학인을 바라보는 태도는 냉철하다.

1960년의 4·19, 1980년의 5·18, 그리하여 마침내 1987년의 6월 항쟁이라는 '30년 전쟁'을 통해 시민사회는 국가사회의 굴레를 벗어나 경제근대화의 결실만 아니라 사회민주화를 일상생활 속에서 누려볼 능력과 자격을 취득하게 되었던 것이지만, 이에 관한 문학보고서는 과연 어떠하였던지….

권력과 욕망과 광기는 독재 세력들이 드러내놓고 있었던 것만이 아니라 이른바 '민주 세력들'에게도 고스란히 내장되어 있었다는 사실부터 목도하게 되었던 것이 아닌가 하는 것을 포함하여, 시민사회는 바야흐로 제2차 운동단계로 돌입하고 도약했어야 했는데 과연 그러할 수 있었는지….

(중략)

문학시장주의에 편승하여 '문학 권력'이 행사되기도 한다는 평론마저 나오고 있는 사태를 과연 어떻게 이해할 수 있을 것이겠는지….

박태순을 비롯한 황석영, 이청준, 이문구, 하근찬, 서정인이 살아낸 시대는 그야말로 국가 프로젝트에 의해 '압축적 근대'라는 시대정신이 지배하던 때였다. 그에 대항하는 시민사회 또한 '국가의 권력·욕망·광기'로부터 과연 자유로울 수 있는지 박태순은 담담한 목소리로 성찰하고 있다. 더불어 그는 롤랑 바르트의 '작가의 죽음'을 인용하며, 문학적 권위주의가 사라진 시대에 도래할 새로운 문학은 어떤 것일까에 관해 겸허한 자세로 이야기를 했다. 박태순은 "지금의 젊은이들과 경쟁을 하는 그런 문학은 아니고 이미 나이 든 문인으로서 내가 해야 하는 (따라서 지금의 젊은이들은 해낼 수 없는) 그런 문학 일거리가 아직은 남아 있다고 생각하는 한, 나는 문학을 할 수밖에는 없다"고 다짐했다. 박태순의 이러한 겸허한 자세는 특정 세대의 문학이 어떤 방식으로 새로운 세대의 문학과 교우할 수 있는가를 환기시킨다.

문학이 시대와 공간을 넘어 영원할 수 있다는 것은 그야말로 관념이다. 하지만 어떤 문인의 문학 정신이 융숭 깊은 울림으로 누군가에게 감동을 줄 수 있다는 것은 실체인 듯하다. 그런 의미에서 박태순의 언급과 연관해 중국의 혁명적 문학가 루쉰(魯迅)의 문학 정신을 다시 한 번 상기하게 된다. 그는 「청년들아, 나를 딛고 오르거라」라는 글에서 "만일 젊은 후진들이 정말 사닥다리를 밟고 더 높이 오를 수만 있다면 우리들이야 밟히운들 원한이 있겠습니까"라는 말을 남겼다. 그러면서 루쉰은 "중국에서 사닥다리가 될 사람은 나를 제외하고는 사실 몇 명 없는 것 같습니다"라는 절박한 말을 했다. 그는 또한 자신의 의견과 젊은이들의 의견이 충돌하는 상황이 발생한다면, 그때에는 기꺼이 자신의 의견을 되돌아보며 젊은이들의 의견을 따르겠다고 말하기도 했다. 1960~70년대에 활발히 활동했던 한국문학의 원로들이 그 문학적 상징을 활용해 젊은 문인들이나 젊은 독자들을 계도·계몽하려 한다면, 그것은 문학을 통해 권력에 대항했던 이들이 이제는 문학적 권위를 통해 권력을 휘두르는 형국이 될 수도 있다. 젊은 작가들은 자신의 시대를 살아야 한다. 그것이 비록 한국문학사의 거성(巨星)들이 경험했던 세계와 다른 지평에 서 있는 것일지라도, 젊은 작가들의 정치적 건강성을 믿지 않고서는 그 어떤 진보도 있을 수 없다.

젊은이들에게 자신의 곁자리를 내주려고 했던 루쉰의 고집은 자신의 삶을 내건 진보에 대한 신념이기도 했으리라. 루쉰과 박태순의 겸허함에 기대 한국문학의 미래를 가늠하는 것은 무리일까. 어떤 의미에서 한국문학은 세대 간의 역할에 무감각하고, 문학적 상징의 적절한 위치 배분에 익숙하지 않은지도 모른다. 하지만 여전히 젊은 작가들은 탄생하고 있으며, 예전과는 다른 방식으로 문학의 봉우리를 향해 돌진하고 있다. 한국문학은 황석영과 같은 드센 영웅이 부재한 세계에서도 여전히 젊은 작가들의 문학적 실험으로 존재할 것이다. 문학적 진보는 과거를 세련되게 재현한다고 해서 이뤄지는 것은 아니지 않는가.

나쁜 문학과 세련된 리얼리즘

__2000년대 한국문학의 가능성

1. '리얼리즘의 승리'를 다시 생각한다

1990년부터 1992년 사이에 『실천문학』, 『창작과비평』, 『한길문학』의 지면은 '리얼리즘 논쟁'으로 뜨겁게 달궈졌다. 1989년 베를린 장벽의 붕괴와 1991년 소연방의 해체는 분단국가인 한국의 지성계가 휘청일 정도로 충격을 주었다. 게다가 1991년 5월 강경대 정국 이후 운동권에 휩몰아친 도덕성 논쟁은 '내우외환'의 고통을 가중시켰다. '상실의 시대', '좌표 없는 항해'로 일컬어지던 이 시기에 몇몇은 극좌적 모험주의로 경도되기도 했고, 몇몇은 마음의 평안을 찾아 종교적 피정(避靜)이나 선(禪) 사상에 몰두했다. 그때 세상과 거리 두는 법을 터득한 사람들은 생태적 삶을 실천했고, 그들이 지금은 오히려 '반근대의 진지'를 구축하고 있다. 반면 '극좌적 모험주의' 깃발을 들었던 이들 중 일부는 '극심한 전향'을 선택했다. 이러한 역사적 아이러니는 삶의 진정성이 어떤 식으로 지속성을 유지할 수 있는가를 성찰하게 한다. 그런 의미에서 전공투(전

국학생공동투쟁회의) 세대로서 20여 년 동안 재일조선인 인권운동을 해온 한 일본인 시민운동가의 소박한 말이 잔잔한 감동을 불러일으킨다. '우토로를 지키는 모임'에서 일하고 있는 사이토 마사키 씨는 "작은 힘이나마 계속 이어가는 것이 운동세대의 일"이라고 했다. 운동은 작은 것이어야만 시대의 격랑에 휩쓸리지 않을 수 있고, 오히려 면면히 이어지는 큰 흐름도 만들 수 있다. 우리 시대에 요구되는 시대정신도 마찬가지일 것이다.

1990년대 초반 리얼리즘 논의는 '변혁'의 문제에 관여하고 있었기에 '거대담론'의 형상을 닮아 있었다. 그래서 압도적 현실이 진보적 지성을 옥죄었다. 이때의 리얼리즘 논의를 묶어 발간한 것이 『다시 문제는 리얼리즘이다』(실천문학사, 1992)였다. 이 책에서 거론되고 있는 핵심적 쟁점은 '사회주의 리얼리즘과 비판적 리얼리즘'이었다. '생산양식의 변화'와 '인간의식'의 관계를 다루면서 문학의 문제를 논하는 이러한 접근법은 많은 부분 사회과학적 논의에 쏠려 있었다. 현실 사회주의의 붕괴가 이른바 사회주의 리얼리즘에 심각한 타격을 주었음은 자명하다. 당시는 루카치적 리얼리즘이 끊임없이 오해되고 굴절되면서 수용되고 있던 상황이었다. 그래서 많은 논자들은 '현실 사회주의의 붕괴'가 바로 '사회주의적 이상의 붕괴'로 이어지지는 않는다는 신념을 유지하고 있었다. 이는 리얼리즘의 오랜 관습인 '미래적 전망'과 '방법론으로서의 현실 재현의 원칙'이 함께 가야 한다는 믿음에 기인한 것이기도 했다.

당시의 리얼리즘 논의는 '추상적 세계 인식에서 구체적 한국 현실'로 향할 것을 제기했기에 생산적 측면은 지니고 있었다. 그 생산적 문제의식이 현실적 힘을 획득하지 못했던 것은 한국사회의 물적 토대의 변화와 주체의 무기력, 그리고 지성의 빈곤이 함께 작

용한 때문일 것이다. 너무 많은 원인이 작용하고 있다면, 그 사건
에 대한 책임은 주체의 문제로 돌려질 수 없다. 역사에 대한 평가
는 결코 희생양을 만들기 위한 심판이 아니기 때문이다. 다만, 인
간의 책임선은 어느 순간 누군가의 발목 앞에서 그어질 필요가 있
다. 1990년대적 상황은 책임선을 그을 주체마저 와해되었다는 점
에서 문제적이었던 것은 아니었을까? 인간은 스스로를 구원함으
로써 세상을 구원할 수 있는 가능성을 넓힌다. 하지만 무한 책임은
주체를 좌절의 수렁으로 떠밀고 만다. 인간의 파멸이 대부분 '무기
력/무관심'에 기인하는 이유가 여기에 있다.

　당시의 리얼리즘 논의 중 발자크의 '리얼리즘의 승리'를 어떻게
볼 것인가에 관한 부분은 여전히 눈길을 끈다. 백낙청은 「사회주
의 리얼리즘론과 엥겔스의 발자크론」(『다시 문제는 리얼리즘이다』)
에서 이 문제에 대해 정리를 시도했다. 그 핵심은 엥겔스의 다음과
같은 문장에서 드러난다.

　　이처럼 발자크가 자신의 계급적 공감과 정치적 편견에 역행할 수밖
　　에 없었다는 점, 자신이 애착을 가진 귀족들의 몰락의 필연성을 그가
　　실제로 보았고 그들을 몰락해 마땅한 족속으로 그렸다는 점, 그리고
　　진정한 미래의 인간들을 당시로서는 유일하게 그들이 존재했던 그러
　　한 곳에서 그가 실제로 보았다는 점─이것이야말로 나는 리얼리즘의
　　가장 위대한 승리 가운데 하나이며 우리 발자크 선생의 가장 멋들어
　　진 특징의 하나라고 생각합니다.(116쪽)

'리얼리즘의 승리'에 관해 백낙청은 의미 있는 부연설명을 했다.
그는 엥겔스의 이 발언에서 '작가의 당파적 입장과는 별도로 작품

자체의 당파성'을 보다 더 중시했다. 즉, 작품에 구현된 '민중성', '당파성'을 작가 개인의 당파성 내지 당성보다 중시하는 것이 '리얼리즘의 승리'론의 기본 입장이라는 것이다. 백낙청은 "인간을 규정하는 사회가 곧 인간적 실천의 소산이기도 하다는 새로운 차원의 역사인식 · 인간이해"가 필요하다는 의견을 제시했다. 이는 변증법적 사고를 통해 인간과 사회의 상호작용에 대한 이해를 강조한 것이다. 나는 백낙청의 당시 논의와 관련해 새로운 문제 설정의 가능성을 탐색해야 할 필요를 느낀다.

백낙청이 언급한 '작가와 작품의 분리를 통한 작품의 당파성 긍정'은 작품이 작가를 압도하는 형국으로 이어질 가능성이 있다. 작품 자체에 자율성을 부여하면 작가의 지적 · 도덕적 입장을 떠나 현실의 복잡다단함이 작품 속에서는 구현된다. 작품 속에 구현된 세계는 '세부적 진실'의 긴장 속에서 '전체적 진실'이 드러나야 하며, 이는 '세부적 진실'이 변증법적 사유로 통합될 때 획득 가능하다. 거칠게 정리하면, 백낙청은 이와 같은 입장을 취한 것이다. 특히 로렌스의 "절대로 예술가를 믿지 말고 작품을 믿어라"라는 어구를 중요하게 인용한 맥락에서 볼 때, 백낙청은 작가보다 작품의 독자성을 옹호함으로써 예술의 자율적 가치를 강화하는 논지를 펼친 것이라고 할 수 있다.

그렇다면 '리얼리즘의 승리'는 작가와 작품의 관계를 떠나 해명되어야 하는 것인가? 이러한 언술은 작품 자체가 어떤 문학적 힘을 통해 승리적 관점을 표명할 수 있는가에 대한 논의는 생략된 것이 아닌가? 물론 백낙청은 '변증법적 인식'이 작품에 내재할 때 '전체에 대한 통찰'에 도달한다는 언급을 하고 있기는 하다. 그럼에도 문제는 여전히 남는다. '변증법적 인식'의 주체는 작가일 텐

데, 작가의 창작방법론을 스스로 극복할 수 있는 작품의 힘은 어디서 유래한다는 것인가?

논지를 밀고 나가다 보면, '리얼리즘의 승리'라는 것이 어떻게 해석되느냐에 따라 한계상황에 직면할 수도 있음을 알 수 있다. '작가로부터 자유로운 작품'이라는 인식은 미학주의 문학론이 제기하는 '텍스트의 절대적 자유'와 닿아 있고, 작품의 자율적 가치라는 것도 '관념적 문학주의의 면모'를 지니고 있기도 하다. 즉, 텍스트는 스스로 완전하기에 텍스트 밖은 배제되고 마는 것이다. 텍스트의 안과 밖이 변증법적으로 고려되지 않을 때, 남는 것은 텍스트와 그것을 소비하는 독자뿐이다. 조금 단순화시킨 논의이기는 하지만, '리얼리즘의 승리'가 오히려 '리얼리즘 없는 텍스트의 승리'로 이해될 수 있는 여지가 남아 있다. 작가를 압도하는 작품의 성취를 강조할 경우, 미학주의적 세계관에 입각한 '창조적 개성'에 대한 강조로 나아가고 만다. 텍스트의 안과 밖을 아우르는 '리얼리즘의 성취'를 논하기 위해서는 '예술이 구현할 수 있는 창조적 개성의 승리'를 고려해야 한다. 세계관의 위기 시대에는 변증법적 사유를 넘어서는 '흘러넘치는 예술의 창조적 힘'이 돌파구를 마련할 수 있다. 그 힘은 작가가 작품을 통해 집요하게 구현해내려고 하는 '당대적 시대정신'일 것이다. 따라서 로렌스의 이야기는 '작품을 믿지 말고 작품 속에 구현된 시대정신의 울림에 몸을 맡겨라'로 변형시킬 수 있을 듯하다.

우리 시대에 '리얼리즘의 승리'에 값하는 문학적 성취를 의미화하는 것은 참으로 힘든 일이다. '창조적 개성의 성취'는 법칙과 규칙에 충실히 따르면서 탄생하지는 않는다. 항상 위반을 통한 갱신이 있을 뿐이다. 더불어 '진정한 창조성'은 이데올로기 비판적 지성의 힘까지 내장해야 한다. 미적 자유와 지성의 실천이 함께 쟁취되었을 때, 작가의 문학적 성취는 탄력을 받을 수 있다. 그러나 지금같이 문학이 대중문화에 포위된 채 수세에 몰려 있는 사회적 상황하에서는 문학의 이데올로기적 기능도 제한적일 수밖에 없다.

　나는 이 글에서 '리얼리즘의 승리'에 가닿으려고 하는 '흘러넘치는 예술의 창조적 힘'과 '이데올로기 비판으로서의 작가적 지성'의 징후를 추적하고자 한다. 그 힘은 작가가 작품에 시대적 긴장을 농축시키려는 노력 속에서 발견할 수 있으며, 경우에 따라서는 회의하고 주저하는 작가의 몸짓이 구현된 작품 속에서 감지되기도 한다. 따라서 이 글은 우리 시대의 리얼리즘 문학에 대한 실험적 좌석 배치에 가깝다. 김연수는 리얼리즘을 회의하면서 리얼리즘적 성취를 구현한 작가라는 측면에서 흔들의자에 배정되었고, 전성태는 진중하면서도 의미 있는 태도로 암중모색을 하고 있는 작가로 보아 팔걸이의자에 초대되었다. 그로테스크 리얼리즘을 구현했던 천운영은 시대적 과제에 대한 문제 설정과 창작 방법의 균열을 보이고 있어 간이 소파를, 투박하지만 도전적 비판의식을 보여준 신인작가 이재웅에게는 이동이 용이한 접는 의자를 권했다. 그리고 도전적 형식 실험을 감행하고 있는 이기호와 박민규는 현란한 회전의자 앞으로 인도되었다. 이러한 좌석 배치는 젊은 작가들이 생각하는 리얼리즘의 풍경을 망막 신경 안에 끌어들이기 위한 것이다. 여전히 시대정신으로서의 리얼리즘 문학이 갖고 있는 가능성은 도처에서 그 움을 밀어 올리고 있다. 그 가능성을 반성적으로 의미화하는 것이 이 글의 목적이다.

2. 몸의 기억, 회의하는 언어

전성태와 김연수는 작가로서의 운명과 글쓰기의 괴로움 사이를 더듬고 있다. 작가들은 불현듯 숙명처럼 '문학하기의 괴로움'에 직면하곤 한다. 창작 과정에서 마주하게 된 '침묵의 벽'은 오직 글쓰기를 통해 풀어낼 수 있다. 창조적 개성을 구현하고자 하는 작가는 숙명적으로 '자신의 작품에 대한 떨쳐버릴 수 없는 진부함'에 대해 자각하고는 몸서리를 치게 마련이다. 이러한 자각 증상 없이 예술가의 진보적 성취는 지속되기 힘들다.

전성태는 「존재의 숲」에서, 김연수는 「뿌넝숴(不能說)」에서 그 숨 가쁜 고비를 형상화했다. 그러면서도 우리 시대 문학의 한 풍경, 리얼리즘에 대한 상이한 태도를 예각적으로 드러낸다. 김연수와 전성태는 현 시기 한국문학에서 하나의 중추신경이라 일컬을 만한 작가들이다. 지속적이고 왕성한 생산력을 발휘하는 김연수는 『나는 유령작가입니다』(창비, 2005)라는 작품집을, 과작(寡作)이지만 한국문단에 무게감 있는 문제제기를 해온 전성태는 『국경을 넘는 일』(창비, 2005)이라는 작품집을 발간했다. 이 두 작품집에 속해 있는 일부 단편들이 '몸의 기억, 회의하는 언어'에 대한 열망을 피력하고 있다는 사실에 주목하게 된다. '몸의 기억, 회의하는 언어'는 기존의 리얼리즘적 소설 언어에 대한 성찰적 반성의 결과일 수도 있고, 세계관의 혼돈 상태에서 어눌하게 내뱉는 '주저의 언어'일 수도 있다. 하지만 현 시기 우리 문학, 혹은 문학에 있어서 리얼리즘적 태도가 직면하고 있는 문제를 짚을 수 있는 묵직한 문제를 제기하고 있다.

김연수의 「뿌넝숴」는 중국 연변에서 길러낸 이야기이다. 중국인 화자가 쉼 없이 토해내는 '지평리 전투' 이야기는 가파른 고개를 넘나든다. 그런데도 화자가 우리 소설사에서는 아주 낯선 인물로 설정되어 있어 만만치 않은 긴장을 제공한다. 조선전쟁(한국전쟁)의 최대 고비였다는 '지평리 전투'는 중국 인민지원군 노병사(老兵士)의 진술을 통해 새로운 옷을 입게 된다. 지평리는 5천 명에 달하는 인민지원군이 목숨을 잃은 전장이었고, 그 참상은 중국어로 '뿌넝쉬'로 표현된다. '뿌넝쉬(不能說)'는 자신이 가진 능력으로는 말할 수 없다는 것으로, 표현하는 방법을 몰라 말할 수 없다는 '부훼이쉬(不會說)'보다 훨씬 강한 의미를 지니고 있는 말이다. 이 소설에서 김연수는 '말할 수 없음'에 관해 이야기하고 있는 것이다.

김연수가 보기에 책에 기록된 역사는 권력을 지닌 자들이 짜 맞춘 '그럴듯한 이야기'일 뿐이다. 거대서사에 대한 거부는 현 시기 한국문학의 일반적 특징이기도 하다. 일각에서는 리얼리즘의 위기는 바로 거대서사의 위기로 인한 것이라는 진단을 제출하고 있다. 민족 담론에 대한 해체적 재구성을 시도하는 포스트모더니즘적 시도들도 거대서사에 대한 회의에 기반해 있다. 삶의 진실은 의심해본 자만이 언저리를 만져볼 수 있는 비의적 성격을 지니고 있다. 피의 살육으로 점철되어 있어 '산 자'와 '죽은 자'가 명백한 전쟁도 누구의 시선으로 바라보느냐에 따라 '역사적 정당성'에 대한 판단이 바뀌고 만다. 상대적 진리의 복잡 미묘함은 '책에 씌어진 이야기', '공식적 기록'에 대한 회의로 나아가는 길을 열어준다. 김연수가 『밤은 노래한다』 등 장편소설에서 보여주고 있는 것은 바로 거대서사에 대한 해체작업이고, 그 이후에 주체를 엄습해오는 '말할 수 없음'에 대한 두려움이다.

그렇다면 끊임없이 책에 씌어질 이야기를 만드는 작가는 무엇을 할 수 있을까? 김연수가 제시하는 답은 "온몸과 마음을 열고 뜨겁게 세상을 바라보거나 귀를 기울이는 일"이다. '리얼한 것'에 현혹되지 말고 자신의 눈과 몸이 겪은 것을 느껴라. 작가는 실재적인 것으로 간주되는 기성의 관습을 부정하면서, 온전한 주체로 자신을 세우려 한다. 김연수의 "몸으로 겪은 얘기"에 대한 갈망은 힘겨운 고행을 앞둔 구도자의 선언처럼 들린다.

김연수는 현실을 '언어 혹은 책에 포박된 허구적 구성물'로 파악하고 있다. 거대서사로서의 역사는 백 년도 지나지 않아 뒤집힐 수 있는 허약한 토대 위에 서 있을 뿐만 아니라 자신이 처해 있는 입장에 따라 주관적으로 상대화되는 것일 뿐이다. 진리는 오직 상대적이고 다원주의적 언어를 통해서만 접근이 가능하다는 것이 그의 생각인 듯하다. 그래서 그는 스스로를 '유령작가'로 명명하면서 '몸의 언어'에 기반한 소설을 창작하려 했다. 김연수는 세계를 '허구적 구성물'로 회의하면서, 오히려 자신의 작품 속에서 '문학의 언어로 세계를 다시 구성'하고 있는 것이다. 그의 이러한 태도는 이른바 '문학주의'와 접맥하려는 열망으로도 해석 가능하다. 과학, 진리, 재현 등을 거부한 채 오직 자신의 창조적 개성을 통해 세계를 파악하려는 태도는 무모해 보인다. 하지만 그가 소설 속에서 포착하려는 '사건'들의 가치가 무의미한 것은 아니다. 그의 문학적 언어는 감수성의 언어, 감각의 언어로 향하고 있기에 오히려 나름의 가능성은 열려 있다고도 할 수 있다.

김연수는 1993년 등단할 때부터 리얼리즘에 대한 거부의 몸짓을 분명히 해온 작가다. 그런데도 그의 행보에 주목하는 것은 그가 『내가 아직 아이였을 때』(문학동네, 2002)에서와 같이 리얼리즘적 성취를 이루는가 하면, 그의 전반적인 작품 경향이 '창조적 개성'

에 대한 열망과 '지적 수련'을 밀착시키고 있기 때문이다. 리얼리즘의 갱신은 리얼리즘 내에서만 이뤄지는 것이 아니다. 리얼리즘적 태도와 친연성을 보이고 있음에도 불구하고 끊임없이 리얼리즘을 거부하는 작가가 의외의 경지를 펼쳐 보일 수 있다. 아도르노도 "예술작품은 그것이 사회적인 것을 '거부'하는 정도만큼 사회를 '반영'"한다고 하지 않았던가. 가장 낮은 곳에서 '몸의 언어'를 길어 올리고 있는 김연수의 작업은 '문학적 구체성'을 통해 '새로운 현실'을 포착하고자 하는 열망의 표현으로 읽힌다. 그의 '사회적인 것' 혹은 '리얼리즘적 미학'에 대한 거부의 태도가 어떤 '문학주의적 성취'와 접맥할 수 있을지는 가능성의 영역에 머물고 있다. 다만 그가 일종의 진영 안의 고정관념에 사로잡혀 있는 듯 보이는 것이 아쉬운 여운을 남긴다. 리얼리즘 혹은 리얼리즘적인 것에 대한 거부는 오히려 작가의 창조적 개성의 한 거처에 스스로 금기를 만드는 것과 같다. 그런 의미에서 발자크가 구현한 '리얼리즘의 승리'라는 것이 한 측면에서는, '흘러넘치는 예술의 창조적 힘'이 이데올로기 비판적 성격과 접맥되면서 도달한 경지라는 사실은 되새겨봄 직하다.

전성태의 「존재의 숲」은 김연수의 「뿌녕쉬」와 문제의식 측면에서 유사한 듯하면서도 대비된다. 이 작품에는 "오랫동안 말에 시달려"온 한 개그맨이 화자로 등장한다. 말을 다루는 개그맨은 글을 쓰는 작가를 은유적으로 표현한 것이다. 게다가 "곧고 휘고 돌고 엎어지는 말의 묘미"를 살려 정치와 세태를 풍자했던 소설 속 화자의 처지는 언어적 실천을 감행했던 현실 비판적 작가의 형상을 닮아 있기도 하다. 그런 화자가 '말(이야기)'을 잃고 비현실적인 공간처럼 여겨지는 강원도의 어느 북쪽 골짜기에 스며든다. '나'는 그곳에서 "풍부한 은유와 비유"를 구사하며, "모든 것을 몸으로 체득한 사람들"을 만난다. 이 골짜기 마을은 "달밤에는 달빛 한낱 한낱이 옥수수밭에 칼처럼 꽂혀서 밤새 나가 주울 것도 같"은 고적한 풍경이 있는 곳이고, 풍 맞은 노인네의 느릿한 발걸음이 눈에 밟히는 한갓진 곳이었다. 한 마을의 풍경을 꼼꼼히 기록한 화자는 소설의 결말에서 실재와 환상의 경계가 허물어지는 섬뜩한 경험을 하고 만다. 보았다고 믿었던 것이 존재하지 않는 것이며, 들었다고 생각했던 말들이 비실재적 언어일 수도 있는 것이다.

현실과 환상이 기묘하게 교차한 자리에서 주체는 어떤 깨달음을 얻는가? 작가는 자신의 처지를 "말이 입에 올랐으되 삶을 밟고 있지는 못한 형국"으로 평가했다. 캄캄한 삶을 밟은 연후에야 '말(이야기)'을 얻을 수 있으리라. 그 '캄캄한 삶'은 "진창에서 구르면서 겪"는 이야기는 아니다. 간절하고 절실한 열망을 통해 "남의 얘기가 내 얘기"로 변하는 경지에 이르는 것이다. 이 "남의 얘기가 내 얘기"가 되는 경지는 현실이 환상으로, 환상이 현실로 전환되면서 경계를 넘나드는 행위이기도 하다. 소설 속에서 화자는 일상에서도 "나오는 말이 다 들리는 말이 되는 건 아니다"라는 사실에 괴로워했는데, 결론 부분에서 "바람 한 점도 믿을 수 없"는 회의적 현실에 직면한다. 그가 믿는 것은 오직 자신의 손가락에 난 상처로 인한 "쏨벅거리는" 고통이다. 말의 기억보다는 몸의 기억을 믿으라. 바로 이 부분에서 김연수의 "몸으로 겪은 이야기"를 믿으라는 선언과 맞닿게 된다. 그런데도 전성태가 김연수와 다른 영역에 속해 있는 이유는 「국경을 넘는 일」이나 「연이 생각」에서 날카롭게 빛을 발하고 있는 당대성 때문이다. 그가 '주저의 언어'를 통해 도달하려는 곳은 '현실에서 출발해 주체(내 얘기)/타자(남의 얘기)가 어우러지는 경지'에 이르는 길이다.

　전성태는 '리얼리즘의 언어'가 비집고 들어갈 틈을 발견하지 못해 방황하는 창조적 개성의 곤혹스러움을 보여준다. 전성태는 자신의 곤란함이 '형이상학적 고민'에서 유래한다고 밝히고 있지만, 실제로는 '육화되지 않은 언어'로 인한 답답함에 닿아 있다. 그는 사회적 갈등이 문학 텍스트를 통해 울림 없이 표현되는 것에 대해 회의한다. 그래서 "정치와 세태를 풍자하는 소재"의 가벼움을 극복할 수 있는 문학 생산에 대해 고민한다. 그는 문학이 '허구의 생산'을 통해 어떤 효과를 발휘할 수 있는가에 대해 탐색하고 있다. 「존재의 숲」에서 환상과 허구가 텍스트 내에서 '실재적인 것'과 접맥될 수 있는지를 시험하고 있는 이유도 여기에 있다. 주목할 만한 부분은 전성태가 리얼리즘의 언어가 갖고 있는 곤란을 이른바 '형식 실험'을 통해 극복하려는 시도를 하고 있다는 점이다. 문학작품은 기존의 억압적 관성을 깨고 해방의 언어를 창조하는 데서 역동적 힘을 발휘할 수 있다. 그의 소설 언어는 아직 '환상과 실재' 사이에서 혼돈을 겪으며 주저한다. 그러나 그 혼돈을 두려워하지 않고 "캄캄한 이야기"를 굳게 밟고 설 때, "육화되지 않은 언어"의 곤란함이 "절실한 언어"를 통해 극복될 수 있으리라고 본다. 리얼리즘적이지 않다고 간주되는 것을 통해 리얼리즘을 갱신하고자 하는 용기, 이것이 전성태가 닦아야 할 '리얼리즘의 길'일 수 있다.

　전성태와 김연수가 직면해 있는 벽은 '한국문학의 곤란'을 예시한다. 각기 상이한 태도로 문학을 바라보고 있지만, 언어와 현실 사이에서 고민하는 두 작가는 '문학하기의 괴로움'이라는 공통의 영역에서 만나고 있다. 문학이 예술의 창조적 활동과 접맥되는 것은 '허구성' 때문이다. 허구의 언어를 통해 '숨겨진 진실'에 육박할 수 있기 때문에, 문학에는 창조적 개성과 지성이 어우러져 있다고 간주된다. 그런 의미에서 김연수는 '허구의 입장'에서 새롭게 시작하려 하고, 전성태는 '진실의 입장'에서 다시 허구를 바라보려 하고 있다. 문학을 대하는 태도의 측면에서 이 둘의 차이는 심오한 것이지만, 문학의 미래를 창조적 개성의 지적·윤리적 고투로 바라보고 있다는 측면에서 이들은 닮아 있다. 어느 곳에서인가 한국 리얼리즘 문학의 위기가 제기되고 있다면, 그것은 한국문학의 위기까지를 포함한 것일 가능성이 높다. 왜냐하면 모더니즘과 리얼리즘의 긴장을 통해 문학제도의 확립을 꾀했던 과거의 태도가 더는 실효성을 발휘할 수 없는 상황에 직면해 있는 것이 한국문학의 현실이기 때문이다.

3. 텍스트의 안과 밖

문학이론으로서 리얼리즘에 가해지는 지속적인 문제제기가 있다. 리얼리즘은 '진리·과학·재현 개념'을 전제하고 있기 때문에 지속적으로 텍스트 외부의 것을 끌어들이려 한다. 즉, 텍스트 밖에 있다고 가정되는 진리를 통해 텍스트를 평가하고 재단한다는 것이다.

이러한 비판은 리얼리즘 텍스트가 '과연 창조적 산물인가'에 관한 문제제기로 이어진다. 텍스트 속에서 발현되는 문학적 힘이 긍정적 가치를 지니려면 끊임없이 외부를 참조하면서 재현해야 한다. 결국 리얼리즘에 대한 전통적 관념이라고 할 수 있는, 텍스트 속에 재현된 사물들이 실재 현실과 닮아 있는가의 문제와 연결되고 만다. 텍스트의 안과 밖을 대립적 관계로 파악함으로써 오히려 텍스트가 억압당하고 있다고 보는 시각이 여기서 파생된다. 그러나 이러한 시각은 소설의 '담론적 측면'과 '서사적 측면(혹은 허구적 측면)'을 의도적으로 무시한 것이라고 할 수 있다. 담론적 측면이란 근대적 문학제도로서 소설이 '작가와 독자'를 전제하고 있으며, 더불어 이데올로기적 측면까지 지니고 있음을 강조한 것이다. 여기서 이데올로기는 단지 '지배/저항 이데올로기'를 지칭하는 것이 아니라, 보다 실재적인 '물질성을 지닌 의미의 체계들'을 지칭한다. 그리고 서사적 측면(허구적 측면)은 텍스트 자체가 스스로 완결된 이야기일 수 있는 가능성을 의미한다. 문학작품은 '담론적 측면'과 '서사적 측면(허구적 측면)'이 공존하며 '텍스트의 이데올로기적 성격'을 구현하면서도 '상대적 자율성'을 확보하고 있다. 따라서 '문학 텍스트가 스스로 완전하다'는 주장은 '사회성을 떠난 근대적 문학제도의 완결성'을 주장하는 것으로, 오히려 허구적 이데올로기에 가깝다. 최근에 발표된 장편들은 '뛰어난 세부묘사'를 통해 텍스트 밖의 현실을 재구성하거나, 텍스트 속에서 '세계의 부정성'을 재구성하는 방식으로 나아가고 있다. 작가가 구현한 텍스트의 안과 밖이 아스라한 긴장 속에서 공존하는 형상이다. 그 대표적인 경우를 천운영의 『잘 가라, 서커스』(문학동네, 2005)와 이재웅의 『그런데, 소년은 눈물을 그쳤나요』(실천문학사, 2005)에서 확인할 수 있다.

천운영은 등단작 「바늘」 이후 그로테스크 리얼리즘의 세계를 구현했다. 그의 문학세계는 '동물적 야생의 미학', '육식성의 페미니즘'이라고 호명되기도 했다. 천운영의 첫 장편 『잘 가라, 서커스』는 첫눈에 보아도 '꼼꼼한 취재와 여성적 감성이 어우러진 성취작'

이다. 심윤경의『달의 제단』(문이당, 2004) 이후에 오랜만에 '사실이 살아 있는 소설'을 마주한 느낌이다. 『잘 가라, 서커스』에는 한국인의 일상으로 깊숙이 침투한 중국 조선족의 모습이 구체적으로 형상화되어 있다. 조선족의 까다로운 말투가 문장 곳곳에 촘촘히 박혀 있고, 한약장수, 식당 종업원, 숙박업소 종업원 등으로 전전하는 생활상도 실감 넘친다. 또한, 바지런한 취재로 포착한 것이 분명한 따이공(소무역상)의 생활상이나 속초와 훈춘을 잇는 동광호의 풍광도 인상적이다. 발로 뛰며 취재하고, 몸을 움직이는 번거로움을 감수하는 천운영의 태도는 1970년대 황석영, 김주영, 조세희 같은 작가들을 연상시킨다. 쉽게 씌어지지 않은 모든 소설은 풍속사의 포착이면서 역사의 기록이기에 독자들에게 경이로운 즐거움을 선사한다.

　그런데도 한 줌의 아쉬움이 점점 커져 작품에 대한 안타까운 한숨으로 이어지는 것은 무엇 때문일까? 힘이 있는 작품은 취재를 통해 획득한 '낙수(落穗)들의 향연'이 작품의 '세부적 진실'로 북돋워지고, 더불어 삶에 대한 짙은 페이소스로 나아간다. 하지만 아쉽게도『잘 가라, 서커스』는 풍부하고도 세밀한 취재에도 불구하고 텍스트의 힘이 분출하는 감동으로 연결되지 못하고 있다. 이는 어렵게 형상화에 성공한 조선족 여인 림해화의 개성적 삶이 방치되고 유기되는 듯한 느낌 때문이다. 『잘 가라, 서커스』에는 림해화의 욕망이 은폐되어 있고, 윤호의 욕망도 도덕적으로 제어된다. 다만 결말 부분에서 해화와 윤호의 상봉 가능성만을 암시적으로 모호하게 내비칠 뿐이다. 엇갈리는 사랑 이야기는 너무나 익숙하게 반복적으로 등장하는 전통적 소설 서사이다. 그런데도『잘 가라, 서커스』가 문제적인 것은 '조선족의 당대적 삶'이 우리 소설에 전면적으로 등장했기 때문이다. 이제까지 조선족의 삶을 천운영만큼 구체적 형상으로 포착한 작가는 없었다. 그는 당대적 시선으로 구체적이고도 적절한 취재를 통해 한국사회의 곳곳에 산개해 있는 조선족 여성들의 삶을 소설 속에 담아냈다. 그런데도 소설 속에서 이들의 삶은 카메라 앵글 안에 들어온 형상 이상으로 나아가지 못하고 만다.

조선족 문제는 한국사회가 직면해 있는 이주노동자 문제, 민족문제, 분단 문제 등을 담지하고 있다. 근대적 정체성과 관련해 '조선족'은 민족 문제와 국제관계 속에서 호명되는 '국민 문제'가 겹쳐지는 존재이다. 조선족은 이주노동자이기도 하기에, 국가 간 사법체계로 인해 모순적 상황에 포박된 존재이기도 하다. 국가의 체제에 의해 호명된 주체는 국경을 넘는 순간 위계화된 세계체제를 경험하게 된다. 그런데도 소설 속에서 림해화는 조선족임에도 불구하고 너무나 한국적인 정체성을 잘 유지하고 있다. 『잘 가라, 서커스』는 조선족의 생활은 포착했을지 모르지만 그들의 정체성에 대한 구조적 탐구는 포기하고 말았다. 작가는 이와 관련해 '계몽의 관습'을 피하기 위해 이주노동자라는 사회문제를 피해가고 있다고 했다. 하지만 소설 텍스트 속에서 작가가 외면한 것은 '계몽의 관습'이 아니라 '지성의 치열함'이다. 최근 우리 소설의 한 문제점은 '계몽 혹은 거대서사'가 진부하다는 편견 속에서 '지적 천착'이 회피되고 있다는 점이다. 대신 소설 텍스트 내에서 제기되는 갈등을 감성의 문제로만 해결하려는 경향을 보이고 있다. 작가는 소설 속에서 "건널 수 없는 강이란 없어, 두려움에 마음을 내놓지 마"라고 했다. 천운영 소설이 '힘 있는 문학'으로 분출하기 위해서는 '계몽의 강을 건너, 지성에 대한 갈구'로 나아가야 할 것으로 보인다.

이재웅의 소설 『그런데, 소년은 눈물을 그쳤나요』는 천운영의 소설과 대비되는 효과를 발한다. 천운영이 '세밀한 취재'로 벽돌 쌓듯 작품을 구성했다면, 이재웅은 큼지막한 소설의 집을 먼저 만든 후에 그곳을 채워나가는 방식을 취하고 있다. 신인작가의 첫 장편인 만큼 이재웅의 소설은 천운영에 비해 화법이나 구체적 형상성에 있어서는 투박한 면모를 지니고 있다. 그런데도 이 소설에서 만만치 않은 충격을 경험하게 되는 이유는 '시대에 대한 전면적인 부정정신' 때문이다. 근래의 젊은 작가들은 세련된 포즈로 '작가적 개성'의 탐색에 몰두하고 있는데, 이 작가는 오히려 현대 도시를 배경으로 성, 돈, 가난, 소외 등 당대의 문제를 끌어안아 '자본주의의 부정성'을 표현하려 했다.

　『그런데, 소년은 눈물을 그쳤나요』는 표면적으로는 2004년 11월 시행된 '성매매특별법' 이후의 세태를 다루고 있는 것처럼 보인다. 열두 살의 소년 화자 이준태가 스물넷의 전문 매매춘 여성인 이유진의 스산한 삶을 서술하고 있다. 그 핵심 공간은 성보아파트 307호이다. 이곳은 음성적 성매매 현장이자, SM(Sadomasochism, 가학 피학성 변태성욕)이 이뤄지는 폭력의 장소로 설정되어 있다. 어찌 보면 진부한 세태소설처럼 보일 수 있는 소설 속 이야기들이 기묘한 흡입력을 발산하는 것은 '늙은 소년 화자'인 이준태 때문이다. 이 '늙은 소년'의 목소리에 독자들은 쉽게 동화할 수 없을지도 모른다. 하지만 '늙은 소년'의 목소리는 자본주의의 작동 원리를 이미 알아버린 현대인의 표상이고, 세계의 부정성을 낯설게 다시 드러내기 위한 작가적 포석이다. 이 화자의 낯선 목소리는 브레히트식 표현에 따르면 "소재와 사건을 생소한 것으로 느끼게" 하고 있어 오히려 리얼리즘적인 것이다.

소설 속의 '나(이준태)'는 "두뇌는 명석하나, 게으름, 의욕부진, 불성실함, 예의 없음"이라는 평가를 받고 있으며, '가난'을 스승 삼아 성장해왔다. '가난'을 통해 "믿어야 할 말과 믿지 않아야 할 말을 구분"하는 법을 배웠고, 천사보다 사탄이 됨으로써 생존하는 법을 체득한 훼손된 육체와 정신의 소유자다. 어린 악마인 '나'는 소설 속에서 독자의 동정과 연민을 구걸하지 않는다. '나'는 오히려 단호한 결단력으로 절도를 감행하고, 섬뜩한 살인을 구상하며, 끊임없이 되바라진 소리를 해댄다. 이는 역설적으로 자신의 희생을 통해 타인의 희망을 만들려는 기획이기도 하다. 타락한 세계에서 어린이는 오히려 어른들의 세계를 위협하는 존재가 된다. 그래서 소설 속 늙은 소년 이준태는 '자살 폭탄 테러범'처럼 위협적이어서 독자를 불편하게 한다.

이러한 근본주의적 부정정신을 버거워하면서도 필자는 『그런데, 소년은 눈물을 그쳤나요』에 나타나는 '느슨한 알레고리'들에 주목하게 된다. 성보아파트 307호는 자본주의 욕망이 응축된 현대사회이고, 준태를 매혹시킨 '칼막써'라는 인물은 카를 마르크스의 변형된 이미지이다. 돈과 폭력을 통해 절대 권력을 휘두르는 문곽호는 자기모순에 허덕이는 자본가의 형상이고, 무기력한 노동자 송봉권은 한국 노동운동의 현재를 보여주는 장치이기도 하다. 이재웅은 소설 속에서 억압적 국가체제를 변화시켰다는 한국 민주주의의 성취를 신랄하게 뒤집는다. 소수 돈 있는 사람들(자본가)은 유력자로서 "선언이든 질서유지든, 저항이든" 무슨 일이든 할 수 있는 존재들이다. 하지만 다수(민중, 하위계층)의 약소자들은 "항상 무기력"하고 은폐되어 있기에 사회적으로 배제된 존재들이다. 한국 자본주의 사회의 비참한 디스토피아적 풍경이 이 소설 곳곳에 아프게 새겨져 있다. 이렇듯 작가 이재웅은 자본주의 사회에서 구조적으로 배제되었거나 삶의 의미를 잃고 배회하는 현대인을 '느슨한 알레고리'로 포착한 것이다. 그들의 형상은 비루하지만 실재적이다.

젊은 신예작가의 패기 넘치는 도전정신에도 불구하고 『그런데, 소년은 눈물을 그쳤나요』에도 아쉬운 점은 있다. 작가가 의도적으로 선택한 또박또박 끊어지는 단문이 소설을 건조하게 해 미적 성취를 저해하고 있다. 단문이 꼭 가독성을 높이는 장점만을 지닌 것은 아니다. 단문은 소설에 대한 흡입력을 떨어뜨려, 오히려 소설의 맥락을 놓치게 할 약점을 지니고 있다. 작가는 '늙은 소년 화자'의 시선으로 전체의 서사를 관장하려 하면서 소설 서사에서도 문제점을 노출시키고 있다. 장편을 버티는 개성은 끊임없이 환경과 교감하며 변증법적으로 성격을 변화시키는 인물이다. 그러나 '늙은 소년'은 애당초 그런 성격 변화의 여지가 없는 고정적 존재였다. 요컨대 외부의 현실이 소설의 미적 형상화를 압도하고 있는 것이 이 소설의 취약점이다. 앞에서도 지적했듯이, 리얼리즘 소설은 텍스트 밖의 진리를 텍스트 주조의 틀로 삼고 있다는 비판을 받고 있다. 서사를 관장하는 비판적 인식이 이른바 텍스트 외부에서 획득된 신념 체계였을 경우, 텍스트의 '리얼리즘 성취'는 급격히 와해되고 만다. 이재웅도 텍스트의 안과 밖 사이의 균열을 극복하기 위해서는 지적 긴장과 미적 성취가 대화하는 방식에 대해 고민해야 한다. 신예작가의 첫 장편에 부과하기에는 과도한 문제제기이기는 하지만, 이재웅이 앞으로 극복해야 할 '한국 리얼리즘의 난관'은 『그런데, 소년은 눈물을 그쳤나요』에도 그대로 바리케이드를 치고 있는 것이다. 세계는 보편화·단순화시켜 포착될 수도 있다. 하지만 단선적으로 인식된 세계는 삶의 복잡한 작동 메커니즘을 '알게' 하지도 '느끼게' 하지도 못하게 한다. 이재웅이 감지한 세계가 이후 소설에서는 '복잡한 구체'로 형상화될 수 있으리라 기대해본다.

　텍스트의 안과 밖을 아우르는 변증법적 성취와 관련해 근래의 한국장편소설에 나타나는 미적 동향을 주목하게 된다. 한국장편소설에는 텍스트 전체를 관장하는 절대적 화자(이른바 '3인칭 객관묘사')가 등장하지 않는다. 대부분의 화자는 텍스트의 일부를 점유한 채 자신이 경험한 세계의 한쪽만을 이야기한다. 혹은 내면성이라는 일관된 목소리로 관념의 세계를 펼쳐 보인다. 이렇다 보니 독자는 파편화된 정보를 주체적으로 조합해 서사의 맥락을 형성해야 하는 상황에 처한다. 이는 분열증적 세계를 파편화된 서사를 통해 드러내는 방식이다. 이러한 서사의 파편성은 통합적 서사를 지향하기보다는 소설 텍스트가 형상화하는 이미지에 주목하는 방식으로 나아가기도 한다. 또한, 상상적 이미지는 시각성과 결합하기도 하고, 인간의 경험 감각을 자극해 공감을 불러일으킬 수도 있다. 현대 장편소설이 어떤 식으로든 심상의 형성에 개입하려 한다는 측면에서 작가적 개성이 중요하게 작용하고 있음을 알 수 있다. 하지만 심상을 통합하는 지적 통찰의 영역은 소설의 서사성과 관련해 방기될 수 없는 부분이다. 작가적 지성의 위기가 '리얼리즘의 위기'로 비치고 있는 것이 한국문학의 현실이다. 작가는, 감각의 충격적 전달과 지적 통찰을 동시에 견디기 위해서는, '구성의 힘'을 끊임없이 의식해야 한다. 이는 천운영과 이재웅을 포함한 대부분의 작가들이 작품 속에서 고민해야 하는 것이기도 하다. 그 '구성의 힘'은 훈련을 통해 획득될 수도 있지만, 표현의 자유와 같은 상상력의 고양을 통해 획득되는 영역이기도 하다.

4. 형식은 파괴되면서 새로워진다

한국문학에서 리얼리즘은 '억압의 흔적'을 머금은 '화농(化膿)'이었다. 고름이 터져야만 새살이 돋듯이, 한국 리얼리즘 문학은 '저항과 희생'을 통해 '한국문학사'를 살찌워왔다. 그런데도 리얼리즘은 끊임없이 부정적 이데올로기로 덧칠되곤 했다. 역사적으로 리얼리즘은 영광의 상처였으며, 리얼리즘적 시대정신을 구현한 작가는 권력을 가진 자들에게는 처치 곤란한 '날뛰는 창작기계'였다. 그런데 '저항과 희생'의 역사는 어느 순간 '기성의 전통'으로 간주되고 있다. 젊은 작가들은 리얼리즘을 구현한 선배작가들을 존경은 하지만, 싸워서 극복해야 할 대상으로 바라보고 있다고 토로한다. 이는 역설적이고 위험해 보이지만, 긍정적 가능성을 지닌 것이기도 하다. '포박된 리얼리즘'에서 '세련된 리얼리즘'으로 나아가기 위해서는 '부정의 정신'을 두려워해서는 안 되기 때문이다. 그런 의미에서 최근 한국문학에서 리얼리즘적 성취가 이른바 '나쁜 문학'에서 이뤄지고 있다는 점에 주목할 필요가 있다.

이기호의 『최순덕 성령충만기』(문학과지성사, 2004)에는 보도방에서 일하는 청년, 본드를 부는 연기자, 앵벌이와 같은 도시 하위문화의 주체들이 등장한다. 이들 하위주체들은 이른바 나쁜 녀석들이다. 이들은 비속어를 남발하고(「옆에서 본 저 고백은」), 비트박스를 섞어 랩을 부르듯 소설서사를 변주하며(「버니」), 성경의 형식 속에 뻔뻔히 얼굴을 들이밀기도 한다(「최순덕 성령충만기」). 이기호의 서사 전략은 충격적 형식 실험을 통해 근엄하고 권위주의적인 기성 질서에 균열을 내는 것이다. 그러면서 도시 하위문화의 비참한 삶을 양산해내는 근대의 그늘을 무자비하게 헤쳐 보인다. 근대에 대한 이데올로기 비판을 이기호는 놀랄 만큼 혁신적인 '근대/탈근대'적 방법을 통해 구현하고 있는 것이다. 이기호 소설의 형식 실험은 변칙적인 듯이 보이지만, 문학을 통해 구현할 수 있는 가장 실재적인 현실의 반영이다. 그래서 그의 소설은 '리얼한 것'은 아닐지언정, '리얼리즘적인 것'이 아니라고는 할 수 없다.

박민규의 경우도 비슷한 맥락에서 이해할 수 있다. 『카스테라』(문학동네, 2005)에 수록된 작품들은 '우주적 상상력', '동물·동화적 상상력'과 접맥하고 있다. 누누이 지적되는 것이지만, 박민규의 단편들은 작품의 완성도에서 편차가 심하다. 한국문학에 돌풍을 일으키고 있는 이 작가의 행보가 이제는 위태로워 보이는 이유는 '유사한 형식의 변주'를 통해 작품 생산이 이뤄지기 때문이다. 하지만 박민규의 단편에는 갑작스런 빈곤에 고시원 생활을 해야 하는 대학생(「갑을고시원 체류기」)이나 IMF 이후 고단한 일상을 살아가는 가족(「그렇습니까? 기린입니다」), 취업에 실패해 변두리로 밀려난 청년이나 생존경쟁에 잔뜩 긴장하고 있는 인턴사원 등(「아, 하세요 펠리컨」, 「고마워, 과연 너구리야」)이 등장해 당대성을 지니고 있다. 그러다가 갑작스럽게 우주선, 우주인이 모습을 들이밀기도 하고, 너구리와 기린 등이 '모든 것을 이해한다'는 표정으로 물끄러미 등장인물을 응시하기도 한다. 몇몇 작품에서 드러나는 이러한 환상들은 세세한 일상과 버무려짐으로써 낯설지 않은 것으로 변모해 성공하기도 한다. 박민규는 소설 속에서 카스테라와 같이 '따뜻한 한 조각의 희망'을 이야기하려 한다. 그러면서 아무리 열심히 살아도 고단하기만 한 평범한 소시민의 삶에 관한 통찰을 섬광처럼 내비친다. 박민규의 단편들은 도대체 우리가 "왜 고작 이따위로 사는(살 수밖에 없는) 걸까"에 대한 연민의 목소리로 가득

차 있다. 몇몇 작품에 나타나는 이러한 연민은 세상을 뒤흔드는 선동의 목소리는 아닐지언정, 우리 삶을 전체적(우주적)으로 바라보게 하는 내파(內破)의 울림을 지니고 있다.

베르톨트 브레히트는 예술 형식과 관련해 '낡은 새것' 혹은 '나쁜 새것'의 가치를 적극적으로 옹호했다. 그는 루카치의 낙관주의를 거부하고 '절망과 희망 사이의 긴장'을 유지하려 했던 것으로 유명하다. 이런 냉철한 인식이 브레히트에게 '현실인식과 변혁에 기여할 경우 어떤 형식이든 수용할 수 있다'는 유연한 태도를 부여했던 것으로 보인다. 한국 리얼리즘 문학은 브레히트적 태도가 필요한 상황인 듯하다. 우리 시대 리얼리즘이 구현해야 할 시대정신은 끊임없는 창조성을 요구하고 있다. 그 창조성은 부분과 전체에서 '차이의 긍정'을, 구체성과 추상에서 '구체적 추상'을, 주체와 객체의 상호작용에서 '타자에 대한 배려'를 전제한 것이기도 하다.

한국 리얼리즘 문학은 패배하지는 않았을지언정, 상당한 곤란에 직면해 있는 것이 사실이다. 백낙청은 '리얼리즘의 승리'와 관련해 '작품의 성취'에 대해 강조했다. 하지만 현 시기 리얼리즘의 곤란은 오히려 작가로부터 기인한다는 사실을 앞의 논의에서도 확인할 수 있었다. 이러한 곤란은 다음과 같이 몇 가지로 정리할 수 있을 듯하다.

첫째, 작가의 지적 게으름이 '문학 제도'의 왜곡으로 인해 은폐되고 있다. 당대 문학, 동료 문인들의 작품에 대한 지식은 있을지언정, 백여 년에 이르는 한국 근대문학에 대한 지적 학습은 결여되어 있다. 이는 한국 문학제도가 '지식인 작가'와 '예인(藝人) 작가'를 아우르는 방식으로 작동하고 있지 않기 때문이다. 작가가 일종의 전문 직업군처럼 양성되다 보니, '글쓰기의 개성'이 강조되고

'글쓰기의 책임'이 소홀해지는 현상까지 나타나고 있다. 대학에서부터 위계화된 문학제도가 작가의 '지적 책임'을 약화시키는 경향을 보이고 있는 것이다. 리얼리즘 문학이 항상 '문학운동'과 연관되었다는 측면에서 볼 때, '문학 생산 양식의 변화'는 리얼리즘의 구조적 위기와도 관계가 있다.

둘째, 작가들이 '계몽에 대한 저항'이라는 모호한 입장을 개진하면서 시대적 과제에 대한 문제 설정 작업을 회피하고 있다. 이른바 리얼리즘에 대한 젊은 작가 세대의 심정적 거부는 문학인의 세계인식에까지 개입하는 양상으로 나아가고 있다. 그 한 예로 김연수와 천운영을 거론할 수 있다. 이 두 작가는 한국사회를 벗어나 '근대 국민국가 체제에 균열을 가할 수 있는 테마'를 다루면서도 시대적 모순에 개입하는 것을 피하고 있다. 탈국민국가적 상상력의 확대가 꼭 포스트모더니즘이나 사적 영역에 대한 옹호와 관계 맺는 것은 아니다. '흘러넘치는 예술의 창조적 힘'은 오히려 텍스트의 안과 밖을 자유롭게 넘나들면서 텍스트의 이데올로기적 성격을 드러내는 데서 가능하다. 그런 측면에서 '문학의 창조성과 문학의 가치'가 함께 운위되는 텍스트 생산이 이뤄져야 할 것으로 보인다.

셋째, '리얼리즘 낯설게하기'를 위한 창조적 형식 실험이 결여되어 있다. 끊임없이 유동하는 세계에 대한 창조적 인식을 위해서는 그 어떤 경계도 설정하지 않는 '자유로운 창조정신'이 필요하다. 그 창조적 형식 실험의 편차들을 이기호, 박민규, 전성태, 이재웅에게서 확인할 수 있다. 당대 문학의 관성과도 대결하면서, 공동체에 대한 윤리적 책임을 의식하는 이데올로기 비판적 태도를 함께 지닌다는 것은 어려운 일이다. 그럼에도 문학은 당연하다고 여기는 것들을 '낯설게하는 창조성'에 기대면서 공동체의 이상을 실현하는 데 기여했다는 사실을 놓쳐서는 안 될 것이다.

　마지막으로, 리얼리즘 문학은 근대문학 제도 안에 있으면서 근대문학 제도를 거부했다는 사실도 새롭게 환기할 필요가 있다. 이러한 아이러니 때문에 리얼리즘 문학은 '문학 = 정치'라는 공격적 포즈에 고스란히 노출되기도 했다. 특히 한국사회에서는 리얼리즘에 대한 공격적 위협이 시시때때로 발생하곤 했는데, 이러한 위협은 단지 허황된 오해에서만 비롯된 것이라고 치부할 수는 없다. 그런 의미에서 리얼리즘과 이데올로기의 관계에 대한 성찰적 반성이 필요하다. 문학은 특정한 사회적 관계 속에서 특정한 이데올로기적 기능을 수행해왔다. 작가적 성찰을 통해 작품에 포착되었던 이데올로기의 시대적 풍경은 '변화하는 현실'과 조응한다. 이데올로기는 실재 세계와 개인이 연결되는 "상상적 관계를 재현"한 것이기 때문이다. 이러한 상상적 관계는 문학예술의 '내파적(內破的) 창조 작업을 통해 재구성'될 수 있다고 본다. 왜냐하면, 문학예술의 이데올로기는 일종의 거리두기를 통해 비환원적으로 작동하기 때문이다. 모더니즘/리얼리즘을 아우르면서 근대문학 제도 자체에 근본적 해체작업이 제기되고 있는 시대에 작가들은 '문학이 현재 어떤 이데올로기적 기능을 수행하고 있는가'에 대해 질문할 필요가 있다. 이를 통해 사회적 관계 속에 포박된 문학의 기능이 아니라, 실천적 가능성이 열려 있는 문학의 기능이 모색될 수 있으리라. 흔히 지금 시대를 '불확정의 시대', '세계의 불안정이 고조된 시대'라고 지칭한다. 시대의 불안은 오히려 태생적으로 세계에 대한 불안과 회의를 지닐 수밖에 없는 작가에게 지성적이면서 창조적인 환경을 제공할 수도 있다. 어둠이 깊을수록 반딧불이는 오히려 빛난다고 하지 않았던가.